JN191066

二見文庫

密やかな愛へのいざない

セレステ・ブラッドリー／久賀美緒＝訳

When She Said I Do
by
Celeste Bradley

Published by arrangement with St.Martin's Press
through Tuttle-Mori Agency, Inc., Tokyo.

本書を親友であり、さまざまな陰謀をともにしてきたスーザン・ドノヴァンに捧《ささ》げます。バルセロナでスリを追いかけたあの足の速さは、いくつもある彼女の天才的な能力のひとつにすぎません！

本書を完成させるために、多くの人たちの力をお借りしました。コーヒーショップの店員、ピザの配達人、ウィキペディア（皆さん、寄付をお忘れなく！）からテッドトークスまで。けれども、とりわけ次の方々にはお世話になりました。ダービ・ジル、グレース・ブラッドリー、ハンナ・ブラッドリー・ブラジル、シンディ・サープ、スーザン・ドノヴァン、セント・マーティンズ・プレスのモニーク・パターソンとホリー・ブランク、それに親友でありエージェントであるアイリーン・グッドマン。

こんなにすばらしい女性たちの応援を受けて、わたしは成功しないわけがなかったのです。

密やかな愛へのいざない

登　場　人　物　紹　介

キャライアピ（キャリー）・ワーシントン	ワーシントン家の長女
ローレンス（レン）・ポーター	元諜報員
ヘンリー・ネルソン	レンの遠い親戚
ベトリス・ネルソン	ヘンリーの妻
バトン	仕立屋
カボット	バトンの助手
アンウィン	食料品屋の息子
サイモン・レインズ	諜報員
アガサ・レインズ	サイモンの妻
アーキミーディーズ（アーチー）・ワーシントン	キャリーの父親
アイリス・ワーシントン	キャリーの母親
デダラス（デイド）・ワーシントン	キャリーの兄
オライオン（リオン）・ワーシントン	キャリーの弟
ライサンダー（ザンダー）・ワーシントン	キャリーの弟
キャスター（キャス）・ワーシントン	キャリーの弟
ポラックス（ポル）・ワーシントン	キャリーの弟
エレクトラ（エリー）・ワーシントン	キャリーの妹
アタランタ（アティ）・ワーシントン	キャリーの妹
ポピー	キャリーのおば
クレメンタイン（クレミー）	キャリーのおば
ティーガー	村の便利屋

1

一八一六年、イングランド、コッツウォルズ

こんなことになるなんて信じられない。

流れこんできた冷たい川の水に持ちあげられて、傾いた馬車の天井に叩《たた》きつけられ、そのあと反対側の扉から押しだされながら、キャリーことキャライアピ・ワーシントンは考えた。水の冷たさにあえぎ、泡立つ水と泥と恐怖にのみこまれそうになる。

ぶらさがっている脚から濁流に靴を片方もぎ取られ、吊革《つりかわ》の輪に目をつぶって片手で必死にしがみつく。ロンドンを出てから夜闇に包まれたコッツウォルズの浸水した橋に着くまで頭上で揺れつづけていた吊革が、彼女の命綱だ。もう片方の手は母のアイリスの外套《がいとう》の背をつかんでいて、その母は意識を失った父アーチーのがっしりした体を両手で抱きとめている。

キャリーは顔をあげ、声を張りあげて兄を呼んだ。

「デイド！」

ようやく暗闇に大きな屋敷が浮かびあがった。コッツウォルズ特産の石灰岩が、月明かりを受けて淡い光を放っている。ところがキャリーが重厚なオーク材の扉をいくら叩いても、誰も現れなかった。キャリーは意識を失ったままの父を運んでいるデイドことデダラスを手伝って施錠されていなかった扉を開け、暗く冷えきった屋敷に入った。ひとつだけ救いだせた小さなかばんを持って、母が続く。キャリーたちが玄関広間を抜けて小ぢんまりとした応接室に入っても、誰も姿を見せない。

キャリーは母と力を合わせ、ソファから埃《ほこり》よけの布を外しはじめた。父が意識を取り戻して機嫌の悪そうな声をあげたので、一瞬どきっとしたあとほっとする。

デイドが振り返って言った。「キャリー、ぼくはモーガンのところに行って、馬たちの面倒を見てくるよ」

雪解け水が橋の上に流れこんできたとき、馬車を引いていた年老いた馬たちは初めての経験に恐慌をきたしながらも、壊れた引き具から離れずになんとかその場に踏みとどまった。その馬たちが落ち着くまで、ワーシントン家で御者を始め、さまざまな仕事をこなしているモーガンが、土手に残って見張ってくれている。

キャリーはデイドが外の寒さから少しでも身を守れるよう、窓際のベンチに丸めてあった黴《かび》くさい膝掛けを体に巻きつけるのを手伝った。使えそうなものはそれくらいしかなかった。自分は埃よけの布をトーガのようにまとい、脱いだドレスを暖炉のそばに吊した。それからマントルピースの上の箱に入っていた火打ち石を使って、火を熾《おこ》した。

デイドが出ていき、母が父を心配そうに見つめながらソファに落ち着くと、キャリーはやっとまわりに目を向ける余裕ができた。

広くて立派な屋敷なのに単純にそう思えないのは、管理がまるでなっていないからだ。世の中には自分の所有物に敬意を払わない人がいる。

「母さん……」キャリーは呼びかけたが、母は暖炉の火のぬくもりと夫の規則正しい息遣いに安心し、うとうとしていた。母の額から白くなりかけている髪をそっと払ったあと、キャリーは体に巻きつけたキャンバス地の布を引き寄せた。ドレスは両親の服と同様、暖炉のそばでまだ水を滴らせている。

両親は赤々と燃えている石炭に体を向け、対のソファでそれぞれ疲れきった子どものように眠っていた。キャリーもそうしたければ、暖炉の前にある埃っぽいけれども分厚い敷物の上で丸くなってやすめばいい。

だが何かもっと役に立つものがないかどうか探すために、好奇心に導かれるまま屋敷の中を歩きまわるという選択肢もあった。

後者の選択肢を選んだキャリーは小さな蠟燭《ろうそく》を持って歩きはじめ、最初に予想どおりの場所で厨房《ちゅうぼう》を見つけた。こういう大きな屋敷では、厨房は一階の裏手にあるものだ。広々とした貯蔵室を調べると肉とチーズがたっぷりあり、彼女は驚いて目をしばたたいた。肉やチーズの棚の下には、根菜の入った籠がいくつも置かれている。保存がきくものばかりだが、明らかに何年も人が住んでいないと思われる場所に置いてあるのは腑《ふ》に落ちない。

もしかすると、屋敷の持ち主はここに向かっている途中なのだろうか。たとえそうだとしても、災難に遭った一家が少し食べ物を分けてもらうくらい、気にしないだろう。キャリーは母のために食べ物を皿に盛ったあと、モーガンを連れて戻ってくるはずのデイドにもひと皿用意した。自分の空腹を分厚く切ったハムとなめらかな白いチーズで取りあえず満たしながら、怪我《けが》をした父にはスープを用意しようと、鍋に水を張って野菜を入れ、塩漬けの牛肉を小さく切って加える。

応接室に戻ると、キャリーはスープの材料を入れた鍋を火にかけた。母の額に触れてみたところ、ぐっすり眠っていて熱や悪寒の気配はない。キャリーが父の手を取ると、父は何やらぶつぶつ言って手を引っこめた。眠っていても、いつもどおり愛すべき不平屋だ。

最後にデイドが戻ってきたときの目印にと、マントルピースの上にあった枝付き燭《しょく》台《だい》に火をつけて屋敷の正面に向いた窓のそばに置くと、ほかにすることがなくなった。けれどもじっと兄を待つ気になれず、まだ濡《ぬ》れている下着の上に巻きつけた肌触りのよくない布をかき寄せると、小さな蠟燭を再び手に取った。

廊下に出て一階を歩きはじめたけれど、裸足《はだし》なので足音はしない。こんなときに不謹慎ではあるものの、こうしてひとりで行動していることに、キャリーはこれまでにない興奮を覚えていた。ときにはいらいらさせられることもあるが仲のいい大家族で育ったため、およそひとりになれる機会がなかったのだ。

まったくもって腹の立つきょうだいが七人もいるうえ、両親は子どもたちに輪をかけてとんでもない性格だ。その全員が住み心地がいいとはいえ、古びたロンドンの家に身を寄せあって暮らしているのだから、最後に静けさやひとりきりの時間を楽しめたのがいつだったか、キャリーは思いだせなかった。

ところが今、目の前には、誰もいない部屋がずらりと並んだ屋敷が広がっている。まるでチョコレートボンボンがたくさん詰まった箱だ。早く包み紙をはがして食べてほしいというように、どの部屋も彼女を呼んでいる。国会議員の半数は座れそうな長いテーブルが置かれた広い食堂、まるで雰囲気の違う居間がふた部屋、かかっている覆いの形からしてハープと思われる楽器とピアノがある音楽室、それに題名が読めないほど本に埃がかぶっていなければ思わず感じ入ってしまいそうなほどすばらしい図書室といった部屋が、次々に姿を現す。

この屋敷は最初にキャリーが思ったような陰鬱な霊廟《れいびょう》ではなかった。ほんの少し想像力を働かせて、絨毯《じゅうたん》が宝石のごとく美しい色合いを取り戻し、家具や床がきれいに磨きあげられている様子を思い浮かべると、これほど明るくて居心地のいい場所はない。彼女は好奇心の赴くまま優雅な曲線を描く階段をのぼって二階に向かったが、蜘蛛《くも》の巣が頬について思わず身震いし、急いで払い落とした。ロンドンの自宅にあるものはどれもこれも古びているものの、キャリー自身が勤勉に手を動かす性格であるのと、年配の家政婦がきちんと手入れをしているため、すべてがぴかぴかに磨きあげられている。

ただしよく考えてみると、居間に一箇所だけどうしても取れないしみがあった。双子が不快なものをこぼし、それをごまかすためにさらに不快なものを振りかけた結果、できたしみが……。

広々とした優雅な廊下には片側の壁に沿って背の高い窓が並んでいて、そこから差しこむ銀色の光が、光と闇の交錯する空間を生みだしている。その秩序を乱すものは、手にした蠟燭が放つささやかな光だけだ。キャリーは窓辺へ行き、月明かりに照らされた夢のような世界を見渡した。嵐が吹き荒れていた悪夢のような世界から、すっかり姿を変えている。彼女は嵐の名残をわずかにとどめる雲の塊から、冴《さ》え冴《ざ》えとした光を投げかけている満月に近い月へと視線を移した。

運命に導かれてここに来たのだという歓迎したくない感覚が体を走り抜ける。今朝、宿で三十分でも早く起きていたら、どうなっていただろう。三十分遅く出発していたら？　早ければ橋が水に押し流されるよりだいぶ前に橋を渡っていたはずだし、遅ければ橋のたもとまで来て渡れないとわかって、何ごともなく引き返していただろう。

それでもこうして家族全員が無事だったことに感謝すべきだ。道からかなり離れた場所にあるこの寂れた屋敷を母が見つけたのも幸運だった。

キャリーは目の前に広がる広大な空間を見て笑みを浮かべると、蠟燭の火が消えないように片手で覆ってそっと駆けだした。声をたてて笑いながら、額縁の中からいかめしい顔で見つめている年配の女性に腰をかがめてお辞儀をする。世の中には冗談をまるで解さない女性もいるのだ。キャリーはむっつりした顔を崩さない年配の女性に明るく挨拶すると、歌いながら向きを変えた。長い廊下に彼女の声だけが反響する。

「〝娘たちが笑いながら進みでると、その脚がタタンタタンと踊りだす……〟」

この世に絶望してひねくれたレン・ポーター――そう、彼は怪物でもある――は嵐が来る前から酔っ払っていた。だから嵐は気づいたらいつの間にか来ていたという感じだったし、終わったときも静かになってよかったと思う以外、気にもとめなかった。

レンは今、自分の部屋にある暖炉の前で、だらしなく椅子に座っていた。そうはいっても、この部屋を自分の部屋と呼ぶのは言葉の使い方としてやや疑問があった。彼は〝自分の部屋〟を次々に変えており、ここはたまたま現在の〝自分の部屋〟というだけだ。食べこぼしや空の酒瓶で部屋が汚れ、我慢できないくらい煙草《たばこ》くさくなると、きれいなシーツとシャツを求めて次の部屋に移る。部屋は長い廊下に沿って無数にあった。

ここはレンの屋敷なのだから、好きに使っていいのだ。

屋敷も暖炉もワイン貯蔵庫も、すべて自分のものだった。レンが最も必要としていたときに、ほとんど覚えてもいなかった親戚の老人から譲り受けた。

地下貯蔵庫から取ってきたワインをしこたま飲んでいつになくいい気分になってい

たレンは、天国からかつて自分のものだった屋敷がめちゃくちゃにされていくのをなすすべもなく見おろしているに違いないその老人に、もう少しで酒瓶を掲げるところだった。だが自分が天国など信じていないことを思いだして手を引っこめた。彼は天国も地獄も信じていなかった。

地獄は地の底にあるのではない。この世のあちこちにあるのだ。

レンは親戚の老人ではなく過ぎ去った嵐に酒瓶を掲げた。再び平和な静けさをもたらしてくれたことに感謝して……。

ふと気づくと、その静けさに歌声がまじっていた。

これまでレンは、熱に浮かされて夢を見たことならあった。酔っ払って幻覚を見たことも。だがこの神聖な世捨て人の館に天使のように軽やかな歌声が響き渡るなんて、そんな夢や幻は見たことがなかった。

肩と背中に常に痛みがあるせいで、どんな椅子に座っていても心地よくはない。それゆえレンはたいした名残惜しさも感じずに立ちあがり、好奇心に駆られて不思議な歌声の源を突きとめに向かった。

それに幻覚のあとを追うのはこれが初めてではなく、一度など、屋根裏部屋でひと晩じゅう紫色の犬を追いかけたことがある。だから歌声を追うのも奇妙とは思わなかった。

廊下は暗闇に包まれているが、その向こうに扉が開いている部屋があり、そこからかすかな明かりがもれている。あれは天使が放っている光なのだろうか。それならこっそり近づいたほうがいいだろう。天使は怪物を好まないものだ。

それに結局、彼は紫色の犬をつかまえられなかったのだから、今度は作戦を変更すべきだ……。


キャリーは屋敷の奥にある女主人用と思われる広い寝室で、豪華な化粧台に宝石箱が置かれているのを発見した。化粧台に蠟燭を置く。こうすれば鏡に火が映って、明かりが二倍になる。

踊りながら来たので体が熱くなった彼女は体に巻いていた布を床に落とし、自由に使えるようになった手で宝石箱の中身を次々に取りだした。どんどん楽しくなってきて、ルビーやエメラルドや真珠のネックレスをすべて身につけてみる。下着と宝石だけという恥ずべき姿が鏡に映っているのを見て、キャリーは思わずにんまりした。

そのとき小さな音が後ろから聞こえた気がして、彼女は小さく歌っていたのをやめた。いったいなんの音だろう。

鏡の中の自分に向かって顔をしかめる。蠟燭の火がちらついたせいに違いないが、背後で影が動いたかに見えた。そんなふうに思うなんてばかげている。この屋敷には今、二階で眠っている両親しかいない。閉まっている窓から隙間風が入って、ベッドのカーテンを揺らしたのだろう。そう、視界の端に見えているあのあたりのカーテンを。

振り返るのが怖いので、キャリーは鏡の中に広がる部屋の様子を目が痛くなるまでまじまじと見つめた。たぶん、このまま化粧台の前に立っているのが一番いいだろう。ここなら光がひとつではなくふたつある。

そのとき闇の中から影がひとつ分かれて近づいてきたので、キャリーは身震いした。「脅かさないでよ、兄さん」とがめるようにきつく言ったつもりだったのに、あえぐような声になる。けれどもそう口にしながらも、影は兄ではないとわかっていた。

さっさと向きを変えて、逃げなくては。大声で叫ぶのだ。

入口に走ろうと考え、右に一歩踏みだして扉に向かおうとする。ところががっちりとした体に跳ね返されたのですぐに左足に重心を移し、縁が腰骨に食いこむくらいきつく化粧台に体を押しつけた。

キャリーは恐怖に喉を締めつけられながら、鏡の中の自分を見つめた。蠟燭の光に浮かびあがった姿は、背後の暗い影と比べてひどく小さい。この影は悲しみのあまり屋敷の中を徘徊《はいかい》しているのだろうか？　それとも怒りから？

しかし跳ね返されたときの感触は、生きている人間の胸にぶつかったときとそっくりだった。影が亡霊の場合、伝承を信じるならキャリーは冷気に包まれ、おそらくは生気を吸い取られるはずだ。それなのに跳ね返された。

「わたしは何も……お願いだから――」

「どうやらそれが気に入ったみたいだな」

暗闇から手が二本伸びてきて、彼女の両肩に置かれた。大きくてずしりと重いその手から、シュミーズの細い肩の部分がかかっているだけのキャリーの肌に生々しく熱が伝わってくる。キャリーは標本箱にピンでとめつけられた蝶《ちょう》になった気分だった。化粧台の前から動けず、鏡の中の自分を見つめながら降りかかってくる運命を待つしかなかった。

「かわいい天使の泥棒だ」

低い声が響いて、キャリーは身震いした。

「それともきみは、ぼくには決して手に入れられないものを見せつけて苦しめるために送りこまれた亡霊なのか？　だが盗みは罪だ。そして罪を犯せば罰を受けなければならない」

肩に置かれていた両手が移動して、キャリーの喉に両側から巻きついた。

わたしはこのまま死ぬのだ。

留め金を外されて滑り落ちたルビーのネックレスを、胸の谷間のすぐ上で男が受けとめる。男はネックレスの重さを確かめるように、ゆっくりと手を持ちあげた。

「亡霊にしてはあたたかいな」背後から響いてくる声はざらついてかすれているが、どこか教養が感じられる。男のしゃべり方は少し不明瞭だった。「肌の上で輝く宝石に熱を与えられるくらい、きみはあたたかい」

男がキャリーから手を離し、ネックレスを化粧台の宝石箱に戻す。それを見てキャリーは身を震わせ、体をひねってその場から逃げようとしたが、男がすばやく彼女を押さえた。穏やかではあるものの有無を言わさぬ手つきに、キャリーは体が熱くなると同時に冷たくなった。

次はサファイアのペンダントトップのついたネックレスだった。男がペンダントトップを両手で支えたせいで、分かれた鎖が滑り落ちてシュミーズの下に入る。体温であたたまった銀の鎖が胸の頂に引っかかって止まったので、キャリーはその部分が硬く立ちあがっていたことに気づいた。薄くてやわらかい生地を、尖《とが》った胸の頂が内側から押しあげている。

男が大きく吐きだした息が首の後ろにかかる。恥ずかしいさまを目にしたのが自分だけではなかったとわかり、キャリーは燃えるように頬が熱くなった。男がサファイアのネックレスを持った手を宝石箱のほうに向けるとすぐに、彼女は腕組みをして胸を隠そうとした。

「だめだ」

ずっしりと重い両手が腕を滑りおりてきてキャリーの肘をつかみ、背中側に引いた。無理やり体をそらす格好にさせられたために胸がみだらに突きだし、シュミーズの生地がぴんと張る。ダイヤモンドのように硬くなった胸の頂が着古した生地を通して彼に見えているのは間違いない。

「このほうがいい。かわいい亡霊のきみはぼくのものだ。そしてぼくはこの幻覚を最大限に楽しみたい」

肘をつかんでいた手がゆっくりと腕を滑りあがって肩に戻ったので、キャリーは恥ずかしい姿勢を少し緩めることができた。それでももう一度腕組みを試みる気にはなれない。

男は次に、ざらざらした熱い指先でイヤリングをそっと外した。どうやら自分の所有物である高価な宝石を取り戻しているだけらしい。他人のものを勝手に出して身につけたキャリーが悪いことはわかっているが、すばらしい装身具が外されていくたびに、どんどん裸にむかれていく気がする。

「ごめんなさい。こんなふうに勝手につけるべきじゃなかったわ。でも、説明させて――」

大きな手が後ろから伸びてきて、キャリーの顔を横切るように口を覆う。キャリーは恐怖に襲われて体をこわばらせ、そのあとすぐに暴れはじめた。

背後にいた男が体を寄せてキャリーを化粧台にさらに押しつけ、腰から下をまったく動けなくさせる。背中に大きな体がかぶさると、キャリーは恐ろしさに体が熱くなり、何をされても抵抗すらできないことをひしひしと感じた。恐怖に目を見開いた鏡の中の自分の顔から視線を上に動かし、影に顔があることに気づく。

キャリーの体が蠟燭の光をさえぎっているため男の半身は陰になっていて、片方の目と、斜めになった片方の頬骨の線と、彫刻のような線を描く片方の顎しか見えない。濃い色の長い髪が髭《ひげ》の伸びた頬に垂れ、かすかに常軌を逸した光を放っている暗い色の目以外のすべてを隠している。

ハンサムで危険な男だ。悪魔がこんなに美しいなんて知らなかった。

キャリーは熱を帯びた強い視線にとらわれて動けず、口を覆っている手を通して無理やり叫ぼうとも思わなかった。やがて口から手が滑り落ちて、彼女の喉を緩やかに覆った。キャリーは恐怖を感じながらも、手のひらから伝わってくるあたたかさに緊張が緩んだ。

男がもう一方の手を腕に滑らせて、ダイヤモンドのブレスレットを外した。彼はキャリーの体の前に腕をまわして宝石箱にブレスレットを入れようとした。その途中で筋肉質の腕に硬くなった胸の頂をこすられ、キャリーは息をのんだ。思いがけない接触に体じゅうに衝撃が走る。

こんな場所に触れられたことは、これまで一度もなかった。ただの一度も。

そしてこれから先もない。わたしの花の盛りはすでに過ぎている。この先に待っているのは行き遅れの人生だ。

男はキャリーの体の前で腕を止め、しばらく固まっていたが、やがてゆっくりと腕を戻していった。彼の着ている上質な白いシャツの袖が紙のように薄いシュミーズの生地を引っ張り、繊細な部分に生地が食いこんで痛みが走る。

キャリーの喉から声がもれた。恐怖とショックと初めて呼び覚まされた感覚に対する驚きが体の中で渦巻く。

こんなことは初めてだ。

体が震えだして、止めようとしても止まらない。男が腕を落とし、キャリーの視界から消える。キャリーはきつく目をつぶった。

彼は宝石を取り戻そうとしているだけだ。わたしに何かをするつもりはないはずだ。

「生娘が登場する幻覚か。いつもとは違うが、異議を唱えてもしかたがないな」男はまるでキャリーがそこにいないかのように、ぶつぶつとしゃべっている。

「さて、これからどうする。生娘を誘惑するのか？　それとも彼女にぼくを求めさせるのか？　だがそいつは無理だな。紫の犬をつかまえるより難しい……」

キャリーはますますきつく目をつぶった。キャリーが誘惑されたがっていると彼は思っているのだろうか。だが自分の屋敷にびしょ濡れで下着しか身につけていない若い女がいるのを見つけたら、どんな男でもそう思うだろう。キャリーは悲鳴をあげられないまま、恐怖がふくれあがって喉から飛びだしそうになった。

そのときシュミーズの肩の部分が片方、ゆっくりと滑り落ちた。

男につかまれたまま、キャリーはびくりと体を引いた。「しいっ」彼が耳元でささやく。「怖がらなくていい。こんなもので隠しておくには、きみは美しすぎる」

キャリーの心の半分はどうしたらいいかわからなくてパニックに陥っていた。だがもう半分は、どうにでもできる状態の女性に対してこんなにもやさしく振る舞おうとしている彼が不思議でならなかった。

男がキャリーの反対側の肩に手をまわし、小さな袖のついた肩の部分が肘に向かって滑り落ちる。生地が引っ張られる感触がしたあと、湿って肌に張りついていたシュミーズの生地がウエストのところまで落ちると、彼女の両腕はシュミーズの小さな袖にとらわれたまま動かせなくなった。部屋の冷気に体が震え、すでに立ちあがっている胸の頂がますます硬く縮こまる。

彼が長々と息を吐くのを、キャリーは聞くというより体で感じた。

「目を開けて」

キャリーはためらったが、結局かすれた声で命令されたとおりにした。鏡にはみだらな自分の姿が映っていた。影に包まれ大きくそびえている男の姿を背に、白くつややかな肩や胴や胸が浮かびあがっている。腰のところでくしゃくしゃになっているシュミーズやその袖で固定された腕が恥知らずな印象を増していて、ある意味、何も身につけていない姿よりも官能的だ。

キャリーは視線をあげて、鏡の中の自分と目を合わせた。口を覆っている大きな手の上に見える目はショックに大きく見開かれていて、いつもの自分と印象が違う。これは本当にわたしなの？

「きみはまだ、ぼくのものを身につけている」

彼女は傷ひとつない完璧な真珠を何百も連ねた長いネックレスをつけていた。ネックレスは胸の谷間に垂れさがり、蠟燭の金色の光を受けてこの世のものとは思えない幻想的な光を放っている。

キャリーはすぐに外そうとして両手をあげかけたが、男は大きな手で蝶をとらえるようにそれをつかまえ、合わせた手を彼女の胸のあいだに押しつけた。

「欲しいなら、きみにあげよう」

誰かを説得するのに慣れていないのか、喉から引きはがすように出した声はかすれている。

「何かちょっとした頼みを聞いてくれるだけでいい。だが頼みたいことがたくさんありすぎて、何にするか選べない……そうだ、こういうのはどうだろう。真珠ひと粒につき、願いごとひとつというのは？」

ネックレスをたどる熱い指が、キャリーの肌をかすめていく。

「真珠がこんなにたくさんある……これだけあれば、きみを一年だってとどめておけるだろう。毎晩ぼくのところに来てくれるかい？　一回ごとに、ぼくはきみにひと粒真珠を渡す。死につつある男の頼みだ。冷たい夜と冷たい夜明けにぬくもりを運んできてくれたら、最後にはきみを喜んで解放すると約束しよう……」

低く響く男の声に潜む深い孤独に、キャリーは恐怖が薄らいだ。彼の心は酒がもたらした幻覚の森をさまよっていて、自分が何を言っているのかわかっていない。だから彼女が血肉を備えた人間の娘――それもきちんとした育ちの娘――で、嵐から避難するためにこの屋敷の炉辺へたどり着いたのだということは、あとで説明しよう。

そのとき、男がキャリーの手にかぶせていた手を離して胸を包んだ。同時に熱い唇を彼女の首筋に押しつける。ショックを受けたキャリーの抗議の叫びは、彼女をきつく引き寄せた男の喉から放たれた欲望の声にかき消された。

けれども突然、彼の姿が消えた。遠ざかっていく体の勢いに引っ張られて、キャリーの体は回転して化粧台に激しくぶつかった。両手をシュミーズで固定されているので、バランスが取れずに床に倒れこむ。その途中でネックレスが大理石の天板の角に引っかかって切れ、つややかに輝く乳白色の玉がばらばらと床に転がった。

キャリーは急いで体を起こし、懸命にシュミーズを引きあげた。振り返って、影の中でもつれあい争っているふたつの人影に目をやる。

「兄さん！」

彼女は立ちあがると、蠟燭を持って高く掲げた。ふたつ見える頭は、ひとつが暗い色、ひとつは明るい色で、すぐにデイドだとわかった。兄の金髪はキャリーより色が明るい。

キャリーは兄に加勢するために、武器になりそうな重いものを探した。

ふたりの男がもつれあったまま近づいてくる。すると鏡の中には見えなかったものが初めて見えた。彼女を襲った男の顔は、悪魔のように半分が引きつれ、ねじれていた。

キャリーが悲鳴をあげて蠟燭を取り落とすと、部屋は完全な闇に包まれた。

2

決闘に関して一番面倒な点は早朝に行われるということだ。キャリーは手袋をはめた手で口元を隠しながらあくびをした。まったく男たちときたら、どうせ殺しあうならゆっくり午後になってからにすればいいものを。おいしいものを食べて、昼寝でもしたあとに。

世の中の争いの多くはそれにかかわる者たちがたっぷり昼寝をすれば解決するのではないかとひそかに考えているキャリーは、もう一度あくびをすると兄をにらんだ。こうやって怒っているほうがましだ。昨日の夜の狂気に満ちた恥ずべきひとときを思いだすよりも、ずっと。

それににらむなら、見るからに人を不安に陥れるミスター・ポーターではなくデイドにしておくべきだ。デイドならにらみ返してこないし、キャリーを指さして昨日の夜の真実をぺらぺらしゃべりはじめることもない。

昨夜の出来事は忘れてしまうのが一番だ。彼女は怪我をしたわけでも、誰かを傷つけたわけでもない。あれは普通ならありえない奇妙な間違いだった。夢の中にいるような不思議な雰囲気に流されて、いつもなら決してしない振る舞いをしてしまった。

昨日はまったく眠れなかったうえに寒くてたまらず、キャリーは早く家に帰りたかった。デイドとポーターには、自分たちのしていることの愚かさに気づいてほしい。それが無理なら、少なくとも男らしさを競うようなくだらない行動をできるだけ早く終わらせてほしかった。さっさと拳銃を構えて、空に向けて撃ちなさいよ！　そして復讐《ふくしゅう》は果たされたとか、名誉は回復されたとか宣言して！　わたしは早く家に帰りたいんだから！

だが目の前で始まろうとしている決闘は、単に男らしさを競うだけのこけおどしには見えなかった。膝丈の青い上着を着たデイドは肩を怒らせ、妙に真剣な雰囲気をまとい、顔には血の気がなく思いつめた目をしている。そしてマントについたフードで恐ろしい顔を隠し、体の横に垂らした手に拳銃を握っているポーターにも、臆している様子はまるでない。がっちりとした金髪の若者と、影から生まれたような足が悪く体のかしいだ男が、背中合わせに立った。

キャリーは胃が氷のように冷たくなった。こんなことは間違っている。誰かが止めるべきだ。なんとかしなければならない。彼女は両親に目をやったが、ふたりは心配そうな表情で腕を組んで寄り添っているだけで、無力感ばかりが漂ってくる。両親はこれまでに見たことがないほど年老いて見えた。

アーチーがポーターをにらみつけた。「あの男には思い知らせてやる必要がある。〝こいつは見かけばかりか、その性質までもがねじくれている〟」

アイリスがキャリーに身を寄せる。「プロスペローのせりふよ。《テンペスト》第五幕第一場」

キャリーは両親を無視した。ふたりを調子にのせてもしかたがない。下手をしたら、こんな調子で何時間も話しつづけるだろう。彼女は唾をのみこんでデイドに呼びかけた。「兄さん――」

兄のすばやい手の動きに、キャリーは言葉をのみこんだ。デイドの介添人を務めるモーガンが歩数を数えはじめる。「一、二、三……」

背中合わせに立っていた男ふたりが歩きだした。デイドはゆっくりとではあるが決然とした足取りで。ポーターはよろめくような足取りで。

「十」

二十歩分の距離を取ったふたりは向きを変え、同時に拳銃を構えた。ポーターはすぐに引き金を引いた。火薬が爆発した音が静かな朝に響き渡り、木にとまっていた鳥たちが飛び立つ。キャリーは心臓が口から飛びだしそうになった。

銃弾はデイドの足元の草地にあたり、土や草の根が宙を舞ってブーツに降りかかった。デイドがびくりとして足元を見おろし、歯ぎしりしながらポーターに視線を戻す。

「自分も同じように外してもらえると思うなよ」

ポーターは煙の出ている拳銃をおろすと、草の上に放った。「では、やるがいい」

デイドが拳銃を握り直して狙いを定める。

キャリーは気分が悪くなった。どうして誰も声をあげないのだろう。

ポーターがデイドに向かって歩きはじめた。「さあ、やれ。撃つんだ。ぼくなんか死んで当然と思ってるんだろう？　だからこそ決闘を申しこんだはずだ」

ポーターはどんどんデイドに近づいて、狙うのがますます簡単になっていく。もはやわざとでない限り、デイドが外すことはありえない。そして兄の顔を見たキャリーは、外すつもりなど毛頭ないとわかった。

同様に、ポーターにも足を止めるつもりはないようだ。一歩一歩、体を大きく揺らしながら、デイドが構えている銃口に向かってまっすぐに進んでいく。

いったいポーターは何をしているのだろう。頭がどうかしたのだろうか。兄が本気で撃つつもりだと、わからないはずがないのに。

「さあ、いつでも来い」ポーターのかすれた声が、キャリーの耳にはっきり届いた。

「撃て。やるんだ。引き金に指をかけて力をこめるだけでいい」

デイドの顎がぴくりと動く。「からかうような真似《まね》をして、ぼくを脅しているつもりか？」

「からかってなどいない。きみはぼくに文句があるが、ぼくのほうは何もない。だからきみは復讐でもなんでも、したいことをすればいい。こんなことはさっさと終わらせてしまおう」

〝さっさと終わらせてしまおう〟ですって？　ポーターの言葉を聞いて、キャリーは昨夜の彼を思いだした。昨日もポーターは自分がもうすぐ死ぬとでも思っているようなおかしな口ぶりだった。彼は死にたいのだろうか。

ポーターの手も、触れ方も、言葉も暗く、孤独感にあふれていた。だがその奥には何かを懸命に求めている響きがあって、キャリーは心を揺さぶられた。彼はきっと生きたいと願っている。

もしかしたら、どうすれば生きられるのかわからないのだろうか。

許せない。キャリーは突然激しい怒りに包まれた。戦うのをあきらめ、みじめな境遇に溺れたいと思うのは勝手だが、それにキャリーや彼女の家族を巻きこむなんて。

でも、兄はどうすればいいのだろう。決闘が始まってしまった今、兄はどんな道を選ぶべきなのか。もしここで拳銃をおろせば、決闘をやり通せなかったふがいなさで自分を許せないだろうし、引き金を引けば引いたで、人の命を奪った自分を許せなくなるに決まっている。

でも……まさか兄が人の命を奪うはずがない。それとも、そうではないのだろうか。キャリーや家族の名誉のために、本当にポーターを殺すつもりなのだとしたら？

デイドが一度深呼吸をしてまばたきをするのを、キャリーは恐怖とともに見つめた。ああ、兄は撃つつもりだ。

ポーターにもそれがわかったらしく、不自由な体を精いっぱい伸ばして頭を高くあげ、きたるべきものを待ち受けている。

まるで舞台で行われる芝居でも見るように、これから起こることがキャリーの脳裏にまざまざと浮かんだ。血を流し、ぴくりともせずに横たわっているポーター。そのかたわらで、デイドが煙の出ている拳銃を手にさげ、血の気の失《う》せた顔で呆然《ぼうぜん》と立っている。教区牧師だけが見守る前で、まさにこの場所に埋葬されるポーター。兄は裁判にかけられ、殺人の罪で有罪に。絞首台で命を失い、ぶらぶらと揺れている。その口からは、ふくれあがった舌がだらりと垂れている。

気づいたときには、キャリーはふたりのそばにいた。記憶はないが、いつの間にか濡れた草の上を走っていたのだろう。そしてデイドが引き金にかけた指に力をこめようとした瞬間、ポーターの前に立ちはだかった。

「撃ってはだめ!」

デイドが毒づきながら、拳銃を上に向ける。「どういうつもりだ、キャリー!」

キャリーはポーターの前で足を踏ん張った。背中は彼に触れている。銃口はそれほど近くまで迫っていた。「兄さん、彼を殺してはだめよ」

デイドが険しい声で返した。「いや、殺すべきだ」

ポーターが息を吐く。「やってくれ」

「あなたは黙ってて!」キャリーは振り返って命令した。

「そこをどくんだ、キャリー。これはもうおまえには関係ない」

「わたしには関係ない?」キャリーは両手を勢いよく腰にあてた。「そんなわけがないでしょう? わたしは当事者よ。昨日の夜、ミスター・ポーターが……その……」

「楽しんでいるきみの邪魔をした?」ポーターが言葉を補う。

「黙っててって言ったでしょう?」キャリーは慌ててポーターを黙らせたあと、デイドに向かって両手を差しだし、なんとかなだめようとした。「できれば言いたくなかったんだけど……」妹を溺愛している過保護な兄にきちんと伝えるしかない。誘惑されて、彼女もそれほど不快ではなかったのだと。ところがなぜかまったく違う言葉が口から飛びだしてしまったのは、キャリーの責任ではなかった。

「彼はわたしに結婚を申しこんでくれたのよ」

「こいつが？」

「ぼくが？」

幸い、ポーターの低くかすれた声はキャリーの耳にしか届かなかった。キャリーは振り返って彼をにらんだ。ポーターの顔はフードに隠れていて、あまり損なわれていないほうの側がかろうじて見えるだけだ。驚いたように彼女を見つめている目には、皮肉っぽさだけでなく感謝の色があった。

「ええ、あなたは求婚したの」キャリーは急いでささやいたあと、理解してくれるように必死で祈りながらつけ加えた。「そうでなければならないのよ」

ポーターが顔を寄せる。「真珠をあげてもいいと提案をしたことは覚えている」熱い息が彼女の耳にかかる。

キャリーが肘で突くと、ポーターは彼女の腕をつかんで目を合わせた。「だが、結婚はしたくない」

「死ぬよりもいやなの？」

「まあ、そういうふうに言われると……」

キャリーは怒りをみなぎらせているデイドをちらりと見ると、ポーターに再び向き直った。「じゃあ、いいのね？」

「真珠は？」ポーターが確認する。

彼女は眉間にしわを寄せ、急いで考えを巡らせた。「結婚の贈り物になるというわけね。条件は昨日言っていたことと同じでいい？」

キャリーがすでに自分のものであるかのような仕草で、ポーターがもう一方の腕を彼女の腰にまわす。彼はうなずいた。「ああ、あの条件ならぼくに異存はない」

「じゃあ、取引成立ね」キャリーが振り返ると、デイドがふたりの緊迫したやり取りを呆然と見ていた。わがもの顔のポーターの腕の中で、彼女は兄に向かってにっこりした。

「わたし、ミスター・ポーターと結婚するわ！」

キャリーはアンバーデル村の牧師館の質素な居間で、いかめしい顔をした牧師の妻に見つめられながら立っていた。母が牧師館のつつましい庭で見つけた唯一の花であるスズランの花束を手に、フードで顔を隠した見知らぬ男と結婚するために。

牧師を責めることはできなかった。結局成功しなかったが、牧師はマントを脱ぐようポーターを懸命に説得してくれた。だがポーターは牧師の言葉を聞き入れず、牧師も最後にはこのあたりで最も裕福な男の意向を尊重せざるをえなかった。ただしフードをかぶったままという条件もひっくるめて結婚式を執り行うことに同意したとき、牧師のベストのポケットは金貨でふくらんでいた。

アイリスは愛情たっぷりの花嫁の母を周囲にアピールする小道具として長いレースのハンカチを選び、港で軍艦を見送るようにひらひらと振ったり、大げさにため息をついたりしている。一方アーチーは何度も咳払《せきばら》いをしては目元をぬぐっていた。フードを目深にかぶっているという事実を含め、両親は花婿に関してキャリーに何も言おうとしない。

わたしはこの見知らぬ男と結婚しようとしているのよ！　こんな無謀な結婚を、誰も止めてくれないの？

兄ができるものなら止めようとしてくれたのはわかっている。兄はここに来るまでずっと、怒りに満ちたみじめな顔をしていた。握っているこぶしを片時も緩めないので、その形のまま手が固まってしまうのではないかと心配になるほどだ。けれども、いったい何ができるだろう。兄にもほかの誰にも、どうにもできはしない。

ポーターがマントの下から手を出し、彼女のほうに伸ばしてきた。キャリーは大きく息を吸ってその手を取ると、牧師に向き直った。

牧師がしゃべっているのはわかった。口が動いているし、みんながそれに合わせてうなずいているから、それは間違いない。しかしキャリーに聞こえるのは、パニックを起こして異常な速さで打っている心臓の音と耳鳴りだけだった。

結婚なんて無理だ。わたしにはできない。絶対に。

キャリーの手を包んでいた大きな熱い手に力がこもり、痛いくらい強く握ってくる。それこそ彼女が必要としていたものだった。今はポーターの手が与えてくれる熱さとたしかな感触がありがたく、それだけがキャリーを現実につなぎとめてくれていた。手の感触を頼りに意識を集中すると、彼女の足はまだしっかりと床を踏みしめていて、地球は地軸を中心にいつもどおりまわっているとわかった。

奇妙な結婚式がやっと終わった。牧師が聖書を閉じ、居心地の悪い沈黙が部屋に広がる。アーチーが沈黙を打ち消すように二度咳払いをして、アイリスはガチョウの鳴き声に似た大きな音をたててはなをかんだ。

それでようやく呪縛が解けたかのように、みんなが詰めていた息を吐いて動きだした。ポーターの手が離れても、キャリーはひとりで立っていられることに驚いた。膝は少し頼りない感じがするものの、ちゃんと体を支えられるようだ。

わたしは結婚したのだ。

婚姻契約書を作成するために、一同は牧師の書斎に移動した。デイドとアーチーがもうひとりの紳士とともに証人を務めた。この紳士は牧師が誓いの言葉のくだりを始める直前に妻と一緒に入ってきたのを、キャリーはぼんやりと覚えていた。

まったく知らない男に対しての結婚の誓い。

キャリーはポーターがフードをかぶったまま身をかがめ、署名するのを見守った。彼の手の動きはすばやく、迷いがない。そのあとはキャリーの番だった。なんとか自分の名前を思いだして署名をする。けれどもこの名前はもう、彼女のものではない。

これで自分の今後の人生は世捨て人の手にゆだねられることになった。

でも、ずっとというわけではない。ポーターは今日、妻を買ったが、結婚が続くのは対価である真珠のネックレスの玉が尽きるまでだ。それまでキャリーは彼のもとにとどまり、どんなものとも知れない要求に従う。だが、ポーターにも条件はきちんと守ってもらうつもりだった。最後の真珠を受け取ってネックレスが完成したら、キャリーは決然と出ていく。彼を残して。永遠に。

とにかく、まずはポーターの要求に従わなければならない。今夜が結婚初夜であることを意識すると、キャリーは気が遠くなりそうになった。できれば準備をする時間が欲しかった。荷物の中にちゃんとしたネグリジェがあっただろうか。汚れたり、しみがついたりしていないものが。それとも……そんなものは必要ないのだろうか。

キャリーはふと浮かんだ疑問を慌てて打ち消し、遊牧民のようにたっぷり布をまとってベッドに向かおうと決心して顎をあげた。死がふたりを分かつまで夫を愛し、敬い、従うと誓ったのだから、妻としての務めを果たさなければならない。

死がふたりを分かつか、あるいは彼女が真珠をすべて手にするまで。どちらが先になるかはわからないけれど。

キャリーが何を考えているか見抜いているかのように、ポーターがフードの奥の暗がりから彼女を見つめる。

わたしは取引の条件を納得して受け入れたのだ。

キャリーは目をそらした。証人たちも含めて契約書への署名がすべてすみ、牧師の封蠟とポーターの紋章付きの指輪によって封印される。とたんにキャリーはひらひらするハンカチもろとも母に抱きしめられていた。

「ああ、これからわたしたちは、あなたなしでどうしてやっていけばいいの?」きっと誰かが火事を起こして家を燃やしてしまうだろう。せいぜいもって一カ月だろうか。

キャリーはアイリスと、咳払いを繰り返しているアーチーにほほえみかけた。「大丈夫よ。兄さんがいろいろ気をつけてくれるだろうし、リオンもさすがに何かを吹き飛ばすような真似はもうしないだろうから」

いつも夢の世界にいるようなアイリスの目が、一瞬キャリーの目と合った。母の淡い青の瞳を見つめて、キャリーは目をしばたたいた。母は全部見抜いている。

アイリスが指先でキャリーの鼻の先をとんと叩いた。「あの人にばかげた要求をされても我慢するのはやめなさい。自分がワーシントン家の一員だということを忘れないで」そう言い終えたとたん、いつもとは違う英知に満ちた目の光は消え、アイリスは左のほうにふらふらと進路を変えた。「あの人、広くてたくましい肩は魅力的なんだけど……」

デイドが母を支え、キャリーにそっけなくうなずく。「いいか、まだ手遅れじゃない。今ならあっという間に無効を宣言できる」

キャリーは首を振った。もう遅すぎる。「いいえ」

アーチーが再び咳払いをした。「おかしなことを言うんじゃない。キャリーと彼はお互いに夢中なんだ。ふたりを見たら、揺るぎなく長続きする愛情があるとわかるじゃないか」

声が聞こえたわけではないし、姿が見えたわけでもなかったが、キャリーはポーターが近づいてきたのがわかった。触れられないうちから背中に彼の熱を感じていたので、後ろから腰に腕をまわされると思わず息を吐いた。唾をのみこんで父にほほえむ。「そのとおりよ、父さん」

父の考えはばかげていたものの、両親がそう思いこんでくれているほうが、家族の誰にとってもこの結婚が受け入れやすくなる。

そのとき見知らぬ男女がふたりにお悔やみ――いや、お祝いを言いに近づいてきた。服装から地主階級《ジェントリ》とわかる大柄な紳士は日に焼けており、農民のような手をしている。立ちどまって控えめな態度でいるところを見ると、ポーターから紹介してもらえるのを待っているらしい。けれども居心地の悪い沈黙が続くだけだと悟り、キャリーにお辞儀をして手を差しだした。

「ミセス・ポーター、今日という喜ばしい日に会えて、妻ともどもうれしく思っているよ。ぼくはヘンリー・ネルソン、こちらは妻のベトリスだ」彼の妻はつややかな黒髪に繊細な顔立ちをした美しい女性だったが、鋭い視線で常にあたりを油断なくうかがっている様子が目についた。キャリーはひと目でヘンリーのことを気に入り、ベトリスはやや神経質に見えるとはいえ、ポーターと比べれば何百倍も普通だと思うことにした。

キャリーは膝を折ってお辞儀をした。「今日はありがとう」そう言ったあと、一瞬考えこんだ。「牧師様に頼まれて、証人になってくれたのかしら?」

ヘンリーは笑った。「いや、ローレンスとは親類なんだ。彼に呼ばれたんだよ」

「まあ、親戚なの!」キャリーはうれしくなって、にっこりした。ベトリスに向き直る。「こんなにすぐに来られるんだから、近くに住んでいるのね」

ベトリスがうなずき、ポーターをちらりと見た。彼はキャリーを放そうとせず、ベトリスとヘンリーにはちらりとも目を向けない。こんなふうに人前であからさまに……愛情を見せるなんて、キャリーはポーターの脇腹に肘鉄砲を食わせてやりたかった。だが村のみんなと知り合いに違いないふたりの前で、すでにかんばしいとは言えないであろう自分に対する評価をさらにさげるような真似はできなかった。

ヘンリーがうなずいて笑みを浮かべる。「隣のスプリンデルという農場に住んでいるんだ。もちろん、アンバーデルと比べればささやかな地所だが」

キャリーはまばたきをした。「アンバーデル？」

ポーターの腕に力がこもった。「キャライアピにはまだ、領地を見せていない。屋敷は気に入ってもらえたと思うが」

領地ですって？「ええ、そうなの。この屋敷にはとても……感銘を受けたわ」

彼は領地を持っているのだ。驚いた。つまりわたしは領主夫人だ！　キャリーは笑みを大きくした。「領地を案内してもらうのが待ちきれないわ」

ポーターの様子がかすかに変わったのが、隣に立っているキャリーにはわかった。大きくてあたたかい体に引き寄せられているために、ひとつひとつの息遣いまで伝わってくる。彼の胸が痙攣《けいれん》したようにひくひくと動き、喉から息を詰まらせたような小さな音がもれる。ほかの人々にはわからない、ごく些細《ささい》な変化だ。

まさか笑っているのだろうか。

世捨て人でも笑うものなの？

3

式が終わり、キャリーはアンバーデル・マナーの玄関前に立ち、自分の知るすべてのものに別れを告げていた。年月を経た石灰岩でできている屋敷は午後の最後の日の光を浴びて金色に輝いている。

母は泣いており、父は大きなハンカチの下で何度もはなをすすっていた。デイドは険しい表情でにらみつけている。ポーターは侵入者を警戒するように巨大な扉の陰に潜んでいるが、この二十四時間の出来事を思えば、そんな態度も責められない。

何度別れを告げても両親と兄はなかなか出発しようとせず、キャリーはデイドを馬車に押しこまなければならなかった。そうされながらもデイドは、キャリーの肩越しにポーターに憎々しげな視線を送っていた。

デイドと両親を乗せた馬車がガタガタと音をたてて走りはじめると、馬車が最初のカーブを曲がって見えなくなる前から、キャリーは家族と離れたことをひしひしと感じた。彼女は心から家族を愛していた。その気持ちに嘘《うそ》はない。けれども人里離れたこの場所の静けさは、真夏に吹く涼しい風のようにキャリーを心地よく包みこんだ。手を振りすぎて痛くなった腕をおろしたとき、キャリーが最初に感じたのは安堵《あんど》だった。

思いきった一歩を踏みだしてしまった。まだ信じられない。これまでずっと自身の憧れや希望はあとまわしにして両親やきょうだいのために尽くしてきたが、ようやく自分の人生を始められる。

取りあえずのところは。ここで一生見知らぬ男と過ごすなんて想像もできない。彼との取引を思いだし、感じたばかりの安堵が色あせて平穏な気分が消えていく。

ポーターがキャリーと結婚したのは、デイドの銃弾から逃れるためだ。理由はともあれ、ポーターは結婚を決意し、夫として彼女をめとった。そしてキャリーがこれまでに得てきた知識によると、夫というものはある期待を持っているらしい。

だがその詳しい内容は、ポーターの要求した奇妙な〝条件〟が具体的にどんなものなのか、直接説明してもらうまではわからない。

キャリーはピンから外れたほつれ毛をとめ直したり、上着の前を撫《な》でつけたりして時間を稼いだ。それから深呼吸をして屋敷に向き直った。

ポーターが玄関前の柱で支えられた屋根《ポルティコ》の下に歩みでる。黒いマントをまといフードをかぶった姿はまるで死神だ。

キャリーはわきあがってくる警戒心を懸命に抑えた。こういう場面には、現実的な態度で臨むのが一番いい。常識的な態度はどんな感情的な雰囲気も鎮めるはずだ。

彼女は頭を傾け、新婚ほやほやの夫ににっこりほほえんだ。「あなたに足りないのは大鎌だけね。納屋に行って取ってきましょうか」

ポーターは黙ってキャリーを見つめていたが、しばらくして曖昧な声でうなった。うなる人が本当にいるのだとキャリーは驚いたものの、大きく息を吸って気持ちを立て直した。四人もの弟の面倒を見てきたのは伊達《だて》ではない。彼女は笑顔を作って顎をあげた。「じゃあ、これからどんなふうに暮らしていくか話しあいましょう」

彼は何も言わなかった。

キャリーは笑顔がだんだん引きつってきた。ポーターは自分の得意なことを続けている。つまり陰に身を潜めながらじっと立っていて、その顔はいつもどおりフードの奥に隠したままだ。

「ねえ、教えて。あなたは結婚生活のあいだずっと、そんなものをかぶっているつもりなの？」

彼がぴくりと手を動かす。フードを外すつもりだったのだろうか。それともさらに引きさげるつもりだったのだろうか。

キャリーは息を吸った。「弟のオライオンは……リオンは三男なんだけど、小さい頃、お気に入りの毛布を手放せなかったの。正確に言えば、毛布じゃなくて古くなった虎の毛皮を四角く切ったもので、毛皮はおばのクレミーが冒険の日々を送ってたときに手に入れたのよ。とにかくリオンは毎晩その毛布と一緒に寝て、昼間も常に持ち歩いてた。はっきり言って、不快きわまりない代物だったわ。汚いし、毛は抜けているし。だけどどうやっても取りあげることができなくて、わたしたちはしかたなく飽きるまで放っておいたの。そうしたら、ある日突然、毛布は消えていた。大騒ぎになるんじゃないかとみんなで身構えたけど、リオンは何も言わなかったわ。あれから、ときどきふと思うの。あの毛布はあまりにも長いあいだあの子の一部だったから、時期が来たらかさぶたみたいにぽろっとはがれたんじゃないかって」こんな話は結婚した日の話題としてふさわしくないのかもしれないが、結婚の予行演習なんてできなかったのだから大目に見てほしい。

それに少なくとも、ようやく彼の注意を引くことに成功した。フードに隠れたポーターの顔が彼女のほうに向けられた。

「このフードがその毛布みたいなものだと言いたいのか？　ぼくが子どもみたいだと？」かすれた耳障りな声には驚いたような響きがまじっていた。

よくわかっているじゃない。そのとおりよ。「あら、そんなことないわ！」いいえ、まさにそうだ。「コッツウォルズではきっと、フードがとても流行《はや》ってるんでしょうね」そんなことはありえない。「わたしも一枚欲しいわ。髪がめちゃくちゃなときも気にしなくてすむもの」

自分がくだらないことをぺらぺらしゃべっているとわかっていた。でも少なくとも、ポーターを怖がって、こそこそ隠れたりしていない。そうする人もいるだろうけれど。

「いや」

キャリーは熱心に身を乗りだした。「いやって、どういう意味？」

「ぼくはフードを捨てたりしない」

キャリーは指がうずうずした。もし弟の誰かがこんなふうに頑固で聞き分けのない振る舞いをしたら、彼女は隙を狙ってフード付きのマントをはぎ取り、さっさと逃げるだろう。くすくす笑いながら。そして奪ったマントを妹のアティことアタランタに渡したら、マントは二度と戻ってこない。ある日突然、広場の真ん中にある彫像にかぶせられているなんてことならあるかもしれないが。

ポーターはキャリーが何をしようとしているか感じ取ったらしく、押しとどめるように手のひらを彼女に向けた。「これからどんなふうに暮らしていくか、話しあいたいんだったな」キャリーが熱心に身を乗りだすと、彼は再び手をあげて止めた。「では、こうしよう。毎日ぼくは日が暮れたらきみの部屋へ行き、きみはぼくの命令に従う。そのあとは次の日の夜まできみは自由だ。昼間は好きに過ごしていいが、村より遠くへは行かないでほしい」

キャリーはかっとなって腕組みをした。「命令ですって？　そんなことは――」

「しいっ」

キャリーは口をつぐんだ。人に〝しいっ〟と言われて黙るのは初めてだ。少なくとも記憶にはない。こんな思わず従ってしまうような声は聞いたことがなかった。あの一度以外……。

前に軍隊が大好きな弟たちに付き添って、ペルメル街を行進する兵士たちを見に行ったことがある。兵士たちが一糸乱れずに同じ動きをする様子は圧巻だった。一歩一歩が完全に揃《そろ》っていて、まるでひとりの巨人が歩いているかのように足音が響いていた。彼らを統率していた毛並みのいい牡馬《ぼば》に乗った将校の姿が脳裏にありありとよみがえる。兵士たちがひとりの巨人のように向きを変えられるのは、その将校のおかげだ。将校はほんのひと言命令を発するだけで、百人もの男たちを自在に動かしていた。

命令とはそういう力を持つものなのだ。キャリーは体の奥が震えるのを感じた。ああ……どうすればいいのだろう。

「いったい……どういうこと？」低い声でポーターに訊《き》く。

彼は暗くなっていく空にフードの奥の顔を向けた。「あのときの提案は本気で言ったんだ。いつかきみは自分の壊したネックレスの真珠をすべて手に入れ、裕福な女性として家族のもとに帰れる」フードの奥から、再びキャリーに目を向けた。「真珠ひと粒につき、命令ひとつだ」

キャリーは愚か者ではなかった。ポーターは彼女とベッドをともにするつもりだ。夫となった彼にはそうする権利がある。キャリーは唾をのみこんだ。「でも……真珠は何百粒もあるわ」つまり、命令を何百回も聞かなければならないということだ。怖くなり、体の奥が縮こまる。いや、怖いからではなく別の感情からだろうか。

「では、なるべく早く始めたいと思っているだろうな」

淡々としたポーターの声に面白がっているような響きを聞き取って、キャリーは顎をあげた。普段の彼女はからかわれるのが苦手だ。それでも経験を重ねるうちに、少しでも弱みを見せればさらにつけこまれるだけだと学んでいた。

「ええ、たしかにそうね」視線を玄関の扉に向ける。「もう日が暮れたわ。〝日が暮れたら〟って言ってなかった？　それとも、今は神経が高ぶりすぎていて無理かしら。少し時間が必要だというなら、休んできてくれてもいいけど」

ポーターが身を硬くした。「からかっているんだな。そんなことはしないほうがいい」立ちあがってキャリーに近づいてくる。

彼はなんて背が高いのだろう。背中がかすかに曲がり、体が傾いているのに、それでもひどく大きくて力があふれている。キャリーは膝の震えを懸命に抑えると、陰になっているフードの奥をまっすぐ見つめた。太陽はすでに黒いウールのフードの後ろに隠れていて、彼女には暗い光を放つふたつの目がかすかに見えるだけだ。

手を伸ばしてきたポーターに顎を包まれ、突然の熱い感触にキャリーはびくりとした。力を入れている様子はないのに、顔を動かせない。彼の手は乱暴ではないが、やさしくもなかった。

「思うんだが……」ポーターの手が顎から離れて首の横を滑りおり、肩をたどる。やがて指先がドレスの襟ぐりから内側に入り、下へと向かった。

キャリーは驚いて鋭く息を吸った。着古したドレスは体にかなりぴったりしており、一瞬指が止まる。けれどもポーターは引きさがらず、さらに下へと進んだ。

キャリーは化粧台に押しつけられた昨夜の出来事を思いだした。あのときもわがもの顔に動きまわる熱い手のなすがままになって動けなかった。

ポーターの頭にも同じ記憶がよみがえったらしく、彼は硬くなった胸の頂を見つけ、指のあいだにとらえた。

キャリーは思わず体を引いて息をのんだ。パニックに陥り、屋敷の前の道に目を走らせる。もし誰かに見られたら……。しかし、そこには誰もいなかった。ひとりになりたいと愚かにも望んだとおり。

ポーターが体を寄せ、キャリーに覆いかぶさる。しだいに濃くなっていく夕闇の中、キャリーは迷子になってしまった気がした。ここには彼女を助けてくれるものは何もないし、誰もいない――ポーターを除いて。そのポーターはキャリーの胸の頂を指に挟み、当然のように転がしている。

低く熱いポーターの声は官能的で危険に満ちていた。「最初に会ったときと同じきみが欲しい。髪をおろして、裸足でシュミーズだけを身につけたきみが……」

容赦のない愛撫《あいぶ》に、胸の頂がさらに硬くなった。ショックでめまいがして、足元がおぼつかない。息が吸えないけれど……そうではなく、ただ息をするのを忘れているのだろうか。警戒心がふくれあがるが、同時に未知の感覚が下腹部で息づくのを感じる。

歓《よろこ》びと苦悩に同時にとらわれ、呆然としていたキャリーは、彼のもらした満足げなうなり声に呪縛を解かれた。

男というものはいつだってこんなふうに傲慢なのだ。

キャリーがあとずさりしたので、ドレスの内側に侵入していたポーターの手が離れた。けれども彼は異議を唱えなかった。

キャリーは顎をあげた。「わかったわ。髪をおろして、シュミーズだけ着て、靴は履かない。真珠三つ分ね」

ポーターが夜のジャングルで遠くから聞こえてくる虎のうなり声のような音をたてる。「ひとつの命令につき、真珠ひと粒だ。交渉の余地はない」彼女の存在が目に入らなくなったかのように、フードで覆われた顔をそむけた。

キャリーはすばやく向きを変え、玄関に向かった。要するに逃げだしたのだが、ポーターがその事実に気づかないよう心の中で祈った。扉の前で振り返る。

「取引に含めるものを、あなたはひとつ忘れてるわ」

「そうだったかな。なんだ？」

眉をあげたものの、キャリーは声を高めたりはせず、低いささやき声で言った。「昨日の夜、あなたと出会ったとき、わたしはひどく……濡れていたわ」ポーターが鋭く息を吸うのを聞いて笑みを浮かべ、再び背を向ける。彼にやり返したことで、逃げだしたい気持ちは消えていた。

〝ひとつの命令につき、真珠ひと粒だ〟階段をのぼっていたキャリーは足を止めた。手すりにかけた手が震える。

真珠は何百粒もある。

唾をのみこんだが、からからになった喉は潤わなかった。真珠は何百粒もあるのだ。こんな取引は拒否したらどうだろう。部屋の扉に鍵をかけ、真珠は埃をかぶるまま放っておく。そうしたらポーターは、今度は食べ物を得るために命令を聞けと脅すだろうか。彼女はどれくらい持ちこたえられるだろう。

結構長く耐えられる気もする。それでも、意志の強さにかけては妹のエリーことエレクトラには絶対にかなわない。一度、両親が珍しくエリーの希望を却下したことがあった。「おまえのためだ。猿ってのは見かけほどいいものじゃない。たとえて言うなら、手が使える鼠《ねずみ》みたいなもんだ」当時十四歳だったエリーは絶食を十日間続け、十一日目にかわいらしくもいやらしい生き物がわが家にやってきた。ところがその猿はあっという間にエリーの親指を嚙《か》むと、自分を連れてきた行商人の陰にすばやく身を隠した。

その晩、親指に包帯を巻いたエリーは、夕食の席につくなり男きょうだいふたりを合わせたよりも大量の食べ物をおなかに詰めこみ、それでもまだ足りないようだった。エリーみたいに甘やかされた子どもは殺しても死なないとデイドは言った。

キャリーはそんなふうに親に甘えたことはない。

それでも彼女は骨の髄までワーシントン家の女だった。ワーシントン家の人々は王族以外には頭をさげない。なぜなら自分たちの血筋はストーンヘンジの石柱と同じくらい古いのだからというのが父の口癖だった。

とにかく逃げもしないし、飢えるつもりもないなら、自分はどうすべきなのだろう。

キャリーの顔にゆっくりと笑みが浮かんだ。

何も悩む必要はない。当然、夫の命令に従えばいいのだ。なぜなら従うのはキャリーが臆病だったり気骨がなかったりするからではなく、そうするのがポーターに対する完璧な仕返しになるからだ。ワーシントン家の人々は仕返しにかけては知りつくしている。

彼女はポーターに従順に従う。ポーターを喜ばせるのだ。あの手入れをされないまま埃をかぶっている絨毯の上に、ポーターが満足のあまりへなへなと座りこむまで。

そしてその見返りとして、真珠のネックレスを手に入れる。エリーとアティを社交界にデビューさせるために。そうしたら馬車に乗りこんで、車輪が巻きあげる土埃の中にポーターを残していこう。振り向きもせずに出ていくのだ。

娘は――いや、心の中でも呼び方を改めなければならない――レンの新妻はようやく逃げだした。ここまで持ちこたえたのが驚きだ。キャリーはどこかずれている。人のことばかりで、自分の身の安全をまったく顧みない。

昨日の夜、レンが酔っ払って体に触れたときも、おとなしく受け入れた。たしかに最後にはとんでもない悲鳴をあげたが、それまでにレンは完全に欲望が高まっていたし、彼女のほうも同様だったのは明らかだ。

そして今朝、怪物として生きなければならない現世にやっと別れを告げられると思ったら、キャリーが兄を止めてしまった。しかもレンのとんでもなく好色な要求を受け入れてまで、両親の前で彼と結婚した。

これを頭がどうかしたと言わずしてなんと言おう。

キャリーはついさっきも少し離れたところに立って、顎をあげ、闘志をみなぎらせてレンをにらみつけた。そんな憤怒《ふんぬ》の女神のような姿を見ていたら、思わず屈服させたくなって、思っている以上のことを口にしてしまった。

〝取引に含めるものを、あなたはひとつ忘れてるわ〟去り際の彼女の反撃を思いだして噴きだしながら、レンは屋敷の正面側にある居間に入った。痛む体をかがめ、マントルピースの上に最後に残っていた火つけ用の紙片を使って、石炭から蠟燭に火を移す。

キャリーとの日没前のひとときを思いだすと、レンは自分が信じられなかった。本当に屋敷の前という誰に見られるかわからない場所で、新妻の体を探ったのだろうか。日が落ちた今、屋敷の中はすっかり暗い。

こわばった体で階段をのぼっていくとき、レンはいつもと違って悪態をつかなかった。硬くなった彼女の胸の頂の官能的な感触を思いだすのに気を取られていた。女性の体にただ触れるだけでどんなに体が熱くなるものか、あまりにも久しぶりで忘れていた。

そうしようと思えば、今夜、キャリーをわがものにできる。レンには牧師によって与えられた権利がある。彼女はバチスト生地のシュミーズだけをまとって待っているだろう。当然ながら、キャリーはレンに嫌悪感を抱いている。だから取引が完了すれば、さっさと出ていくはずだ。振り返りもせずに。

この先、自分に女性に触れる機会が訪れるとは思えない。こんなふうに再び女性に触れられるなんて想像もしていなかった。運命が彼女を、レンの行く手に置いてくれたのだ。

キャリーはレンに借りがある。愚かな兄が絞首台に送られるところを免れさせてやったのだから。自分が死んだあとのことなど、レンにはどうでもよかったのに。

キャリーのことは好きにしてかまわないのだ。彼が怪物なのだと悟らせるのは、早ければ早いほどいいだろう。キャリーは格別鈍いたちのようだから。彼女と特別に堕落したみだらなひと夜を過ごし、この世で最後の満足感を得る。憎まれようがかまわない。汗にまみれた熱く野蛮な営みでキャリーを奪うのだ。想像しただけで、ねじれた背骨に刺すような痛みが駆けのぼった。息を詰め、焼けつく痛みが徐々に鎮まり、消えていくのを待つ。

だがまだだ。今夜はそのひと夜ではない。

新婚初夜の準備をするのに、たいして時間はかからなかった。キャリーは衣装だんすの内側の釘《くぎ》に二着持っているうちのいいほうのドレス――青よりアイボリーのモスリンのほうが花嫁らしく見える――をかけ、服を脱いでシュミーズ姿になった。そのあとモーガンが今朝結婚式の前に川岸を捜しまわって見つけてきてくれた、小さなかばんからヘアブラシを取りだした。

冷たい床に触れないように、足を引きあげてベッドに座る。暖炉では石炭が心地よく燃えているが、おそらくデイドが帰る前に火を熾しておいてくれたのだろう。キャリーは暖炉から伝わってくるぬくもりと光に感謝した。

これからは自分で火を保たなければならない。誰もいないのだから、火をつけるのも石炭入れをいっぱいにするのも、彼女の役目だ。でも、どうということはない。キャリーは弱虫ではないのだから。

ワーシントン家にも最低限の使用人しかいなかった。住みこみだったのはフィルポットだけで、キャリーの母が劇場で働いていたときの仲間である彼女は、家政婦という名目ながら、実際は料理人と母の話し相手を兼ねた存在だった。そこで実際の家事全般はキャリーたち姉妹が担っており、労力の大半を母が家じゅうのものを絵の具で汚してしまわないようにすることに費やしてきた。だからキャリーは自分で火を熾せる。必要なら、自分で石炭を運んでくることもできる。

でも、今夜はその必要はない。誰かが振っておいてくれたらしく埃っぽさがなくなっている上掛けに座って髪を梳《と》かし、ややもすればのみこまれてしまいそうな恐怖から目をそらそうとしている。

結婚したら必ず初夜を迎えるものだ。そしてそのときに夫について何も知らない妻は大勢いる。キャリーは両親のように深い愛情に基づいた結婚ができるとは期待していなかった。そもそも結婚について何かを夢見たことはほとんどない。そういうことをするにはキャリーは現実的すぎた。ポーターはきっと、普通の男性と比べてよくも悪くもないだろう。

彼女は心からそう願った。

4

妻をみだらに無理やり奪ってやろうというレンの高ぶりは、階段をあがりきるまでにすっかり冷めていた。そんなことはできない。キャリーは少々変わってはいるが、ちゃんとした女性だ。それにあの腹立たしい家族たちをどう見ても愛している。レン自身はこの先の短い生涯で二度とあの感じの悪い彼女の兄には会わないと決めているが、そんなことは関係ない。だから、キャリーに無理強いするのはやめよう。誘惑して、その気にさせるのだ。真珠のひと粒ひと粒を有効に使って彼女の欲望を呼び覚まし、かきたて、名実ともに妻となってもいいという気にさせる。

暗闇の中で。

レンは踊り場で立ちどまった。まずは入浴して体を洗わなければ。髭も何週間も剃《そ》っていない。

〝愚か者め。そんなことで、キャリーの目に映るおまえが怪物でなくなるとでも思っているのか？　彼女がおまえの顔を見たときの表情を思いだすがいい。恐怖のあまり叫んだことをよくも忘れられたものだ〟

レンは頭を振っていやな記憶を振り払った。とにかくキャリーに自分を求めさせて最後にもう一度女性の感触を楽しむか、彼女を思いきり怖がらせ遠ざけて陰鬱な平和を取り戻すか、ふたつにひとつだ。

どちらにしても、徐々にではあるが確実に死に向かっている男にとって、たいした違いはない。

入口でかすかな音がしたので、キャリーは取っ手の動きに目を凝らした。けれども室内が暗すぎて、ポーターが持って入ってきた蠟燭の光で目がくらんだだけだった。

キャリーはベッドの上であとずさりするか、できればベッドの下に隠れてしまいたかった。どうしてベッドに座っていたのだろう。新婚初夜がとうとう訪れたのだ。処女を刈り取らんとする黒いフードをかぶった死神の姿で。

ポーターが暖炉の上に蠟燭を置き、キャリーのほうに近づいてくる。背後から光を受けて浮かびあがった姿は亡霊のようだ。罪にまみれた影の男。部屋はあたたかいのに、キャリーは身震いした。

どうして自分はこんなところにいるのだろう。一日で人生がひっくり返ってしまった。想像もしなかったほど完全に。自分たちだけでは何もできない家族の面倒を見ながら、この先も行き遅れとして、つつましいながらもにぎやかな生活を送っていくのだと思っていた。それなのに、気づいたら得体の知れない陰鬱な男の花嫁かつ大きな屋敷の女主人となって、裸同然の格好で彼の前にいる。

まあ、この屋敷は気に入っているけれど。

キャリーは場違いな考えを押し戻した。あのフードのせいか、それともこの世のものとは思えないほどの美しさが無残にも損なわれた顔を思いだしたせいか、神経質になっていた。これからの時間はユーモアだけでは乗りきれないと、彼女の勘が告げている。

では、どんな時間になるのだろう。驚きと恐怖、どちらに満ちているのか。

今、目の前にいるフードで顔を隠した男の姿を見れば、キャリーが悪夢のような結婚生活に足を踏み入れたのだと誰もが考えるに違いない。でも……。

この男性がいったいどんな悪いことをしたというのだろうか。

たしかにポーターは昨日の夜、キャリーに対して少しばかり行きすぎた振る舞いをした。とはいえ彼女は夜遅くにシュミーズ姿で彼の屋敷をうろつきまわっていたのだ。ワルツを踊りながら。明らかに貞淑な女性の行動とは言えない。

それにポーターは拳銃を渡されたのに、デイドに銃弾を撃ちこもうとせず、わざと地面に向けて撃った。陰に身を潜めていようといまいと、ポーターが実際に誰かを傷つけようとした形跡はない。

これからの時間は恐怖に満ちたものではなく、もしかしたら驚きに彩られたすばらしい時間になるのかもしれない。

キャリーは若くて丈夫な体を持っているが、昨日まで男性に触れられたことはなかった。個人的には、そろそろ多少の驚きを感じてみてもいい頃だと思っている。それがどんなふうか想像すると、期待のため息をもらさずにいられなかった。

彼女の前で、ポーターが唐突に足を止める。キャリーは緊張して、舌で唇を湿らせた。足を引きずり、体がねじれていても、彼は見あげるほど大きい。

キャリーは大柄な男性が好きだった。一緒にいると小さくてか弱い気分に浸れるからだ。

そして彼女は今、自分がとてつもなく小さい気がしていた。

ポーターの手は大きい。昨日触れられたから、そのことはよく覚えている。大きくて、熱くて、やさしくて、執拗《しつよう》だった。

急に腿の付け根が熱く潤んだ。本当なら恥ずかしさに顔を赤らめるべきなのかもしれないが、キャリーは昨夜のポーターの手の熱い感触を忘れることができなかった。あの感触をまた味わいたいという思いで頭がいっぱいになる。

信じられないことに、気づくと彼女はベッドをおり、ポーターに向かって歩きだしていた。

なんて恥知らずなんだろう。わたしったら、またこんな真似をしてしまった。二歩、足を進めると、彼が腕を伸ばせば届くところにいた。大胆な衝動に突き動かされていたのが、ふいにくじけて立ちどまる。ポーターはきっと、とんでもなくふしだらな女だと思っているだろう。

このわたしがふしだらだなんて。ふしだらな自分を想像すると、なぜかキャリーはうれしくなった。わたしなんて、もうしわの寄った行き遅れだと思っていたのに。でもよく考えてみたら、わたしは結婚しているのだ。

勇気が出て再び欲望が体にみなぎり、鋭く息を吸った。ポーターが彼女を見つめている。キャリーはまるで触れられているように、持ちあがった胸に彼の視線を感じた。いいのよ、ポーター。欲しいのならこれはあなたのもの。

キャリーは向こう見ずで……とんでもなく大胆な気分になっていた。ポーターが大きな指のあいだに真珠をひと粒挟んで持ちあげたのを見て、キャリーは謎めいた行きずりの男に自分を売る評判の悪い女になった想像に浸った。血がさらに熱くたぎって体じゅうを駆け巡る。

「口を開けて」

キャリーが言われたとおりすぐに口を開くと、ポーターは一瞬彼女を見つめてから、舌の上に真珠をのせた。

「しゃべるんじゃない。のみこんでもだめだ」彼のかすれた低い声には面白がっている響きがまじっていた。

ああ、どうしよう。キャリーは口を閉じると、なめらかな球体を舌の上で転がした。真珠を口に入れさせることで、ポーターは彼女をうまく黙らせた。このあとは何をするつもりなのだろう。

「両手を背中にまわして」

キャリーはためらいがちに両手を後ろにまわすと、手のひらを合わせて指を絡めた。これでは縛られているようなものだ。ポーターは頭がいい。キャリーが従順であることをこの姿勢で確認できる。彼が命令し、彼女が従うということを。

キャリーは膝から力が抜けそうになった。わたしは意外とふしだらだ。いいえ、ひどくふしだらなのだ。

ポーターがさらに体を寄せた。耳元に響く彼の声はささやきに近い。「目を閉じて」

キャリーがすぐに従うと、下腹部の奥が重く脈打ちはじめた。縛られ、猿ぐつわをはめられ、目隠しをされているのだと想像すると、恐怖と欲望とみだらな期待で頭がくらくらした。自分はここまで大胆だったのかと感嘆の思いがわきあがる。

こんなにみだらだったなんて知らなかった。

けれども、ひとつ疑問があった。ポーターはその事実をどうやって見抜いたのだろう。

よく考えてみなければならない。

あとでひとりになったら。

体が火照り、彼の熱い手が触れるのを息を止めてうずうずしながら待っている今は、ほかのことなど考えられない。

最初に感じたのは、身をかがめたポーターの吐いたあたたかい息だった。「ミス・キャライアピ・ワーシントン、きみがぼくの中の何を解き放ったかわかるかい？」

それは質問というよりひとり言のようで、彼の言葉を正すのは少し気が引けたが、キャリーは何ごともきちんとしたい性格だった。「ポーターよ」真珠を頰の内側に移動させてささやく。

「なんだって？」ポーターは聞こえなかったようだ。

キャリーは咳払いをした。「ワーシントンじゃなくて、ポーター」

彼が固まったのがわかった。それは一時間にも思えたが、おそらく一度か二度、呼吸をするくらいのあいだだったのだろう。それから首筋に低くかすれたささやきを感じた。「たしかにそうだ。ではぼくがそれを証明するあいだ、きみには黙っていてもらおう」

所有欲あふれるポーターの言葉に、キャリーは息が吸えなくなった。自分をポーターに与えた結果、彼女は拘束され、目隠しをされ、猿ぐつわ――真珠は事実上の猿ぐつわだ――を嚙まされて彼の前に立っている。

レンは目の前の光景が信じられなかった。この娘は……キャリーは自分から逃げる気がないらしい。

命じられたとおりに目をつぶり、真珠を口に閉じこめ、自ら手を背中で組みあわせてレンの前に立っている。

その姿があまりに官能的で、レンはなかなか目を離せなかった。ようやく視線をそらしてフードを取り、マントを扉のそばに脱ぎ捨てる。万が一キャリーが目を開けた場合に備えて、蠟燭の光を背中で受けるようにしながら、彼はついに顔をあらわにしたまま花嫁に近づいた。

彼女は自ら従っているように見えるが、本当にそうなのだろうか。もしかしたら心の中では悲鳴をあげつづけていて、必死に嫌悪を押し殺しているのかもしれない。レンはおそるおそる片手を伸ばした。彼が指先で首筋に触れると、キャリーはかすかに身を震わせたものの、体を引きはしなかった。それに勇気を得て、喉をたどって首の付け根のくぼみまで指先をおろしていく。彼女が息をのんだのがわかったが、信じられないことに、そのあともまったくパニックに陥る様子はない。

レンは好奇心に駆られて、手の方向を変えて心臓の上——片方の胸の上——に手のひらをあてた。キャリーの心臓は力強く打っている。情熱をかきたてられているのか少し怖いと思っているのか、鼓動はやや速いが、どうしようもないほど怯《おび》えてもパニックに陥ってもいない。

キャリーの肌はなんて心地よいのだろう……。

昨日の夜、レンは彼女の体から伝わってくる熱や、下腹部に押しつけられたやわらかいヒップの丸みや、一瞬だけ両手に持った胸の重さを楽しんだ。だが今は、きめ細かくてしみひとつない美しい肌に触れているだけで頭がくらくらしている。レンは好奇心に駆られてキャリーの肩に指先を滑らせ、腕へとおろしていった。彼女はまるであたたかいサテンだ。あるいは泡立てた甘いクリームか。欲望が古傷のようにずきずきと脈打っているが、レンはどこまでも従順な花嫁にいつまでもこうして触れていたかった。

今夜はキャリーにこれ以上のことは求めないと決めれば、真珠をひと粒失うだけで、残りの二百二十余りの粒は次の機会に取っておける。

真珠を有効に使えば、この魅力的な女性を一年近く手元に置いておけるのだ。

とにかく、まずは確かめなければならない。「キャライアピ、今夜きみは自分の運命を甘んじて受け入れているように見える。自ら進んでと言えるくらいに」

キャリーは期待に体が震えるのを隠そうともしなかった。そう、たしかに自分は進んでポーターの愛撫を受け入れた。積極的にと言ってもいいかもしれない。あるいは激しく情熱的にと言っても。

一度、どれくらい恋人と続いているかという話をデイドとザンダーことライサンダーがしているのを、聞いてしまったことがある。一年以上になると答えたザンダーに兄は驚き、憐《あわ》れむような声で質問していた。「いったいどうしたらそんなに長く耐えられるんだ?」

今、キャリーはそのときの兄と同じように感じていた。ロンドンでの彼女は、家族のために自分の時間を、人生を、すべて捧げていた。一年などという限られた期間ではないことには目を向けないようにして。

キャリーのすべてはずっと家族のものだった。

自分だけの時間はひとときもなかった。

そんな日々にどうしてずっと耐えてこられたのだろう。

犬が自分をつなぐ紐《ひも》に逆らって懸命に進もうとするように、キャリーはあらゆる制止に逆らってポーターに向かおうとしている自分を感じていた。彼を感じたい、彼に触れたい、彼に触れられたい。自分は今、愛に飢えている。ポーターが急いで行動を起こしてくれなければ、死んでしまいそうなくらいに。

ポーターの指先が首筋に触れたとき、キャリーは体が震え、喜びのあまり泣きだしてしまいそうになった。よかれあしかれ、自分は今夜、彼と契りを結ぶ。そうするのが正しく、当然だ。大いなる謎が解き明かされ、空っぽの場所は満たされる。人生に欠けていた部分がようやくふさがり、完全なものとなるのだ。

理性が押し流されていく。

キャリーはポーターの手を感じた。衝撃的なほど熱い手が肌を焦がし、ざわつかせ、燃えあがらせ、生き返らせる。ポーターはざらついた大きな力強い手でキャリーの体じゅうを撫でまわし、シュミーズの上からも下からも手を差し入れ、焼けつくような熱さで思わせぶりにからかった。こうして包みこまれていると、自分が彼のものなのだと実感できる。侵略されながらも守られているという気がした。この手に抱きしめられている限り、誰からも、何からも傷つけられない。決してやさしくはないものの、彼女を気遣う気持ちがポーターの手から伝わってくる。彼は自分の手の持つ力をよく知っていて、キャリーを乱暴に扱わないように気をつけている。

こんな触れ方をする男性がこれまで女性に触れたことがないはずがない。ポーターに触れられた女性は大勢いたのだろうか。たとえそうだったとしても、気にはならない。過去の経験は今夜のための準備だ。こうして彼女と過ごすための。その経験があったからこそ、今夜はおそらく驚きに満ちた夜になるだろう。

ポーターがキャリーの体を探っていた熱い手でシュミーズ越しに腰をつかんでそっと引き寄せた。彼女にとっては初めてだが、本能に訴えかけるリズムで何度か揺らす。そうよ、わたしをしっかり支えていて。そして……。

けれども、ポーターは先を続けなかった。代わりに両手を下に滑らせてヒップを撫であと、丸みを帯びたそこを持ちあげて左右に開いた。大事な部分を空気にさらされ、キャリーは身を震わせた。目をつぶっているキャリーには何も見えないが、彼はそうではない。

「じっとして」ポーターが命じる。

キャリーは震えを止めた。ポーターの低くかすれた焦がれるような声には、男性に求められたいという彼女の望みを余すところなく満足させてくれる欲望があふれている。自分の声がこんなふうに気持ちをあらわにしていることに、ポーターは気づいているのだろうか。キャリーがポーターを一度もちゃんと見たことがないのに対して、ポーターはキャリーのすべてを目にしている。それでも彼は、思っているほどには自分を隠せていない。人は顔が見えなければ声に耳を澄ますし、触れてくる手の感触からより多くを読み取ろうとするものだ。ポーターの声は欲望と恐ろしいほどの孤独に震えているが、彼女に触れる手はやさしさと喜びを与え、守られていると感じさせてくれる。

ポーターはキャリーを愛しているわけではない。彼女のことをほとんど知らないのだから。知らない男性に触れられたら恐怖に震えてもいいはずなのに、キャリーは今こうして目を閉じていても、彼の感じていることが太陽の光に照らされているように透けて見える。

わたしにはあなたが見えるのよ、ポーター。

「さあ、脱いで」ポーターが熱い両手を彼女から離して、後ろにさがる。キャリーは急に寒さを感じて身震いした。彼女が身につけているのはシュミーズだけだから、ポーターはそれを脱いで一糸まとわぬ姿になれと言っているのだろう。キャリーは一瞬、躊躇《ちゅうちょ》したが、すでに触れられたものを見られても、どうということはない気がした。従順に目をつぶったまま、シュミーズの裾をつかんで頭の上に引きあげた。

冷たい空気に包まれて体が一気に冷え、胸の頂がさらに硬くなる。ポーターに触れられると、体じゅうの神経が敏感になって震えが走った。

突然キャリーは体の前側にぬくもりを感じた。ポーターが近づいたのだ。彼は足を引きずって歩くのに、動くときにまったく音がしない。

「怖いかい?」

〝いいえ〟と〝ええ〟の両方の返事が頭に浮かぶ。でも、やっぱり怖くはない。キャリーはかぶりを振った。

「きみを傷つけるつもりはない」

彼女はうなずいた。

「さっきと同じように、両手を背中で合わせるんだ」

キャリーが従うと、ポーターは彼女の後ろにまわった。彼は熱い手のひらを肩から滑りおろし、腕を通って肘のところで止めた。そして昨日の夜と同様にキャリーの肘を後ろに引いて、胸を突きださせた。

自分は今日も鏡に向かって立たされているのだろうか。背後にいるポーターの息遣いが荒くなったので、そうだという気がする。

ポーターはしばらく動かなかったが、やがて彼女の肘を放した。キャリーは上半身から少し力を抜いたものの、胸を突きだした姿勢を変えなかったのは……ポーターのためだろうか。

わたしは彼に見つめられるのを喜んでいる。

こんなふうに体をあらわにしているのを恥ずかしいと思うべきなのかもしれないが、そう思うことに意味はない。夫は彼女を見つめるのが好きなのだ。そして結婚していることのよさはそこにあるのではないだろうか。結婚した男女は何をしても許される。わたしはこういう行為を楽しんでいるのだろうか。

今のところは。

「膝をついて」

キャリーは衝撃を受けてためらった。けれども結局ゆっくりと膝を曲げ、後ろで手を合わせたまま、なんとかよろめかずに床に膝をついた。

暖炉に近づいたので、震えていた肌の緊張があたたかさに少し緩んだ。

ポーターがキャリーの頭に大きな手をのせた。彼女の髪の感触を確かめるようにゆっくりと指を通し、撫でたり梳かしたりしたあと、たっぷりつかんでさらさらと落とす。

「抵抗しないんだな」

キャリーはポーターが返事を求めているのかどうかわからず、しばらく躊躇したが、やがてゆっくりとうなずいた。

「その従順さはいつまで続くんだろうな」

キャリーは黙っていた。ポーターの声には好奇心と同時に……脅すような響きがあった。彼がキャリーの限界を知りたいのだと気づいて、彼女は顎をあげた。自分でもどこに限界があるのか興味があった。

ポーターはキャリーの体について彼女の知らないことを知っている。それが何か、キャリーは知りたかった。こんなふうに震えてしまうのはなぜなのか、胸の頂が硬くなって脚のあいだが潤うのはなぜなのか、その理由をポーターはきっとよく承知している。

キャリーは彼が好奇心を満たすために行動を起こすのを待った。ポーターがキャリーの限界を察知したら、その瞬間に彼女にもわかるだろう。ポーターの実験に進んで参加しようとしている自分に、キャリーは解放感を覚えていた。結婚式を挙げ、ロンドンに戻った家族と離れたことで、彼女は自由になった。この屋敷では、この部屋では、彼となら、望むことをなんでもできる。しかもそう遠くない未来に、ここから出ていけるのだ。

ポーターの屋敷に残らなければ、こんなふうに誰にも気兼ねせずにみだらな気分に浸れなかった。そしてキャリーは思う存分その気分を楽しむつもりだった。

5

ポーターに四つん這《ば》いになるよう命令されると、キャリーはためらいなく従った。自分がこれほど従順であることや、ポーターの声が情熱にかすれていることに喜びを覚えながら、下を向いた乳房を重く揺らしてヒップを突きだしている姿勢を意識する。彼は今この光景を楽しんでいるのだと思うと、うれしくてたまらない。

ポーターがキャリーの後ろにまわって膝をついた。むきだしのふくらはぎのあいだに彼がズボンに包まれた膝を入れる。一方の膝で片方のふくらはぎを固定しながら、反対の膝でもう片方のふくらはぎを動かして膝のあいだを広げさせる。キャリーは脚を思いきり開いてヒップを高く掲げ、ポーターの前にすべてをさらけだす格好になった。好奇心や少しの恥ずかしさはあるが、恐れは感じない。

彼は先ほどと同じく、大きな両手でキャリーの腰をつかんだ。そう、彼女はこれを求めていた。ポーターが一瞬キャリーのヒップを引き寄せて、自分の体に押しつける。

キャリーはすべての感覚を働かせて、あとでゆっくり思いだせるようにその感触を記憶した。

ポーターが手を下に滑らせ、腿のあいだの潤っている場所に熱い手のひらをあてた。キャリーはもっと強く押しつけたい衝動に駆られたが、ポーターの手はじっとしていなかった。指先でその部分を撫であげ、最後にお尻の穴をやや強くこする。キャリーは思わず身震いして、顔が熱くなった。戸惑いながらも保っていた落ち着きが一瞬で崩れ、羞恥心に襲われる。なんなの？　彼はどうしてそんな場所に触れたの？

信じられない。

ポーターが再び両手を上へと向かわせた。ヒップを越えて脇腹を撫であげ、乳房をすばやく撫でたあと、腕を通って肩を過ぎ、最後にまた頭に戻る。今度は髪をつかみ、キャリーの上半身を引っ張りあげて彼の体に背中をつけさせた。

「なんという従順さだ……」

突然、ポーターの腕がウエストに巻きついたかと思うと、キャリーは絨毯の上から持ちあげられ、一秒も経《た》たないうちに暖炉の前に仰向けに寝かされていた。彼女が驚いて目を開きかけると、ポーターはすぐに手で覆った。

「目を開けるんじゃない」

ポーターは再びキャリーの体に手を滑らせはじめたが、今度は余裕のない性急な動かし方だった。

キャリーは彼に顔を見られているとわかっていた。ポーターは彼女の反応を、身をすくめて逃げだそうとするのを待っている。キャリーは逃げだす代わりに体の力を抜き、彼のなすがままに任せた。ざらざらした手のひらが腹部を通り、腿の上を滑り、胸や肩を這いまわっても。ポーターが腿を開かせて、隠されていた部分を見つめる。キャリーは顔をそむけたが、やはり抵抗はしなかった。そむけた顔が熱くなったのは、暖炉から伝わってくる熱のせいばかりではない。

レンは自分が耐えられなくなるまで花嫁を試しつづけたが、彼女は一度も抵抗して身をこわばらせなかった。彼の手を押しやろうとしないし、暴れようともしない。

キャリーの決意の固さは賞賛に値する。彼女はできる限り早くレンとの取引を終わらせて家族のもとへ戻りたいと、心から願っているのだろう。目をつぶらせられたときは、彼の顔を見なくてすむとほっとしたに違いない。

キャリーは閉じたまぶたの裏で、別の男の顔を思い浮かべているのだろうか。それならこれほど従順なのも納得できる。レンに腹を立てる権利はない。レンのような男がこれほどやさしく甘やかな肉体を独占できると考えるなど、おこがましいにもほどがある。

レンは駆り立てられるように再びキャリーの体に手を置き、あちこちに滑らせてその感触を頭に叩きこんだ。この記憶は彼女が去ったあと、果てしなく続く凍える夜をやり過ごすよすがになるだろう。

それにしても自分のような男が、キャリーみたいな女性に触れることができるなんて……。

昨夜、暗闇の中に蠟燭の光で照らしだされた彼女を見たとき、なんて美しいのだろうと思った。夜が明けて昼の光の中で見たキャリーは魅力的だった。そして今、こうしてレンの飢えた目の前にご馳走《ちそう》のごとく横たわっている彼女は、すらりとした手足とクリーム色の体を持つ女神のようだ。絨毯の上に明るい茶色の髪を広げ、淡いそばかすが散っている頰に長いまつげを落としている。

こういう女性に愛されるのはどんな気分だろう。対価を与えたり、強制したり、目をつぶらせたりしなくても、喜んで身を任せてもらえるのは。

彼がそれを知ることは絶対にない。

「おやすみ、ミセス・ポーター」

ポーターが自分から離れ、足音が遠ざかって寝室の扉が閉まるのを聞いて、キャリーは驚愕《きょうがく》した。沈黙が耳の奥でこだまする。

彼女が目を開けると、ポーターはいなくなっていた。身を震わせながら満たされなかった欲望に腿を濡らし、怒りと欲求不満に燃えている妻を置いて。

何も知らない生娘のように扱われたことに、まさに何も知らない生娘であるキャリーは腹が立ってしかたがなかった。

なんという男だろう。

コッツウォルズから南東に遠く離れたロンドンの賭博場で、男はひと揃いのカードをもてあそんでいた。背の高い丸窓から差しこんでいる午後の光が、夜には豪華に見えた絨毯をみすぼらしく変え、空気中を舞う塵《ちり》をきらきらと輝かせている。

男がひとり入ってきた。最初の男と同じくらい長身で堂々としているが、やや緊張した様子だ。

最初の男は顔をあげた。「また来たのか」

二番目の男が椅子を引きだして腰をおろした。座っていいかと訊きもせず、最初の男も何も言わなかった。「やつが結婚した」

銀色がかった灰色の目をした最初の男は眉をあげた。「結婚だと？　婚約していたとは知らなかった」

部屋の雰囲気を冷えこませるのではなくあたためるような青い目をした二番目の男が、椅子の背にもたれて首を振った。「婚約はしていなかった。女と出会ったとたんに手を出して名誉をけがし、彼女の兄との決闘を経て結婚した。全部で二十四時間以内の出来事だ」

「ずいぶんと衝動的だな」

二番目の男がくしゃくしゃに乱れている髪に指を差し入れ、さらに乱した。強い懸念から眉間にしわを刻んでいる。「いや、やつはそんなたぐいの男じゃない。これまでずっと目立たないように暮らしてきて、誰ともつきあわず、人前にもほとんど出ていなかった」

「だから怪しいとしか思えないわけだ」

二番目の男が最初の男を警戒の目で見た。「女のことか？　もちろん怪しいと思ってる。だがやつについては……」態度を決めかねているように言葉を濁した。

「あの男はこれ以上問題を起こさないと、きみが請けあったんだぞ」冷たい目をした最初の男は、深紅のフェルトを張ったテーブルにカードを完璧な扇形に広げて置いた。

彼は立ちあがりながら続けた。「その展開は気に入らない。不可解な変化と得体の知れない花嫁について、何か手を打つべきだろうな」

二番目の男は一瞬異議を唱えたそうなそぶりを見せたが、結局大きく息を吸って言った。「もちろん、決めるのはきみだ」

入口に向かって歩きだした最初の男は途中で振り返った。「当然のことをわざわざ言ってくれて礼を言うよ」

二番目の男が頭を振って小声で言う。「貴族というのは本当に傲慢だな」

「そしてきみは思い違いをしている煙突掃除人だ」男は今度は振り返らずに言った。

「さあ、帰れ、サイモン。ここはもうわたしのクラブだ。部下たちもカードもゲームも、すべてわたしのものなんだよ」

「ダルトン、やつと結婚した娘はゲームとなんのかかわりもないかもしれない。ただの娘だってこともありうるんだ」

「そうかもしれないし、そうではないかもしれない」

「じゃあ、どうするつもりだ？」

ダルトンは歯ぎしりした。「よりにもよってきみがその質問をするのか？　われわれが法の外にいることはよくわかっているはずだ。わが国の民が国家の安全にかかわる汚い仕事に手を染めずにすむように、われわれは存在している。きみが今のわたしの地位にいたとき、一度も暗殺を命じたことがないとは言わせない」

サイモンが両手を見おろす。

ダルトンはため息をついた。「サイモン、わたしは英国のあちこちを若い女性を殺すよう命令してまわっているわけではない。だがわれわれの仕事はわれわれにしかできない」

サイモンがうなずいた。「わかっている。だが今、言えるのは、その命令をくだすのがぼくではなくきみでよかったということだ」

ダルトンはあきらめた様子で鼻を鳴らした。「ありがとう」

サイモンが振り返って椅子の背に腕をかけた。「ああ、ところでダルトン、妻からきみの奥方に伝言を頼まれたんだが、いつでもまた子猫を引き取る用意があるそうだ」

堂々と部屋から出ていくつもりが出鼻をくじかれ、ダルトンは肩をすくめてうなずいた。「伝えておく。おそらくわれわれは今夜、また一緒に食事をとることになるんだろうな」

サイモンが降参したように手を振った。「お望みの場所に喜んで参上するよ」

ダルトンは口を引き結び、何も言い返さなかった。彼も妻を心から崇拝していた。

「では、今夜会おう」

サイモンはうなずいた。「それまで、なるべくならどこの娘も手にかけないようにしてくれ」


同じ頃、街の反対側にある何十年も前の優雅さをかすかにとどめた広大なみすぼらしい屋敷では、縦横に走る廊下に混乱と喧騒《けんそう》が満ちていた。

ワーシントン家の末っ子であるアタランタ・ワーシントンは誰の目にもとまらないように透明人間になったつもりで、母の最新作である《子豚といるシェイクスピア》がのったイーゼルの下を這い進んでいた。

別に、父の言う〝公開討論会〟に参加するのを禁じられているわけではない。古代ローマの円形闘技場の観客たちのように親指のあげさげで自分の意思を示せるようになって以来、討論会には彼女も参加を許されている。親指のあげさげこそが民主主義の最初の形だと言ったのはリュクルゴスだったか別の誰かだったかわからないが、アーチー・ワーシントンは民主主義を信奉していた。だから末っ子のアティも幼い頃から家族の義務として、自らの意見を表明しなければならなかった。

だが自分が参加していないときのほうが議論は興味深い方向に展開すると、アティは気づいてしまった。だからこうして膝を抱え、みんなが鉢植えの植物だと思ってくれますようにと祈りながらじっと座っている。

全身を耳にして。

「どうしてあのとき、キャリーの結婚を許してしまったんだろう。父さんたちだって、認めるべきじゃなかったんだ！」

大声をあげているのはデイドだ。絵の具が飛んでいる居間の絨毯の上を、険しい顔で行ったり来たりしている。アティの意見では、デイドは男きょうだいの中で一番見映えがいい。キャスことキャスターとポルことポラックスは、自分たちは双子なのだから二倍ハンサムなのだと主張しているけれど。

「妹のわたしのいないところで結婚しちゃったなんて信じられないわ！」

アティは美人な姉のエリーに向かって顔をしかめた。エリーの言い方だと、まるで自分だけがキャリーの妹みたいだ！　エリーはキャリーが自分より先に結婚したことを妬んでいる。家族はみんな、最初に結婚するのはエリーだと思っていた。エリーが一番きれいだし、必死こいて結婚したがっているから。

アティは〝必死こいて〟という言葉が好きだ。ほかの人々――ワーシントン家以外の人々――が驚いて眉をひそめる言葉も、彼女は使うことを許されていた。たとえばアティは体のあらゆる部分のラテン語の名称を知っている。少なくとも、女性の体については。母さん――本人は〝アイリス〟と呼んでほしがっているが、誰もそう呼ばない――がはっきり言いきったのだ。人が自分の体について知っているのは当然だと。

「体はあなたを運ぶ乗り物なのよ、アティ。乗りこなすためには名前くらい知っておかないと」

エリーが大げさに騒ぎ立てるといつもすぐに割って入るキャスとポルが、決闘についてデイドをからかいはじめる。

「じゃあ、結局、自分の拳銃の引き金は引かなかったんだね？」

「ほんの少しも？」

「それって、兄としてどうかと思うよ」

「まったくだ。世間のみんなだって」

「それじゃあ、妹のことをまるで」

「気にかけてないって思うんじゃないかな」

「そいつ、頭がどうかしたやつかもしれないじゃないか！」

「ほんと、話を聞いてると、頭がどうかしてるって感じだよ！」

「じめじめした暗い屋敷にひとりで住んでるなんて」

「何をしてるか、わかったもんじゃないね！」

「もういい！」デイドが振り向いて双子たちをにらんだ。関節が白くなるくらい、両手をきつく握りしめている。「キャリーが自分で決めたんだ！　いつもみたいに！」

キャスがうめき声をあげてうなずいた。ポルが天使のような顔でにっこりする。

「わかってるって。兄さんもわかってるかどうか、確かめようと思っただけさ」

アイリスが弱々しく手を持ちあげた。いつものように、袖口から絵の具のついたハンカチがぶらさがっている。「もう、デイドったら！　たしかにミスター・ポーターはちょっと変わってたわ。蠟燭があんなに少ないなんて、やっぱり変よ。でも彼なりにすてきな人なのかもしれないじゃない」

アーチーが意味ありげな顔でうなずく。「そのとおりだ。歴史的に見ても、偉人には変わり者が多い。わたしですら、ときどき変人と言われることがある」ありえないとばかりに苦笑した。

アティは立てた膝に横向きに頰をのせ、父を見つめた。愛情はたっぷりでも幻想という曇りのない目で。父さんは『不思議の国のアリス』の帽子屋みたいに頭がどうかしていて、父さん以外の全員がそれを知っている。それでも父親としては愛情深く、アティがバタースコッチ・キャンディと、古代の女王についての本と、何日も続く緊迫したチェスの勝負が大好きだとちゃんと覚えてくれている。

デイドは両親のあまりにも能天気な考えに頭を振った。「自分が何をしているのか、キャリーが理解していたとは思えない」

「いや、姉さんはちゃんとわかっていた。兄さんを助けるにはそれしかなかったんだ」

リオンの声がして、アティは期待に居住まいを正した。リオンは天才だ。父さんみたいに自分で自分を天才だと思いこんでいるだけの人とは違って。そしてリオンは普段、家族の議論にほとんど口を挟まない。はっきり言って、自分の科学論文について語るとき以外、ほとんど口をきかないのだ。

デイドは驚いた顔でリオンに向き直った。「ぼくを助ける？　何から？」

リオンは読んでいた分厚い学術書を置き、ずり落ちてきていた眼鏡を押しあげると、デイドをまじまじと見つめた。リオンの眼鏡についてだが、実は必要ないのではないかとアティはひそかに疑っていた。眼鏡がないとハンサムすぎて――ただし陰気な種類のハンサムだが――すばらしい論文を発表しても真面目に受け取ってもらえないのではないかと考えているふしがあるのだ。それでワイヤーとガラスで伊達眼鏡を作ったに違いない。

「兄さん自身からだよ、もちろん」リオンはデイドの鈍感さにあきれたように頭を振った。「見当違いの英雄的行動のせいで、殺人罪で起訴されて絞首台に送られるところだったんだからね」

アティは目を丸くした。まさかそんな事態になっていたかもしれないなんて。でも、キャリーならきっとそうしただろう。キャリーはいつも、自分よりみんなのことを先に考える。いつもそうだ。そして家族は全員、当然のように姉さんの献身を受け入れてきた。そういう人なのだと思って。

エリーが気取った仕草でスカートを撫でつけた。「それにしても、姉さんがそもそもどういうつもりだったのか知りたいわ。だってたまたま評判を落とすような真似をしてしまったなんて話、家族は誰も信じないでしょう?」

家族全員が振り向いたので、アティは首を縮めながら考えた。エリーはたまに真実を突いた発言をする。

みんなが険しい顔をしているのを見て、エリーは顎をあげた。「ひとりだけ起きてたからって、どうして知らない屋敷の中をふらふら歩きまわったりしたの?」

アイリスが体の力を抜き、たいしたことはないとばかりに手を振る。「ああ、そのこと！　あの子はきっとあそこにいた霊たちと交信するのに夢中になって、自分が下着姿なのを忘れてしまったのよ。そういうことってあるもの」

エリーが顔をしかめてつぶやいた。「この中の一部の人だけにね」

アーチーが妻の手を取ってほほえんだ。「きみはまるで、酔っ払いの水夫の夢に登場するような姿だった」

この期に及んでも的外れな会話を交わしている両親を、デイドはにらみつけた。

「キャリーは霊と交信なんかしていなかった！　溺れそうになった直後だったんだ、エリー。だから下着以外の服を全部脱いで、暖炉のそばで乾かしていた。そして、付き添い役《シャペロン》を務めるべき者は全員眠りこけていたんだ」

アイリスが息子に加勢するようにうなずく。「ええ、そうなのよ。アーチーとわたしはブランデーを飲んだから、あっという間に寝てしまったの。でもキャリーには、ブランデーは役に立たなかったみたい」

「やっぱり！　姉さんは酔っ払って、知りもしない男たちと楽しんだんだわ！」

キャスとポルが頭を振る。

「たしかに酔っ払って楽しんだんだな」

「だけど男たちとじゃなくてひとりの男とで」

「一個小隊全員と楽しんだわけじゃない」

「ほんとのところは知らないけど」

双子は揃ってデイドのほうを向いた。

「一個小隊とだったの？」

「そういえば、細かいことは教えてくれなかった」

「全部教えてよ！」

ほかのときだったら、双子がデイドを困らせているのを見てアティは笑っただろう。でも今はキャリーが心配でたまらず、笑うどころではなかった。

もしエリーの言ったこと――その事実だけでもいろいろ心配だが――が正しくて、それなのにキャリーが見知らぬ男と困った事態に陥っているなら、その男はとんでもないろくでなしだ。そして明らかにデイドはそう考えたのだし、実際にその男に会ってもいる。

それまではアティはどちらかというと、ロマンティックな想像の一部としてポーターのことを思い浮かべていた。だがその姿が突然、酔っ払って人には見せられない格好で屋敷の中をさまよう、乙女に襲いかかる恐ろしい怪物へと変身した。

「もう全部話した！」デイドが怒鳴った。

「デイド、少し落ち着きなさい。キャスとポルはただ役に立ちたいと思って言っているだけだ」アーチーが穏やかな声でたしなめた。

「こいつらにできることなんか何もない！　今となっては、キャリーを助けだすためにぼくたちができることは何もないんだ」

「それはちょっと違うな」リオンが再び口を挟み、アティは三番目の兄を見るために首を伸ばした。

リオンは椅子の背にもたれて天井を見あげている。そして双子も含めて家族全員がリオンの言葉を黙って待っていた。リオンはいつも、深く考えこむときにこの姿勢を取る。この姿勢から多くの危険な瞬間だけでなく、すばらしいアイデアが生みだされてきた。噂《うわさ》とは違ってリオンの実験がすべて、火事や洪水を引き起こしたり、食料を燃やしつくしたりするわけではない。

リオンは心の中で自分と話しあっているのか、どこかうわの空だ。「今頃はおそらく、床入りもすんでいるだろう。だから結婚の無効を申し立てても無駄だ……」

「いずれにしても、無効の申し立てはキャリーがすでに拒否した」デイドが小声で言った。

リオンは目をしばたたいた。「だから論理的に考えて、選択肢はふたつだ。ひとつは離婚で――」

エリーが叫ぶ。「だめよ、絶対にだめ！　家族に離婚した人がいたら、わたしはこの先、絶対にちゃんとした結婚ができなくなるもの！」男きょうだいに揃って険しい顔を向けられ、エリーは身を縮めた。「わたしだけじゃなくて、アティもよ。それに姉さんだってそんなことは望まないと思うわ」

エリーに邪魔されても、リオンは目を向けなかった。「もうひとつは未亡人になることだ」体を起こし、静かにみんなを見まわした。

「あら！　そうなったら黒いドレスを着られるわね」アイリスが顔を輝かせる。「わたしはとても黒が似合うの。それにキャリーはすてきな未亡人になるわ。ねえ、そうでしょう、あなた？」

アーチーが妻に笑顔を返した。「そりゃもう、美しい未亡人になるだろうな」

双子が示しあわせたかのように揃って立ちあがる。

「つまり、ぼくたちみんなで」

「そいつを殺すの？」

「どんな方法で？　毒殺する？」

「それって、あまり男らしくないよね。血が出ないから」

「たしかにおまえの言うとおりだ」

「馬車の事故に見せかけるっていうのはどうかな」

「そうだな、でも馬が怪我をするかも」

「そいつはまずいな。それなら――」

「やつを殺したりなんかしない!」デイドが部屋の真ん中に立って、きょうだいひとりひとりに指を突きつけて怒鳴った。だが双子のやり取りのあいだも岩のように固まって動かなかったアティは、デイドの視界に入っていなかった。

毒殺。

興味深いアイデアに、アティは考えを巡らせはじめた。

6

翌日、キャリーは朝早くに目が覚めた。寝室の背の高い窓の外に広がっているコッツウォルズの丘陵地帯はまだ暗い。早春の今は、睡眠のリズムと日の出の時間が一致しない。彼女は重い上掛けの下で小さく体を縮めると、顎の下で両手を握りあわせ、静かな暗がりに響く自分の息遣いに耳を澄ました。

結婚したのだ。

見知らぬ奇妙な男と。

昨日の晩の記憶がよみがえると、恥ずかしさと歓びが同時にわきあがって体が熱くなった。彼は本当に変わっている。

キャリーは生まれてからずっと、変わった人々に囲まれて暮らしてきた。母のアイリスも相当な変わり者だが、母には女きょうだいがふたりいて、そのどちらもアイリスに輪をかけた変人だ。おばのポピーは三回触ったものは必ずきれいにしなくては気がすまない。例外なく、触れるたびに。おばのクレミーことクレメンタインはキャンキャン吠《ほ》える小型の犬ばかり飼っていて、それをときどきドレスの胴着《ボディス》の前をたるませたところに入れて運ぶ。クレミーが犬の口にキスをすると、ポピーはいつもいやな顔をする。

だから変人はキャリーにとって目新しいものではなく、どうということはなかった。それよりも我慢がならないのは静まり返った暗闇だ。貧しいながらも人があふれてにぎやかだったワーシントン家では、この豪華な屋敷のあらゆる場所を侵食しているこういった暗闇には縁がなかった。

とはいえ、運命の急変から逃げまわっていてもしかたがない。ベッドの中で怯えて小さくなっていても何も変わらないのだ。そう思い定めると、キャリーは上掛けを払いのけ、冷たい床に足をおろした。部屋をこんなふうに寒いままにしておくなんて、夫はけちなのだろうか。それとも質素な暮らしに体が鍛えられていて、寒さを感じないのだろうか。

だが、キャリーはそういうわけにいかない。寒いのは大嫌いだ。

ポーターに関するさまざまな疑問が頭に渦巻いた。現在の生活、彼の過去、彼の意図。答えを知りたいが、それはこの寝室にいたのでは手に入らない。

幸い、暖炉の石炭の火がまだ残っていたので、蠟燭に火を移す。部屋じゅうを歩きまわって見つけた蠟燭すべてに火をつけると、それまで大きな洞窟のようだった部屋が驚くほど優雅な場所に変わった。スピンドルチェア（糸巻きをモチーフにした椅子）や細かい象眼が施された化粧台を見ると、ここは明らかに女性用の部屋だ。キャリーが夫に出会った部屋でもある。

化粧台に置かれていた宝石箱は消えており、キャリーは自分の運命を変えた夜の詳細を思いだしてしまわないよう顔をそむけた。

洗面台に置かれている陶器の水差しが空っぽだったので、キャリーはやれやれとばかりに頭を振って顔を洗わないまま身支度を整え、髪を小さくまとめた。川に流されずに救いだせた二着のうち質素なほうのドレスを選んだのは、使用人がいないここでは当然すべてを自分でしなければならないからだ。これで新しい生活に乗りだす準備はできた。

夜のあいだ、隅々まで彫刻を施したオーク材の扉が立ち向かうべき運命を締めだしておいてくれた。キャリーは一番大きな蠟燭を持って、扉の取っ手に手を置いた。朝になった今、運命と向きあわなければならない。

一時間後、キャリーは自分の夫が取りあえず今日は出かけてしまっているという結論に達した。屋敷の隅々まで捜したが、ポーターはどこにも見あたらなかったのだ。外では東の地平線からバラ色の光の筋が放射状に延びているので、彼は夜が明ける前に出かけたに違いない。

なんて奇妙なのだろう。出歩くようなたぐいの男性には見えなかったのに。

懸命に奮い起こした勇気が無駄に終わり、失望すると同時にほっとしたキャリーは、ひとりきりで過ごす一日を始めるにあたって、まず腹ごしらえをすることにした。水は厨房に行けばあるだろうし、食べ物は最初の夜に屋敷を見てまわったときに、貯蔵室にたっぷりあるのを確認している。

貯蔵室をよく調べると、吊されている肉の塊やチーズのあちこちが無秩序に切り取られていた。キャリーはそれを目にして、こういった屋敷なら普通は使っているメイドや料理人を置かずにひとりで暮らしている彼を、賞賛すべきなのか憐れむべきなのか決めかねて顔をしかめた。とにかくポーターは貯蔵室にあるものを適当に切り取って食事をすませているとわかった。キャリーは肉とチーズを丁寧に薄く切って自分用に取り分けたあと、残りを別の皿にきれいに盛りつけ、次に彼が食料を取りに来たときのために置いておいた。

鼻歌を歌いながら自分の分をのせた皿を持って厨房に入ると、かまどがひとつの壁のほぼ全面を占領していた。家族や使用人や来客のために何十人分もの料理を作れる規模のものだが、今は大きなガラス窓から差しこむ刻一刻と明るさを増している光に照らされて、埃っぽく打ち捨てられた雰囲気だけが漂っている。使ってくれ、必要としてくれというかまどの叫びが聞こえてくるようだ。

キャリーはその叫びに応えることにした。巨大な獣のようなかまどの焚《た》き口には、厨房の外の中庭で見つけた薪《まき》のほぼすべてが入った。そのあと、古くて乾燥しきっている薪に火をつけるのは簡単だった。

勢いよく燃える火はすぐに厨房をあたため、打ち捨てられて悲しげだった部屋は生き生きとした居心地のいい場所に変わった。

次に長いあいだ手入れをされた形跡のない菜園の向こうにあるニワトリ小屋に行ってみると、期待どおり卵が手に入った。そこにいるわずかばかりのニワトリたちは、最低限の世話はされているらしい。卵が新鮮かどうか確かめるために、キャリーは水を張ったボウルに卵を入れ、浮いたものを捨てた。沈んだ卵は割り、貯蔵室にあったバターと広い洞窟のような食品保管室にあった小麦粉と砂糖を加えて、よくまぜる。イーストがないから、パンは作れない。

「取りあえずケーキを焼くわ」キャリーは笑みを浮かべてつぶやいた。やがて厨房から、甘くておいしそうなにおいがあたりに漂いはじめた。

焼きあがるまでのあいだ、キャリーは手桶《ておけ》に何杯分もの水をストーブにのせてあためた。そしてそう遠くない納屋で重ねて収納してあるのを見つけた銅製の浴槽のうち一番小さいものを、悪戦苦闘しながら厨房へと運んだ。石の床に金属製の浴槽がこすれ、鳥肌が立つような音が響いたが、キャリーはにんまりした。わざと大きな音をたてて引きずったのだ。この大きいだけでうつろな屋敷は、もう少しにぎやかなほうがいい。

今やあたたかくなりすぎた厨房にようやく浴槽を運び入れたときには、彼女自身もかなりあたたまっていた。濡れた手首で落ちてきた髪を押しやり、入浴を思いきり楽しもうと決心する。あとはいい香りのする石鹸《せっけん》とバスソルトを見つければいい。

ところが石鹸は見つからなかった。きっとどこか別の場所に保管してあるのだ。ここで働いていたであろう三十人ほどの使用人たちには当然わかっていたはずの場所に。だがすでに彼らがいなくなった空間に問いかけてみても、答えは返ってこない。

ひどい場所だ。使用人はいないし、誰も住んでいないし、ちゃんとした幽霊さえうろついていない。

キャリーは小さなボウルにひとつかみの塩とドライハーブをまぜ、石鹸代わりに使うことにした。ローズマリーとミントは取りあえず汚れを落とす役には立つだろう。

念のため廊下をのぞいて人影がないことを確認し、彼女はドレスと下着を脱いだ。

浴槽に入ると、一瞬湯の熱さに息をのみ、そのあと顎まで浸《つ》かってあまりの心地よさにうめき声をもらした。

清潔好きであるにもかかわらず、ワーシントン家では心地よく入浴をするどころではなかった。年配の使用人に負担をかけないよう、ぬるい湯で我慢しなければならなかったし、妹たちに呼ばれて短く切りあげたり、家の中が普段に輪をかけた混乱状態に陥って、完全に取りやめなければならなかったりすることもあった。腹を立て、水をぽたぽた垂らしながら火を消すこともしょっちゅうあった。比喩的な意味でも、文字どおりの意味でも。文字どおりの火については、リオンの最近の実験は可燃物を扱う傾向を強めていたし、アティは火に魅入られていたので、何をするかわからなかった小さい頃はみんながはらはらさせられどおしだった。

だからこんなふうに肌が赤くなり、指先にしわが寄るまでゆっくり湯に浸かっていられるなんて、それだけでキャリーにとっては驚くべきことだ。あたりには棚の上で冷ましているケーキの甘い香りが満ち、そこに彼女が今使っているハーブの香りがほのかにまじっている。けれどもあまりにも静かすぎて、沈黙が耳の奥でふくれあがり、キャリーは一瞬胸が苦しくなって頭を水に浸けた。今までは夢見たことしかなかった沈黙と平穏に包まれていると、地上にひとりだけ生き残ったような気がしてくる。求めていたものが得られて心地よくうれしいはずなのに、なぜか落ち着かない。周囲に漂っている静けさが、どこか緊張をはらんでいるように思える。まるで屋敷が生きていて、息を潜めて何かを待っているかのような……でも、いったい何を？

キャリーは湯に沈めていた体を起こし、水の滴っている髪を後ろに払いながら、ばかげた想像を打ち消した。片方の脚を浴槽の縁にのせ、先ほど作ったハーブの塩を肌にすりつける。

塩はすばらしい効果を発揮して、ハーブの香りとともに心地よい刺激が肌に得られた。でも、この贅沢《ぜいたく》な入浴に足りないものがひとつだけある。背中の隅々まで洗ってくれるメイドか妹だ。キャリーは腕をねじって背中に手を伸ばしたが、肩甲骨のあいだだけが届かない。

そのとき突然、男性の大きな手が現れた。続いて、まくった袖からのぞく筋肉質の腕が彼女の前を通り過ぎる。その手が塩をすくい取ると、キャリーは驚いて悲鳴をあげ、一糸まとわぬ体に腕をまわして身を縮めた。そのまま固まっていると、手は彼女の背中をやさしく円を描くように撫ではじめた。ざらざらする塩をキャリーの肌にこすりつけている。

キャリーは口の中が急にからからになって、咳払いをした。「ミスター・ポーター、わたしならちゃんとひとりで――」

「手を出してくれ」

彼女は肌に感じる大きな熱い手の感触に気を取られていたので、思わずその言葉に従った。濡れた手のひらに真珠がひと粒のせられた。ああ、そうだったのか。取引だ。キャリーはゆっくりと真珠を握りしめたあと、目を閉じてうつむいた。取引成立だ。

彼女の手が届かなかった場所はほんの一部分だったのに、ポーターは両手を背中に置くと、水面から出ている部分を隅々まで塩でこすりはじめた。あたりが静まり返っているので、彼の手からしずくが落ちる音さえ鐘の音のように大きく響く。キャリーは規則正しく呼吸をしようとしたが、こうして何も身につけていない姿で見知らぬ男性――夫ではあるが――に体を寄せられていると、心臓が恐ろしいほどの速さで打つのを止められなかった。すぐに呼吸も鼓動と同じくらい速くなる。

目を閉じていると、昨日の夜の官能的な場面がいやおうなくよみがえった。蠟燭の光を受けて鏡の中に浮かびあがっていた上半身をむきだしにした自分の姿や、その背後に影のごとくそびえていたポーターに大きな両手で冷たい肌を探られたときの感触が……。

胸の頂の先がダイヤモンドのように硬くなり、キャリーは気づかないうちにポーターの手に体を押しつけていた。ポーターが手を滑りあげて彼女の肩を包んだあと、ゆっくりと腕を撫でおろしていく。キャリーは頭を横に倒して、彼を促した。

湯に塩を流されたポーターの熱い手のひらが、来た道を引き返して腕から肩、肩から首へと向かう。目的の場所まで来ると、彼はそこに手をとどめ、緊張を解きほぐすように小さく円を描きながらマッサージを始めた。十六歳になってワーシントン家の切り盛りを引き受けた瞬間から、彼女のその部分はずっと凝っている。ポーターがそれに気づいてくれたことがうれしく涙が出そうになった自分に驚き、キャリーは深々と息を吐いて彼の手の動きに身を任せた。

なんて気持ちがいいんだろう。大事にされ、甘やかされていると最後に感じたのは、いつだったか思いだせないくらい遠い昔だ。キャスとポルが生まれる前、まだ子どもだった頃だろう。双子の世話はどの家族にとっても大変だろうが、キャリーの弟たちはとりわけいたずら好きで、かわいいけれども面倒ばかり起こしている。

しかしその面倒も、もう彼女には関係ない。弟たちを思いだすと、家族から離れていることの魅力が再び勢いを盛り返した。コッツウォルズにあるこの屋敷はとても静かで安らぎに満ちていて――。

ところがポーターの熱い手に胸を包まれた瞬間、キャリーの頭から安らぎという言葉は吹き飛んでしまった。

レンは両手にずっしりとした乳房の重みをおさめ、喜びに目を閉じた。ああ、彼女はなんてやわらかく甘美なのだろう。そしてシルクのようになめらかだ。耳の後ろで濡れてカールしている髪に目を引かれる。繊細な肩先にも、背骨の線にも。背骨に沿って視線をさげていくと、水の中で魅惑的な曲線を描いているヒップが見えた。石鹸の泡が浮いていない湯は、女性の体を包み隠さず、すべてをあらわにしている。けれどもレンは今、ふくよかな胸に最も心を奪われていた。

自分は黒っぽい髪を短くした大きな目の女性が好みなのだとずっと思っていた。明るい茶色の髪と豊かな胸を持つ女神のような女性ではなく。だがどうやら思っていたより幅広い好みを持っているらしい。

よだれの出そうなにおいにつられて隠れ場所から出てきたが、厨房に入ったとたんに目に飛びこんできたすばらしい光景に度肝を抜かれた。

キャリー。

厨房に差しこんでいる明るい光の中で、彼の妻が裸で湯に浸かり、きれいに磨かれたオパールのような白い肌を輝かせていた。湯から出した長く白い脚を繊細な両手で肌が赤らむまでこすっていて、優雅な細い背中には金色とも茶色とも言えない濡れた髪が川のように流れ落ちていた。

何よりもレンの視線をとらえたのは、張りのある甘美な乳房が濡れて輝いている様子だった。そしてその頂のバラのつぼみにも似たやわらかく突きだした部分……。そこは今、気づいてほしいと存在を主張するように硬くなり、彼の手のひらを突きあげている。信じていいのだろうか。キャリーはレンに触れられるのを楽しんでいると。そんなことはありえないとしか思えないのに、こうして身を寄せていると彼女の息が乱れているのがわかる。ルビーのような先端が冷たい空気に触れてさらに硬くなるさまを見てみたくて、レンはキャリーの胸を水面の上に持ちあげた。

自分の手なのに、他人の手を見ているかのようだ。立ちあがったキャリーの胸の頂をレンが指先でそっとつまむと、彼女が鋭く息を吸って背中をそらした。彼がやさしくひねってみると、浴槽の縁にかけていたキャリーの両手に力がこもった。レンは乱暴になりすぎないように注意しながら、ピンクの先端部分を引っ張って長く伸ばした。三つの動作を繰り返すうち、彼女はどんどん息を荒らげ、湯の中で腿をすりあわせはじめた。

どうやらキャリーと出会った最初の晩の出来事は、酔っ払いの幻覚とは言いきれない気がしてきた。昨日の夜はしかたなく命令に従ったのかとも思ったが、美しい処女の妻はレンに触れられて本当に歓んでいるらしい。

キャリーが小さくかすれた歓喜の声をもらし、力の抜けた手から真珠が落ちて浴槽の底に沈んだ。彼女はぐったりと首の力を抜いてレンの腿に頭をつけ、目を閉じたままピンクの唇からせわしなく息を吐いている。頰や喉や胸が紅潮していくのが見えた。彼女は高ぶっているのだ。レンは地面にできた裂け目の下で爆発寸前までエネルギーをためている休火山のように欲望が高まった。

そして、キャリーを求める気持ちは突然あふれでた。溶岩のように熱く激しく。口の中が乾き、下腹部と同じリズムで頭の血管がずきずきと脈打つ。キャリーを奪いたい。甘やかに潤った場所に押し入り、彼女の口を口で覆って叫び声をのみこみながら、奥深くまで身を沈めたい……。

引きちぎるように服を脱ぎ捨てて浴槽に入り、キャリーを上にして湯の中で貫かないためには、これまで生きてきて一番というくらい全力で自分を抑えなければならなかった。この場ですばやく激しく押し入り、彼女の中で自らを解き放たないためには、レンの欲望で浴槽に大きな波を起こして湯をあふれさせないためには、恐ろしいほどの意志の力が必要だった。

〝厨房で無理やり体を奪うなんて、生娘を相手にずいぶんなやり方だな〟

心の中の声と議論するうちにも、欲望がふくれあがった。キャリーはレンの妻で、夫は妻を好きにしていいはずだ。

残念だな。ここではそういうやり方はしない。さっさと失せろ。

レンの欲望はようやくあきらめた。不満顔で何度も振り返ってにらみつけながら、レンに主導権を明け渡す。彼が美しい妻の甘美な乳房から震える手を離すと、キャリーは戸惑ったように静かに息を吐いた。レンは切りつけられたような痛みを感じた。それでも紳士としての自制心を最後の一滴まで振り絞って立ちあがり、キャリーに背を向けた。

「入浴を心行くまで楽しんでくれ、キャライアピ。今夜会おう」

彼女がはっと音をたてて息をのむ。「今夜？　でも――」

「今夜だ」キャリーは今日の分の務めはこれで終わりだと思ったのだろう。だがまだ終わっていない。今夜まで待つのさえ、レンには精いっぱいだ。

紳士は妻に襲いかかったりしない。浴槽から水の滴る裸体を引きずりだし、厨房のテーブルにうつぶせに押しつけ、後ろから乱暴に押し入ったりしない。

そういう真似をするのは下劣で恥知らずな男だけだ。けだもののような男だけ。

それなのにレンは、彼女を後ろから貫きたくてしかたがなかった。

キャリーは冷えていく湯の中に体を沈めて胸を覆い、ポーターが石造りの廊下を遠ざかっていく不規則な足音に耳を澄ました。それから思いだして、浴槽の底にある真珠を探る。

今夜会おうとポーターは言った。

この続きをしたいのだろうか。一糸まとわぬ姿で濡れているキャリーに触れるだけでなく、ポーターのために恥知らずに身をくねらせる彼女を見たいのだろうか。

もちろん、これ以上のことをしたいに決まっている。そしてそれはわたしも同じでしょう？

たしかにそう望んでいる自分もいた。もっとこういうことをしたいと、行き着くところまで行きたいと望んでいる自分が。

キャリーは男と女が閨《ねや》でする行為を少しは知っていた。ワーシントン家の子どもたちはみんなそうだ。何しろ世界じゅうの本を好きに読むことを許されている。彼女は十二歳になったときに母から、〝挿絵は気にしないほうがいいわよ。ここに描いてある絵はどれも死体を手本にしているんだから〟という言葉とともに分厚い医学の教科書を渡され、男女の交わりの基本的な仕組みを知った。

当時のキャリーは、母に渡された本をなかなか開いてみることができなかった。それでも好奇心に駆られておそるおそる中をのぞき、赤面してしまう事実を理解すると、慌てて本を閉じた。〝ありえない！　誰がこんなばかげたやり方を考えたの？〟子どもだった彼女はそう考えたものだ。

けれどもポーターに入浴を邪魔されたせいで胸の頂が熱を帯びて硬くなっている今、あの本で見たやり方がそれほどばかげたものとは思えなくなっていた。事実、体は彼を求めていまだかつてないほどせつなく火照っている。脚のあいだは甘い痛みに脈打ち、思わず腿をすりあわせるとそこから快感が走って、キャリーは身を震わせた。

ポーターはこれまでにした以上のことを自分にしたいのだと、キャリーにはわかっていた。胸から離れるときの名残惜しげな感じや、立ち去ったときの怒っているような重い足音から。そう、絶対にこれだけで終わるはずがない。

唇をなめてハーブの香りのする塩味を味わうと、キャリーは手のひらの上で真珠を転がした。何カ月かして家族のもとに帰ったとき、彼女は以前とはまったく違った女になっているだろう。

そしてよく考えた末、そうなってもまったくかまわないどころかむしろ喜ばしいと自分が思っていることに気づいた。

ぬるくなった湯の中でくつろぎながら、その驚くべき感情をゆっくりと心に刻みつける。キャリーは目をつぶって合わせた腿のあいだに片手を滑りこませながら、ポーターは過去にどんな興味深い本を読んだのだろうと考えを巡らせた。ここへ来てすっかり感じやすくなっているせいなのか、あるいはただ正気を失っているせいなのかわからないが、誰もいない寝室ではなくこんな場所で自分に触れていると思うと、下腹部の奥がかっと熱くなった。いや、問題なのは場所ではなく、こんな行為をしていること自体なのかもしれない。

まさか、わたしはそんな恥ずかしい真似はしないわ！　絶対に。

でも、誰にもばれるわけがないのに。

誰にもってポーターのこと？

そう、ポーターだ。

彼はもう近くにはいない。廊下に隠れてのぞいているのでなければ。

それでも絶対にしない。

自分にそう言い聞かせながらも、キャリーは脚のあいだをそっと刺激しはじめた。わたしはふしだらなだけでなく、堕落した女になってしまった。銅製の浴槽の傾斜した側面に頭をのせ、細いうめき声をもらす。キャリーはポーターと彼の熱い手を思い浮かべながら手を動かした。彼女に触れたとき、ポーターは息を詰めていた……。夫であり、謎めいた愛人でもある彼の顔を、わたしはまだ一度もちゃんと見たことがない。

ポーターが自分の秘密を保ちつつキャリーをわがものにする方法を、彼女は思い浮かべた。種馬が牝馬《ひんば》とつがう方法を。彼の前に何も身につけていない姿で四つん這いになり、すべてをあらわにしているところを。野生の動物そのままにのしかかられ、激しく揺さぶられたキャリーが、やがて彼とともに欲望の高みへとのぼりつめ、獣の咆哮《ほうこう》にも似た叫びを放つさまを……。

7

キャリーは服を着て、重い浴槽をなんとか厨房から運びだした。ポーターへの憤慨が再びわきあがったのでほっとする。キャリーがポーターを捜すと、彼は書斎にいた。

「わたしたちには……あなたには使用人が必要よ」

ポーターは彼女が部屋に入ったとたん、すばやく顔をそむけてフードをかぶった。

「そんなものはいらない」

この二日間、もしキャリーが怒りのあまり腰の脇でこぶしを握るたびにソブリン金貨をもらえていたら、ポーターのいまいましい真珠のネックレスは必要なかっただろう。腰の両脇がすれて痛くなっているくらいなのだから。

それでもこぶしをそこに置いてしまう。欲求不満に関節が白くなるまで力をこめ、腰にぎりぎりと押しつけてしまうのだ。このまま十まで数えるのよ。いいえ、百までのほうがいいかもしれない。

それから彼に背を向けて、部屋を出ていけばいい。こんな人とまともな会話をしようとしたり、心を通じあわせようとしたりするのはやめて。でも、ワーシントン家の女はものごとを途中で投げだしたりしない。絶対に。

「あなたは誰に育てられたの？」

窓の外を見つめているふりをしていたレンは思わず振り返ってしまい、念のために屋敷の中でもフードをつけておいてよかったと安堵した。「いったいなんの話をしているんだ」

「わたしが訊きたいのは、あなたは普通の家庭で人間のご両親に育てられたのかということ。もしかしたら洞窟で熊にでも育てられたんじゃない？」

レンは自分の母ならきっと同じような質問をしただろうと思い、笑ってしまいそうになった。そんな気分になった自分に驚いた拍子に笑いが引っこみ、彼は窓のほうを向いた。「昔はぼくにも人間の両親がいた。そうはいってもふたりが生きていて今のぼくを見たら、息子だと認めたがらないかもしれないが」

キャリーは同情せずに鼻であしらった。「あなたが自分の所有物をどんなふうに扱っているか見たら、そうかもしれないわね。この屋敷はまるで熊が暮らしているみたい。それも一頭じゃなくて何頭も。行儀の悪い動物が好き勝手にめちゃくちゃにしたような部屋がたくさんあるもの！」

行儀の悪い動物。あまりにも的確な表現だ。「ここには部屋が百はある。ぼくの少ない残り時間では、とうてい使いきれない」

レンの言葉を聞いて、キャリーが黙りこんだ。レンが遠からず訪れる死について言及すると、彼女はいつもそうなる。おそらくもうすぐ死ぬ男にきつい言い方をしてしまったと自分を恥じているのだろう。レンは本音をさらけだしすぎてしまったことを後悔して、キャリーのほうを向いた。

だが、キャリーは自分の言葉を恥じているようには見えなかった。当惑し、失望し、腹を立てている。そんな彼女の姿に、レンはこのうえなくそそられた。ずっしりとした乳房の重みがまだ手のひらに残っている。その感触をなるべく長くとどめておきたくて、彼は手を握りしめた。

キャリーはとりわけ怒りを強く感じているらしい。レンの中に警戒心が芽生えた。頑固そうな彼女の目を見ていると、子どもの頃にレンについていた勤勉で厳格な家庭教師を思いだす。

彼は衝動的に過去について口にした。「人間の両親はいたが、そう長くは生きていなかった。ぼくがまだ十八歳のときに相次いで死んでしまったんだ。一年とあいだを空けずに。母は流行り風邪だったが、父は母なしで生きるのが耐えられなかったんだと思う」

父がどれほど変わってしまったかを思いだすのは今でもつらい。父の心はどんどん遠ざかり、その視線はいつも天を向いていた。息子だけでは自分をこの世につなぎとめておくには足りないとでもいうように。生きて、息子の行く末を見届けたいとは思わなかったのか、父さん?

だが父は、こんなふうになってしまったレンを家族の誰にも見られずにすんで、ほっとすべきなのだろう。

キャリーはポーターに同情しなかった。彼が子どもだったらかわいそうに思っただろうが、大人になった今、こんなふうに暮らしていることの言い訳にはならない。

「あなたは埃っぽくてじめじめしたお墓みたいな場所に住んでいてもなんとも思わないのかもしれないけど、わたしはきれいに磨きあげた家具や床から漂うレモンの香りが好きだし、かまどから漂ってくるいいにおいを嗅ぎたいわ」

「きみはすぐにそんな生活に戻れる」

ポーターは別にどうでもいいと思っているようだが、キャリーはそんな人がいることが信じられなかった。部屋に足を踏み入れるたびに舞いあがる何十年分も降り積もった得体の知れない塵を、気にしないでいられるわけがない。

ポーターの目には入っていないのだ。彼は自分の内側に巣くう恐怖しか見えていない。どんな恐怖かは知らないけれど。

そしてポーターの目にはわたしも入っていない。

気づくとキャリーは腕組みをし、いらいらと爪先を床に打ちつけていた。彼女がそうしはじめると、キャスとポルでさえ逃げだす。ザンダーは戦争前のまだいたずら盛りだった頃、それを〝危険信号〟と呼んでいた。

けれども〝危険信号〟について何も知らないポーターは、鼻持ちならない態度を続けている。キャリーは一瞬、彼を憐れに思った。ほんの一瞬だけだが。

「考え直す余地はないの？ 料理人と……メイドを二、三人。それに洗濯係のメイドと、できれば馬番の若者と、屋敷の指揮を執る家政婦も欲しいわ。あとは庭師かしら……」

ポーターが振り向いて、フードの奥からキャリーを見つめた。彼の目がどこにあるのか見えないが、おそらくここだろうという場所をキャリーは見据えた。どれくらい強く迫っても大丈夫か推し量る。

「そんなやつらはいらない」

爪先が床を打つ速度があがった。「悪いけど、あなたの言っていることが聞こえないわ。きっとそのウールが声をさえぎっているのね。もう一度言ってもらえない？」

ポーターがゆっくりと距離を詰めて彼女の前に立つ。彼の体の熱が感じられるくらい近くに。キャリーは鼓動が跳ねあがったが、なんとか踏みとどまってポーターと〝目〟を合わせつづけた。

ワーシントン家の人々は不屈の精神を持っている。けれどもその不屈の精神は、彼がのしかかるように身を寄せてフードをかぶった顔を近づけると、とたんに揺らいだ。

「そんなやつらはいらない」ポーターが低くかすれた声でささやく。だがそのささやきは鐘の音のようにキャリーの全身に鳴り響いた。心臓が跳ね、膝が震え、視界がかすんで……。

キャリーは懸命に息を吸った。「それならさっさとしろって、今そう言った？　今日じゅうに使用人をすべて手配しろと？　今日はのんびり横になって過ごすつもりだったけど、あなたがそう言うのなら――」

「キャライアピ」

ポーターに耳元で名前をささやかれると、なぜか体が熱くなり鼓動がますます速くなる。

キャリーは息苦しさに抗《あらが》って続けた。「キャライアピという名前はギリシア神話の女神カリオペから来ているの。知っているでしょう？　叙事詩をつかさどる女神よ。それにしても、叙事詩なんてこの世に必要なのかしら」再びくだらないことをぺらぺらしゃべっている自分に気づいたが、気絶して彼の腕の中に倒れこむよりはましかもしれない。少なくとも、彼女の自尊心にとっては。キャリーはポーターの腕の中にいる自分を思い浮かべないようにした。欲望に負ければ、自尊心が粉々になってしまう。「わたしは音楽の女神にちなんで名づけられるほうがよかったわ。なんなら踊りの女神でも。そうはいっても、テレプシコラなんて名前はちょっと重荷だけど。そう思わない？」

ポーターは顔をあげ、しばらくそのまま彼女を見おろしていた。「きみは口を閉じていることがないのか？」

口の中に真珠を押しこまれていたときはしゃべらなかったが、キャリーはそのことを彼に思いださせるつもりはなかった。けれども遅かった。ポーターが自分でその事実を思いだしたのが、キャリーにはわかった。

ポーターが片方の手を持ちあげて彼女の頬を包み、親指で口の輪郭をたどる。敏感に——欲求不満にと言い換えてもいいかもしれない——なっているキャリーの神経に、彼の指の感触は火のように熱かった。

キャリーは自分を抑えられず、舌を小さく出して唇をなめた。舌がポーターの親指の先に触れてしまうと、彼は北極の氷に閉じこめられたかのように動きを止めた。頬を包むポーターの手に力がこもる。乱暴な感じはしないが、性急さが伝わってきた。

「どうして逃げない？」

感情をむきだしにしたささやきに脅す響きはなく、ポーターの心の奥深くに巣くう疑念だけが生々しく伝わってきた。キャリーは最初の晩に彼の損なわれた顔を垣間見たときのことを思いだした。

半分を悪魔のものと交換したかのような神々しいほど美しい顔。あの恐ろしい傷を負ったとき、ポーターはほかに何を奪われてしまったのだろう。いつ、どこで、どんなふうに。

その疑問を口にする前に、まずは彼の質問に答えなければならない。「どうしてあなたを怖がらなければならないの？　不親切なことは一度もされていないのに」

レンはキャリーが外国語をしゃべりはじめたかに思えた。あるいは彼ではない別の男と別の話題についてしゃべっているか。意味がわからないままキャリーの言葉はしばらくレンの頭の中をぐるぐるとまわっていたが、しばらくして彼はようやく理解した。それでもなかなか信じられない。〝不親切なことはされていない〟だと？

「そう思っているなら、親切という言葉の定義がおかしい」

キャリーが顎をあげた。「別にあなたが親切だとは言っていないわ。不親切ではないと言っただけ。そのふたつの意味は違うはずよ。どの辞書で調べても」

〝不親切ではない〟レンはキャリーの説明を受け入れることにした。ほとんどの人が彼に対して抱いている印象より、そのほうがずっとましだ。〝不親切ではない〟という言葉は、自分を……人間らしく感じさせてくれる。

「それで、おしゃべりの女神みたいなきみはどうなんだ？　親切なのか？」

キャリーが長いまつげをゆっくりとしばたたく。虹彩《こうさい》に金色のかけらが散ったハシバミ色の瞳から、レンは目をそらせなくなった。昔、旅の途中に見つけた半貴石を思いだす。光にかざして見るまではただの石の塊だった半貴石を。あれは今でもこの屋敷のどこかに転がっている。いつか磨いて飾るつもりだったが、かつて彼がするつもりだったあらゆることと同じく、果たされる日はもう来ない。たしかあの石は碧玉《へきぎょく》という名前だった。

「わたしは責任を負っているの」キャリーは眉のあいだにかすかにしわを寄せていた。

「家族の面倒を見なければならないという責任を。だから少なくとも、みんなが厄介なはめに陥らないように気をつけているわ……ほとんどのときは」顔をくしゃくしゃにゆがめた。「でも、親切かどうかはわからない。義務を果たして正しい行いをするよう心がけてはいるけど。人をわざと傷つけたこともないわ。でもそれって親切とは違うでしょう？　やっぱり〝不親切ではない〟ということなんじゃないかしら」彼女は打ちのめされた表情になっている。これでは悲嘆の女神だ。

レンは笑わずにいられなかった。こんなに苦悩しているキャリーを前にして笑うべきではないとわかっていても。彼は〝不親切ではない〟という表現を、褒め言葉と受け取った。それなのに彼女は、自分が殺人鬼か何かだと悟ったような顔をしている。

レンはもう片方の手も持ちあげて、キャリーの顔を包んだ。キャリーが彼に触れられて体を引かないことが今でも信じられないが、その思いとは別に彼女という女性にただ驚嘆せずにいられない。「ミセス・ポーター、きみはこの二日間で両親を濁流から助けだし、ぼくに向けられていた銃口をさげさせ、兄を絞首台に送られる運命から救った。そして暇になると、ぼくにケーキまで焼いてくれた。きみは今すぐ〝不親切ではない〟から〝親切〟に自分を昇格させるべきだ」

キャリーは驚きのあまり言葉が出てこないようで、まじまじとレンを見つめている。

フードがきちんと顔を覆っているとわかっていなかったら、レンは顔を見られているのだと思っただろう。

「あなた、笑ったわ」

レンは頭を振った。「ああ、悪かった。笑うなんて失礼だったな」

キャリーが目をしばたたく。「笑ったし……今もあなたの声からほほえんでいるのがわかるわ」

レンは頭を傾けた。ほほえんでいるのがわかる？　たしかに彼はほほえんでいた。ウールのフードだけでなく、何年もかけて築いてきた防壁を通してそれを見抜くなんて、彼女は何者だろう。

「それにあなたは、落ちこんでいるわたしを元気づけようとしてくれた」キャリーが目を細めた。「それってどういうことかわかる？」

彼には見当もつかなかったし、手の下に感じるキャリーの顔のやわらかい手触りに気を取られていて頭が働かなかった。レンはまだ、両手で彼女の顔を包んでいた。指先は今、こめかみの近くの髪に潜っているが、その反抗的に波打っているシルクのような髪に、レンは何日でも触れていたかった。絶対に飽きることはない。けれども彼のそんな熱い思いに気づいていないらしく、キャリーはごく自然な様子でおしゃべりを続けた。

「残念なお知らせよ、ミスター・ポーター。あなたはしっぽを出してしまったわ」

レンはまばたきをして、キャリーが髪を垂らしながら彼の胸に唇をつけ、下に向かって滑らせていく妄想から心を引き戻した。

「しっぽ？」

キャリーがとがめるように眉をあげ、人差し指をレンの胸に突きつける。「もう隠せないわよ」

彼の正体に気づいたのか？　いったいどこで何を聞いたんだ？　まさか屋敷の中で何かを見つけたとか。

レンは火傷《やけど》でもしたように慌てて手を引っこめ、あとずさりした。「ぼくは――」

キャリーが腕組みをする。「ミスター・ポーター、あなたはそう見せたがっているみたいだけど、怪物なんかじゃない」

いや、彼は怪物だ。憐れなキャリーは何も知らない。

レンは大きく息を吸い、何も感じないように再び防壁の後ろに隠れようとした。

「ぼくの答えは変わらない、ミセス・ポーター」

キャリーはほほえんだだけだった。「それならそれでいいわ。少し屋敷のまわりを散歩してきたら？　新鮮な空気を吸うのは、あなたにとってとてもいいことだもの。だらだらさせておくつもりはないから」

彼女は意味不明なせりふとともにきびすを返し、スカートをはためかせながら足早に出ていった。

レンは自分の花嫁が腕組みをして豊かな胸を強調し、重心を片足にかけて爪先で床を叩いていた光景をようやく頭から追いだした。いつもの陰鬱な――いや、安らぎに満ちた――静けさが戻ってくる。

顎をあげてレンをにらんでいた様子からキャリーがいらだっていたのは明らかだが、何に対してなのかはわからない。それでも頬を紅潮させ、足で刻むリズムに合わせて胸をかすかに揺らしている彼女を見ているのは楽しかった。

突然、大きな音が響いた。もの思いをさえぎられたレンが顔をあげると、その対象だった妻が抱えられるだけ抱えてきた掃除道具――ほうき、手桶、モップなど――を床におろしたところだった。

妻が両手を叩いて埃を払い、レンに向かってにっこりする。「じゃあ、始めましょうか」

正直言って、レンはこれまで自分を臆病だと思ったことは一度もなかった。だが掃除道具を抱えて現れたときのキャリーの姿、それに目に浮かぶ断固とした決意を見ると……。

彼は脱兎《だっと》のごとく逃げだした。部屋を飛びだし、キャリーが追いかけてくる気配を感じると、屋敷の外まで走っていった。

行くあてもないまま外套をはためかせ、ぎこちない足取りで道を進みはじめたところで、はっと気づいた。キャリーの思惑にまんまとはまってしまった。

自分は今、散歩をしている。

一方、キャリーは逃げだしたポーターに文句を言うのはあとまわしにして、晴れた春の日の大掃除を楽しく進めていた。手伝う手がない代わりに気を散らされることもないので、彼女としては文句はなかった。絨毯をはたき、長いあいだ放っておかれた床からなんとか輝きを引きだし、暖炉にたまっていた灰を捨ててきれいに磨きあげ、手際よく作業を片づけていく。やがて石炭やランプの煤《すす》がきれいに落とされた窓ガラスからふんだんに入ってくる気持ちのいい春の日差しに、ぴかぴかになった部屋が照らしだされた。

それでもキャリーはまだ満足していなかった。ガラスの内側はきれいにしたが、外側は汚れている。硬い毛のブラシと手桶に満たした酢を使って掃除をしなければならない。キャリーは二階の窓から外を見おろして唇を噛んだ。苔《こけ》の生えた砂利で覆われた地面はだいぶ下にある。

この作業には梯子《はしご》も必要だ。

もうキャリーもあきらめた頃だろうと確信するまで、レンは歩いた。念のためもう少し進んだところで、そのあとも散歩を続けようという気分になっている自分に気づいて驚いた。よく晴れているし、気温は低いがすがすがしい。それに大気には心地よい自然の香りが満ちていた。春になって芽吹いた植物や耕された土のにおい、それにどこからか花の香りもする。

レンは大きく息を吸って新鮮な空気を肺に取り入れ、驚くほど美しいコッツウォルズの風景を見渡した。

しかも今見えているこの土地は彼のものなのだ。

そう考えると信じられない。

だが、なぜ信じられないのだろう。ここを受け継いでから、すでに三年以上経っている。雇った馬車で屋敷に向かったときにこの道を通ったはずだが、まったく覚えていない。レンはただ玄関の前で馬車をおり、わずかな持ち物を詰めてきた木箱をおろしてもらって御者を帰した。ヘンリーとベトリスに雑用と料理をしてくれる女性を雇うようすすめられたが、レンは定期的な食料の配達だけを手配してくれと頼んで、それ以来、傷ついた狐《きつね》が巣穴に身を潜めるようにして暮らしてきた。

彼は小さな丘の上で足を止めた。久しぶりに体を動かしたことで、腿に感じる火照りや、肺を満たす新鮮な空気が心地よい。目の前に広がっているなだらかな丘陵地帯は、屋敷に使われているのと同じ蜂蜜色の石で造られた塀で区切られている。塀が土地の自然な起伏に沿って不規則な線を描いている様子は、人間が作りだすどんなデザインよりも美しい。畝が作る完璧な縞《しま》模様が表面に見えなければ、塀で区切られたそれぞれの畑はゆったりとまどろんでいるドラゴンの背中に並ぶうろこと見間違えてしまいそうだ。レンは初めて浮かんだその珍奇な連想に笑みを浮かべかけたが、頬を走る傷跡が引きつれるのを感じて笑みを引っこめた。

ここへ来て、もう三年以上になるのか。ただの一度も自分の領地を見てまわらないまま？

領主として落第だ。

だが、そんなことを気にする必要はないのかもしれない。体はどんどん弱ってきている。月を追うごとに痛みが増し、体はこわばって曲がっていく。細かく考えはじめればどこもかしこも悪化していると思い知らされるだけなので、レンは陰鬱になるばかりの避けがたい運命について考えてしまわないよう、残されたわずかな日々を酒を飲んでやり過ごしてきた。

今後もそれは変わらない。酒を飲んで……。

あとはもしかしたら、ベッドでちょっとした楽しみにふける。

残念ながら今すぐとはいかないが、もうじきだ。

彼の醜い姿が気にならなくなるくらい、花嫁の欲望を限界まで駆り立てなければならない。レンは自分の下に組み敷かれているキャリーを思い浮かべた。後ろ向きでレンの前にいる彼女や、レンの上になっている彼女も。

こんなふうに天気のいい日に丘の上に立って、キャリーが官能的な体をピンクに上気させて汗をにじませている姿を想像するのは楽しかった。今、書斎を磨きあげているのと同じだけのエネルギーと決意で、レンの体にのって揺れている彼女を想像するのは。

キャリーはもう、したいことをすませただろうか。レンは半ば無意識に向きを変え、屋敷へと引き返した。掃除で汗をかき、埃まみれになった彼女は、また厨房で入浴しているかもしれない……。

キャリーが庭の納屋で見つけた梯子は、古くて今にも壊れそうな代物だった。一瞬、使用に堪えるものなのかどうか考えこんだが、心配する気持ちより始めたことを終わらせたい気持ちが強く、彼女は梯子を持って歩きだした。梯子の脚を砂利のあいだにめりこませて、上部を屋敷の壁に立てかける。試しに足をかけてみると大丈夫そうだったので、一段ずつ慎重に確かめながらのぼりはじめた。

梯子をのぼりきると、体を伸ばせばガラスのすべての部分にぎりぎり手が届くとわかった。もう少し身長が高ければと思ったが、そんなふうに思う機会はめったにない。それどころか初めてだ。

今日は続き部屋の掃除を隅々まで完璧に終わらせたかった。いかにも男っぽい隠れ家が紳士にふさわしい部屋に生まれ変わったのを見たら、ポーターはどう思うだろう。キャリーはその場面を想像して顔をほころばせた。紳士は紳士でも、頑固で感謝のかけらもない紳士だけれど。

キャリーは慎重に身をかがめ、手桶に入っている酢水にブラシを浸した。窓は外壁から少し引っこんでいるので、手桶を置けるスペースがある。彼女は伸びあがり、ガラスの一番遠い端を拭こうとした。

ところがいまいましいことに、あとわずかというところで届かない。

キャリーは問題の部分を見あげた。隅から隅まできれいにするはずが、ほんの少し、あそこだけが残ってしまう。どうしようもない。下までおりて梯子を移動させ、もう一度のぼるしかない。

それとも……。

梯子から奥まった窓の外側に移るのは、とんでもなく危険な行為というほどではない。だいたい乗り移る部分は石でできているのだから、古ぼけた崩壊寸前の梯子よりも頑丈なはずだ。そこで思いきって窓の外側に移ると、届かなかった部分に簡単に手が届くようになった。すばやく磨いて、仕事を終わらせる。これで隅から隅までぴかぴかだ！

ガシャン！

「ああっ！」下から響いてきた大きな音に、キャリーは体を震わせた。慌てて窓枠につかまったので、濡れて滑りやすくなっているブラシが手から離れて下へと落ちて……。

ばらばらになった梯子の残骸の横の、砂利の上に着地した。

思わず人には聞かせられない悪態が口から飛びだし、キャリーはデイドがこの場にいて聞いていなかったことにほっとした。

とにかく、梯子はなくても窓を開けて部屋に入ればいい。

ところがさっき内側から窓を閉めたとき、いつもの習慣で掛け金をかけた記憶がよみがえった。

いまいましい。悪いことは重なるものだ。

こんな場合にふさわしい悪態がいくつも思い浮かぶのは、五人も男きょうだいがいるせいだった。キャリーはまだ濡れてしずくのついている冷たいガラスに額をつけ、呼吸を整えながら鼓動が静まるのを待った。

ばかね！　どうすればいいか考えるのよ。落ち着いて頭を働かせなさい！

とにかく梯子がないのだから、屋敷の外側を地面までおりるのは不可能だ。窓には掛け金がかかっているので、そこから中に入ることもできない。一瞬、さらに上にのぼるという考えが頭に浮かぶ。

キャリーはすぐにその考えを打ち消した。彼女は今、壁から奥まった部分の両側に手を突っ張っていて、そこから手を離すなど考えられなかった。

そうなると、ガラスを割って掛け金を外すしかない。

そうだ、それがいい。頑丈な木製のブラシさえ手元にあれば、それは完璧な方法だっただろう。まったくいまいましい。

キャリーは試しに片方だけ手を離して、窓ガラスにあててみた。だが平手で叩いてみても、年季の入った分厚いガラスは太鼓に張った革のように振動するだけだった。それにもし割れたとしても、手をひどく切ってしまうだろう。でも、肘を使えばうまくいくかもしれない。

彼女はぎこちなく体を半分ねじってその思いつきを実行に移した。だが見事に失敗したどころか、濡れて滑りやすくなっていた石の表面でブーツの靴底が滑り、体が外に飛びだしてしまった。

思わず悲鳴をあげ、必死でつかめるものを探す。すると石の壁面と窓枠の境目に風化でできた細長い突起が手に触れ、必死に指をかけた。落ちていく体ががくんと止まる。

「助けて！」もちろん叫んでも意味がないのはわかっていた。屋敷には今、誰もいない。「助けて！」

キャリーは両手だけで体を支えていた。空中にぶらさがっている脚で、壁面の石と石のあいだに少しでも爪先を入れられないか懸命に探る。ドレスが邪魔で、彼女は毒づいた。今だけでいいから男になりたい。

屋敷のまわりには見渡す限り、人っ子ひとりいなかった。

屋敷の南東の方角にある丘の上にいたレンは、午後の傾きつつある太陽の光を受けて、アンバーデル・マナーが金色の城のように輝いている美しい光景を目にしていた。太陽にあたためられた大きな岩に腰をおろし、自分の王国を眺める。悪くない気分だ。怪物にしては。だが今日は、いつもと比べてそれほど怪物らしく感じない。いつもなら、午後も遅くなると体がいっそうこわばり、痛みがひどくなって、それをごまかすために酒瓶の封を開けることが多い。

だが、今日は違う。石垣をぎこちなくよじのぼって越え、小川を跳び越えずにそのまま歩いて渡りながら、起伏のある土地をおそらく八キロは歩いただろう。レンは汗をかき、疲労して、濡れたブーツが気持ち悪かった。

しかし、体はこわばっていない。もちろん痛みはある。いつもどおり痛みは背骨に絡みついて肩から全身に広がっているが、いつもとどこか違う。限界まで締めつけられる感じがなく、少し緩んでいる気がした。しかもいつになく食欲がわいて夕食が楽しみだし、夜は少しは眠れそうだ。もちろん、ワインは飲むだろう。だがそれよりも、シュミーズ姿の——あるいは浴槽に満たした湯に身を沈めている姿の——妻を見たり、彼女の焼いたケーキを食べたりすることのほうが楽しみだった。浴びるように酒を飲むよりも。

レンはいそいそと戻ろうとしている自分をおかしく思いながら、ガーゴイルに似た姿勢から立ちあがり、彼を待つ大きな屋敷に向かって歩きはじめた。

わが家へと。

キャリーはこれ以上は耐えられなかった。鳥の糞《ふん》のついた石の壁面は滑りやすく、体を支えようとする彼女の手を払い落とそうとしているかのようだ。体はあまりにも重く、キャリーは今朝あれほどケーキを食べなければよかったと後悔した。今、泣いたり、うめいたり、あらゆる言葉で罵ったりしているのは、誰かに聞かせたいからではない。なんの抵抗もせずただ死んでいくのが我慢ならないからだ。

キャリーはやはりワーシントン家の女だった。

けれども残念ながら、石の突起にかかっていた最後の指がとうとう離れてしまった。そして造られた最初からキャリーを死の運命に突き落とそうと企《たく》んでいたであろう許しがたい石の壁面は、最後の瞬間まで彼女を侮辱しなければ気がすまなかったらしく、滑り落ちていく脇の下から手のひらまでの皮膚を薄くはぎ取っていった。

「ちくしょう！」

地面に叩きつけられた衝撃が、爪先から頭のてっぺんまで走る。激しく揺れた頭は混乱し、肺からはすべての空気が押しだされ、キャリーは息もせずに横たわっていた。頭はまだ朦朧《もうろう》としているが、はっきりさせたいとも思わない。このまま徐々に死んでいくのなら、頭をはっきりさせても意味はない。窓がもっと高い階になかったのが、残念だ。そうだったら今頃はすでに天に召され、安らかに眠っていただろう。こんなふうに砂利の上でゆっくりと死に向かうのではなく。

それなのに、死に向かっている気がしない。まったく。もちろんお尻は痛いし、頭はずきずきする。息が吸えないから苦しいし、口の中に鉄の味が広がっているから、舌の先を噛んだのは確実だ。とはいえ、死んでしまうほどひどいとは思えない……。

大きくあえぐと、肺に空気が満ちた。

自分の上にのっている娘がようやく大きな音をたてて息を吸ったので、レンはほっとして目を閉じた。キャリーは生きている。

重要なのはそのことだ。どうして重要なのかは思いだせないが、彼女が生きているという事実に、レンは心のどこかでほっとしていた。

今それ以外に感じているものについては、考えるのも耐えられない。背中と肩にひどい痛みがあるし、砂利にのっている後頭部から脳みそが流れだしているような気がする。

だが明るい材料としては、手のひらにあたたかく豊満な胸の感触があった。その胸は、キャリーが音をたてて息を吸うたびに持ちあがる。こういう場合、紳士ならすぐに手をどけるだろう。

だがレンは自分の働きは褒美に値すると考え、手は動かさなかった。

あんなふうに窓の外にぶらさがるなんて、キャリーはいったい何をしていたのだろう。愚かなだけでなく、頭がどうかしたのだろうか。

「きみは窓からぶらさがって何をしてたんだ？　頭がどうかしたのか？」

レンは自分が怒鳴っていることに気づいた。そのせいで余計に頭ががんがんしたが、怒鳴らずにいられなかった。屋敷の角を曲がったとたん、窓の外側を滑り落ちていく彼女が見えたあの瞬間を思いだすと……。

「なんという愚か者なんだ、きみは！」

キャリーはレンの上に仰向けにのっていた。そしてレンは、咳《せ》きこみ、ぜいぜいあえぎながら呼吸を取り戻そうとしているキャリーを抱きしめ、その胸をきつく握りながら耳元で怒鳴っている。

どこからどう見ても、ばかばかしく滑稽な状況だ。

だが、レンは笑うどころではなかった。

キャリーが手足をばたばたさせながら空中を落ちていくのを見たときは、心臓が止まるかと思った。そしてぼろぼろの体を必死で動かし、懸命に手を伸ばしても届かないとわかったとき、彼女と地面とのあいだに体を投げださずにはいられなかった。

キャリーがそのまま落ちて人形のように壊れてしまうなら、自分が壊れるほうがましだった。

「この間抜けなとんでもないおてんば娘め！　まるで悪夢だ！」

咳きこんでいたのがおさまって、キャリーがすすり泣きだす。しまった。怒鳴るべきではなかった。かわいそうに、彼女はきっと怯えて……。

なんてことだ。この娘は気でも触れたかのように笑っている！

レンはその場でキャリーを押しのけそうになって、はっと気づいた。フードをかぶっていない。それどころか、頭から外れて肩の上に落ちている気配もなかった。

彼女に顔を見られるわけにはいかない。

レンはあたたかくてやわらかい胸からしかたなく手を離して、キャリーの目を覆った。するとなぜか彼女の笑いがさらに大きくなった。今ではただ笑っているだけでなく、レンの腕の中で身をよじり、大声で笑い転げている。

彼はキャリーの目を覆ったままぎこちなく体を起こし、彼女を膝の上にのせて座った。間抜けな笑みが浮かび、顔の傷が引きつれる。キャリーは完全に頭がどうかしている。こうしてちゃんと生きているのは、奇跡としか言いようがない。またしてもばかげた安堵感がこみあげ、すぐに彼女への怒りが取って代わる。

まわりを見渡すと、何が起こったのか理解するのは難しくなかった。古い梯子がばらばらになって砂利の上に散らばり、その隣にはブラシとへこんだ手桶が転がっている。レンが上を見ると、二階の窓の外側から汚れた水がぽたぽたと垂れていた。

「いったい何を考えていたんだ。この梯子はきみが生まれる何十年も前から使われていたんだぞ！」

レンの腕の中でキャリーは弱々しく笑いつづけていて、目を覆う彼の手をどけようとするそぶりもない。「梯子にはなんの問題もなかったわ……」

「きみがのって壊れたんだから、明らかに問題があったんだ」

キャリーが大きく息を吸う。「壊れたりはしなかったもの……ああ、息ができるって本当にすばらしいわね。梯子は気づいたら倒れていたのよ。わたしがのっていないときに」

「ばかばかしい。そんなことはありえない」

「誰かが押したんじゃなければね」

キャリーは頭がどうかしているだけでなく、ありもしない陰謀を疑いはじめたのだろうか。「この屋敷の周囲二キロ以内には誰もいない。きみとぼく以外は。言っておくが、ぼくは絶対にそんな真似はしていない！」

「わかってるわ……もちろん、あなたのわけがない……」

本当にわかっているのだろうか。「やってない！」

「ええ……ちゃんとわかってる。あなたのことはまったく疑っていないもの。ほんの少しも……本当に」

キャリーが心から確信しているようには聞こえなかった。レンは頭に血をのぼらせながら二階の窓を見あげたあと、彼女に災難をもたらした梯子に視線を移した。

そうしているうちに悟った。こうなったのは、すべて彼の責任だ。

アンバーデル・マナーの女主人が窓をきれいに掃除しようとして、危うく死ぬところだったのは。

使用人を雇いたいというキャリーの頼みを断ったのはレンだ。良識あるきちんとした若い女性に、洞窟のような場所で世捨て人同然に暮らすよう期待したのが間違っていた。正確に言うと、彼女に良識があるとは言えないかもしれないが。結婚してまだ二日なのに、彼は危ないところで妻を殺しかけた。

8

結局のところ殺人というものはたいして難しいことではないと、アティは発見した。市場の香辛料を売っている屋台の棚から砂糖漬けのショウガの瓶を取って籠の底に落とし、そのあと素知らぬ顔で無邪気そうに目を見開き、硬貨を一枚差しだしてシナモンの樹皮の入った小さな袋を購入する。

香辛料を扱う商人はアティにほとんど注意を向けていなかったので、籠の重みが突然増して、持ち手が幼い少女の肘の内側に深く食いこむようになったことには明らかに気づいていなかった。そこでアティは、もしかしたら未解決の殺人事件の犯人は全員子どもなのかもしれないと想像した。とにかく大人の視界に入らないというのは本当に便利なものだ。

家に戻ると厨房に駆けこんで、フィルポットに頼まれたシナモンを大きなテーブルに置き、年配の家政婦が振り向く前に廊下へ飛びだした。

籠を抱え、あちこちに置かれたさまざまなものをうまくかわしながら廊下をくねくねと進み、きょうだいが占領しているいくつもの部屋を通り過ぎる。生まれたときからここで暮らしているので、家じゅうがものであふれているのには慣れていた。逆にほかの人々は恐ろしいほどがらんとした家にどうして耐えられるのか、彼女にはわからなかった。アティは床がひどくきしむ場所を慎重に避け、飛んだり跳ねたりかがんだりして進んでいった。

ごちゃごちゃと無秩序にものがあふれた迷宮のようなわが家を、アティは細かいところまで知りつくしているのと同時に、そのすべてを愛していた。

ようやく自分の小さな部屋に着き、中に入って鍵をかける。みんなが彼女と一緒に寝るのをいやがるので、ここはひとりで使っていた。三歳になって物心がついたときから頻繁に寝返りを打ち、足で蹴り、大声で寝言を言うようにしてきたアティの作戦勝ちだ。アティは絨毯の真ん中にショウガの入った大きな瓶を置くと、ベッドの下に潜ってフィルポットの薬箱を取りだした。前日に家政婦の部屋から盗みだしておいたものだ。

フィルポットはしょっちゅう便秘だとこぼしているが、それは病的なものではなく、野菜をちっとも食べようとしないせいだとみんなが知っていた。アティは厚紙の箱の蓋を開け、小さくたたんだ紙包みが整然と詰められている様子を満足げに見つめた。

　フィルポットはこれを一日一回、夜のお茶のときに飲む。ひと包みが穏やかな下剤として働くのなら、一度に百包み分をのませれば人を殺せるのではないだろうか。

　紙包みを数えたアティは、箱の中に全部で九十五個しかなかったのでがっかりした。激しい不満に顔をゆがめながら、包みの中身をひとつひとつ洗面器に空けていく。けれども、薬の粉は洗面器に入れるとあまりにも少量だった。大切な家族のひとりを救うすばらしい計画が失敗に終わるのではないかと、アティは心配がふくれあがった。

　しかし彼女はワーシントン家の血を引いており、ワーシントン家の人々は辛抱強いのが一番の取り柄だ。アティは猛然と作業を続け、とうとう引き裂いた九十五個の紙包みが雪嵐でも襲来したかのようにあたりに散らばり、洗面器にはひと握りの砂のような下剤の山ができた。

　アティは次の作業に取りかかった。大きな瓶入りのショウガの砂糖漬けをすべて洗面器に空け、砂糖の結晶に覆われた無数の茶色い塊と下剤の白い粉を復讐に燃える手で一心不乱にまぜあわせる。

　仕上がったショウガを瓶に戻し、密閉用の金具を締め直した。出来栄えをよく確かめたあと、邪悪な陰謀家という評判に恥じない働きをしたと満足する。薬の粉は砂糖の結晶にまぎれ、ショウガとうまく絡みあっていた。

彼女は丁寧に洗面器と手を洗ったあと――証拠を残すほど間抜けではない――薬の包みを小さな切れ端まですべて集めて、暖炉の石炭の上にのせた。それから瓶にリボンを結び、新婚夫婦の幸せを祈るメッセージカードをつける。メッセージを書くときは、いつものちまちました自分の字ではなく、頭の空っぽな貴族のレディが書くようなくるくるした飾りをめいっぱいつけた字にした。最後に包装紙で注意深く瓶を包み、再び籠の底にしまう。

午後になったら、すぐに発送するつもりだった。そうしたら明日には届いて、これを食べたポーターは命を落とすだろう。アティはにんまりした。キャリーが食べる心配はなかった。姉は砂糖漬けのショウガが大嫌いなのだ。


自室に戻ったキャリーは、厨房から運びあげてきたトレイを置いた。そこには湯の入った水差しと冷水の入った水差し、前にも作った乾燥ハーブをまぜた塩、それに分厚く切った牛肉となめらかな白いチーズを並べた皿がのっている。彼女はこの白いチーズをすっかり気に入っていた。今まで食べたことがないので、地元で作られたものに違いない。ここを出たら、きっと食べたくてしかたがなくなるだろう。

今夜はすでに暖炉に火が入っていた。石炭入れの中身はポーターの書斎のものを補充したときに一緒に補充してある。彼の寝室にも補充しておきたかったのだが、使った形跡のあるいくつかの部屋のうち、どれが現在の寝室なのかわからなかった。

寒ければ、ポーターは書斎で眠ってもいいのだ……。

きれいにはたいておいた埃よけの布を暖炉の前の絨毯の上に敷いていたキャリーは、ふと手を止めた。それともポーターは彼女とここで眠りたいと思うだろうか。

考えこみながらドレスと下着を脱ぐ。ドレスをかける前に、キャリーはポケットから真珠を取りだした。

これは今日の入浴の分だ。

化粧台に行ってもうひとつの真珠と一緒に小さな貝殻の皿に入れると、部屋の向こう側に置いてある蠟燭のかすかな光を受けて、ふたつの玉が淡く輝いた。

この分では、気が遠くなるほど時間がかかりそうだ。

そう考えても、キャリーは昨日ほど動揺しなかった。

化粧台から必要なものを取って暖炉の前に引き返し、たたんだ埃よけの布に膝をつく。髪は汚れや埃をすべて洗い流してから梳かすつもりで、ピンでとめた。

キャリーの髪は明るい茶色という目立たない色で、エリーの輝くような金髪やアティの濃い琥珀《こはく》色の巻き毛に比べると平凡だ。しかも巻き毛でもなく、きれいなまっすぐな髪でもなく、ただうねっているだけ。

だが、別に平凡でもかまわなかった。人をわが身と比べたりうらやんだりするには忙しすぎたし、自分には自分なりのよさがある。それにまったく冴えないわけではない。ただ少しぱっとしないだけだ。

だけど、そんなわたしがこんなにすてきな屋敷の女主人になれたのだ。

とても変わった夫もついているけれど。

でも、それも別にかまわない。キャリーは洗面器に作っておいたハーブ入りの塩をまぜた湯に布を浸すと、波乱万丈だった一日の汚れを落としはじめた。彼女は現実がおとぎ話のようにいかないからといってがっかりする子どもではないし、永遠の愛などというくだらない幻想を求めるには現実的すぎる。そして夫であるポーターは謎めいてはいるが幻想ではない。

そして彼には残酷なところがまったくなかった。たしかに、あのいまいましい梯子のことではキャリーに腹を立てていた。けれどもどんなに怒鳴られても、少しも怖くなかった。もちろんポーターは動転していた。結婚して二日しか経っていないのでなければ、心配してくれたのだと思うところだ。

暖炉の石炭から放たれた熱に肌をあたためられる贅沢に浸りながら腕や体に布を滑らせ、キャリーは自分をあざ笑った。ポーターはもう少しで大怪我をするところだった人に対して、普通に心配してくれただけだ。そう考えて、彼女は首を洗っていた手をふと止めた。それなら彼は心のやさしい人なのではないだろうか。


レンもまた、身支度に取りかかっていた。傷ついた顔やゆがんだ体はどうしようもないが、花嫁に汚れたままの怪物の相手をさせるわけにはいかない。

とにかく、多少なりとも身ぎれいにしなければならなかった。

そう、きれいな怪物になるのだ。そうすればキャリーともっと親しくなれる。

こんなふうにキャリーのことばかり考えている自分がわずらわしかった。一日じゅう、彼女の姿が頭にこびりついて離れない。何よりもキャリーを死の顎《あぎと》から救いだした瞬間の、両腕に抱きとめた体の感触が忘れられない。あのときレンの心臓は激しく打っていたが、それは危機一髪だったという思いからだけではなく、別の感情もまじっていた。

すべての感覚が一気に目覚めたかのようだ。彼女の肌の感触が、胸の重みが、レンに触れられて吐いた甘い息のあたたかさが、より豊かにくっきりと感じられるようになった。

それまで閉じこめて存在を忘れようとしてきたものが解き放たれ、すべての感覚が荒々しくキャリーに反応した。飢えた野生の獣のように。

だから今後は、よりいっそう注意して自分を抑えなければならない。彼女に絶対に見せてはならない。彼の顔も、邪悪な内面も。かつてのレンが消えてぽっかり空いた人間の形の穴から、苦々しい怒りに満ちたけだものの衝動があふれそうになっている。苦痛によって形作られた今の彼を少しでも見せれば、キャリーはさっさと出ていってしまうだろう。どちらにしても、出ていけるときが来たらすぐに行ってしまうわけだが。ネックレスの半分の真珠だけでも、かなりの額の金になる。だからレンが一年を丸々彼女と過ごせる保証はない。

キャリーとひと晩過ごせただけで幸運だったのだ。彼女に触れさせてもらえる一瞬一瞬に感謝しなければ。

とっくに流行遅れになっている緩く体に沿う形のシャツを着ようと格闘していたレンは、洗面台の上の鏡に目が行った。鏡は全部撤去したと思っていたが、違っていたらしい。

鏡に歩み寄りながら、自分の姿を見つめる。そうだ、よく見ろ。キャリーが見たら、恐ろしさに悲鳴をあげる。彼女が目を開けて見るのはこの顔なのだ。

レンは手を持ちあげて、ひどく損なわれている側の顔を隠した。こうすると、二十五歳になるまでのかつての姿がよみがえる。だが今の彼には、昔知っていた他人の顔に思えた。その他人が年を取り、人生に疲れ、土気色になった顔。顎にはギニー金貨ほどの三日月形の傷跡があるし、伸びすぎた顎髭に切れこむように細く白い線が走っているが、それでも見慣れた顔だ。

以前のレンはハンサムだと言われていた。娘たちの目を引くのに苦労したことはないし、そんな娘たちに気安く笑みを向け、誘いの言葉をかけたものだ。自分は誰よりも優れていて絶対に死なないという根拠のない自信とともに、わがもの顔で危険な世界を闊歩《かっぽ》していた。ミス・キャライアピ・ワーシントン――いや、今ではポーターと言うべきか――があの変人揃いの家族の一員であるように、彼はそんな危険な世界の一員だった。

兄弟愛、同志愛、壮大で重要な何かの一部であるという感覚。そういったものが充分すぎるほどの見返りだと、当時のレンは思っていた。

同胞のひとりに裏切られて、敵の手に落ちるまでは。彼は野生の馬が悪評高い商人に売られるように敵に売り渡された。そいつはレンにどんな結果が降りかかろうと、気にもとめなかった。それなのにレンはずっと、はみだし者の愛国者たちの集団を信じていた。互いに固い絆《きずな》で結ばれていると。

レンは手をおろし、もう半分の顔をさらした。

これが彼に降りかかった結果だ。

一番ひどい傷は額から目の端を通って頬から顎へと走っていた。傷に引っ張られて顔の肉が溶けたかのようにまぶたがさがっているし、口は不気味な笑みを浮かべている。頬骨から後ろに伸びている傷もあり、髪の中を通って頭に石を叩きつけられた部分まで続いていた。この傷はレンを殺してやろうという敵の最後の情けから作られたものだ。

だが、やつらは役立たずにも失敗した。仮にも人ひとり殺そうというなら、その成功を見届けるくらいの礼儀は尽くしてほしかった。袋叩きにし、脳天をぶち割り、体を刺し貫きながら、やつらは彼を殺し損なった。

レンは胸から背中まで、手鉤《てかぎ》を突き通されたのだ。その運命の夜に負った残りの傷はどれをどうやって負ったのか思いだせないが、比較的軽いものばかりだ。だがそのせいで、顔と体には地図のように無数の傷跡が残った。そしてその地図に導かれてここに来た彼は、ロンドンの医者が幸いにも遠からず訪れると予告した最期を迎える日まで、怪物のような姿で身を潜めている。

死にたくないとは思わなかった。なんのために生きるのだろう。レンを見た子どもたちは怯え、美しい娘たちは悲鳴をあげるというのに。ここまで酒と食料をいやいや配達しに来る地元の村人たちは、こっそり邪眼よけのまじないをしているというのに。

レンは顔全体を見つめた。

〝おはよう、ミセス・ポーター。みっともない歩き方をするキャリバン（シェイクスピアの戯曲《テンペスト》に登場する怪物）みたいな夫と同じベッドで寝て、昨日の夜はよく眠れたかい？〟

すばやく一歩踏みだすとこぶしを叩きこむのにちょうどいい位置になり、レンは鏡を粉々にした。古い木の縁が三つに割れる。花嫁の寝室の扉の取っ手に手を置いたとき、レンは手の関節から血が出ていることに気づいた。

傷がまたひとつ増えた。


「そのまま洗いつづけて」

部屋の入口から低い声が響き、背中を向けていたキャリーはびくりとした。ポーターが部屋を横切って近づいてくるのがわかったが、暖炉の中の石炭の上に見える青と金色の小さな炎に視線を据える。

「続けてくれ」

キャリーはゆっくりと体をかがめて布を濡らすと、持ちあげた腕に布を押しつけた。布が含んでいた水が小川のように流れだして、体を伝って落ちていく。冷えた肌を熱い湯のしずくが打ち、その対比に体が震える。

次に布を上へ滑らせて肩を通って首の後ろまで持っていくと、そこに大きな熱い手が重なって、キャリーから布を取りあげた。

「ぼくにさせてくれないか?」

言葉こそ丁寧だが、その声に頼んでいるような響きはない。

これは命令だ。

ポーターがキャリーの入浴を手伝うのは、その日二度目だった。あたたかい湯を含んだ布が彼女の背中を滑って腹部にまわり、胸の上を通ったあと脚のあいだに向かう。キャリーは隅々までこすられ、かすかに身をよじった。昨日の夜に体のあらぬ場所まで見つめられた衝撃的な経験より、今のこの行為のほうがずっと親密で心の内側まで入りこまれている気がするのはなぜだろう。

やさしい気遣いを感じるからかもしれない。髪を持ちあげて首の後ろを洗ってくれるときや、背後から手を伸ばした彼のあたたかい息を耳元に感じるとき、キャリーの肌に両手を滑らせながらはっと息をのむ音が聞こえるときに。

ふたりは静かな夜の気配に包まれていた。まわりに広がる屋敷は彼らを守る殻のように世間を締めだし、うるさい物音からも面倒ごとからも解放してくれている。今ここに存在するのは布が肌を滑るやわらかな音と、洗面器に浸して引きあげた布から滴り落ちる澄んだ水の音、そしてキャリーの耳の中に響いているせわしない心臓の音だけだ。

心臓が激しく打っているのは欲望が高まっているせいだけではない。小さな子どもにするように指を広げてそのあいだを丁寧に洗ってくれたり、顎をそっと手で包んで横を向かせ、彼女が見逃していた頰の汚れをぬぐってくれたりするポーターのひとつひとつの仕草に鼓動が速まる。

ポーターが布を置いてヘアブラシを手に取り、もつれた髪をやさしく梳かしはじめると、キャリーは喉が締めつけられた。

彼女は体の力を抜いて、ブラシの動きに身を任せた。何ひとつ体を覆うものがない状態で黙って座っているうちに、暖炉の火で体の前が、彼の圧倒的な存在感で体の後ろがあたたまっていく。ポーターはなかなか手を止めず、絡まっているところがなくなって髪がつややかに輝きだしても、ひたすら梳かしつづけている。

自分はこういうものを必要としていたのだと、キャリーはこうして与えられるまで知らなかった。長いあいだ人の世話ばかりしてきたので、自分も甘やかされたい、大事にされたいという思いが胸の奥でふくれあがっていたことに気づいていなかった。でも、ポーターは気づいたのだ。キャリーの人生にはこれまでそういうものが欠けていたと。気づかなければ、こんなふうにしてくれるはずがない。

彼は気の毒な人だ。

気の毒で、親切で、やさしい。

「何も着ていないきみが好きだ。裸で濡れているきみはもっと好きだ」

〝やさしい〟というのは的確な言葉ではないかもしれない。

それでもキャリーは彼といて少しも怖さを感じなかった。ポーターは今日、彼女の命を救ってくれた。誰かが梯子を倒したというキャリーの憶測をポーターは相手にしなかった。だが膝の震えがおさまって落ち着いたら、梯子を倒したのが誰であれ、ポーターであることだけはありえないと思っている自分がいた。そしてちょうど居合わせてキャリーを受けとめてくれたポーターに対する感謝で心がいっぱいになった。

はっきり言って、彼が少しでも親しさを受け入れる気配を見せてくれれば、その場で絨毯に横たわってもらい、どれほど感謝しているか身をもって伝えたいところだ。

焦ってはだめだ。野生動物は警戒心が強くて臆病なのだから。

辛抱強くというより断固として待ちつづけ、本当はまるでそんなつもりはない従順な態度を示せば、ポーターは心を開いてくれるかもしれない。

フードを外してくれることまでは期待していなかった。彼がそこまでしてくれるには時間がかかるとわかっている。ポーターはキャリーに触れる仕草で、自分の気持ちを示してくれた。こんなふうに焦がれるようなせつなさで求められ、触れられると、心の底から喜びがこみあげる。ポーターはキャリーを傷つけないどころか全力で守ってくれるとわかったのだから、なおさらだ。

それゆえ彼から取引の象徴であるかすかな光を放つ真珠を差しだされると、キャリーは従順に舌で受け取って目を閉じた。

ポーターが立ちあがってキャリーの手を取り、やさしく引いて自分の前に立たせる。すぐにキャリーは自分を包みこんだ彼の体の熱に、安らぎと体が焦げるような欲望を同時に与えられた。

「ミセス・ポーター、きみはぼくのものだ。しばらくのあいだだけだが、とにかく今はぼくのものだ。ぼくはきみを買った」

キャリーはうなずき、従順に頭を低くした。ポーターがかすれた声で強調した〝ぼくのもの〟という言葉に強い思いを感じ、熱いものが体を走る。それは頭がくらくらする組み合わせだった。情熱と信頼を同時に感じ、期待を覚えながらすべてをゆだねられるというのは。相手を信じられなければ恐怖を覚えるであろう行為が情熱的で刺激的なものとなり、彼女は恐ろしさに委縮するのではなく、力を与えられて光り輝く。今、彼に求められているように男性に求められるなんて……想像したこともなかった！

いつかポーターが心を開いてくれたら、自分も同じことを彼にしたいと思うのだろうか。衣《きぬ》ずれの音が聞こえて、彼がフードを外したのだとわかる。今、ポーターの顔はあらわになっているはずだ……。

顔などという表面的なものにとらわれるべきでないことはわかっている。それにといるときは、顔のことより彼がキャリーの体に欲望をかきたてられている様子のほうが気になった。ポーターから。それなら彼もキャリーに求められたいと思っているのではないだろうか。

ああ、そうだったのだ。こうしてポーターの命令を待って従順に立ちながら、キャリーは彼の心を理解する鍵を手に入れた気がした。ポーターは彼女に求められたがっている……身もだえするほどの激しい欲望で求められたいと思っているのだ。そうすれば自分の顔や体の傷が気にならなくなると考え、キャリーの体を限界まで駆り立てようとしている。

ポーターへの同情で、心に鋭い痛みが走った。憐れみではない。憐れむ対象とするには、彼はあまりにも力強く威圧的だ。けれども自分は愛に値しないとこれほど確信しているのは……見返りをちらつかせて人を操ることが唯一の方法だと考えているのは……見ているだけで心が痛む。

ポーターが体を寄せてくると清潔でさわやかな香りが漂ってきて、キャリーは驚いた。硬くなった胸の頂が、彼のシルクの部屋着にこすれる。

もう少しで体がぴったりくっつくほど、ポーターは近づいていた。

彼が体をかがめて、首にそっと唇をつける。

そのあまりにもやさしい感触に、キャリーは息が止まった。ポーターが小さなあたたかいキスを繰り返しながら首筋を下にたどり、反対側に渡って同じことを顎まで繰り返すあいだ、彼女は閉じたまぶたの後ろで懸命に涙を抑えていた。

ポーターと唇を合わせたくて、キャリーは思わず横を向いた。けれどもポーターは顔を引いてしまった。

「じっとしていて」

彼がじっとしていてほしいと望むなら、それに従おう。夕暮れに獲物をとらえようとしている猫のように、じっとしたまま動かないでおこう。

ポーターが頬に続いてこめかみにキスをしたので、眉に息がかかった。彼は耳の下にキスを移し、そのあとキャリーの頭を前に傾けて、首の後ろ側を下にたどっていく。ゆっくりと彼女のまわりをまわりながら、やさしくあたたかいキスや熱く湿ったキスを続け、肩の上に唇を滑らせた。

一周してキャリーの前に戻ったポーターは、今度は喉に唇をつけた。キャリーは顎をあげて彼の唇に喉を押しつけずにはいられなかった。薄闇の中でやさしくそっと唇を押しあてられ、肌をたどる舌やかすかに立てられる歯を感じたら、ほかにどうしようもない。ポーターは夫なのだから、こんなふうに彼女を駆り立てるのは当然だ。でもキャリーがこんなにも熱くなっているのに、彼はまだ鎖骨より下には唇で触れていない。

そのとき、ポーターがその触れていなかった領域に唇を滑らせた。胸骨の上をたどり、乳房のあいだへと唇をおろしていく。

ああ、そうよ。お願い、そこまで来たら……。

彼女の声に出さない懇願に応えるように、ポーターがゆっくりと口を動かして胸の頂を見つける。

そこは前に手で触れられていたが、口での愛撫に対してキャリーはまったく心の準備ができていなかった。

ポーターが性急に彼女の胸を口に含む。


ああ、すてきだ！　なんて熱いんだろう。硬くなった胸の頂を這う舌や、こすれる歯の感触や、深く吸いつかれる感触に、キャリーは夢中になった。言葉も出ないまま、うめき声だけが口からもれる。ご馳走でも食べているみたいにこうしてむしゃぶりつかれていると、ポーターがどれほど彼女を求めているかよくわかる……。

腿の付け根が熱く脈打ちながら潤み、膝から力が抜けていった。

ポーターが大きな両手でキャリーの体を持ちあげてのけぞらせる。その動きで高く突きだした胸の頂を、溶けた溶岩のように熱い彼の口が思う存分むさぼった。

キャリーは爪先立ちになっていたが、バランスを失って転んでしまうかもしれないという不安はまるで感じなかった。頭が背中につくほどのけぞってポーターにすべてをゆだねていると、彼は両方の胸の頂に順番に吸いついた。何度も吸われ、舌を這わされ、歯を立てられているうちに、先端がどんどん硬さを増して懇願するように突きだしていく。口の中に真珠が入っていなかったら、実際に懇願していただろう。

レンはそれでもまだ足りなかった。なめらかな背中を撫でおろしてヒップを強くつかむと、彼女を持ちあげて化粧台に座らせた。こうすれば、キャリーの白く豊かなふたつの乳房を心置きなく楽しめる。レンはそれを実行に移すため、彼女の開いた膝のあいだに入った。

彼の花嫁は塩とローズマリーの味がした。クリームのように甘い処女の味と、官能的に誘惑する妖女の味も。爆発的に情熱をかきたてられ、レンがヒップをつかんでいた手に力をこめると、キャリーは息をのんで体をくねらせた。ああ、彼女をむさぼりつくしたい。彼女のすべてを奪いたい。自分のすべてが燃えつきてしまうまで。

レンは体をかがめ、白くやわらかい腹部に、官能的に広がっている腰の曲線に、桃色のクリームのような腿の内側に口をつけていった。止めようにも止められなかった。

膝が床につきそうなくらい低くしゃがんで、キスを繰り返しながら膝から上へと進んでいく。上へ進むにつれて、キャリーの肌があたたかさを増していった。やがてそこに湿り気が加わり、さらにかすかに塩気を帯びた甘い汁を内腿に感じる。

だが、このままさらに上に向かってはならない。もし彼の貪欲な舌を甘く刺激的な味がするあの部分に差し入れたら、思いつく限りのあらゆる方法で彼女を奪ってしまうまでやめられなくなるだろう。それも一回ではなく何度も。

それを想像して、レンはめまいがするような欲望にのみこまれそうになった。だめだ。今夜の自分は熱くなりすぎている。必要なのは自制心だ……自分を抑えなければならない。

レンは抵抗して悲鳴をあげている欲望をねじ伏せ、腿の付け根のすぐ上を覆う湿った短い巻き毛に次への期待をこめて熱い唇をつけた。そしてようやく一歩さがる。

ちくしょう、こんな思いは二度としたくない。

9

キャリーは信じられなかった。どうしようもなく潤って全身が脈打つほど欲望をかきたてておきながら、またこんなふうに置き去りにするつもりなのだろうか？　どうにかして思い知らせてやる。同情の念は消えた。積もった不満で涙がにじむ。ポーター、あなたをうめかせ、体を熱くして、身もだえさせてあげる……それから体を引いて、寒い中で呆然としたあなたをひとり置き去りにしてやるから！

扉が閉まった。キャリーは目を開けた。

最初に気づいたのは、欲望に任せてポーターが化粧台から小さな貝殻の皿を落としたことだった。真珠が床に転がっている。ふた粒の真珠。キャリーは口を開けて三粒目を取りだした。

ふたりのおかしな取り決めを正確にはいつ完了させるつもりなのだろう。十粒目に？　二十粒目？　最初の百粒目のお祝いに？

冗談でしょう。考えただけでぞっとする。

レンは足音も荒く廊下を進みながら自分とキャリーに悪態をつき、それから唐突に彼女の甘い肌の記憶に酔いしれた。

なんてざまだ。これほど誰かを欲したことはない。婚約者のリズベスでさえも。自分でもわからない。リズベスに拒絶された痛みを抱えて生きてきたにもかかわらず、この瞬間はかつての痛みを思い起こすこともできない……。

あの頃はリズベスのあどけない瞳と控えめな笑みにすっかり心を奪われていた。だが、彼女は控えめでもなんでもなかったのだと今ならわかる。当時は若すぎて愚かにも巧みに引っかけられたことに気づけなかった。リズベスはつまらない冗談にも笑ってくれ、感情のこもった大きな目を輝かせていたが、よく考えてみると自分のことも、それ以外の話もほとんどしなかった。口にしたのはレンがいかにすばらしく、勇敢で興味深いかだけだった。

妻とは大違いだ。厄介なキャリーは黙ろうとしない。あのはた迷惑な家族の話を延々としている。

真珠を口に入れたときは別だが。真珠を口にすると、キャリーは違う何かに姿を変える。この手の中でやわらかくて従順な存在になる。そのときばかりは無礼で遠慮のない型破りな新妻ではない。彼女は……レンが望むものになる。

あらゆる男が夢見る女性に。それは間違いない。そんなふうに作りあげたのはこのぼくだ。自分の思うとおりに。

そのことに嫌気が差した。

なんて愚かだったのだろう。単に体の交わりを望むなら金を払ってすることもできる。だがレンは、娼婦《しょうふ》が嫌悪感を隠して気が進まない奉仕をすると思うと耐えられなかった。

けれどもキャリーが積極的なのは、特殊で間違った理由からだ。レンは、キャリーが家族のせいで逃れられない状況にあるのをいいことに自分を差しだすよう仕向けたのだ。

こんな倒錯した情熱はキャリーにいい影響を与えない。彼女の一生を台なしにしていないことを願うばかりだ。

このおかしな呪縛を破るには、ショックを与えて突き放すしかないのだろうか。キャリーは従順すぎる。拒絶させるにはどうすればいいのだろう。

ふいに断固として、レンはその限界を探らなければならないと感じた。いずれにしても彼女は近いうちに自分のもとを去っていくのだ。

どんなことが起きればキャリーがアンバーデルから出ていくのか、見つけようではないか。

翌朝、階段をおりていたキャリーは階下に着いた瞬間に扉を叩く音が聞こえてぎくりとした。

そう、忘れかけていたけれど、世の中にはほかにも人がいるのだ！

玄関で手渡された包みは贈り物で、ショウガの砂糖漬けが入った大瓶だった。「まあ」キャリーはささやいた。カードに署名はなかったが、手書きの文字には見覚えがある気がした。

「ショウガの砂糖漬けは大嫌いなんだ」ポーターがそっけなく言った。「きみが食べるといい」

キャリーは困った顔で桁外れに大きな瓶を見つめた。「わたしも好きじゃないんだけど」誰にともなく小声で言った。ポーターはといえば、玄関広間で聞き慣れない声がしたので興味本位で顔を見せただけで、すでに姿を消していた。とはいえ鼻持ちならない無作法者でも、配達の少年がキャリーの手持ちの最後のペニーを持って立ち去るまでは待っていた。

再び屋敷に静けさが戻り、キャリーはこの場所から逃げだしたいという抑えがたい欲求と闘った。

彼女は顔をしかめてショウガを見つめ、ため息をついた。「どう見ても一キロはあるわよね。まったくもったいない」

キャリーは開け放った扉の向こうのすばらしい春の日に視線を投げた。これももったいない。こんなにいい天気なのに……。

ワーシントン家の人々はどんなことも無駄にはしない。

一時間後、キャリーは丈の短い上着に一番いいボンネットを身につけて屋敷を出た。贈り物のショウガをモスリンのかわいい小ぶりの袋に分けて、裁縫箱にあったリボンの切れ端で結んできたが、なかなか楽しかった。腕からさげた籠の中身がいっぱいになり、村に挨拶に行くいい口実になった。

村までは二キロ以上あった。空気はさわやかで甘い香りがして、小道は前後に延びている。立派な屋敷が見えなくなってずいぶん経つが、村はまだ遠い。

キャリーは完全にひとりだった。

騒々しい家族はいない。しけた顔をした花婿も。

うれしくて笑いがこぼれた。これまで持てなかった時間を嚙みしめるように、キャリーはスカートを持ちあげて道の真ん中で一回転した。天国だ。世界じゅうでひとりきりになったみたい！

キャリーは見えない相手に向かって膝を折り、深々と大仰にお辞儀をした。

さあ行け、あの娘《こ》をつかまえろ
手を取ってくるりとまわすんだ！
まわって戻ってきたら、ダンスは続く
戻らなかったら、ふられた証拠！
別の娘《こ》をつかまえて試すんだ
その娘《こ》もだめなら、次はふたりつかまえろ！

その低俗なカントリーダンスの歌詞はうろ覚えだったが、雨が降った夜にキャスとポルがそれに合わせたダンスをしてみんなを楽しませたことがあった。ポルはキャリーの古いドレスがかなり似合っていた。一方、エリーはポルが丸い大きな頭を彼女の一番上等なボンネットに突っこんで変形させたと、あとで文句を言っていた。

今はキャリーがくるくるまわり、ひとりでいる幸せに感謝してお辞儀をしている。品のない歌を笑ってしまうほどでたらめに歌い、息が切れてしかたがなく止まると、太陽を浴びてにっこりした。

「ばかね」キャリーは自分をやさしくたしなめた。呼吸が落ち着くと、少し時間を取って髪をきちんとまとめてピンでとめ、スカートの裾の埃を払った。

それから領主夫人らしく悠然と小道を進んだ。ばかげた振る舞いの名残といえば、土手に高く茂った草の奥に落ちたリボンのついた小さな包みだけだった。

前をそぞろ歩きする女性に追いつかない程度のゆっくりとした歩調を保ちながら、大きな青毛の馬のひづめが小道を進んでいった。

レンは下に落ちたかわいらしい包みを見おろしていたが、心の目にはひとりの女性の姿しか映っていなかった。形のいい足首とふくらはぎ、ときおりスカートを持ちあげたときにのぞく、どぎまぎするようなクリーム色の腿、日差しの中で踊りながら笑っている姿だ。

キャリーのうきうきした気持ちはアンバーデル村をちらりと見たとたんにしぼんだ。村自体は充分に美しい。これぞイングランドと誇れる程度には栄えているけれど、産業の中心地というわけではない場所だ。にぎわっているのはやはり大通りで、生活に欠かせない店や鍛冶屋が並んでいる。

高揚感が薄れていったのは、村そのもののせいではない。村人が皆いっせいにこちらを向いてじろじろ見ている気がしたからだ。こんなふうに感じたのは初めてだと、ふと思った。まるで拡大鏡で観察されているかのようだ。リオンが研究のために植物や昆虫を拡大するときのように。ロンドンではワーシントン家は変わり者と見られているが、長くつきあううちに寛大に受け入れられるようになった。そう、誰からも。キャリーはかなり失礼な意見も意に介さないことに慣れていた。古くから家族ぐるみのつきあいがある人々からは支持されていたし、そもそもあの家族の中では目立たない存在だと思われていたからだ。

けれども今は、このあたりで一番立派なアンバーデル・マナーに新しく来た領主夫人である以上、目立たない存在ではいられない。肌にまとわりつく視線は冷え冷えとした寒風に感じられたが、キャリーは友好的な笑顔を張りつけて相手のふところへ、村の中心へと、確固たる足取りで進んでいった。

探るような視線とひそひそ話は別にして、初めて顔を合わせたのは金色の飾り文字で〈ドレスメーカー　マダム・ロンゲット〉と書かれた店の女主人だった。

キャリーは実のところ、ドレスを注文するつもりはまったくなかった。服は実家に何着かあって、こちらに送られてくるのを待っている。単に目についた一番近い避難場所に入ってみただけで、靴紐を買うお金もないのに新しいドレスなどもってのほかだった。

避難場所と思われたそこは実は落とし穴だった。気づくと店の中は好奇の視線であふれていた。十人以上の女性客が店内を占拠していたのだ。

キャリーは猫が詰めこまれた箱にいきなり放りこまれた鼠になった気がした。ドレスメーカー用のエプロンをつけたマダム・ロンゲットと思われる女性がこわばった笑顔で進みでた。かなりふくよかで飾り気がなく、赤らんだ顔をした女性だ。前方の窓に掲げた異国情緒あふれる看板とは大違いだ。それでもキャリーは笑みを返した。

「あの、わたし――」

「ミセス・ポーター！」マダム・ロンゲットが歯を食いしばったまま、歓迎しているとは言いがたい表情でキャリーの手を握った。「まあ……その、お目にかかれて光栄です……ようやくといったところかしら」

ようやく……。キャリーがこの地に来てから四日目。求婚期間はどう考えても短く、おまけにフードを取った姿を見せたことがない男性との結婚。噂と憶測の嵐を呼ぶにはそれだけで充分なのだ。

たしかに、そう、予想以上の反応だ。

キャリーはマダム・ロンゲットに会いに来たふりをして、その場を取り繕おうとした。「急いで力をお借りしたいんです。ロンドンから来たばかりで、郊外に適した服を何も持っていなくて」

普段用の外出着が欲しいと言いたかっただけだった。本当は必要なかったけれど。自分の口からその言葉がこぼれると、キャリーを見る目がさらに憤然と細められた。

「シルクを小麦粉の袋と交換する気よ」

敵意のこもったささやきが不自然に静まり返った店内にかなりはっきり聞こえた。息をのむ音とぞっとする忍び笑いがまわりに響く。

キャリーは顎をあげ、毅然《きぜん》と歩みでた。「モスリンにします。あたたかい日のために。縞の入った服はあるかしら」どうにかして支払う方法を見つけよう。

その問いかけもよくなかった。

「ないわよね。あたしたちみたいな無知な田舎者は、縞模様を着るほど進んでないもの」またもや聞こえよがしな声が抑えた笑いとともに店内に広がった。

マダム・ロンゲットはひいき客たちと疎遠になるか、新しい領主夫人にひいきにしてもらうかのはざまで明らかに揺れていた。キャリーに必死に目で訴えている。

〝あとで来て〟

もしくは〝二度と来ないで〟だろうか。

ほら、腕に籠いっぱいの贈り物があるんだから、それを利用するのよ。

利用？　身を守る手投げ弾として？

そういえば、キャリーは女にしてはいい肩をしているとデイドが言っていた。キャリーは陰でこそこそ言う人の顔を内心ででこぼこのショウガに置き換えてみた。ばかばかしい空想のおかげで、狼《おおかみ》たち――ではなく女性たち――に明るい笑顔を向けることができた。キャリーは籠から包みを出し、渋る相手の手に押しつけていった。

「ちょっとしたご挨拶のしるしです。皆さんにお会いできてよかったわ。わたしのことは……」

贈り物の効果は見られなかった。田舎の人は相当鈍いのだ！　必死になったキャリーはいつの間にかとんでもないことを口走っていた。

「近々舞踏会を開くので、ぜひ来ていただきたいわ……」

なんですって？　やめなさい。いい子ぶって、わたしったら何を言っているの？

「広くてすてきな家なんです。お客様でいっぱいになるのが待ちきれないわ」

来客でいっぱいになるわけがない。自分の口がもっと衝動的な発言をする別人の口になったかのようだ。

「ああ、すぐに考えないと。ポーターもようやく村の皆さんをお迎えできるのを楽しみにしているんです」衝動的どころか自滅的だ。

具体的にどうするのかわからないままパーティーの開催を約束し、〝最新のスタイル〟の――どんなスタイルか見当もつかないけれど――モスリンのドレスを片手に余るほど注文して店を飛びだした。

キャリーは文字どおり、村から走って逃げた。道すがら出会った人にやみくもにショウガの砂糖漬けの包みを押しつけ、言葉に詰まりながらも挨拶を繰り返した。

「お会いできてうれしいわ……絶対にいらして……本当にいいお天気で……」

村が見えないところまで来ると、小道のそばの草深い小さな丘で腰をおろし、両手に顔をうずめた。うろたえて正気を失ってしまった。何がなんだか自分でもわからない……。

どれくらいだろう。ポーターが寛大に小さく笑ってキャリーの頭を軽く叩き、ちょっとした集まりなどたいしたことはない、近くの親しい人たちだけじゃないかと言ってくれる確率は……。

村の人たちを丸ごと。全員を舞踏会に招待した。

鍛冶職人も招待した。

おそらく鍛冶職人の犬も一緒に。

ああ、違った。あれはラバだった。

ヒステリックな衝動が体内からこみあげるのと同時に、これでポーターもわたしを即刻実家へ送り返そうと心に決めるかもしれないと思った。

パニックが鎮まった。

ポーターはよく知らない人を嫌う。わたしに相当腹を立てるはずだ。

キャリーの唇によこしまな笑みがゆっくりと浮かんだ。鏡が近くにあったなら、末の妹とそっくりの表情に驚いたはずだ。

とはいえ、アティでさえ、ここまでひどいことはしないだろう。

ドレスメーカーの店では村の女性たちが舞踏会の話題でいまだに大騒ぎをしていた。ベトリスはその中から抜けだして、小道を急ぐキャリーの背中を見つめた。

舞踏会。とてもすてきな話だ。一週間足らずでどうやって準備をするつもりなのかしら。まあ、ローレンスの財力をもってすれば望みはなんだってかなうのだろう。

ベトリスはキャリーの来店前に触れていた青いシルクを見つめてため息をついた。これは高すぎる。自分によく似合うだろうし、ヘンリーが妻にお金を出し渋ったことは一度もないけれど、それでもあの人に大好きな砂糖や香りのいいシナモンを我慢させるほどの価値はない。ベトリスは何をおいても夫の欲しいものを最優先するようにと母から教えこまれて育った。

ベトリスはシルクから手を離し、決然と背を向けた。

本当にきれいな青だった……。

ベトリスはおしゃべりであふれる店を出てほっとした。誘惑が多すぎる。

目抜き通りを進むキャリーの姿が視界に入ってきた。ベトリスは気づくといきなり用もない方向へ曲がっていた。

首を巡らせたまま、キャリーに視線を据えて気まぐれな運命に思いを馳《は》せていたベトリスは、正面の大男に気づかずに相手の胸にぶつかりそうになった。

大きな手で腕をつかまれたベトリスは驚いてよろめいた。「今はそれくらいにしておくんだ、ミセス・ネルソン」

ベトリスはその低い声の主に気づいて顔をあげた。「アンウィン！」

アンウィンとは何年も顔を合わせていなかった。スプリンデルの食材を定期的に届けてくれているようだが、ベトリスは配達人が入ってきてそれを料理人に託すのを気にかけるような女性ではなかった。

ほかの村人と同じく知った顔をじっくり見る。かつては心に描くロマンティックな海賊や追いはぎのように男らしくて荒々しく見えたものだが、今は太った粗暴者でしかない。いっときの幻想、愚かな少女が禁断の相手に惹《ひ》かれただけだ。

アンウィンには一時期、思いを寄せられていたが、ベトリスはずっと彼の手の届かないところにいた。ベトリスが裕福な農場主のひとり娘であるのに対し、アンウィンは年老いた食料品店の主《あるじ》の息子にすぎなかった。ふたりがまだほんの子どもの頃、ベトリスは覚え立ての異性との戯れ方をアンウィンに試してみた。それ以来、彼の視線が自分を追うのを感じていた。

今、アンウィンの視線はベトリスが凝視していた先に注がれていた。険しい目をして、肉厚の顔を怒りでゆがめている。「きみがあの豪邸で暮らすはずだったんだ。あの女にきみほどの品はない。美しさも」

ベトリスは目を伏せて手袋を整えた。「ミセス・ポーターは旧家の出なの。きっとアンバーデル・マナーのいい女主人になるわ」

苦々しい思いがにじんだのを非難されるかしら。アンウィンなら非難などしない。

彼は乱暴者だ。村の中では悪党に一番近い。アンウィンになら下劣だとか無作法だと低く見られることは絶対にない。

それがわかっているので、少し気が楽だ。

「ミスター・ポーターが次の継承者よ。それはどうしようもないわ。村のことに関してはネルソンのほうが領主に向いているかもしれないけれど、権利がないものは手に入らない。そうでしょう？」

「ポーターは病気だ。誰かが言ってた。もうすぐ死ぬとも」

「わたしの口からは言えないわ」

「つまり、やつが死ねばいい。そういうことだ。あの男が死ねば、きみとアンバーデル・マナーとのあいだに立ちはだかるやつは誰もいなくなる！」

ベトリスはかぶりを振った。「わたしならミスター・ポーターが天寿を全うするまで待てるわ。彼は寂しい人で、絶望感でいっぱいなの……でも、もし息子でもいれば……」ため息をつく。「やめましょう、未来はなるようにしかならないもの」アンウィンにちらりと悲しげな笑みを向けた。「わたしのことは心配しないで。夫は食事も寝る場所も与えてくれている。贅沢は……そう、たぶんそのうちね」アンウィンの同情は慰めになるが、ふたりで長話をしているところを見られたくなかった。「さあ、ポニーの馬車でそろそろ出発しなきゃ。ご家族によろしくね、アンウィン」

ベトリスはキャリーの歩みよりも速く馬車を走らせて村をあとにしながら、いつものようにアンウィンの視線を感じていた。

まだ外見が衰えていないと感じるのはいい気分だった。

10

キャリーはようやく好意的な顔を見つけ、うれしくなってほほえんだ。

馬車を止めてまでスプリンデルでのお茶に誘ってくれるとは、なんて親切なのだろう。紅茶を飲みたいと思っていたところだ。アンバーデル・マナーの厨房ではまだ茶葉は見つかっていない。

ベトリスが広々として快適そうな居間に案内してくれた。最近目が肥えたキャリーにしてみれば、部屋は年月を経てくたびれて見えた。豪華な内装が施されたアンバーデル・マナーと比べると、ベトリスとヘンリーが上流社会の底辺にいるのは明らかだった。

もちろんワーシントン家の散らかり放題の家に比べれば、この家は心休まる安息の地だ！

ヘンリーは、場合によっては自分のものだったかもしれない莫大な不動産のすぐそばで暮らしていて気にならないのだろうか。けれども数分後に居間に駆けこんできた彼の屈託のない歓迎の笑顔に、そんな下劣な考えは吹き飛んだ。

「キャライアピ! よく来たね、調子はどうだい? 元気そうだ。そう思わないか、ベティ? そう、実に生き生きしている!」

騒々しいほどの歓待にキャリーは声をあげて笑い、まぎれもない愛情たっぷりの大きな抱擁に応えた。夫がこれほど社交的だと、妻が奥ゆかしいのも納得がいく——ベトリスに選択の余地はなさそうだ。

キャリーは席について紅茶を飲みながら、先日の落石で農場に必要不可欠な湧き水が堰《せ》きとめられ、それを掘り起こしたヘンリーの最近の武勇伝を、状況が目に浮かぶような手ぶりと効果音つきで楽しく聞いた。そこにヘンリーのもとで働く農場長が湧き水とは別の問題で相談に現れ、ベトリスもお茶をすすめに席を立っているあいだ、キャリーはこの夫婦について思いを巡らせた。

ベトリスが席に戻ると、キャリーは室内にちらりと目をやった。「そういえば……お子さんはいるの?」

「いいえ、今のところは」ベトリスが残念そうにほほえんだ。「何人か欲しいと思っているんだけど。ヘンリーはあのとおり父親らしい人でしょう? たぶん彼も六人くらいは欲しいんじゃないかしら」

キャリーは無理やり笑みを浮かべてうなずいた。それに比べて、ポーターはちっとも父親らしくない……そうでしょう？

父親？　それどころか、一緒にいる時間の半分は人間らしくもないじゃない。

とはいえ、守ってやるというたぐいの男性ではある。キャリーはやさしくて気難しい父のことを思った。研究の邪魔をされると不機嫌になるけれど、いつも子どもたちのすることを認めてくれた。キャスとポルが違法すれすれの行為をしたときも。

父は怒鳴ったことなどない。

一方、ポーターはすぐに怒鳴る。うなりもする。キャリーは充分なしつけがされていない犬の話をしている気分になった。

〝父さん、父さん、フードを取って！〟

やっぱり父親向きとは言えそうにない……。

キャリーはおいしい紅茶を飲みながら、広くて寒々とした空っぽなアンバーデル・マナーを思った。豪奢《ごうしゃ》で趣があるけれど、あまりに静かで寂しい屋敷だ。

ヘンリーが席に戻ると、キャリーは新たに暮らす屋敷と夫についてもっと話を聞きだすことにした。

「ローレンスのこと?」ヘンリーは記憶をたどるような顔をした。「いや、子どもの頃はお互いに知らなかった。彼の存在はもちろん知っていたよ。いつもうらやましかった。ロンドンで華やかな生活を送って、いい学校に通い、世界じゅうを飛びまわって……」キャリーがぴんとこない顔をしているので、ヘンリーはとりとめのない話を中断した。

キャリーが口に含んだ紅茶は先ほどよりも少し苦く感じた。「世界じゅうを飛びまわる?」

ベトリスがキャリーのカップに紅茶を注《つ》ぎ足した。「ええ、そうよ。アンバーデル・マナーの異国情緒あふれる貴重な品に気づかなかった?」

キャリーは何も加えていない紅茶をかきまぜた。「気づいたけど、わたしはてっきり……その、ポーターはあの屋敷を受け継いだから」咳払いをして笑顔を作った。「それで旅のことだけど……それって……以前の話よね」

ヘンリーが目を細めて丸い鼻にしわを寄せた。「以前? なんの?」

ベトリスが肘でさりげなく夫の脇腹をつついた。キャリーがそれに気づいたのは、実家の男性たちに誇らしげに同じことをしていたからだ。キャスとポルに対しては、肘に防具がついていればいいのにとよく思っていた。釘付きの防具が。

ヘンリーがわざとらしく咳払いをした。「ああ、そう、その……たしかに以前だ。以前は……彼も別のいとこによく手紙を書いてたんだ」思い出し笑いをする。「かなりきわどい内容だったな！」

ベトリスは面白がってはいなかった。「いとこのジョンは手紙が届くたびにこの人に知らせに来たわ」キャリーに話した。「ふたりで逐一詳細を取りあげて、ローレンスが使った特定の言いまわしやほのめかしが何を意味するのか意見を交わすの。ジョンはローレンスが実は諜報員《ちょうほう》じゃないかと疑っていた」あきれた様子を上品ににじませた。

「ばかげた考えだ」ヘンリーが大きな手を振った。「ぼくは単なる度が過ぎた冒険好きだと思っていたけれどね。そのうち全部を書き記して体験記として出版するんじゃないかって。何年ものあいだ、ぼくたちにとってはあの手紙が最高の娯楽だったよ」

その手紙はどこ？　読ませてもらえる？　キャリーは探りを入れたくてたまらなかった。そんなことをすべきではないけれど。ああ、でも訊いてもいいのではないだろうか？　「何があったか聞かされたことはある？」

ベトリスが首を振った。けれどもヘンリーは喉が詰まったような顔をした。何か知っていて、その何かを分かちあいたい気持ちでいっぱいだけれど、言うべきではないと思っているときの顔だ。

そっちがその気なら。キャリーは妹のエリーをできるだけ真似て深々と悲しげにため息をつき、ひどく困った顔でヘンリーを見た。大柄な男性の目に秘密を守ろうと苦悩がよぎる。

なるほど。それなら末っ子のアティの得意技も加えてみたらどうだろう？　キャリーは唇をかすかに震わせた。

「こんなことを訊くのはつらいわ。ポーターが話そうと思えるまで待つべきだとわかってる。でも彼がわたしのことを理解しているようには見えないし……そもそも愛してくれているようにはとても……」驚いたことに、本当に涙が浮かんできた。まったく、エリーが言葉を覚えはじめてからずっと父にこんな技を使うのを見てきたおかげだ。ヘンリーがあまりに早口でしゃべりだしたので、キャリーはついていけなかった。横目で見ると、ベトリスがこちらに尊敬のようなまなざしを向けているのがわかった。

ああ、女らしさの競い合いだ。キャリーがヘンリーに意識を戻すと、彼はまだ泣かないでくれと必死で訴えていた。

「詳しく知っているわけじゃないんだ。実際ほとんど知らない。自分のいとこだというのに。だがローレンスが見つかる前に、いとこの事務弁護士がずいぶん長いあいだ彼の行方を捜していた。ローレンスの死亡宣告をしてぼくを相続人に指名しようという話が出た時期もあったんだ。そうしたら男が訪ねてきて――」

「サイモン卿《きょう》でしょう」ベトリスが助け船を出した。

「そう、サイモン卿が現れて事務弁護士と話し合いをした。サイモン卿が帰ったあと、弁護士はこの件についてそれ以上話さなくなった。ぼくにさえも。ひどく妙だと思ったよ。本当のことを言うと、あの弁護士はほとんど……怯えているようだった」

キャリーは眉根を寄せた。「怯える？　いったい何に？」

ヘンリーが身を乗りだした。「あの男、サイモン・レインズ卿にだ。あの男はローレンスが死んでいないと知っていた。そこだよ。それを知っていたなら、ローレンスがどこにいたのかも知っていたのかもしれないし、それにどうしてあんなに……まあ、これは単なる好奇心だな。好奇心は身の毒だ。間違いない」彼は力強くうなずいた。

「その男だよ、ローレンスを見つけて屋敷に運んでくれたのは。ぼくはそう信じている」

「見つけたって、どこで？」

ヘンリーががっしりとした肩を大きな石のように動かして肩をすくめた。キャリーはベトリスに目を向けたが、彼女はただほほえんで頭を振った。

「不思議に思っているのはあなただけじゃないわ」ベトリスが言った。「ローレンスはこの村では話題の人ですもの。今はあなたもね」

キャリーは目をしばたたいた。「わたしが？　どうして？　わたしなんてなんの価値もないのに」

ヘンリーがそこでまた席を立った。愛想よく立ち去ったが、その話題に居心地が悪くなったのが見て取れた。

いいわ。ベトリスのほうがずっと率直だ。

キャリーは肩をすくめてから、あたり障りのない話題を切りだした。「結婚って本当に冒険よね、そう思わない？」

ベトリスが少し戸惑った顔になった。「唯一の冒険じゃないかしら。不運にも女でいる限りは」

その言葉には抑えた苦々しさが感じられ、キャリーは好奇心で指がうずうずした。ベトリスの静かな物腰の下では、明らかにさまざまなことがうごめいているらしい。

「ええ、そう……たしかに。わたしはむしろ、ほとんどの結婚はもう少し型どおりに始まるものだと思うんだけど。でも、わたしはどちらでもあまり気にしないわ。夫が説得を受け入れてフードを取ってくれるなら」

ベトリスがキャリーを見つめた。「ローレンスの顔を見たことがないの？」

「あら、もちろんあるわ！　そうはいっても一度だけ。それも一瞬だったけど」キャリーはベトリスに向き直った。「あなたはある？」

ベトリスがゆっくりとかぶりを振った。「いいえ。だけど、ヘンリーは見ているわ。一度、ローレンスが初めてここへやってきたときに。ローレンスがひどく酔っていたから、ヘンリーが寝室のベッドに運んだの……でもわたしが尋ねても、ヘンリーはそのときの話をしようとしなかった。ローレンスに信用してもらえるまで待とうと言われただけ」

ベトリスは思慮深くて寛大だけれど、じれったいし、まったく役に立たない。

「それで……その信用という点で進展はあるの？」

今度はベトリスは恥ずかしそうな顔をした。「いつも親切にしようとしているんだけれど……ちょっと彼のことが怖いのはどうしようもなくて」

キャリーは目を見開いた。「怖い？　でもあの人は……彼は……」自分がポーターに信頼を寄せる理由をはっきりと言葉にできず、唇を引き結んだ。「昨日わたしの命を救ってくれたばかりよ」

ベトリスがまばたきをした。「命を救った？　そんなに危ない目に遭ったの？」

キャリーはワーシントン家のほかの家族と同じで、とっておきの話をするのが大好きだった。「ええ、そうなの。わたしが窓を拭いていたときに」

ベトリスが眉根を寄せた。「あなたは領主夫人よ。どうして誰かに……ああ、そうね……使用人は雇いづらいんでしょうね」

キャリーは手を振って一蹴した。さほど面白くもない家事のことで話を脱線させたくはない。「書斎の窓ガラスを拭いてたの。窓から外を見ても今が何時か見当もつかないくらい汚れていたのよ！　そうしたら、窓枠に両手でぶらさがって、指が滑りはじめて――」

ベトリスが息をのんだ。キャリーが目を向けると、新しい友人は真っ青になっている。

「どうしたの？」キャリーは思い返した。「あら、いやだわ。わたしったら、梯子を壊されたところを話していなかった――」

ベトリスがショックを受けたように片手を喉にあてた。「壊された？　つまり……誰かがわざとあなたに危害を加えようとしたの？」

キャリーは目をしばたたいた。あのときは恐ろしかった出来事も、終わってしまえば最高の語り草として輝きを放っていた。それを単に話して聞かせているだけでベトリスがショックを受けている様子なので、キャリーは少々面食らって眉間にしわを寄せた。「あなたって本当に繊細なのね」

ベトリスが目をしばたたいた。「わたしが……ええと……何かしら？」

キャリーはため息をついた。ワーシントン家に対する外部の反応はいつもこうだ。家族ならこの興奮と劇的な落下と救出話に飛びつき、母は花婿が駆けつけて落ちてくる花嫁を危機一髪で救うというロマンスに歓喜して歌っていただろう。

それに比べてベトリスの態度はまるで……実際、故意に梯子が壊されたかのようだ。梯子が壊れたのはたしかだけれど。キャリーは死んでいた可能性もあった。そのことに気づいて、みぞおちがひやりとした。「死んでいたかもしれないわね」キャリーは自分に向かってささやいた。

ベトリスは両手で顔を覆い、大きく見開いた目だけをのぞかせている。

キャリーはこの不気味で非情な新しい見解が気に入らなかった。カップを持ちあげ、友人に揺るぎない笑みを投げかける。「ベトリス、大丈夫よ。すべてがうまく落ち着いたの。被害はなかったし、このことでポーターは屋敷に使用人を少し置くのもいいと思ったみたい」硬直しているベトリスの手を軽く叩いた。「だから幽霊を見たような目で見るのはやめて」本当にベトリスは過剰に反応しすぎる。まったく、彼女には無関係なのだから、こんなに衝撃を受けた顔をする理由はないのに。

「そうだわ！　うっかり愚かなことを言ってしまった話をまだしていなかったわね」

こちらは正真正銘おかしな話だ。話が終わると、ベトリスは言葉を失った。「とっさに村じゅうの人を舞踏会に招待したですって？」

キャリーは顔をしかめた。「そうなの。どうしてそうなったのか自分でもわからない。わたしはただみんなを……あの人たちの目つきをあなたにも見せたかったわ」

「あなたのせいじゃないのよ」ベトリスがキャリーの横にある美しい彫刻が施されたテーブルにトレイを置いた。「アンバーデル・マナーの相続人が見つかったとき、地元の人たちは救われたと思ったの。屋敷に新しい領主が来るとなれば、働き口がたくさんできるでしょう。普通は新たに使用人が雇われるわ。メイドや雑用係や庭師、それに大勢の馬番やその下で働く少年たち……。だからみんなとてもがっかりしたの。わかると思うけれど」

キャリーはうなずいた。当然だろう。「それに加えて、あの……」

ベトリスが表情の読めない視線を投げかけた。「そう。フードをかぶった世捨て人みたいなあの風貌。村人が望んでいた気前のいい領主ではなかった。あいにく村に不調和を生む致命的な組み合わせだったのね。あなたはひとりで果敢に立ち向かうべきじゃなかったわ。ショウガの代わりに金貨を渡すこともできたけれど、それでも見込みはなかったかもしれない」

「じゃあ、どうすればいいの？　今ではわたしまでおかしな人だと思われているわ。十中八九ね」

「おそらくロンドンに帰ったほうがいいんじゃないかしら……」

キャリーは驚いて顔をあげた。ベトリスは注意深く目をそらしている。

「でも――」

「もしわたしに家族が残されていたら、もしひとりでもいたなら、目の届かないところへ行ったりしない」ベトリスが激しさを押し殺して言った。

キャリーは気の毒になって意気消沈した。かわいそうなベトリス。そばにいるのがヘンリーひとりだなんて、さぞ寂しいだろう。

いつの間にか空になっていたキャリーのカップにベトリスが紅茶を注いで渡してくれた。ベトリスの何気ないもてなしの手腕がうらやましくて、キャリーはため息をついた。

「あなたが領主夫人になるべきだったのよ」キャリーは悲しげにほほえんだ。「生まれながらの素質があるみたい」

ベトリスの紅茶がカップの縁からわずかにこぼれた。彼女は猛然と首を振った。

「だめよ、そんなのいやでしかたがなかったはずだわ。わたしはここがいいの。生まれたときからいてくれる使用人と、昔から知っている村の人といるのがいい。だって……新しい人と知りあうのは苦手だし」

キャリーは目をしばたたいた。ベトリスは慎み深いだけだと思っていたけれど、相当内気なのだろうか？「わたしにはよくしてくれているじゃない。わたしだって新しい人よ」

ベトリスがかすかに笑みを浮かべた。「あなたは親族ですもの。それとこれとは違うわ」

今朝キャリーが遭遇したかなり悲惨な出来事で寒々しかった空気が一気にあたたかくなった。〝親族〟

想像してみてほしい、はるばるコッツウォルズまでやってきて親族を見つけるところを。まるでもうひとり妹を差しだされたようなものだ！

キャリーは目を細めてベトリスを見た。「もしかしてあなたが黒幕じゃないわよね？」

ベトリスが純粋に驚いた様子で目をしばたたいた。「なんですって？」

キャリーは首を振って鼻筋にしわを寄せた。「ごめんなさい。忘れて」

ベトリスはワーシントン家の人ではない。ごく普通のやさしい妹なのだ。


スプリンデルをあとにしてアンバーデル・マナーに向かうとき、キャリーの心は軽く、足取りも力強く、顔にも明るさが戻っていた。いとこがふたり増えたのだ！　すてきな人たち。それに寛大だ。キャリーが歩いて出かけると知って、アンバーデルでの移動手段が決まるまで馬と女性用の鞍《くら》を貸すと約束してくれた。

けれども、実際に村人を舞踏会でもてなすことを思うと笑顔がかすかに翳《かげ》った。でも……舞踏会を開くのはいいことでしょう？

村人がポーターの引きこもりがちな態度に警戒心を抱いているのなら、彼を怖がらなくていいとみんなに示す最善の策だ。全員がポーターに会いに来てくれれば不信感は一掃され、食事とダンスの楽しい夜が反感も一掃してくれるだろう。

それに必要なものすべてを村から調達すれば――肉屋や食料品店に注文すれば。ベトリスが腕のいい料理人を貸してくれるだろうし、近くに恵まれない少女たちの学校がなかっただろうか。その子たちに配膳に来てもらえば、メイドをしてくれそうな子

——神経が太くて明るい子——をひとりかふたり見つけられるかもしれない。そうすれば自分が去ったあと、ポーターがまた孤独にならなくてすむ……。川にかかる橋に着く頃には、最初からポーターのために舞踏会を計画したのだと半ば思いこんでいた。

あとはフードの陰に隠れないよう本人を説得できれば……。

キャリーははっと息をのみ、上着を胸に押しあてた。ああ、神様。わたしって天才だわ!

ポーターと村人のために仮面舞踏会を開けばいいのだ。

11

キャリーがスプリンデルを去って十五分も経たないうちに、玄関の扉をせわしなく叩く音がしてベトリスは応対に向かった。

そこには大工で村の便利屋のティーガーが立っていた。

ティーガーの普段は朗らかな丸顔が不安そうにこわばっている。「お願いです、一緒に来てください。村で病人が出てるんです!」

ベトリスの頭にまず浮かんだのは、外套を羽織っていつものように村へ看病に駆けつけることだった。以前はアンバーデル・マナーの執事の妻だった彼女の母がこの役目を務めていた。村人にとっては領主夫人に一番近い存在だったからだ。

母はこうした務めをそっくり娘に引き継ぎ、村人や知らない人でも助けるために飛んでいくよう教え、ベトリスの頭を将来の領主夫人になる夢でいっぱいにした。

その夢は今、泥まみれの小道で何も知らないキャライアピ・ワーシントンに踏みにじられている。

ベトリスは無表情な顔をティーガーに向けた。「領主夫人にお願いすべきだと思うわ」

ティーガーが猛然とかぶりを振った。「あなたが必要なんです、ミセス・ネルソン。誰もあの女を家に入れようとはしないでしょう！」

ベトリスは驚いてまばたきをした。「いったいどうして？」ドレスメーカーの店で多少へまをしたにしても、そこまで反感を買うことはないだろう。

「あの女が病気を持ちこんだからですよ！」

キャリーはぶらぶらとアンバーデルに向かっていた。遅い午後の光が息をのむほど美しい郊外の風景を金色に染め、埃っぽい道さえも輝いて見えた。今朝この道を歩いたときよりも野花がたくさん咲いている気がするけれど、そんなことがあるだろうか？

生まれたときからロンドン特有の暮らしを送ってきたので――もちろん折に触れて旅行はしたけれど――こうしていると自然の美しさを肌から直接取りこんでいる気がする。彼女は数日前の夜、危うく流されそうになった場所にある橋の上で足を止めた。

この川も今は足元で心地よい笑い声にも似た音をたて、目が潤むほどの光を放っている。

ロンドンは灰色の石と煤と騒音の街だ。それに芸術と文化と科学の街でもある。でも、安らぎはあるのだろうか？　ワーシントン家にはない。家の外のにぎやかな通りにも。公園にすらない。天気のいい日は人や馬や犬や子どもであふれている。

キャリーはひとりになることがなかった。ここに来る前の自分の状態を表すとしたら、その言葉に尽きる。今はひとりの時間がたっぷりある……ひとりでどう過ごせばいいのだろう。

昔は何をすればいいのかわかっていた。アティが生まれる前、弟たちが学校に行っているあいだは、エリーの少女じみたおしゃべりを避けて本にかじりついたり……絵を描いたりしていた。

キャリーは川面《かわも》のきらめきがまぶしくて目を閉じ、まぶたの奥の残像が穏やかなバラ色の光に変わるのを待った。十二年ほど前には、毎日何時間もかけて複雑な植物の構造を鉛筆や絵筆で描き写していた。そうして過ごすのが大好きだった。最も刺激的なふたつの要素――芸術と科学――の組み合わせだからだ。ぼんやりとした夢のような水彩画の風景や、感傷的で不正確なものは好みではなかった。かといって植物の研究だけがしたいわけでもなく、生命の象徴そのものをありのまま学術的な事実に変えるのが好きだった。

それからアティの難産で命を落としかけた母が何カ月も床に臥《ふ》すことになり、そのあと三年近く体力が回復しなかった。キャリーはアティと母の面倒を見て、それはそれで幸せだった。アティは愛しい妹で、母はおそらくキャリーの内面を真に理解してくれる唯一の存在だった。年若《いと》いエリーはキャリーが社交会デビューを見送ると知って愕然とした。だがお金も充分ではなく、キャリーがつまらない人たちとおしゃべりをしたりダンスフロアでくるくるまわったりしているとき、みんなの面倒を見ることができる者はほかにいなかった。

それでもキャリーは結婚相手を見つけるつもりだった。母の容態がようやく回復し、あれほど小さくて虚弱で病気がちだったアティもたくましくて賢い幼児に育ち、獣のように叫んでいたのが、あっという間に文章で話せるようになった。デイドは戦地から無傷で戻り、キャリーの肩にかかっていた負担をいくらか引き受けてくれそうだった。キャリーはまわりの世界が開けていく気がした。籠の中にいると思ったことはなかったけれど。

そんなとき、ザンダーがブルゴス包囲戦に巻きこまれた。ザンダーの戦死の知らせ

——もちろん混乱による誤報だった——に、両親は深い悲しみに突き落とされた。そのあとザンダーは陸軍病院で発見された。熱に浮かされてうわ言をつぶやいていた。キャリーは練り直した社交界に繰りだす計画を即座に捨てて、傷ついた弟の看病に専念した。

時間と休養と愛情のこもった看病がザンダーの体を徐々に癒していったが、しゃべれるようになるには——少なくとも落ち着いて意味の通る話ができるようになるには——かなりの時間がかかった。ワーシントン家は回復に時間がかかる家系なのかもしれない。

最初は息子の死を悼み、それからその息子の心配をしたことが母になんらかの影響を及ぼした。母は家族と距離を置くようになり、絵を描くことに没頭した。父はザンダーの狂気から隠れるようにシェイクスピアの研究にのめりこんだ。シェイクスピアが実は女性だった可能性を指摘するひとつの記録をもとにいくつもの見解を生みだしたが、証拠はほとんどなく、所属する学会は冷笑的だった。そこで父は文章を磨いて調査を続け、その期間は当初の数日から数週間へ、そのあと数カ月から数年にも及んだ。

気づくとデイドが父の役目を、キャリーが母の役目を担っていた。繊細で傷ついた愛すべき両親は子どもだらけの家の新たな子どもとなった。

とはいえデイドとキャリーは父と母ではなく、きょうだいもそれはわかっていた。家は不快なぶつかりあいの場所となり、常に騒々しく心が休まらなかった。愛情で強く結ばれてはいたが、舵《かじ》取りの手は未熟で、ときにためらいがちだった。デイドはザンダーを懸命に理解しようとし、双子の弟が法を犯さないよう最大限の努力をした。リオンは分析的で冷ややかになり、エリーの芝居がかった仕草とザンダーの心の闇をばかにした。アティはきょうだいのあいだを飛びまわり、ザンダーをチェスの真剣勝負に引っ張りだしたり、自分の知性に気まぐれな興味を示してくれるリオンをけしかけたり、キャスとポルの縄張り争いに参戦したり、エリーに人形のようにかわいがってもらっては、いつの間にかその魅力的な姉に無視を決めこまれたりしていた。

キャリーは揺るぎない影響力でもってなんとかきょうだいの力になろうとしたが、中でもアティは家族にほとんど幻想を抱いていなかった。以前の平穏で楽しい日々を知らないからだ。ときにはばかげた出来事もあったけれど、いつもあとで笑い飛ばせるような日々がたしかにあった。キャリーは本当の意味で少女時代を知らずに女性の仲間入りをしようとしているアティが憐れに思えた。少なくともキャリーやほかのきょうだいたちが楽しんだような子ども時代は経験していない。

罪悪感で涙がにじみ、みぞおちが冷たくなる。それでもキャリーは家族を見捨てたことを深く考えないようにした。こうするよりほかに選択肢はなかった。デイドを失えば、家族全員が一生立ち直れなくなる！　それにこの取り決めはずっと続くものではない。そう遠くないうちに自分は実家に戻る。真珠は大いに助けになるだろうし、いつの日か気づけば裕福な未亡人になっているかもしれない。

計画のその部分は今では後味が悪く不誠実に思えた。ポーターには限られた時間しか残されていないことに、もはや無関心を装えない。彼はかわいそうな人だ。もしかしたら、自分の存在にポーターが慣れて、キャリーがほうきを手にするたびに屋敷から逃げだしてしまうこともなくなれば、彼が快適でいられる方法をもっと見つけられるだろう。

何かが池に落ちた音がして、キャリーは目を開けた。蛙《かえる》が泥だらけの冬の住《す》み処《か》から顔を出している。ほどなくあたたかい夜が蛙の鳴き声で満たされるだろう。目を少し休めたおかげで、美しい景色を改めて堪能できた。すべてが輝いている。青々とした木々、急成長する小さな命、野花の鮮やかな色。目覚めていく自身の体と同じく、あたたまり、命の鼓動を刻んでいる。

今はこのすべてを享受したい。

川岸に視線を向けたキャリーはにっこりした。黄色いキバナノクリンザクラが咲いている。野草として知られているが、キャリーは軽く垂れた茎の先に集まるかわいらしい小さな花が大好きだった。冬の終わりとよりよい季節の到来を告げる花だ。

そういえば、籠の中に紙が数枚入っている。注文表を書いて村に置いてこようと思っていたからだ。それに鉛筆ならいつも小さな手提げ袋《レティキュール》に入れている……。

アンバーデルのドレスメーカー、ペニー・ロンゲットはささやかな才能と強い意志を持った女性だった。短い期間だがロンドンのいくつかの店でドレスメーカーとして経験を積んでいる。まあ、正直に言えば、よく知られたドレスメーカーの下で働いていたのだが。そして若干脚色されたその評判を引っさげて、数年前に夫と田舎に移ってきた。夫はその後ほどなく他界したが、店を開くことができる程度の金銭は残してくれたので、これまで自己流で問題なくやってきた。

近くの町や村には本物のドレスメーカーがほとんどいなかったため、ロンゲットにも周辺に住むひいき客がいくらかついており、たいした競争もなかった。

それでもドレスを仕立ててくれる領主夫人はおらず、ミセス・ネルソンがいるとはいえ、彼女は人柄はいいが、財布が悲鳴をあげるまでぎゅう紐を締めつけがちだ。まあ、この時代に未亡人が生きていくにはこの程度のことしかできないだろう。ロンゲットは村の女性たちが毎年自分でボンネットに飾りをつけ、古いドレスに手を加えて新品の何分の一かの費用で目新しいものにしていることは計算に入れていなかった。

そんな状況だったので、極端に背の低い奇妙な男がとびきり小さいポニーの小型二輪馬車で乗りつけ、店に入ってくるなり分厚い札束を出し、店主の座を捨ててブライトンで長い休暇を取るようすすめてきたときは……そう、ロンゲットは薄くなりかけた男の小さな頭のてっぺんにキスをして、罪悪感で手を震わせることもなく、店の鍵を男の手のひらに置いた。戻ってくるまでは店ももつだろう……戻ってくればの話だが！

レンはまた彼女のあとを追ってきた。においを嗅ぎつける狩人《かりゅうど》だ。

女主人を追う猟犬に近いかもしれない。

ほかにすることがないわけではない。アンバーデル・マナーの陰気な印象は、キャライアピという名の大嵐がひと部屋ずつ通過するごとに薄れていく。光と花と蜜蠟のにおいがあふれる部屋で、どうやって人目を避けろというのだろう。まったく腹立たしい。

自分が初めてアンバーデル・マナーに来た時点でここは一年以上閉めきられており、ひっそりとして暗かった。ほとんどの部屋では埃よけの布をめくってみる気も起きなかった。実際は、どうやら非常にすばらしい屋敷だったらしい。

キャリーは今日は別のことをしている。最初は屋敷に戻るのかと思っていた。だが、橋のたもとで道をそれ、川辺に沿って土手をくだり、左右を見渡している。何かを落としたのだろうか？　なくしものを捜すのなら、上流ではなく下流を見たいと思うものではないか。

彼女はいきなり声をあげ、かがみこんで地面から何かを引き抜いた。

花を摘んでいる。またた。

レンはあの屋敷にこれ以上、花が必要だとは思えなかった。

だが、キャリーは花束を作ろうとしているふうでもない。その代わり、川辺に寄って、見つけた何かをそっと洗った。それから土手に移動して、木もれ日の下に腰をおろした。

彼女は絵を描いている。籠の中には紙の束が入っているようだ。

困惑したレンはキャリーの背後の丘からその姿を見つめ、乗ってきた馬の首をさげて丘の斜面の草を食べさせた。花嫁は湿った地面に腰をおろし、紙の束を膝にのせて鉛筆を動かしている。すらりとした体つきの女性が晴れた日に草で覆われた土手に座っている光景は美しかった。レンからは遠すぎて、彼女の心をとらえたものがなんだったのか見えないことだけが残念だった。

12

数回試みて、ようやく以前のようにたやすく鉛筆を動かせるようになった。スケッチは文章を書くこととはまったく違う。キャリーは紙をどんどん使い、両面を小さな葉の先端や花びらや根で埋めつくした。

唐突にあの感覚が戻ってきた。鉛筆と目が直接つながり、不器用な手などあいだに挟んでいない気がする。ひと筆ごとに、目の前に注意深く配置された対象物から細部を吸いあげていく。とはいえ、形状だけではない。植物の描写は単なる美しい絵とは違う。実物のあらゆる科学的側面を表現していなければならない。

加えてキャリーはこの小さな黄色い花の印象もとらえたかった。スケッチを見た人に自分の喜びを理解してほしかった。春が急ぎ足で近づいていること、このありふれた植物をスケッチするのに最適な小さい芽を見つけたこと、それはあたたかい雨と日が長くなる前触れであることを。春の野花は勇敢だ。霜で折れてしまうかもしれないのに、一か八《ばち》か花を咲かせている。キャリーは夏の花も好きだった。豊かな緑とかぐわしい花々。中の蜜をたっぷり飲んでいる蜂の重みでたわんでいることもある。夏の終わりにできて秋にはじけ、きたる四季への希望を振りまく莢《さや》さえも愛おしい。この個体が冷たい雪の重みに耐えられなくても、そのあと何年も花は咲くと約束してくれるからだ。

種ができたら戻ってこなければ……。

指の動きがしだいに速くなり、心の中ではもう花びらに色を塗りはじめている。中心は濃いめにして、短い毛のある葉の裏側は銀色がかった淡い色で輝くように。

レンは一時間以上もキャリーを見つめていた。すでに馬からおりて腹這いで距離を詰め、蟻《あり》を観察する子どものごとく手足を伸ばして這いつくばっている。上着とズボンの前面が草で湿ってきたが、背中は陽光であたたまり、黒っぽいウールが熱を吸収して、痛む背中や肩の筋肉をほぐしていく。

レンは太陽を浴びて、岩の上のトカゲのように眠りに落ちそうになった。鳥のさえずりと川のせせらぎ、それにバリバリという音——馬が背後で草を食《は》んでいる音——が聞こえてくる。

キャリーがまた歌を口ずさんでいる。調子は合っているが、ほとんど何も考えずにカントリーダンスの一部をぼんやり繰り返している。道端で小型のペンナイフで鉛筆を削りながら歌っていた曲だ。何度か特に集中しているときは、ボンネットがさがって紙が影になっても、気にせずに鼻歌を歌っていた。それが鳥のさえずりと溶けあってけだるい空気を醸しだし、キャリーと鳥との共演を人生においてずっと聞いてきたような気になった。

この数年なかったことだ。昏睡《こんすい》状態から目覚めて以来、鳥の声はこれっぽっちも耳に届かなかった。自分でもはっきりとは気づいていなかったが、鳥の声を恋しく思っていた。

鳥はどこへ行ってしまったんだ?

〝鳥ならいつもの場所にいた。おまえはどこに行っていた?〟

自分の殻に閉じこめられていた。痛みと怒りにのまれて。

喪失感と苦痛の渦が鎮まってくると、レンは乗り慣らされていない馬を引き寄せて立ちあがり、日光であたたまった草をほんのいっとき踏みしめた。

けれども先ほどまでの慣れない姿勢のせいで体が痛みだした。太陽はすでに雲に覆われている。突風でスケッチの束を持っていかれそうになったキャリーがひらめく紙を追ってしなやかに動くさまに、レンはしばし見惚《みほ》れた。

夢中になっていたキャリーも風に邪魔をされて区切りをつけたらしく、荷物をまとめて籠に入れ、スカートをはたいた。レンは彼女を先に行かせた。節々が痛む体を地面から引きはがして再び馬に乗るまでには時間がかかりそうだった。

そよ風にのって紙が一枚、目の前を通り過ぎ、レンは反射的につかまえた。それは簡素な練習用の紙で、ばらばらの葉や花びら、根とおぼしき針金のような線で覆われていた。すばやく描写した線の使い方に技術がうかがえた。

腕のいい料理人で、家事の切り盛りがうまいうえに、絵心もある。おまけにそう、かなり魅力的な女性だ。とりわけ、一糸まとわぬ姿で蠟燭の火に照らされているときは。

そんな女性がどうしてあの風変わりなワーシントン家の土壌から芽吹いたのか、レンには見当もつかなかった。

実家に帰すときには金持ちにして、楽をさせてやろう。自分が死んだ暁には、未亡人として受け取った財産で次の夫を簡単に見つけられるだろう。もうあの不愉快な家族の世話などしなくてすむように。

湿った地面からしぶしぶ起きあがりながら、次の夫という考えに顔をしかめた。

キャリーにふさわしい扱いをしないと許さない。

レンが帰宅すると、自分が痛む体で、うんざりしている馬に乗って戻るよりも、元気な足取りで帰ったキャリーのほうがずいぶん前に着いていたのがわかった。馬はどうにか厩舎《きゅうしゃ》に入れたが、そのあとは玄関広間で階段の柱に寄りかかったまま、自分は死にかけの男で、なんの代償も払わず草地に寝そべっていられる健康な若者ではないことにもっと早く気づいていればと考えた。

目を閉じると、いまだに花の香りが五感を満たしているのがわかる。花と……蜜蠟。それに厨房から漂ってくるにおいが、彼女がハムとジャガイモで何やらおいしいものを作っていることを告げている。

キャリーが来るまで、この屋敷は埃と煙草のにおい、おまけにひどいときには自身の悪臭がした。以前は孤独と絶望のにおいがした。

それが今、瀟洒《しょうしゃ》な玄関広間で大きく息を吸いこむと、生活と……女性と……家庭のにおいがする。

女性なら誰だってここを住みやすくできただろう。家政婦を雇えば、ずっとこんなふうに過ごせたのだ。

目を開けたレンは壁伝いに視線を這わせて新鮮な花の香りの出所を見つけると、口の端をゆがめた。キャリーは明王朝《ミン》時代の貴重な花瓶に、どこにでも生えているような雑草を突っこんでいる。まるで家政婦にサテンのドレスを着せて玉座に座らせているようなものだ。

とはいえ、寄せ集めの草花からは生き生きとしたかぐわしい香りがして、これまで経験のない方法で屋敷の中に春を運びこんでいた。そう、つまりどんな女性でもいいわけではない。見た目ではなく香りで花を選ぶのはキャリーくらいだろう。

花瓶の横にある、王家に代々鎮座してきた二百年前の飾りだんすには、スケッチの束と短くなった鉛筆……それから紙が風で飛ばされないように、重しとして最適なこぶし大のコッツウォルズの石灰石が置いてある。

レンは頬の傷ついた組織が引きつれるのもかまわず、かすかにほほえんだ。いや、こんなことができるのはキャリーひとりだけだ。

ほほえみが消えていく。彼女に去られたときはさぞつらいに違いない。この屋敷の空気はまたこもり、埃と煙草のにおいでむっとするようになるだろう。

レンは髪に手を走らせて、ついていた草を取った。手の中に握りしめてうなり声をもらす。怒りがこみあげてきた。あの腹立たしい家族に屋敷を避難場所として使わせてしまった自分に対して。そして生活に息吹と笑いと花をもたらし、再び奪っていくキャリーに対して。

キャリーは夕食に簡単なタマネギ入りのハッシュドポテトを作ると、何気なしにポーターの分も取り分け、それから当惑して皿を見つめた。一緒に食べるだろうか？一日じゅう、姿を見せていないけれど。貯蔵室に置いておけばそのうち見つける？湯気を立てている食事が冷めてしまうのは残念な気がする。

キャリーはそっとほほえんでふたり分の皿をのせたトレイを片手に、もう一方の手に蠟燭を持ち、暗い屋敷の中をポーターの書斎へと足を進めた。トレイと蠟燭を落とさないよう気をつけながら、手の甲でノックする。返事はない。

持ち手を押して扉を開けた。「ミスター・ポーター？」

しかし重厚で男性的な部屋は暗く冷えきり、暖炉には燃えさしさえない。彼はまだ帰っていないのだ。

「いいわ」キャリーはつぶやいた。「朝に鼠の食べ残しを味わえば」ポーターの皿を机に乱暴に置いて、足音も高く部屋を出た。

まったく！わたしが料理を作って片づけて、毎晩喜んで求めに従う無垢《むく》な女の役に徹しているんだから、夕食に帰ってくるくらいの礼儀があってもいいでしょう！　キャリーは思う存分文句を言いながら、階段をのぼる途中で足を止めた。いやだ、わたしったら誰かの奥さんみたいだ！

薄暗い上階へと続く階段を見あげる。「わたしは誰かの奥さんなんだわ」その瞬間、あらゆることがまったく非現実的に思えた。今にも家族の誰かがひょっこり顔を出して、自分たちが仕掛けたいたずらがうまくいったと笑いだすのではないだろうか。けれども屋敷は暗くて静かなままで、ワーシントン家の人はほかにひとりもいない。これは自分が望んだことだ。間違いなく。

忙しかった一日の疲れがふいに押し寄せ、唇を嚙みつつ考えごとをしながら残りの段を重い足取りでのぼった。

わたしはひとりだ。ひとりになりたかった。たった一時間でもひとりきりの時間が欲しいと思っていた。

今はどうしてそう望んでいたのか思いだせない。

ぼんやりとしたまま自室に入り、蠟燭と夕食がのったトレイを化粧台に置いた。それから半ば振り返って体をそらし、ドレスを脱ごうと背中のボタンに手をかけた。

蠟燭が消えた。

部屋は完全な闇に包まれた。キャリーが小さく息をのむ音は、誰かが足早に近づいてくる音にかき消された。悲鳴をあげようと息を吸いこむ間もなく、力強い腕を腰にまわされ、足が宙に浮いた。

周囲で暗闇がまわり、気づくと冷たい漆喰《しっくい》の壁に背中をつけて立っていた。飢えた獣のような体が覆いかぶさってくる。大きな両手が頭を探り、ピンを引き抜いて髪をほどいた。その手は肩から背中の小さなボタンへ伸び、熱い唇がむきだしになった首筋をなぞる。手の持ち主が欲情と渇望にうめき声をあげながら、キャリーに体を押しつけた。

キャリーは身をすくめた。あまりに荒々しくて、まるで獣のようだ。けれども、その感覚がとても好ましく思えた。心臓が早鐘を打ち、息が詰まる。キャリーは微動だにせず身を任せた。望めば、やめさせることもできただろう。なんといっても彼女には五人も男きょうだいがいるのだから。

相手はボタンに手こずっていたが、キャリーが今度は壁に胸を押しつけられたかと思うと、ドレスの背中がはだけられた。

キャリーは後ろにこわばったものを感じた。相手の体が発する熱と、素肌をせわしなく探る大きな手から切迫した欲望が伝わってくる。

ああ、ポーターは自制心を失いかけている。

キャリーは満足げに笑みを浮かべた口元を暗闇が隠してくれることに感謝した。ドレスの両肩が一気に引きおろされて腰まであらわになる。肘を両脇で固定され、むきだしの胸がひんやりとした漆喰に触れる。

彼がその向こうに隠れている壁を壊したいとずっと思っていた。けれども、壊れるのは自分が築いてきた壁かもしれない……。


レンは全身の血管がたぎっていることしか考えられなかった。欲望の証《あかし》がやわらかいヒップにあたってこわばっている。とてつもなくすばらしい甘美な痛みだ。この弾力のある肌にもっと強く押しあてたいという切羽詰まった欲求に抗えそうにない。

キャリーは軽く息をのんだが、真珠を口に含んでいないにもかかわらず抗議の言葉を発していない。

キャリーは知らないのだ。彼を人間だと思っている。自分も相手を求めていると思いこんでいるが、レンの姿を見たことがない。本当の意味では。彼は壊れてぼろぼろになった残骸だ。彼女のような潑剌《はつらつ》として健康的な美しい女性の足元にひれ伏すべき存在なのだ。

キャリーはレンを知った気でいる。日のあたる場所で彼の姿を見たこともないのに……。

今のこの闇は自分にぴったりだ。キャリーのことは見たいものの、安全なフードに隠れているときでさえ、この暗闇にまぎれているときほどの自由は感じない。

〝臆病者め〟

自分が臆病者でないと言った覚えはない。

さあ、向こうから進んで身をゆだねるよう、彼女の欲望をかきたてなければならない。心から望んで情熱的に身を任せるように。

レンはようやくキャリーを味わうことにした。頭の位置をさげ、石鹸の甘い花の香りと官能的な甘い欲望の香りを吸いこんで、唇で肩に触れる。彼女がいっそう身を硬くするのがわかった。息さえ止めているのかもしれない。しかし、相手の期待に惑わされるのはやめることにした。燃え盛る怒りと劣情に血がたぎり、自らの思いも迷いも、日中の慣れない運動で感じていた痛みものみこんだ。

レンはキャリーの両肩をつかむと、荒々しく自分のほうに向けて頭を低くし、唇を存分に味わった。

そして首から喉、さらには舌先に感じる脈動の源である喉のくぼみをたどっていく。

下の……もっと下の……期待にふくらむ胸の頂へと。貪欲な口で柔肌をむさぼる。当初の計画はほとんど頭になかった。ただ身をかがめて豊かな胸を、シルクのような肌を、イチゴのような先端を堪能した。胸の頂を舌で転がされたキャリーが息をのんだが、レンはかまわず、いや、そのあえぎをも堪能し、空っぽな脳の広大な空間の、あふれんばかりの妄想の隣にしまった。

レンはキャリーの胸を交互に強く吸い、唇と舌と歯でわがものにした。彼の手の下でキャリーが与えられた歓びと痛みにあえぎながら、か細い声をもらして身をよじる。キャリーは抵抗しなかった。レンを押し戻そうともせず、敏感な肌に歯を立てられても、とぎれがちに甘い声をあげて彼の欲望をかきたてるだけだ。その従順さに、レンは燃えあがり、いらだち、怒りを増幅させた。本心は見せてくれないのか？　強い嫌悪は隠し通すつもりなのか？

レンは無意識にキャリーの体をたどって手を下へと伸ばしていた。大きく開かれたドレスが腰のあたりでたまっていたが、その内側に片手を差し入れ、もう片方の手で髪をつかんで首と喉元をもっと堪能できるよう彼女をのけぞらせた。

ああ、気まぐれな手はなめらかな腹部を越えて、秘めやかな部分のやわらかい茂みの探索を続けている。キャリーは腿をきつく合わせている。レンを拒絶しているのかと思ったが、湿り気を帯びた内腿を合わせることで、体が燃えあがるのを本能的に抑えようとしているのだ。

レンはそのあいだに手を分け入らせた。暗闇の泥棒は甘く火照った天国に忍びこもうとしている。彼のような男にはすばらしすぎる場所に。

キャリーは軽く触れられただけで激しい快感に襲われ、思わず声をあげそうになった。ああ、そうよ、やっとだわ……。

ポーターの手はほとんど飼い慣らされていない馬のようなものだった。彼は指を差し入れ、探り、貫いた。熱く潤った場所をなだめ、執拗に求めて侵略し、導く。キャリーは激しく息をつき、弱々しい声をあげるみだらな存在になり果てた。両手をとられて頭が真っ白になりながらも、おとなしく従い、ポーターを求めた。

とはいえ、わからなかった。自分は正確には何を求めているのだろう。のぼりつめる、満たされる、絶頂感などの言葉は知っている。歓びを感じる場所を自ら探ってみたこともある……。なんといってももう三十歳だ。それなのに、自分ではこんなふうになったことは一度もない！

キャリーは脚をさらに開いた。急《せ》き立てられるのを待たずに腰を突きだして、探求を促した。もっと、お願い、もう少し……。自分が限界まで来ているとわかった……

欲望に震え、あと一歩で正気を失ってしまう。彼の長い指が奥まで分け入り、引き抜かれたかと思うと貫かれ、攻められ、支配され、もてあそばれ、満たされて……。

キャリーはふいに激しく高みに達し、押さえつけるポーターの手と冷たい漆喰の壁に挟まれて身をよじった。荒々しく苦しげなうめき声が切れ切れに口からこぼれたが、その声ははるか遠くに感じられ、ほとんど気づかなかった。熱い波と震え、それに歓びのうねりにのまれて息ができず、言葉も思考も奪われて身震いし、翻弄されてあえいだ。体の芯から全身へと広がったさざ波がようやくおさまっていき、キャリーを地上へと引き戻した。気がつくと上半身がむきだしの状態で汗をにじませ、壁と実際にはよく見たこともない男性とのあいだにとらわれていた。

これは狂気の沙汰だ。あまりにまともじゃない。不道徳すぎる。

でも、最高だ。

これまでの孤独と喪失の日々を、欠乏と渇望の日々をこの人が一掃してくれた。熱を帯びた唇と、とてつもなく巧みな両手で。

キャリーは膝の力が抜け、壁に沿ってくずおれた。見た目も気にせず呆然と座りこむ彼女にポーターが手を添え、互いに膝をつき、顔を合わせる格好となった。

キャリーの腕は腰のあたりに巻きついたドレスに絡んだままだった。そうでなければ、彼に抱きついて肩の上で泣いていただろう。けれどもこの状況でできるのは、額をポーターの胸板に預けて、救世主に自分の胸が密着するほど身を寄せることくらいだった。「ありがとう」キャリーは息を弾ませた。「ああ、本当にありがとう」レンはキャリーの震えや火照った肌、激しくのぼりつめたときの悩ましい声によって、みだらな思いに浸っていた。このまま彼女を床に横たえ、少なくとも三回は奪ってみたいとひそかに考えた。ところがキャリーの言葉で、いきなり現実に引き戻された。

キャリーは礼を言った……何に対して？　壁に押しつけて服をはぎ取り、初めての絶頂を奪ったことか？　まともな若い女性を、己のどす黒い衝動でおとしめたことか？　それとも巧みに罠《わな》にはめて妥協させ、実質的に彼女の人生と家族から引き離したことか？　宝石をだしにした汚い取引で、性的な行為を要求したことか？

キャライアピ・ワーシントンとは何者なんだ。そんなことで男に感謝するなんて。

レンは知らぬ間に震える花嫁にそっと両腕をまわしていた。感謝の言葉に驚愕するあまり、キャリーを突き放したり、奪ったり、けだものじみた思惑を実行に移したりすることはできなかった。代わりに彼女の震えがおさまり、力なく寄りかかってくるまで抱きしめていた。

やっと呼吸が落ち着いたキャリーは、ポーターのこわばりがいまだに下腹部にあたっていることに気づいた。どうすればいいのだろう。同じように解放してあげるのが礼儀である気がする——天にものぼるすばらしい気持ちだった！——けれど、その切りだし方もやり方もわからない。それから自分がやさしい腕に包まれていることを意識した。自分のもとから逃げだすのではないかと恐れているように、つかまえた鳥を手の中に入れているようにそっと抱かれていた。

キャリーはこれまでそんなふうに抱きしめられた記憶がなかった。その腕に守られていると感じると同時に、ポーターのためらいも感じられた。そんなやさしさがもっと欲しくなった。ふいにたまらなくそんな感じを味わいたくなった。事が終わったあとのせつなく固い抱擁、気の置けない親しみのこもった笑い声、欲望がほとばしる荒々しい抱擁……。人にはもっとたくさんの感情が秘められている。この人にもきっと……。

キャリーはそのすべてが欲しかった。

13

翌朝、キャリーは実にいい気分で起きだした。妹のいない自分ひとりの大きなベッドで官能的に伸びをして、初めて知った本当の絶頂を思いだしていた。

少し恥ずかしいけれど、母に聞いてほしかった。初めて月のものを迎えたときと同様に心から喜んでくれるはずだ。あの晩は砂糖衣で飾りつけたケーキと、妊婦に贈られるようなレースの縁取りがされたかわいいハンカチを贈り物として皿の横に用意してくれた。男きょうだいたちはなんのお祝いかとしつこく尋ねたが、母はにっこりしただけだった。エリーが感づいてひどくうらやましがったことを、キャリーは満足感に浸りながら思い起こした。

笑顔を枕にうずめる。ああ、エリー。あなたが知ったらどんな反応をするかしら。

とはいえ、ポーターとは完全に結ばれたわけではない。キャリーとしてはあの場で床の上で結ばれることを心から期待していた。彼の手と口と、高ぶりを押しつけてくる様子からそうなると感じていたからだ。

これからもっといろいろなことがある。キャリーの笑みがいたずらっぽく広がった。ポーターの高ぶりには興味津々だった。挿絵ではもちろん見たことがあるし、家の中に男が六人もいれば奇妙なふくらみを目にすることもある。実際、まだ若かった頃に弟たちのおむつを替えていた。

けれども、昨夜押しつけられたものはそれではまったく説明がつかない。ポーターはとても大きそうだった。そのうちわかると人は言うかもしれないが、キャリーは手引書が一、二冊手元にあれば比べられたのにと心底思った。欲望で想像力に火がついたに違いない。

きっとそうだ。

それから、もっと差し迫った問題があることを思いだした。

村じゅうの人を舞踏会に呼んだのだ。それなのに着るものが何もない！

今回キャリーが村に着いたとき、彼女の存在に注意を払う人はほとんどいなかった。その理由はマダム・ロンゲットのドレスメーカーの店に入るとわかった。

店内はほとんど変わりなく見えたが、どこからともなく小さな子どもほどの背丈しかない男性がはちきれんばかりの笑顔で現れた。「いらっしゃいませ！　今日はいかがなさいましたか？」

どことなくやぼったいマダム・ロンゲットとは出会って間もないので、ここで上品な装いの男性を見かけて違和感を覚えたと言える立場にはない。前からずっといたかもしれない……いや、驚いた様子の女性たちが歩道で固まって騒いでいたところを見ると、そうではないのだろう。

最高に親しげな笑みを向けられ、それだけで気持ちが緩んだキャリーは、男性の優雅な肩を借りて泣きだしそうになった。

彼の晴れやかな笑顔には翳りもない。「お手伝いできることはありますか？」

キャリーは弱々しい笑みを返した。「昨日、ドレスを何着か注文したんです……でも、そのあと自分の結婚を祝う舞踏会を開こうと決めて……いえ、正確には決めたんじゃなくて……言葉が勝手に口から飛びだしたと言うか……わかるかしら、火山が火を噴くみたいに……」

話が支離滅裂だったが、この感じのいい小柄な男性はキャリーが完全に筋の通った話をしていると言わんばかりに、黙って促すようにほほえんでいた。穏やかに受けとめてもらったおかげで、キャリーは神経が多少鎮まった。口元を緩め、力なく頭を振る。「ごめんなさい、ミスター……」

男性がお辞儀をした。「バトンと申します。マダム・ロンゲットがお休みのあいだ、代理を務めています。お望みのものはなんでも喜んでお仕立てしますよ。絶対にがっかりさせません」

がっかりさせるような人ではないとキャリーも感じていた。エレクトラ・ワーシントンと暮らしていれば、ファッションについてひとつやふたつは意見を持つようになる。こざっぱりとしたバトンはこれまで出会った中で一番おしゃれな人だ。少々からかわれている気もするが……気にならない。もしこれが冗談だとしたら、間違いなく思いやりのある冗談だ。そこから得られるものもあるだろうし、あとで振り返ったときに落胆しつつも納得できるだろう。

それがわかっているのは、家族に関しても同じだからだ。それに考えてみれば、自分がポーターにしようとしていることも似たようなものかもしれない。

キャリーは気持ちを切り替えてうなずいた。「舞踏会用のドレスをお願いしたくて、しかも舞踏会まであと一週間足らずしかないの。今はドレスがほとんど手元になくて。家族が荷物を送ってくれるのはわかってるし、もう手配してくれたはずなんだけど、わたしがその場で指示をしないと……みんな、ものごとを忘れがちで」

キャリーが天に月を掲げ、星が少なすぎると言ったかのように、バトンは笑いかけてきた。「ご家族はさぞ寂しがっていらっしゃるでしょう。あなたは本当にすてきな笑顔をされていますから。あなたがいたときは、いつもその笑顔で廊下も照らしていたのでしょうね」

頻繁に怒りを爆発させて金切り声をあげていたことを思うと――たいていはキャスかポルのせいで、あるいはアティか、はたまたキャスとポルとアティが原因なのだが――キャリーは赤面した。「わたしがいなくても、なんとかやっていると思うわ」石でできた荷船みたいに沈みかけているに決まっている。「ミスター・バトン、よく考えたらきちんとしたドレスを一週間足らずで作るなんて不可能で――」

「ああ、ですが〝不可能〟はわたしの得意とするところです。毎朝それを食べて、昼までに干して乾かしていますから」バトンがウインクした。

キャリーはとっぴな返答に笑ってしまった。それでも、奇想天外なところが逆に説得力があった。いずれにしても、これより状況が悪くなることはない。「この問題をお任せできるのならとても助かるわ。これまで舞踏会を主催したことがなくて、どうすればいいのかわからないし――」

バトンが片手をあげてキャリーの言葉をさえぎった。「親愛なるミセス・ポーター、それ以上の説明は不要です。舞踏会の準備なら知りつくしています。さて、どんな形式にするかご希望はありますか？　テーマは？　春のコッツウォルズはとてもすてきですよ。異教徒の儀式を取り入れてもいい。それとも古代ギリシアをテーマに、ペルセポネ風の装いで春の女神になりますか？」

「仮面舞踏会よ」キャリーはきっぱりと言った。「凝ったものにはしたくないの。村じゅうの人を招待してしまったし。それに定かじゃないんだけど、家畜も来るかもしれない」

一本取った。バトンが口をぽかんと開けたまま動きを止めた。自分の手腕をもう一度強調するつもりなのは間違いない。驚きで目をしばたたいていても、バトンの心の中で磨きがかかった真鍮《しんちゅう》のぜんまいが巻かれるのが目に見えるようだ。

「だからといって、あえてあのラバにわざわざ声をかけたわけじゃないわよ！」

バトンが卒倒するのではないかとキャリーが心配になった頃、彼はようやく息を吸いこんだ。

「招待状です」バトンが出し抜けに、少々やけになって言った。「今、招待状が流行しています。それが手元にあれば……いわば催しの案内で、明確な指示が書かれたものです。装いや、その……出席者の名前や……」

「わかったわ、招待状ね。今夜、書けると思う」でも、今夜は一糸まとわぬ姿になっているかもしれない。いずれにしても字はとんでもなく下手だけれど。どちらかというと学者が書く読みにくい字に近い。

バトンが美しい手をひらひらさせた。「いいえ、ミセス・ポーター、それはいけません。このわたしにお任せを。ええと……村の人は別にして、ほかに誰かお呼びしますか？　それにしてもすばらしい思いつきです。お似合いのご夫婦を歓迎して、お祝いの気持ちを伝えるいい機会になる」彼は村の人口など念頭にないらしい。ほんの一瞬で招待状が書けるとでもいうようだ。「ご家族の話は出ましたでしょうか？　皆さん、近くにお住まいですか？　出席できるくらいのところに？」

「家族……まあ」悪夢を招く行為だ。「家族のことは大好きだけど……夫が……その、かなり気難しくて……いいえ、やめましょう。家族が舞踏会に来られるとは思えないし。ロンドンに住んでるの。やっと家に戻ったばかりだというのにまた呼び寄せるなんて、あまりに負担が大きすぎるから」家族を呼ばないことこそ分別のある決断で、あとでいやな思いをすることもないだろう。母がスカーフをたなびかせ、父がシェイクスピアについて滔々《とうとう》と話し、キャスとポルが生まれて初めての舞踏会でほぼ間違いなくヨハネの黙示録の四騎士になりきって大騒ぎになることを思うと……。だめだ。

招待しないのが最善の選択だ。

エリーにはあとで殺されるかもしれない。少なくとも、動物も出席すると聞くまでは怒りがおさまらないはずだ。アティも出席できなかったことで逆上するだろう。

バトンは本当に不思議な人だ。一時間後、キャリーは川で流されたものに代わる美しい下着の包みを携え、実にすばやく丁寧な採寸を終えて店を出た。男性に採寸してもらうのは初めてだった。男性といってもバトンはまったく別の種類の人でしょう？ それに店を出るときには、二、三日以内にドレスを二着、舞踏会までにシルクのドレスを一着作ると約束してくれた。不可能に近い話だが、自信たっぷりなバトンの魔法にかかると問題などまったくないように思える。

なんて変わった人だろう。キャリーは文句なしにバトンが好きになった。

それに新しい友人を見つけるのはすてきなことだ。

バトンがどうして自分の名前を知っていたのか不思議だけれど。

ポーター夫妻からのお知らせ

来週木曜日の夜、結婚披露を兼ねた仮面舞踏会が開かれます。

ぜひご出席ください。

世捨て人にいきなり舞踏会の話を切りだすには、手ぶらはよくない。ポーターは甘いもの好きだ。ということは？

パイ。キャリーのパイはさくさくの生地に果肉がたっぷり詰まった天国のかけらとして広く知られている。これを食べた男性は喜びに身を震わせ、彼女のためならドラゴンでも倒すと誓うのだ。相手がきょうだいなら、これで釣って気乗りのしない家事を代わってもらう。

女性に生まれたからには、魅力的な人柄のほかに何か奥の手が必要だ。

パイを焼くには、食品保管室の籠にあるリンゴだけでは足りない。つまり地下貯蔵庫に探しに行くことになるが……キャリーは地下室が大嫌いだった。

暗闇が怖いのではない。そもそも暗い屋敷の中を歩きまわっていたから、こんな厄介な状況に陥ったのだ。

それに正確には怖いという感覚とも違う。ただ……警戒心がわいてくるのだ。非常に強く。地下室は暗くてひんやりして、普通は古いものだ。それだけでぞっとしてしまう！

「ああ、おつきのメイドか男性の使用人か、賢い犬でもいればよかったのに」そんなことをしばらく考えてから、かぶりを振った。「でも、だめ。うまくいくはずがないわ。青リンゴが必要だけど、犬には色が見分けられないもの。そもそも何を籠に入れればいいか知りようがないし」

キャリーはため息をついて扉の脇のフックからランタンを外し、暖炉で燃える小枝の火を移して屋敷を出た。地下室の入口は通常、厨房のそばにある。伸びすぎた雑草をかき分けていくと、何世代にもわたって踏み固められた道が数分で見つかった。スカートを片腕にかけ、もう片方の手に籠をさげて、あたたかい日差しの中を小道に沿って歩いていった。こんなにすてきな春の朝に地下に行かなければならないなんて、本当にもったいない。

地下室の入口など見つからなければいいと半ば願っていたにもかかわらず、ほどなく屋敷の脇に背が低くて横長の板張りの扉を見つけた。色あせて塗料がはげた様子から、キャリーが生まれた頃から閉めきったままであるように見えたが、そんなことはないだろう。水中に潜るかのように大きく息を吸いこんでから、輪のついた簡単な取っ手を引いて扉を開けようとした。

入口の手前の段になった敷石が霜で持ちあがっており、扉がこすれた。木が石を引っかく甲高い音に背筋がぞくっとした。中に閉じこめられるのではないかといういやな考えが頭に浮かぶ。

「冗談じゃない」キャリーは扉に小言を言った。「そんなことがあるわけないわ」

周囲を見渡し、背の高い草にまぎれて放置されていた大きな薪に目をつけた。たわんだ板張りの扉に差しこんで、開け放しておくにはもってこいの大きさだ。キャリーは満足し、ランタンを手に地下貯蔵庫の内部《バウエル》へと螺旋《らせん》状に続く古びた切石の階段を慎重におりていった。

「はらわた《バウエル》だなんて不吉な言葉だわ」ひとり言を言う。「大男の胃の中を想像しちゃうじゃない」

地下貯蔵庫は半分に切った樽《たる》のような部屋が集まった迷路になっており、大昔に手作業で造ったその上に大邸宅がのっている。

階段の途中でキャリーは足を止めた。「ああ、こんなことを思いつかなければよかった」

自分自身が屋敷の重みを支えているかのような気がする。キャリーはランタンを掲げた。目の前に部屋があって、よく見ると非常に頑丈そうだ。実際、地下は驚くほど湿気が少なく清潔で、がらんとしてはいるが、階段から離れたあちこちの角に空の木箱が頭の高さまで積みあげられている。ところどころ蜘蛛の巣が張っている以外、不快なものはなかった。

「あなたって本当に愚かね、キャライアピ・ワーシントン……じゃなくてキャライアピ・ポーター。この場所を見てよ。壊れそうにないじゃない！　エジプトのピラミッドを手がけた職人が造ったのよ。もちろん空き時間にだろうけど。あなたが死んでからもずっとこのままに違いないわ」強がっていた気持ちが揺らいだ。「死ぬなんて言わなきゃよかった」

半円を描く大きな地下蔵が並んだ構造では声も響かない。そのことも上の屋敷の重みで沈んでいく感覚に拍車をかけた。

「リンゴ、しなびたリンゴを見つけなきゃ。しなびたリンゴを見つけて、お日様の下に戻るのよ」キャリーはもう一度ランタンを掲げて、地下深くにある迷路の中へとおりはじめた。「いいお天気だもの、戻ってから何時間も屋敷の中にいる必要はないわ。食堂に飾る花を摘むのよ。花瓶ならどこかにもっとあるはず。それに森にはキノコがある。調理のにおいであの人がよだれを垂らすようなソースが作れるわ」

分かれ道で適当に左へ進んだが、隣のスペースはワイン貯蔵庫で、埃をかぶった瓶が並ぶ巨大な棚がひしめいていた。ワインはすてきだけれど、どれがよくてどれが貴重か、はたまたどれが年代物の酢なのか見当もつかなかった。

来た道を引き返して曲がりくねった地下道のほうへ進んでみると、今度はさまざまな食材がたっぷり入った大きな籠が並ぶ円天井の部屋に行き着いた。キャリーは持ってきた籠に見事な青リンゴを詰めた。パイにぴったりのリンゴが見つかって最高の気分だ。去年の洋ナシもあり、少々しなびているが、別の日に砂糖で煮詰めればいい。秋に収穫したほかのものも存分に見つかって、気持ちがずいぶん晴れてきた。木箱に入ったカボチャ、ジャガイモ、ニンジン、タマネギが積みあげられ、アリ・ババの洞窟にある財宝のように色鮮やかに輝いている。少なくともポーターはすぐに飢え死にするつもりはないらしい。

地下貯蔵庫全般に対する印象がよくなるのを感じながら、これまで抱いていた恐れはなんだったのだろうとあきれてしまった。「正真正銘の愚か者だわ」

けれども出口のほうへ戻っていっても、開いたままの扉から差しこんでいるはずの光が見えない。道を間違えていないのはたしかだ。そう、ワイン貯蔵庫の薄暗い入口の前を通ったし、そう、ここに空の木箱が重ねてあった。ランタンを持ちあげて振り返る。たしかに日光と新鮮な空気につながる扉への階段がある。

しかし、扉はどう見ても閉じていた。

普通の女性なら扉が閉じているだけではさほど警戒しないだろう。とりわけ甘い香りを含む風がそよぐ、すがすがしい春の日には。

けれども、普通の女性に男きょうだいは五人もいない。

神経が張りつめた。キャリーは階段をのぼり、遠慮がちに扉を押したが動かない。籠とランタンをどうにか片手で持って、片方の肩で全力をこめてもう一度押してみる。古びた板が抵抗してきしんだものの、扉はびくともしない。

「嘘でしょう」キャリーはささやいた。もしロンドンから百五十キロも離れていなければ、キャスとポルの忍び笑いが外から聞こえてきたはずだ！

でも、それはありえない。これが悪ふざけのわけがない。誰がこんなことをするというのだろう。そもそも自分がここにいることを誰が知っているのだろうか。ポーターでないことはたしかだ。その可能性を考えるのは、ポーターにも少しはユーモアのセンスがあるかもしれないと思っていることになる――幼稚でばかげたユーモアに違いないけれど。

とにかく悪ふざけの標的にされたことはわかった。怒りがこみあげて扉を叩いたが、誰も来ないのはわかっていた。いたずらを仕掛けた張本人が助けに来るとは思えないし、ポーターは広い屋敷のどこかに、このくぐもった音が聞こえない遠いところにいる。自分でなんとかしなければ。いつものように。

「そう、それなら」籠とランタンを足元から離れた場所にそっと置き、両手の埃をすばやく払って身構えた。

それから扉を叩き、力いっぱい突き、大声を出して押した。ついには板に体あたりして、あえぎながら声の限りに悪態をついた。五人も男きょうだいがいれば悪態もお手のものだ。

もう一度扉に向かってとりわけ激しくぶつかったとき、ざらついた石の階段で足が滑った。バランスを失って足で蹴りあげる形になり、果物を入れた籠がひっくり返ってランタンが階段から落ちそうになった。

とんでもないリンゴだ。キャリーは唯一の光源に手を伸ばした。

「つかまえたわ！」

次の瞬間、キャリーは呼吸の仕方を忘れた。階段のぐらぐらする手すりに身を乗りだして体をふたつ折りにした状態で下を見ると、揺れるランタンに照らされてつややかに黒光りする蛇がうようよしていた。階段の湾曲部で冬ごもりしていた蛇が、落ちてきたリンゴで目を覚まして這いだしてきたのだ。

「最悪だわ」蛇は階段をのぼれませんようにと心から祈った。

そのとき、手すりが折れた。

14

まったく、キャリーはどこにいるんだ？

知らないあいだに野原へ出かけたのか。それとも屋敷の部屋をぶらつきながら奥まった戸棚をのぞいているのか。

どこか高い場所から片手でぶらさがっているとか？　またしても？

もはや捜しようがなかった。レンはしかたなくアンバーデルの村人に助けを求めることにした。ほとんど知り合いはいないがひとりだけ、貯蔵室に食材を配達してくれるアンウィンという粗野な男なら知っている。不道徳なやからだとしても、レンを恐れたり、好奇の目で見たりすることはない。

アンウィンはどこにも見つからなかった。レンは次の選択肢であるティーガーに声をかけることにした。昔、屋敷の厩舎の修理をした大工だ。

ティーガーは礼儀正しくフードをのぞきこまないようにしながら引き受けてくれた

が、大工が捜索の応援を頼んだ村人たちにそれほどの自制心はないだろう。

レンは顔をそむけ、集団とは離れて馬を走らせ、男たちの興味津々な視線を逃れた。

怒りと不安がせめぎあう。キャリーのせいでこんな屈辱を強いられるとは！

いったいどこにいるんだ？


キャリーは不安定に積まれた大量の木箱の上で、ランタンを手に蛇を凝視していた。

何匹いるのか数えようとしたが、常に動いているので数えられない。十四から三十四といったところだろう。おそらく自分と扉のあいだには二十四くらい……いや、考えてもしかたがない。

階段に戻ろうと二度試みた。敵が占領している床におりるには、あらん限りの勇気をかき集める必要があった。けれどもいずれのときも一歩踏みだすと、蛇の頭がいっせいにこちらを向いた気がした。キャリーは怖《お》じ気《け》づき、木箱に這い戻った。ちょうど両手と両膝から石の床に落ちたときのように。手のひらはすりむけてひりひりし、膝はひどく痛み、地下貯蔵庫の冷気が骨身にしみた。それでもそんなものは蛇に対する恐怖心とは比べものにならなかった。

自分でも愚かだとわかっていた。自分よりも蛇のほうが怯えているのは知っている。

少なくとも、科学的な観察力を持つリオンから繰り返しそう聞かされていた。

「まったく。リオン、あなたなんかくそくらえよ！」

下にいるのは普通の蛇ではない。好奇心旺盛な弟たちがつかまえたり、手元に置いたり、解剖したりしてきた生き物が、復讐のために蛇地獄から送りこんできた悪魔の蛇だ。そう、アティも同じことをするけれど、末の妹の残酷な性向はキャスとポルの責任だとキャリーは思っていた。

とはいえ、アティと双子のために言っておくなら、家族で休暇を過ごしに郊外へ行った際、キャリーのベッドに蛇の卵を並べた張本人はリオンだ。たしかにそのときリオンはまだ十二歳だったし、たしかに孵化《ふか》したばかりの蛇は緑色の鉛筆ほどの小さな生き物にすぎなかった。調査好きのリオンは卵が冷えないようにキャリーがぐっすり眠ってからベッドに入れたのだが、自分のベッドに置かなかったのは一緒に寝ているザンダーが寝返りを打って押しつぶしてしまうからだとあとで筋道立てて説明した。

生まれ立ての蛇は当然ながらあたたかい場所に行こうと決めて——これはリオンが言ったことで、蛇から直接聞いたわけではない——それがほかでもない、キャリーの……下半身だった。

キャリーは脚のあいだで何かがうごめく感触に目を覚まし、宿の上から下まで響く大声で悲鳴をあげた。宿泊客と使用人がひとり残らず駆けつけたときには、パニック状態のキャリーがベッドの支柱によじのぼり、鐘の紐のように巻きついていた。しかも裸で。

寝間着の中にはもっと蛇がいると信じ、何も考えずに脱ぎ捨てたのだ。ほんのひと握りの小さな緑の蛇を恐れるあまり、キャリーは見ず知らずの人の前で恥も外聞もなく自分をさらけだしていた。

それが今は一メートルほどの黒い蛇が二十四以上も下の床でのたくっている。その体は闇のように真っ黒で、ソーセージ並みに太い。這いずりまわって探索している様子に身がすくみ、キャリーは目をそらすことができなかった。

もし要塞の守備隊がその力を集結して地下貯蔵庫の扉を破ってくれたら、全守備隊の前を喜んで一糸まとわぬ姿で行進するのに！

頭がどうにかなりそうなほどのパニックがこみあげていても、金切り声はあげなかった。あえてこらえた。ほとんど音もたてずに歩いただけで蛇の注意を引いてしまったのだから、叫びでもしたらどうなるかわからない。

待つしかなかった。今は高くて安全な場所にいる。救いだしたリンゴがひとつと、頼もしいランタンもある。閉じこめられた状態でも気持ちは強く持とうと決めて、ポケットからリンゴを出してスカートでぬぐった。

残念ながら、リンゴには虫が食っていた。

さらに残念なことに、ランタンの油が切れかけていた。


闇の中で百年過ごしたかと思った頃、何かがこすれる音がして、大きく見開いた目に光が飛びこんできた。

「おーい、奥様、そこにいますか？」

「ここよ！」ああ、蛇もいるんだった！「しいっ、静かに！」

けれども男はすでに後ろの誰かを呼んでいる。キャリーは懸命にまばたきをして目を慣らそうとした。何日も暗いところを見ていたせいだ。実際は数時間かもしれないが、人生の中で一番長い数時間だった。ぐらぐらする木箱の上で、とっくに油が切れて冷たくなったランタンを握りしめて座っていたのだ。

骨まで冷えて硬直していることにそのとき気づいた。体を折った状態で動かせず両手は空をつかんだまま、一生過ごすはめになっていたかもしれない。そんなキャリーを家族は手押し車に押しこんで移動させ、キャスとポルなら階段から突き落としていただろう。

手押し車での人生を思うと心の目に涙が浮かび、実際に泣けてきた。けれども黒い影が小さい扉から差しこむ四角いほのかな青い光をさえぎり、キャリーは涙を止めた。もう夜なのだろうか？　そうなのだ……。

レンはかがみこんで地下貯蔵庫の扉を抜け、階段を駆けおりた。眼前のばかげた光景に目が釘づけになる。ランタンを掲げると、危なっかしく積まれた木箱の上に、花嫁が棚に置かれた汚れてよれよれになった人形のように座り、床にはリンゴが散乱していた。レンは深い安堵に気づかないふりをした。

「気をつけて」キャリーがかすれた声でささやいた。目を見開いて怯えている。「そこらじゅうにいるの！」

自分は世界にひとりしかいないリンゴを怖がる女性と結婚してしまったのか。彼女がかわいらしいのがせめてもの救いだ。

レンはキャリーを発見した村人にランタンを差しだした。「これを持っていてくれないか……ええと」

「ティーガーです」

「ああ、ありがとう、ティーガー」

キャリーはレンが少し手を伸ばせば届く場所にいた。レンは彼女の腰に両手をまわして抱きあげた。床におろそうとしたとたん、首に食らいつかれておろせなくなった。キャリーが握っているランタンが背骨を打つ。

「だめ！　つかまっちゃう！」

しがみつかれるという新たな感覚は別にして――やわらかくしなやかな重みで思考が横道にそれかけたが――地下貯蔵庫の外で雑談をしているティーガーと村人たちの前で首に巻きついた腕を力ずくではがすのは、かなりの見ものになるだろうと思った。そこで、妻を持ちあげて階段を何段かあがった。「さあ、それを渡して」目の前にかがみ、空のランタンから氷のように冷えた指をそっと引きはがした。

手を離したキャリーは自分の体に腕をまわした。寒いのだ。それでもレンは村や周囲の農場からよく知らない人たちをかき集め、七時間も領地を捜索することになった理由を知りたかった。上体を起こしたレンは上着を脱いで彼女を包み、幼子に服を着せるように冷えて固まった手を袖に通した。

「さあ、ここで何があったんだ？」

キャリーが唾をのみこんで乾いた唇をなめた。レンはちらりとのぞいたピンクの舌に惑わされないよう心した。

あの舌が欲しい。

「と、扉が、閉まったの」

「ああ、風の仕業でしょう」ティーガーがレンの左肩に覆いかぶさるように立った。

「ち、違うわ。開けておいたの、薪で」

レンは肩越しにティーガーを見た。最初に扉にたどり着いたのは彼女だ。ティーガーは両腕を広げて無言で肩をすくめた。キャリーが嘘つきだとは言いたくないのだろう。

「そうしたら、あ、開かなくなって」いぶかしげなまなざしをレンに向けた。「誰かが細工したのよ！」

ティーガーがレンの後ろにまわった。「少しつかえたのはたしかです。でも力を入れて押せば開く程度ですよ」

キャリーが視線をあげてティーガーを見た。「お、押したわよ！」

レンは彼女の注意を戻すため、顎に手をあてて自分のほうを向かせた。「どうして大声をあげなかったんだ？ みんなで一日じゅう捜したんだぞ。何人もいたから、誰かが聞きつけたはずだ」

キャリーが身を縮めて丸くなった。「蛇に聞かれたくなかったから」

レンの背後で誰かが鼻で笑うのをこらえた。「蛇に耳はないけどな」

キャリーは体があたたまってきたらしく、取り憑《つ》かれたような目に少し生気が戻り、顎に添えられた手に逆らって首を巡らせた。「蛇がいたの。とんでもなくたくさん。数えたら、その、数えようとしたけれど……ほら、動くでしょう。蛇が川みたいに床いっぱいに……」震えがひどくなる。「蛇に聞こえたかもしれないわ。だってわたしが足を踏みだすたびに……それで階段にたどり着けなくて……」

レンは背筋を伸ばして妻を見おろした。失望と怒りがこみあげてくる。ばかげた話だ。明らかに、キャリーは無力な子どものように地下貯蔵庫に閉じこめられた恥ずかしさを隠そうとしている。自分はフードをかぶった姿でよく知りもしない村人の扉を叩き、煮えたぎる怒りを抑え、物乞いのような気持ちで警戒心をたたえた視線に一日じゅう耐えてきたのに。

「このところ充分すぎるほど注目を集めているな」レンの怒りを聞き取り、キャリーが驚いた顔で見あげる。「それともあのショウガの砂糖漬けを受け取った人の半数が病気になったのを知らなかったというのか?」

「病気に? だけど、あの砂糖漬けが原因だなんてありえないわ。あれは贈り物で……ああ、でも、カードに名前は……」

レンは目を細めた。「今度は誰かに毒を盛られたとでも?」

キャリーは唇を嚙み、大きな目に涙を浮かべて目をしばたたいた。レンはその手にのらないことにした。

「さあ、屋敷に戻って風呂に入るんだ。汚い子どもみたいだぞ」

レンは妻に背を向けてティーガーに向き直った。「村でこの扉を直せる人はいるか？」

「はい」ティーガーの視線はレンの背後の階段をのぼるキャリーを追っていた。こちらをじろじろ見られないというのは本当にほっとする。

「そうか。それから、できればこの木箱を片づけてくれないか」

「もちろんです。食料品店が使うでしょう」ティーガーがわずかに眉をひそめた。

「奥様は大丈夫ですか？」

「すぐに機嫌を直す」レンは短く言い捨てて狭い階段をのぼった。「死ぬほど苦しめられたのはこっちだ」

レンは背を向け、足早に屋敷へ向かった。厨房から続いている廊下に人けはなく、玄関広間にも誰もいない。キャリーはどうやらぐずぐずしなかったらしい。それだけはよかった。怒っている状態でまた顔を合わせたくはなかった。

キャリーはポーターが好むように寝支度を整えたが、今夜はいつも感じる期待に身を震わすことはなかった。昨夜はポーターと歓喜に満ちたつながりを感じたので、今夜は彼の態度から自分に対する気持ちをうかがえるのではないかと思っていたが、何もうまくいかなかった。どれほど努力しても、ポーターの無情な殻を突き破ることはできそうにない。

彼の内面に真にすばらしい部分が隠れているのはわかっている。この屋敷と同じで、長年人との接触がなくても、内にある強さとよさは取り戻せる。キャリーは心身ともに弱り、涙でまぶたの裏がちくちくした。もう手遅れなのかもしれない。わたしは悪魔との契約で男に縛られた愚かな娘だ。ポーターは見た目どおり、取り返しがつかないほど壊れている……。

キャリーは冷えきった脚を曲げて体の下に敷き、上掛けの上に座った。ポーターが好きなので髪をおろして梳《す》いていたが、やがて肩を落とした。

くたくただった。一日じゅう不安定な木箱の上で体を硬くしていたので背中が痛い。神経は相当すり減っていた。そのとき突然シューッという音がして飛びあがった。石炭から出た蒸気だったが、日常的な音にさえ強い恐怖を感じ、みぞおちが震えた。

蛇に対する恐怖……これからも克服する努力を続けていかなければならない。石炭をぼんやりと見つめているうち、指からヘアブラシが滑り落ちた。ポーターが早く来てくれればいいのに。真珠を早く手に入れれば、それだけ早く実家に帰れる。彼から遠く離れた、あのいまいましい地下貯蔵庫から遠く離れた場所へ……。

書斎に入ったレンはフードを外して汗ばむ額を手でぬぐった。今日は領地内を何キロも、この数年間に移動した距離よりも長くさまよった。そのうえ、日中に外へ出ることを強いられた。こんな騒動を起こすとは、キャリーは何を考えていたんだ。注意を引くための戦略だったなら大成功だ。とはいえ、発見されたときの彼女の目には勝ち誇った様子も喜びさえもなかった。何時間も心底怯えていたように疲れきった様子だった。

ただのリンゴに。無意識に鼻から笑いがもれた。なんてことだ。

キャリーは正気じゃないのか。それとも正気を失いつつあるのか。はっきり言ってわからない。求めに応える雌狐かと思えば、脱走する花嫁にもなる……。

嘘かまことか。どの部分が真の姿で、どの部分がゲームなのか？　見分けがつかない。彼女自身はわかっているのだろうか。

最も解せないのは、今日は自分が本気でキャリーを心配していたということだ。それは気が進まないながらもようやく認められるようになった。もちろん責任感からに違いない。法律上は妻なのだから。

けれどもそれだけでは、この一風変わった一日を通してかすかながらも深いところで感じていた暗澹《あんたん》たる不安の説明がつかない。ポーターはずっと怯えていた。キャリーの身を思ってというだけでなく、奇妙にも自分のことも心配だった。恐れていたのだ……。

彼女を失うことを。

レンは唐突に腰をおろした。ああ、なんてことだ。愛情がわいてきたというのか。あれほど手に負えない腹立たしい女性に？　許可が出ればすぐにでも出ていきたいとはっきり言った相手に？

レンの頭に別の考えが浮かんだ。今日の騒ぎは計算ずくだったのか？　自分が手に余るお荷物だと示すことで、喜んで家族のもとに帰されると思ったのか？　ゲーム……ルール……限界……。ゲームのやり方がわからないのは自分だけなのではないかとレンは恐れた。

両手を膝にのせ、こぶしを握りしめた。キャリーを手放すことを思い、指の関節が白くなるほど力をこめる。

厄介なことになりそうだ。彼女はいつか去っていく。毎日、毎晩、取引の条件を満たしつつある。

キャリーとの取引が完了したとき、自分は心置きなく彼女を手放せるのか？

「すみません」かすれた声が聞こえて、ティーガーが入口から入ってきた。レンは背を向けたまま答えた。

「ああ、なんだ？」

「奥様は蛇がいたとおっしゃってましたが――」

「彼女は実にいろいろなことを言うんだ」レンは言葉をさえぎった。わけもなく苦々しい思いがこみあげた。

「ええ、まあ。ですが……みんなで木箱を運びだしたとき、これを見つけたんです」

レンは気乗りがしないながらも、フードを深々とかぶり直して振り向いた。ティーガーが捧げ物でもするかのように仕事で荒れた手を差しだしている。たこができた手のひらには布で包まれたものがのっていた。レンはそれを受け取って窓に向き直り、縁がぎざぎざの四角い大きな布――労働者階級のハンカチ――を開いた。

中には紙か羊皮紙を巻いたような薄いものが入っていた。好奇心をそそられて触ってみると、乾いてかさかさしている。独特の模様が浮きでて白っぽい線が走っている――うろこだ。「蛇の抜け殻か」

「とんでもなく大きなやつです。今まで見た中で一番大きい」

レンは片方の端をつかんで垂らしてみた。少なくとも体長一メートルの蛇だ。もっと長いかもしれない。

それなのに、キャリーの言い分に耳を貸すどころか、風呂に入れとあしらってしまった。

なんてことだ。

「こんな蛇は一匹だけだったとしても、奥様が一日じゅうあそこにいて生きて出られたのは幸運でした」

レンは振り向いてティーガーを見た。「なんだって?」

ティーガーがうなずいた。「それはアスプクサリヘビですよ。猛毒の。でも臆病なんで、普段は穴にこもってます。それでもこいつらの巣を刺激するのはごめんですね」

〝蛇が川みたいに床いっぱいに……〟

レンはこの爬虫類《はちゅう》がいかに長いかを示す、見まがいようのない証拠を凝視した。

「ぼくは……とんでもない男だったたな」

ティーガーが足を踏み替えた。「ひと言、助言させてもらっていいですか?　まだ結婚なさったばかりですし、その――」

「ひと言?」レンはため息をついた。「ティーガー、手引書が一冊欲しいくらいだ」

ティーガーが鼻を鳴らした。「上流の女性相手じゃなくても、手引書は必要ですよ。わたしは二十年近く結婚してますがね、その、はっきり言って……女性を嘘つき呼ばわりすると取り返しがつきません」

「そんなことをしたかな?」

しなかったというのか?

いや、した気がする。「取り返しがつかない? だったら、どうすればいい? 残念ながらまったく思いつかない」

ティーガーがしばらく天井を見つめて考えた。「難しいですが、許しを乞えばうまくいく……」

レンは息を吸いこんだ。

「……こともあります」

レンは音をたてて息を吐いた。「あいにく、ぼくは許しを乞うたぐいの男じゃないんだ」

ティーガーが目を細める。「それならどうして結婚したんです?」

レンは首をまわして刻々と募る肩の凝りをほぐした。「答えがわかり次第、きみに知らせるよ」

ティーガーが知恵を絞ろうと丸々した顔をしわくちゃにした。「奥様はおきれいですし、親切な方のようです。ショウガの砂糖漬けの件も、奥様のせいとは思えません。奥様は純粋に驚いてるみたいでした。女性が許すとしたら、今の、早い段階です。輝きが消える前にって言うじゃないですか」

レンは笑いそうになったが、ここで笑えばうなり声になる。「輝きね……今回の一件に輝きはないが」輝いているのはキャリーのほうだ。自分は闇の中にいる。

ティーガーは男らしく絶対に助けになろうと決めているようだった。「女性は花束とか砂糖菓子が好きなんです。褒め言葉とか……」レンを見て考えた。「それさえできれば。牝馬だって角砂糖につられて近づいてくるんですから」

悪い提案ではないが、どう実行に移せばいいのかレンには見当もつかなかった。キャリーがつられるとしたら何にだろう？　彼女が何より望んでいるのは？

キャリーの望みはぼくとぼくの墓をあとにして馬車で走り去ることだ。謝るなら早ければ早いほうがいい。さあ、急げ。

15

レンは短くなった蠟燭の明かりを手に、いつものように花嫁の寝室を訪れた。心は不安でいっぱいだった。疑ったことを謝らなければならない。疑う？　それよりもっとひどい態度じゃなかったか。そう……さげすんだのでは？　ティーガーの言い分は正しい。キャリーの言動は信用されてしかるべきだった。蛇の大きさを誇張していなかったということは、これまで聞かされためちゃくちゃな話も――ワーシントン家にまつわるものも含めて――本当はまぎれもない真実だったのか。そうだとしたら、あの家族は精神に異常をきたした犯罪者並みに常軌を逸している！

フードをかぶった男が言う言葉か。

キャリーは普段いる暖炉の前にはいなかった。レンは部屋の中をまわってベッドカーテンを押しのけ、ようやく手足をだらりと伸ばして上掛けの上で横になっている彼女を見つけた。床にある何かが足にあたった。拾ってみるとヘアブラシで、それを見て戸惑った。キャリーは極端にきれい好きだ。無頓着に物を放るとは彼女らしくない。

レンは首をかしげて妻を観察した。妙な角度で横たわっており、まるで座った姿勢のまま横に倒れたかのようだ。ほつれた髪が顔にかかっていたので、彼は指で払ってやった。

キャリーは身じろぎひとつしない。レンはかすかに不安になって、彼女の顔に蠟燭を近づけた。いつもと変わらずリンゴのような健康そうな頰をしている。つまり眠っているだけらしい。レンは指先でキャリーの頰をたどって目の下ににじむ隈《くま》に触れ、形のいい口の端へと指を移動させた。唇がわずかに開き、息を吐くごとにそっとふくらんでいる。この唇が嘘をつくはずがない。そう考えて驚いた。ここにいるのはほんの些細な約束さえ守る女性だ。

この情熱的で生き生きとした女性を知るほどに、自分はそばにいる資格がないと思えてくる。これまで以上にいっそう。昨夜はわれを忘れてしまった。今さらながら、自分がキャリーを壊してしまうのではないかと本気で心配になってきた。暗く倒錯した世界へと引きずりおろしてしまうのではないか。女々しくて卑劣な人間と悪魔と自分だけが住む世界へ。

キャリーは天使ではない。天使にしてはあまりにも俗っぽい。変わっているうえにあけすけで、社交界の人たちとは違っている。それでも一風変わった彼女の家族の中では一番まともに見える。

そう、キャリーは完璧ではない……それにもかかわらず、普通と違うところが魅力のひとつになっていて、レンは距離を置こうとしているが、彼女の驚くべき洞察力には興味が尽きない。魅力的なキャリーはレンをとらえ、あきらめたはずの景色、音、香り、思い、夢までも運んでくる。キャリーの生きることに対する深い喜びはほとんど残酷なほどだ。彼をあるがままの自分でいさせてくれない。

レンが以前の平安や孤独を懐かしむのは当然だ。彼女がたてる音や騒々しいおしゃべり、繰り返される騒動を腹立たしく思ってしかるべきだ。

親指の先でピンク色の唇の縁を羽根よりも軽く触れながらたどる。

レンはかなり感傷的になっていた。ぼくはここに座ってキャリーが目を覚ますのを望んでいる。このかわいい口からとんでもない言葉をまた聞きたいと願っている。

ぼくは彼女に好意を持っている。どれほど好きかは考えたくない。ぼくが逝ったあとにキャリーを手に入れる男は運がいいと思うだろう。次に何が起こるのか、彼女が何を言いだすのか見当もつかず、退屈することがない。

だが、その男がキャリーを理解しなかったらどうだろう。単にかわいくて魅力的な体をした、おしゃべりがすぎる女性だと見なしたら？　うるさい女だと言って、口を閉じておくよう迫ったら？　このすばらしい体を利用するだけで、見返りになんの歓びも与えなかったら？　彼女を無視したら？　殴ったら？

ぼくはそんなことはしない。

〝黙れ。おまえは死んだ。おまえは肉体から追いだされ、亡骸《なきがら》だけが波止場のそばにある。意見する資格などない〟

ぼくだってキャリーを愛することはできる。

〝おまえは存在しない〟

ここにいる。今この瞬間は。ぼくはキャリーのために存在する。彼女だって心の中でぼくを感じているはずだ。おまえがぼくを感じようが感じまいが関係ない。

レンは半ば正気を失ったかのような自分との会話を打ちきって立ちあがり、ベッドの反対側にまわって上掛けを折り返した。上掛けの表面を両手で撫でてあたためてからキャリーのもとへ戻り、子どものように軽々と抱きあげた。この数日で力がついてきた。体が彼女の生気と活力を吸収していた。キャリーは強さと、はらはらさせる不安と、気持ちが沈むほどの恐怖を同時にレンに与えた。

レンはキャリーをベッドに横たえ、手足は外へ伸ばして楽な姿勢を取らせたが、彼女はすぐさま寝返りを打って横を向き、ボールのように体を丸めた。レンはほほえんだ。キャリーは寝ているときも頑固だ。それでも手足は凍えるほど冷たかった。この冷えきった体のまま、ひとり残して去るのは気が進まなかった。夜中に蛇の夢にうなされたら……あるいは目に焼きついた本物の蛇に怯えたら？

そばについていようか。彼女の体をあたためるために。真夜中の恐怖を和らげるために。ここに残ってもいいかもしれない。

〝おまえが真夜中の恐怖だ〟

それなら夜明け前に姿を消そう。

大胆さと恋しさがないまぜになったまま、レンは服を脱いで化粧台の華奢《きやしや》な椅子に放り投げた。ついに裸になった。もし、キャリーが今、目覚めたら、彼の痛めつけられて変形した箇所や、激痛をもたらした傷の引きつれた跡、火傷の跡、ねじれた背中、つぶされた顔までもすべて目にしただろう。

レンは唐突に疲れを感じ、気にしていられなくなった。ただ妻と同じベッドに潜りこみ、その体を包んであたためたかった。彼女のつややかな髪の上で眠りに就くまで。

レンは上掛けを持ちあげてそのとおりにした。

今夜だけだ。

ベトリスは夫婦の大きなベッドで眠る夫をにらみながら寝室を行ったり来たりした。アンバーデル・マナーに住んでいたなら、領主夫人専用の部屋があっただろう。ヘンリーが訪ねてきても、事が終わればベトリスを残して去っていく部屋が。そこでは豪華な部屋で愛着のあるものに囲まれ、夫のいびきをひと晩じゅう聞かされなくてすむ。

ベトリスは大股でベッドに近づき、枕をつかんで指が白くなるまで強く握りしめた。それからゆっくりとベッドのまわりを歩き、足を止めてヘンリーの顔を見おろした。この枕を使えば、この人が目を覚ます間もなく窒息死させることができる。どこまでも深く眠る人だから。

それから枕を胸に戻し、小さく声をもらした。わたしったらなんてことを！　考えるだけでも恐ろしくて不誠実だ！　ヘンリーはいい人だ。そんな彼を心から慕っている……たいていのときは。ヘンリーが妻に手をあげたことは一度もないし、妻に対して何かを否定したこともまったくない。妻が新しい服を買ったり新しい子山羊《こやぎ》革の室内履きを注文したりできるようにと、自分の欲しいものを我慢してくれることもしばしばある。冬のあいだじゅう煙草をやめ、そのお金でドレスを買うようにと妻をロンドンへ送りだしてくれたことも。冬の夜に暖炉のそばで一服するのが夫のお気に入りの過ごし方だということはベトリスにも充分わかっていた。

夫はいい人だ……アンバーデル・マナーの主にふさわしい、よくできた人だ。この人がアンバーデルの領主になるべきなのに！

キャリーは目を開けた。部屋は地下貯蔵庫と同じくらい暗かった。物音が聞こえた気がしたけれど。

「しいっ」引きしまったあたたかい腕が絡みつき、キャリーを素肌の熱を感じる男らしい腕の中に引きこんだ。「何も心配しなくていい。眠るんだ」

キャリーは驚いたものの、あまりに疲れていて目を開けていられなかった。頭に浮かんだ考えがまとまらないうちにまぶたが震えて閉じた。もしかしたらこの人は何も……。

何も着ていない。キャリーははじかれたように目を開いた。

どういうことだろう？　裸なのだろうか？

キャリーは自分の体に手を這わせた。ゆったりとしたシュミーズの薄い生地が触れる。自分は裸ではない。

わたしでなければ、誰が裸だったの？

開いたベッドカーテンから朝日が差しこんでいた。昨夜、寒くてカーテンを閉めたことははっきり覚えていた。キャリーは上半身を起こした。寝室は明るくてあたたかく、サイドテーブルにタオルのかかった湯気の立つポットが置かれ、隣にカップが並んでいた。紅茶がある。

キャリーはまばたきをしたが、それでも紅茶はもとの場所にあって、丸みを帯びた小さなポットが部屋に降り注ぐ日の光を受けていた。

そのあと乱れたベッドに視線を落とした。ベッドの片側に。

あのときポーターは何も身につけていなかった。

あれは現実だったのだろうか？　現実のはずがない。

けれども枕の上には誰かの――ポーターの！――頭が寝返りを打ってできたへこみが残っていた。そこにつややかな真珠がひと粒置かれている。ありえないほど完璧に丸くて輝いている。

キャリーはティーポットからあたたかい紅茶を注ぎ、急いで飲んで舌を火傷した。

口を開けて空気を吸いこみながら、新たな真珠を惚れ惚れと眺める。顔にゆっくりと笑みが広がった。

それからサイドテーブルに籠があることに気づいた。青リンゴが縁までいっぱいに入っている。

蛇のことはともかく、ポーターは贈り物を届けてくれたのだ！


その日の午後、おいしいリンゴで慌ただしくパイを焼いたあと、キャリーは図書室に絵を描く場所を設けた。そこには見事な景色が見える背の高いすてきな窓がいくつかあり、古い本のにおいにも心が休まった。

まずは慎重に洗ったキバナノクリンザクラの茎を数冊積んだ本の上にのせ、花びらが宙に浮くようにした。こうすれば、野生に近い状態にすることができる。本物の植物画家なら、ガラスの花瓶に固定できる専用の小さな台をこしらえるだろう。それがあれば今の状態で一日以上みずみずしさを保っておける。

キャリーは注意深く根を拭いて清潔な布でそっと挟み、吸い取り紙に寝かせて置いた。今はあたりが花盛りなのだから、生の草花を使いたかった。そうしようと思えばこれを押し花にして、一年でもそれ以上でも描きつづけることができる。けれども自然の中で人の目を引くのは生きている草花だ。この命を伝えることができるのかどうか、生かすか殺すかも自分次第だ。最後に描く部分は莢だろうが、莢ができるのは夏の終わり、もしくは秋になる可能性もある。そこの箇所は何も描かずに空白のまま残しておこう。いつか完成させられるように。

大きな窓から差しこむひと筋の光の中で、キバナノクリンザクラが明るく輝いている。急いで描いたほうがいいだろう。屋外でたっぷり時間を使ってスケッチしておいたのがよかった。おかげで指がすばやく動く気がする。あっという間に花びらやめしべやおしべを簡潔で繊細な鉛筆さばきで表す段階にたどり着いた。

絵を描く感覚は簡単に取り戻せた。キャリーは図書室で見つけた拡大鏡を使った。小さいけれどもよくできたこの道具は、象牙の短い握りに丸いレンズがついただけのものだが、明るい光の中で使えば茎に生えた短い産毛や、葉脈が微妙に異なる三種の黄緑色であることまで見分けられた。

ようやく下絵が終わった。キャリーは自分の絵を長々と観察した。ここがいつも難しいところだ。色をのせると台なしになってしまう可能性もあるので、スケッチのまま残しておこうかといつも思ってしまう。とはいえ、心の目でははっきりと色が見えていた。花びらにはほんの少しオレンジ色を使い、内部の構造をやさしいレモンイエローで際立たせる。

舌を上の歯にあてて意識を集中させながら、緑を使って茎に最初のひと筆を入れようと前かがみになった。目がスケッチと実際の植物とのあいだをすばやく行き来する。そう、この緑は茎の色にもってこいだ。あとは葉と茎のつなぎ目に黄緑の細い線が一本必要なだけ……。

レンは図書室の戸枠に片方の肩を預け、花嫁が自らの作品に向かってかがみこんで作業する様子を眺めた。少々頭がどうかしてしまったかのように額にしわを寄せ、舌を口の端から突きだしている。一心不乱で滑稽で……かわいらしい。

このまま部屋に入ってキャリーを作品から引き離し、真珠をあの舌にのせて……。いや、あの舌には動いていてほしい。それよりも彼女が子どもの頃の無鉄砲な冒険譚《たん》を話しているあいだに、あの髪をおろしてボタンを外していく。

とはいえ、実際には何もしなかった。邪魔するつもりは毛頭ない。キャリーのすばらしい姿を見ていられるこの瞬間を自分から奪うつもりも。今、彼女はまとめた髪に鉛筆を挿しており、それが頭のてっぺんからのぞいてユニコーンの角のように見える。実際、キャリーはたぐいまれな女性だ。常軌を逸したぼくのキャライアピ。

彼女は無意識に鼻をこすり、そこに緑色の線が残った。レンはフードの上から口を押さえ、忍び笑いをこらえた。レンが画家なら、思わずくすりと笑ってしまうようなキャリーの魅力をとらえることができるのに。そうする代わりにまぶたに刻んでおくしかない。いつものように。

静寂の中に、絵筆を水に浸けて洗う音と暖炉の時計が時を刻む音がかすかに聞こえる。

レンは暖炉を囲む飾り枠と、部屋のすべての本棚が磨かれていることに気づいた。本がかつてないほど見映えよく並んでいる。時計の音に心が癒されていく。ずっと錆《さ》びついていた心臓が再び打ちはじめた。

ついにキャリーが背筋を伸ばした。頭を傾け、眉をひそめて紙を見ている。それから口をすぼめると、息を吹きかけて絵の具を乾かした。レンはあの冷たい息を肌に直接受けるところを想像した。キャリーが唇を開いて、彼の欲望の証を……。

紙を乾かす動作だけでこれほどまでに欲望をかきたてられるとは！

レンはキャリーから無理やり視線を引きはがした。摘み取られた野花はしなびてきたようだ。彼女もそれがだらりと垂れていることに気づき、とても心配そうにつまみあげてカップの水に浸けた。

自分があの植物だったらよかったのに。そうすればあれほど気遣って面倒を見てもらえる。

ばかな、植物に嫉妬するとは。

キャリーは彼に何をしたのだろう。それより、彼女が去ったら自分はどうなってしまうのだろう。

キャリーの集中力が完全に切れたようなので、レンは咳払いをした。「ぼくの絨毯に鉛筆の削りかすが落ちてるぞ」レンはからかうつもりが、荒々しく責めるように響いたのではないかと恐れた。

彼女はレンを見もしなかった。「わたしたちの絨毯よ」うわの空で言い直した。

レンは室内に踏み入れようとしていた足を止めた。〝わたしたちの絨毯〟思いもしなかった言葉が暗い心の奥底に光を届けた。

レンは今度は声の調子を穏やかに保つよう注意しながら絵を指した。「見てもいいかな？」

キャリーはうなずいたが、うれしそうではなかった。「これはまだ一枚目。もう一度描きたいわ。でも、新しい花を用意しなければならないわね」

ああ、さらに草むらを歩きまわるのか。別の日にまた踏み台を使って柵を乗り越える姿を見たい気持ちは否定できない。スカートをたくしあげる姿にはたまらなく心を引かれる。

レンは自分が見つめているものに驚きを禁じえなかった。植物学は勉強したので、いい描写を見ればそれとわかる。キャリーのスケッチは実に正確だ。おまけになんらかの方法でただのスケッチにとどまらないものを加えている。この絵は春の草原を歩き、鳥のさえずりを聞き、うなじに太陽のぬくもりを感じている気分にさせる。

そのためにはまずフードを取らないとだめだ。

レンはうなずいた。「気に入ったよ」

「本当に？」キャリーが見あげた。

いつもそうだ。キャリーは彼の顔が見えるわけがないのに顔を見あげる。レンが必要に迫られて人と接するとき、相手はフードの陰を探るように見つめるか、目をそらして、たとえば彼の左肩の上あたりや膝の周辺に視線をさまよわせる。だがキャリーはレンの顔を見あげる。フード越しに、布など存在しないかのように。

「……何かが足りない気がするの」

レンは会話を続けようと努めた。「欠けているものはないようだが」

キャリーが眉根を寄せて絵筆を髪に挿した。この絵筆とユニコーンの角に似た鉛筆の飾り物がおかしな対をなしている。レンは笑わなかった。笑わないよう努力した。

「この黄色が合っていないんだと思う」キャリーがため息をついた。「自分の絵の具があればよかったのに。これは子ども部屋からかき集めてきたものだから」

この屋敷に子ども部屋があったのか？　レンは次にロンドンから届く便でキャリーのためにもっといい絵の具を取り寄せようと心に決めた。

「それはそうと、昨日は大変な目に遭ったが元気そうでよかった」

キャリーがうわ目遣いにレンを見て赤面した。彼は首をかしげた。「どうした？」

草をいじりながらキャリーが小声で言った。「今朝……真珠があったわ」

レンは何気ない口調を保った。「ああ。気に障ったかな？」

キャリーが即座にかぶりを振った。「いいえ、違うの。ただ……わたし、一度目を覚ましたと思うんだけど……あなたはもしかして……」

「もしかして、なんだ？」キャリーはためらいながら頬を赤く染めている。彼女は口にするつもりなのだ。レンが何もまとわず自分を腕に抱いたのかと。それならキャリーの口をキスで封じるしかない……。

「なんでもないわ」キャリーが顎をあげた。「わたしを閉じこめた犯人をどうやって見つけるの？」

レンはたじろいだ。「何が起こったかははっきりしたと思うが」

キャリーが顔を輝かせた。「まあ、よかった。誰だったの？　犯人をどうするつもり？」それからしかめっ面をした。「あまり厳しく罰するのはやめたほうがいいわ。単なる悪ふざけで――」

「きみは自分のせいで閉じこめられて、慌てたんだ。扉が少し引っかかっていたせいで」

なんですって！　キャリーは信じられなかった。よくもそんなことを……。

キャリーは向きを変え、暖炉まで行って戻ってきた。「まったく驚きだわ。ここで何かが起きているというのに絶対に認めようとしないのね！　最初は梯子で――」

「あんな古い梯子を使って自ら危険な目に遭うなんて、不用心すぎる」

「でも、今度は地下貯蔵庫の扉よ。薪を使ってどんなふうに扉を固定したか説明したでしょう！」

「暗闇にいるあいだに、そうしておけばよかったと考えて――」

「信じられない！」キャリーはまた暖炉に向かって足音も荒く歩いていった。「あなたって本当に頭にくる人ね！」

レンはむっとして腕組みをした。「くだらない真似はよせ。蛇がいることに気づいていなかった点は認めよう。だが一匹残らず退治したから、もう目にすることはない。

たぶんもう少し準備をしてから地下貯蔵庫に行っていれば――」

キャリーがもらした金切り声ともうなり声ともつかない独特の音は、剣を引き抜く音にかき消された。レンが気づくと、キャリーが暖炉の上に交差させて飾られていたフェンシング用の剣を手に身構えている。

キャリーが腕を振って剣先をレンに突きつけた。「どうしてもわたしを嘘つき呼ばわりして間抜けのレッテルを貼りたいのね！　それなら勝負よ！」

16

華奢な花嫁が剣を構える姿に、レンは声をあげて笑った。そのとき鋼が空を切る音とともにベストの一番上のボタンが飛び、部屋の向こうまで転がっていった。

「なんだと？」

キャリーはかなり正確なフェンシングの構えに戻っていた。優美な眉を片方あげる。

「構えて。でないと、ボタンが全部飛んでいくわよ」

キャリーはもう一本の剣を投げてよこした。レンは反射的に受け取ってから首を振った。「きみを縛りあげて屋根裏部屋に閉じこめなければならないのか。伝説上の精神を病んだ妻たちがそうされたように」

彼女のほほえみは愛らしさと同時に毒も含んでいた。まるで青酸カリのまじった糖蜜のシロップだ。「ボタンを捜して床を這いずりまわることになりそうね」

剣が再び空を切る。

「ばかな」今度は上着の袖のボタンが飛んだ。

レンも剣を構えた。勝負が始まった。相当手ごわい相手だ。突きを阻止され、切っ先をかわされて、危うくボタンをもうひとつ奪われそうになる。

「訓練を受けたんだな」

「おばのクレミーがきょうだい全員に仕込んだの」キャリーが平然と答えた。「兄のほうがうまいけど、大差はないわ。兄は練習相手がいなかったから。ほかのきょうだいより年上っていうのは本当に不公平ね」

「女性だというのは不公平じゃないのか？」

剣が弧を描き、交わり、高音が響く。ああ、くそっ！

「たしかに兄には最初、かなりいじめられたわ。わたしは正々堂々と戦うことを避けていた。兄は腕が長くて剣がわたしに届くけど、わたしのほうがわずかに……動きが速いと気づくまでは」

キャリーが踏みこんでレンの後ろに抜けた。

レンはまた剣を握るのが心地よかった。自分は熟達した剣士だ……少なくともそうだった。今は威勢のいい花嫁にひどく屈辱的にボタンを取られるのではないかと怯えている。彼女の気をそらしてみたらどうだろう？

次にキャリーがそばで向きを変えたとき、レンは剣を細かく動かした。三回音がして、ドレスの背中からボタンが三つ消える。

「まあ！」キャリーがレンをにらみつける。「ひどい人！」

キャリーが乱れたドレスに気を取られているあいだに、レンは彼女の防御をもう一度すり抜けた。布が裂ける音がする。

キャリーの短い袖の縫い目が開いた。胴着《ボディス》の左側がみだらにさがりはじめた。「わたしのドレスが！」

キャリーが怒りを倍増させて飛びかかってきた。レンのベストは前が開き、上着の袖は手首までずり落ちて、肩から完全に離れている。

「お返しだ」レンはキャリーが舞うように脇をかすめたとき、そのヒップを剣の平らな面で打った。

キャリーがレンの首巻き《クラヴァット》を切ってやり返す。レンは目を細めた。彼女はフードを狙っている！

なんてことだ。キャリーはレンの防御をかわそうとしている。肩を痛めているレンは真正面からの攻撃には対応できない。彼女に引きさがる様子はまるでなく、それどころか楽しんでいるように見える。

疲れさせるか、集中力をそぐか、それとも気をそらすか……。レンはフードの陰でにやりとした。

空を切る音とともにキャリーのもう片方の袖が開いた。ドレスをとめておくボタンがないため上半身が露出して、彼女は今やあらわになった胸に裂かれたドレスを左手で押しあてて戦っている。

その姿は逃れようとする女神を思わせた。たまらなくキャリーが欲しくなり、レンは下腹部が張りつめて一歩も踏みだせなくなった。こわばりに気づいたキャリーは形勢が逆転したことを悟って目を丸くした。

「キャライアピ」レンが声を絞りだした。「剣を捨てるんだ……そうでなければ服を脱ぎ捨ててくれ」

キャリーは思案し、いっときレンを見つめてから大胆にボディスを外した。ボディスは腰の下まで滑り落ち、キャリーは上半身むきだしのまま、ごく薄い下ばき《パンタレッツ》をはいただけの状態で剣を持っている。

海賊が夢想するような格好だ。

レンの上着が三つに裂かれて床に落ちた。やられた。あの輝くばかりのクリーム色の肌に惑わされた。図書室で沈みゆく夕日に照らされたキャリーの姿のなんと美しいことか。自分は高熱を出して夢でも見ているに違いない。こんなに敏捷《びんしょう》で目を輝かせて剣をふるう女性は知らない……。ああ、今だ！

レンは手首をひねってキャリーの手から剣を奪った。運がよかったのだろうが、それを認めるつもりはさらさらない。これで勝負がついた。彼女の剣は回転しながら飛んでいき、壁に先端が刺さった。キャリーが目を見開き、両腕を広げた。「降参だわ、ミスター・ポーター。とても――」

剣がすばやく動いた。

キャリーのパンタレッツの紐がなくなり、下着は床に落ちて足元に絡まった。息をのんで後ろによろめいたキャリーが絨毯に尻もちをついた。

レンが近づき、キャリーは慌てて逃げようとした。レンは切れ切れになったパンタレッツの上に片膝をついて、足首にきつく巻きついた布地で彼女を押さえつけた。キャリーにのしかかり、喉元に剣先を突きつける。

「もう一度言うんだ」

キャリーが大きな目でレンを見つめる。「こ、降参するわ」

レンは剣を持ったまま手首で彼女の膝を開いた。さらに大きく。「もう一度」

キャリーの呼吸が浅くなった。彼女は床に横たわり、そっと言った。「降参よ」

「目を閉じて、両手を頭の上に伸ばして」

キャリーが言われたとおりにして手首を交差させると、すぐさまレンが夢中になっている空想が現実となった。

レンは冷たい剣の平面で、あとが残らない程度に軽く胸のあいだをたどった。「勝負を放棄するか？」

キャリーが鋭く息を吸った。息も胸も震えている。冷えた鋼が腹部に触れると、震えながら再び息を吸いこんだ。「放棄するわ」

レンは剣を脇に置いてキャリーの下腹部を両手で覆った。「では、ここはぼくのものか？」

キャリーは小刻みに揺れるまぶたを閉じ、両手を頭上で握りしめた。足首はポーターの重みで拘束されている。キャリーは自分がさらけだされ、無力になり、征服された気がした。「ええ、あなたのものよ」

いつものようにフードをはぐ衣ずれの音がした。それから彼の唇が……熱を帯びた探るようなたしかな唇が……。

キャリーは歓びの声をあげた。そんな場所を唇で探られるなんて、常軌を逸している。みだらでとんでもない行為だ……。今まで知らなかった。一度も……。

キャリーはポーターのものだった。気持ちが高ぶり、欲情でいっぱいの汗ばんだ体をむさぼられた。彼は容赦しなかった。口と舌と歯でついばみ、舌を這わせて――ああ、たまらなく心地よい――じらしてから、彼女の体の奥へとさらに深く探求を進めていく……。

あたりをはばからずキャリーは叫んだ。心のままに、血迷った男に捧げられた酒宴でのご馳走のように、男の眼前で絨毯に横たわって体を開いている。ポーターの口はとどまるところを知らず、キャリーはあらゆる場所を探られて耐えきれなくなった。

「叫んでも無駄だ」濡れて脈打っている部分に向かって、ポーターがうめくように言った。「気がすむまで叫んでかまわないが」

キャリーは声を張りあげ、懇願した。何を懇願しているのかは自分でもわからなかった。

太い指を差し入れられて、キャリーは砕け散った。よこしまな歓喜の大波に、呼吸すら忘れた。彼は精巧に作られた武器のごとく口を使い、何度も指で突きあげた。キャリーは抗おうとせず、ぐったりしたまま完全に降伏した。体をよじり、身を震わせてすべての行為に反応した。それでもポーターには充分でなかった。キャリーを口で何度もむさぼり、頂点に導いては戻ってきたところを再び容赦なく高みへと押しあげた。キャリーは震え、汗にまみれ、かすれたうめき声と抑えようのない甘い声をもらし、ただ横たわっていた。

キャリーは忘我の極みを三度味わい、体に力が入らずくたくただった。まともにものが考えられなくなっていたが、唯一意味をなしていたのは、これから体を奪われるのか、ようやく彼のものになれるのかということだった。

けれども、そうはならなかった。ポーターは指を抜いて、キャリーに開いた膝を閉じるようそっと促した。キャリーはめまいがして、あえぎながら横向きになった。彼が立ち去るのをぼんやりと意識する。寒けがして突然ひとりになったのを感じた。

キャリーは目を開けた。

鼻先から数センチ離れた絨毯の上にひと粒の真珠が置かれていた。

まだ何百粒もある……。

とても体がもたない。

レンは走るように図書室を出ると、廊下をよろめきながら階段にたどり着き、手すりの柱にしばらく寄りかかった。床の上で妻を荒々しく奪いたい、みだらな使用人のように図書室で絡みあいたいという衝動を抑えた。キャリー。彼女はふるいつきたくなるほどいい女だ。甘美で、奔放で、レンを受け入れてくれる。自分はろくでなしだ。キャリーの初めての体験を倒錯したものにしようとしている。

けれどもキャリーを欲する気持ちが強すぎて、その思いが脈動となって全身を駆け巡る。彼女が欲しい。この体を解放したい。触れてほしい。抱きしめてほしい。それに……愛してほしい。レンはキャリーの頭を劣情で満たして自分を受け入れさせようと思っていたが、今ではそれ以上を望んでいた。自分がキャリーを欲するだけでなく、キャリーにも望んでほしかった。真珠のためでも財産のためでもなく、もちろん同情心からでもなく。

もし彼がまだ人間だったら。

今のままでもこの手でキャリーに歓喜の声をあげさせることはできるかもしれない。彼女の欲望に火をつけることも。だが、かわいいキャリーにはすばらしい体以上の何かが……もっと多くのものがある。

ああ、そのすべてが欲しい。

レンは震える手で顔をぬぐった。髭が手のひらを引っかく。キャリーの肌も引っかいていたのだろう。腿に髭がこすれ、火がついたようだったに違いない。髭を伸ばしてきたのは単に無頓着だっただけだ。誰もフードを取った顔を見ないのに、髭を剃ったところで意味はない。

けれども、今はすべらかな顔に戻る理由がある。どのみち、髭で傷跡がさほど隠れるわけでもない。野蛮さが際立ち、人間らしさが薄れるだけだ。

図書室の入口に立ったとき、レンはキャリーに惹かれているのを意識した。彼女も自分に好意を持ってくれているなどということがありうるだろうか？

ばかな。自分はいい印象を持ってもらうに値する振る舞いなど一度もしていない。自分がどれほど頑《かたく》なで身勝手な男だったかを思うと、なじみのないぞっとする感覚に襲われた。考えることといえば自分の悲運ばかりだった。

キャリーはパイを焼き、窓を拭き、村人たちのためにあのショウガの砂糖漬けを配った。村人にしてみれば迷惑な思いつきだったかもしれないが。それに彼女はとんでもない両親と無礼なきょうだいの面倒を見てきて、今ではレンの面倒を見ている。

奉仕するという思考から長らく離れていたのですぐには思いつかないが、レンはキャリーのためにできることを考えようと決意した。単に好かれようとしてではない。いいかげん誰かが彼女にやさしくしてもいい頃だ！

翌朝、キャリーはだめになった服を繕う作業から始めた。図書室の日光がたっぷり入る窓際の席に座り、破れた袖を苦労して縫いあわせ、ボタンをつけ直した。絨毯に這いつくばって落ちたボタンを捜すにはかなりの時間がかかった。

以前にも一度同じように捜し物をしたことがある。別の夜に寝室で驚かされたときだ。本来なら服をこんなにぼろぼろにされたのだから、怒って当然だ。けれども前かがみになって繕い物をしていても、唇を指でなぞると喜びがよみがえり、小さな笑みを抑えきれなかった。なんてみだらな夜だったのだろう。素肌にあてられた冷たい鋼の感触を思い、キャリーは身を震わせた。

いつかまたしてみたい。

剣を戦わせたことや服を裂かれたことではなく――それはそれで、いけない海賊の話みたいでとても情熱をかきたてられたけれど！――ポーターのことを思った。彼女を求めて震える熱い手と、欲望でくぐもる声。

顔を見たこともない人を好きになれるものだろうか？

日差しが眠気を誘い、喜びと繕い物とぼんやりとした思考が頭の中でまじりあった。あの行為にはまだ先があることをキャリーは知っていた。つまり、ポーターはまた逃げたのだ。キャリーは彼を受け入れて欲求を満たしてあげたいという気持ちになっていたのに。ポーターはたくさんの歓びを与えてくれた。キャリーはおいしいところだけをもらうことに、かすかに罪悪感を覚えはじめていた。

とはいえ、自分は本当に心の準備ができているのだろうか。純潔を守ることに感傷的な執着心はない。家族のために品位を保たなければならないだけだ。夫とベッドをともにして結婚を完全なものにする――それこそが一番尊敬に値する行為ではないだろうか。しかし、自分にとってポーターはまだ多くの点で他人だ。そもそも顔も見せてくれない相手に自分を捧げられるだろうか。

キャリーは窓ガラスに頭を預けて両手を膝に置き、繕い物をするのを忘れて色鮮やかな景色にうっとりと見入った。ポーターはどういう人なのだろう。なぜあんなふうになってしまったのだろうか。どんな男性なのか。不親切というわけではない……特別に親切でもないけれど。こんな立派な屋敷に住んでいるのに、まったく手をかけていない。村人に目を配り、彼らの話に耳を傾ける立場の人なのに、村の利益になることは何もしていない。親戚の人たちはポーターが注意を向けてくれるのを待っているけれど、彼はほとんど話もしていないようだ。それでもいい人と言えるだろうか。

答えはイエスだ。砂利の上に落下するわたしを自ら危険を冒して救ってくれた。一方で、自分がデイドの手で殺されるのを望んでいるふうでもあった。おそらくポーターは失いたくないものがないから、そんなことは危険でもなんでもないのだ。

実に不可解な人だ。

視界の端で黒いものが動き、キャリーは注意を引かれた。正体を見定めようと首を巡らせ、ぼんやりした目の焦点をなんの気なしに合わせる。彼女は目にしたものに驚いて背筋を伸ばして座り直し、ガラスに片手を置いた。芝地の端の、陰になった二本の木のあいだに男が立っている。

あのあたりは数日前に散策しており、今は距離があって低く見える木の実際の大きさを知っている。つまり、その男は相当大きいということだ。

キャリーは身じろぎひとつしなかった。さっき、急に動かなければよかった。そのときの動きが男の目にとまっていませんように。淡い色の服を着て日の光を受けて座っていたので、自分の姿が相手に見えていませんように。願うだけの価値はある。男の顔は型崩れした帽子で隠れている……。キャリーは肩越しに図書室を見まわし、どこかに望遠鏡がないかどうか探した。

窓に視線を戻したとき、男の姿は消えていた。それでもキャリーは目を凝らした。男が立っていた場所には二本の巨木が並んでいるだけだった。

トントン。

物音が聞こえてキャリーはぎくりとした。けれどもそれは、玄関の扉をノックする音だった。キャリーが出てみると、ベトリスとヘンリーが貸してくれると約束していた牝馬が届けられていた。つややかな鹿毛《かげ》のかわいい馬が馬番の手綱の先で飛び跳ねている。すでに横鞍と装具はつけられており、馬に乗る準備は整っている。

馬番がポーターの厩舎にこの馬を入れる馬房の用意をしてくれると言ったので、乗馬のあとにキャリーがすべきことは鞍を外してそこに入れるだけだった。

キャリーはためらいがちに厚意を受け入れた。馬の乗り方はもちろん心得ていたけれど、きょうだいと一緒にハイド・パークのロットン・ロウを悠然と闊歩するのと、郊外で一日じゅう過ごすのとでは少々勝手が違う。

サリーというのがその馬の名前だった。「はじめまして、サリー。とてもすてきな……耳をしているのね。優美で、その、ぴんと立っていて」キャリーは馬に話しかけた。動物を褒めるのはばかげているかもしれないが、感じよく接するに越したことはないとずいぶん前に学んでいた。

サリーが声のしたほうに褒められた耳を向けた。キャリーはサリーにじっくり観察されているのを感じた。

牝馬で重くなさそうだし、特に力が強そうでもない。楽勝だ。

キャリーは顎をあげた。「見くびらないでよ、サリー。わたしは四人の弟の面倒を見てきたんだから。しかもワーシントン家の男たちよ。あなただって乗りこなせるわ」

妄想かもしれないが、サリーの澄んだ茶色い目にかすかに浮かんでいたうぬぼれが消えた。

馬番が厩舎へ作業をしに行ったので、キャリーは屋敷の前の柱についた鉄の輪にサリーをつなぎ、スケッチ道具を取りに足取りも軽く室内へ戻った。サリーがいれば数分で村に行けてバトンに舞踏会の相談ができる。そうすればあとは自由に低地を散策して、植物をもっと集められる！

キャリーは上着をすばやく身につけ、外出用のブーツに履き替えた。ドレスで乗っている姿はおかしいだろうが、きちんとした乗馬服がないのでしかたがない。少なくとも横鞍なのでまたがらなくてすむ！

17

キャリーがあまりにすばやく屋敷を出たので、レンは自分の馬に鞍をつけて小道を全速力で追いかけるしかなかった。ヘンリーの馬番はレンが疾走してきて並んでも、うやうやしくうなずいただけで、フードをかぶった変人と顔を合わすことなどしょっちゅうだという様子だった。レンはこの男をヘンリーが貸してくれないだろうかとふと思った。キャリーの言い分は正しい。あの屋敷には使用人が必要だ。

いったん乗馬のリズムに慣れると――かつては何時間も、必要とあらば何日でも鞍の上で過ごすことができた――思考はいやおうなく彼女と過ごした夜に戻った。図書室での剣の勝負……キャリーが目の前の床でなすすべもなく服従する姿……欲望に身を焦がしてあげたあられもない声……。

ヘンリーの馬に乗るキャリーはほどなく見つかった。だいぶ先を行っている。彼女が村へ続く道に入るときに速度を落としたので、レンは手綱を引いて距離を詰めつつ橋を越えた。間に合った。脚のあいだがこわばった状態で鞍にまたがるのは賢明ではない。キャリーが村で用事をすませるまで、目につかないところで時間をつぶそう。

レンはなぜか活力がわいてくるのを意識した。活力と、情熱と、熱く潤った秘密の場所を夢想しがちなことを。すらりと伸びた淡いクリーム色の脚、やわらかい胸のラズベリーを思わせる頂。

そして胸の上に広がる蜂蜜酒を思わせる長い髪。いたずらっぽい笑み。こちらをまっすぐに見つめる、からかうようなハシバミ色の瞳……。

レンは落ち着かなくなって馬の背中の上で身じろぎした。馬が足踏みをして鼻を鳴らす。まったく、馬にまで自分の興奮が伝染している。

村での用事はまだ終わらないのか？

じれったくなったレンはあたりを見渡した。すでにキャリーが通り過ぎてしまった可能性はあるだろうか？　いや、ずっと――。

悪寒が体を突き抜けた。小さな丘の上に、今、自分が隠れている石灰岩と同じく微動だにしない人影が――大男の影が見える。

大男なら以前会ったことがある。そいつは殺し屋で、レンが知る限り最も危険な男だった。かつて味方だったときでさえ、仲間といえども警戒心を抱いていた。

そしてレンは裏切られ、その男と、男と同種の者たちに背を向けた。あの男はまだぬくぬくとロンドンにいるはずだ。レンや彼のものに危害を加えられない場所に。そのはずではないか。

とはいえ、あれほどの大男は世の中にそうはいない。男が向きを変えて丘の反対側に消えたとき、レンは馬に合図を送って速歩で岩の丘を目指した。確かめずにはいられなかった。

キャリーは村の近くまで来ると馬からおりた。不適切な格好でサリーに乗っているよりも、馬を引いているほうが注目を集めないだろう。まったく、わたしの服はどこにあるのだろう？

兄さん、今度会ったら内臓をえぐりだしてやるから。

鍛冶屋の外に馬用の杭《くい》があった。キャリーがそこにサリーの手綱を結んでいると、鍛冶屋の若い息子が鹿毛の馬を愛おしむように見つめて言った。「すばらしい馬ですね！」

愛情をこめて手入れされたこの馬が一緒なら、帰る時間を気にせずゆっくりできる。村が好きかどうかは別として。ともかく用事をすませなければ。まず、実家に宛てた手紙を投函《とうかん》しよう。屋敷と村についてたくさん書いたが、ポーターについてはひと言も触れなかった。キャリーの荷物を送るよう文句を言って……ではなく促しておいた。

郵便局に入ると、中にいた六人ほどの客が口をつぐんだ。大半は女性で、年配の男性も数名いる。もちろん壮健な男たちは春のこんなにいい天気の日は農作業をしているのだろう。客はキャリーの目の前でふた手に分かれ、郵便局員へと直接通じる道ができた。

キャリーはにこやかに手紙を差しだし、晴天について害のない雑談をしようとした。

「乾燥しすぎるってだけのことですよ」

キャリーはこの女性のグロスターシャー州訛《なま》りの強い返事を、〝雨が必要な春に天気がいいのは悪いことだ〟と解釈した。

キャリーは笑顔がわずかに揺らいだもののうなずいた。「ええ、そうでしょうね。野花がきれいだなと思って見ていたんだけど」

「雑草でしょ」

郵便局員はキャリーの背後で待っている客に目を向けた。誰かがぶつぶつ言った。

「ええと、それじゃあ……ごきげんよう」

キャリーは逃げだした。

外に出ると、怒りのこもった視線が報復しようとする蜂のごとくつきまとうのを感じた。ほんの数歩先の教会と学校が相当遠く思えた。実際、村全体といっても、鍛冶屋と教会といくつかの店と、川の近くに水車小屋があるだけだ。まだ市が立つ日にここへ来たことはないが、きっとまわりの農家の人たちが総出で取引に来るのだろう。けれども今日のような日は、村に圧迫感を覚えた。まるで悲観主義者と否定論者で占められているかのようだ。舞踏会が必要なのはまさにこんな場所ではないだろうか。

キャリーはようやくバトンの店に着いた。厳密に言えば、バトンが引き継いだと思われるマダム・ロンゲットの店だ。長い客の列ができていて、キャリーは狼狽《ろうばい》した。今回は自分のために海が分かれることもない。田舎でさえ、流行はかなりの重要事項らしい。

ところがバトンはすぐにキャリーを見つけ、助手を呼んで、レース選びで迷っているらしい恰幅《かっぷく》のいい女性の相手を代わらせた。キャリーは美しく着飾った助手に気を取られた。今まで会った中で一番きれいな青年だ！　エリーが隣にいればよかったのに。

「彼はカボットといいます」バトンがキャリーの耳元で告げた。「口を閉じて。あなたは既婚者ですよ」

キャリーは喉を鳴らしてまばたきし、それから今朝アンバーデル村で不愉快な冒険をするに至った急用を思いだした。バトンに向き直って手を握る。「ミスター・バトン、誰かがわたしを殺そうとしてるみたいなの！」

キャリーは気づくとマダム・ロンゲットの黴くさい居間で濃い紅茶のカップを手に、バトンの注目を一心に浴びていた。

「そうした出来事をご主人に話しましたか？」

キャリーは肩をすくめた。「ええ。わたしが頭がどうにかしたか、子どもじみているると思っているみたい」それから身震いする。「蛇の話なんてでっちあげだと！だからあなたのところに来たの。誰かに……頭がどうにかなってなんかいないと言ってほしくて」

バトンは椅子に深く腰かけてキャリーを見つめ、頭を傾けた。「今、話したことに少しでも誇張はありますか？」

キャリーはあきらめて目を閉じた。「あなたも信じてくれないのね」

手首をぴしゃりと叩かれて目を開けると、驚いたことにバトンが眉根を寄せてキャリーを見ていた。

「幼稚な真似はいけません」バトンが厳しく諭した。「話は信じていますよ。ただすべての事実を確認しているだけです。木のあいだにいた男についてもう一度聞かせてください。本当にあなたが言うほど大きかったんですか？」

キャリーはレティキュールの飾り房をつまんだ。「本当はさらに大きかったわ。そう言うと……正気じゃないと思われそうだったから」

「また見かけたら、その男だとわかりますか？」

キャリーは眉をひそめてバトンを見た。「そんなの簡単よ。これまで見た中で一番大きな人だったもの」

バトンのいたずらっぽい顔が一瞬だけ、ほんのわずかに……ぞっとするほど冷たく見えた。ポーターがときおり見せる表情によく似ている。普通の人が正気と呼ぶ瀬戸際に彼が立っているようなときだ。キャリーは警戒心を抱いた。わたしは危険な人にばかり遭遇している……。

小柄なドレスメーカーはにっこりし、キャリーのばかげた考えは消え去った。バトンはキャリーの手をやさしく叩き、満足げに目を合わせた。「もし何かあったら、すぐにわたしのところに来るんですよ。わかりましたか？」

キャリーはとたんに気持ちが軽くなった。実際には何も変わっていない。彼女が何に巻きこまれているのかはわからないままだ。けれども親身になって耳を傾けてくれる人がいるということは、ときに手を差し伸べてもらうのと同じくらいありがたい。女性にはたまに話を聞いてくれる人が必要だ。

店に入ろうと群がる女性をかき分けて外に出ると、扉のそばにベトリスの姿を見つけた。

ベトリスは気軽に声をかけてくれたが、多少遠慮がちな態度だった。無理もない。店じゅうの人の目がふたりに注がれているのだから。

「舞踏会の買い物に来たの？」

ベトリスがうなずいた。「今朝、招待状を受け取ったわ。本当に字が上手なのね」

キャリーは天使のように美しいカボットに目をやった。カボットがカウンターの後ろから完璧な眉を片方あげてみせる。「ええと……来てくれると聞いてうれしいわ。ヘンリーも楽しみにしてくれているかしら？」

ベトリスが視線を落として手袋をたたんだ。「もちろんヘンリーもほかの農場関係の人たちと一緒に喜んでお邪魔するわ。ダンスをするとは思えないけど」

キャリーは笑った。「ポーターが踊れるなら、ヘンリーだって踊れるはずよ」このざわついた中に響き渡るくらい大声を出してしまった。ざわめきが一瞬で不可解な沈黙に変わる。店内のあちこちから大きく見開いた目を向けられ、キャリーは標本箱の昆虫のように釘づけにされた。唾をのみこんで笑顔を絶やすまいとする。ひそひそ話が一気に再開した。先ほどよりも大音量だ。

ベトリスでさえキャリーを凝視している。「ローレンスが出席するの？　踊るって、村じゅうの人の前で？」

さあ、どうかしら。「もちろん踊るわよ！」わたしはジャマイカにでも逃げたほうがいいかもしれない。「本人の舞踏会《イット・イズ・ヒズ・ボール》よ、なんといっても《アフター・オール》」ああ、神様、韻まで踏んでいる。「女性全員と踊るはずよ！」お願い、誰かわたしを止めて。

カボットがすぐそばにやってきた。「お話し中、失礼します。ご注文の小枝模様の服についてですが、縁につけるリボンはどちらをお好みですか？」

カボットの大きくて優雅な手のひらには、ほとんど同じ淡い緑のリボンが並んでいた。頭が真っ白になるほど動揺していたキャリーは震える手を振り、カボットのおすすめらしいほうを選んだ。カボットは息をのむほど魅力的な笑みを見せ、一礼して立ち去った。

キャリーが振り向くと、驚いたことにベトリスは人ごみにまぎれていた。正直なところ、ほっとした。屋敷に戻ったら、勝手に暴走するこの口に厳しく言い聞かせなければ！

その場をそそくさと逃げだして鍛冶屋の前まで半分戻ったところで、淡い緑の縁取りがされた小枝模様の服など注文していないことに気づいた。ありがとう、カボット！


カボットが居間に入ると、主人がぼんやりと紅茶をスプーンでかきまぜていた。バトンが一度も砂糖を入れたことがないのを充分承知しているので、主人の〝熟考〟中は敬意を持って沈黙を守った。

そのうちバトンがかきまぜていた手を止めてカップを口に運んだ。それから音をたてて受け皿に戻した。「事態が完全に手に負えなくなる前に行動に出なければ」

「はい、そのとおりです」

「こうした任務に就く者は予想外の出来事に対処できるよう準備しておくべきだ」

「はい、同感です」

「かわいそうなあの娘をひとりで宙ぶらりんの状態にしてはおけない。あれでは秋の木の最後のひと葉ではないか！」

「すばらしいたとえです」

「援軍だ。必要なのはそれだ！」バトンは手をこすりあわせた。「カボット、急いでわたしに――」すぐそばにトレイが現れた。ペンとインクとポーターの舞踏会への招待状の束がのっている。バトンは目を輝かせた。「きみがいなければ、わたしはどうすればいいんだ？」

「見事にやってのけるでしょう。いつものように」


ベトリスは走って角を曲がり、教会の敷地に入ると足を止めた。痛む腹部に片手をあて、陽光であたたまった教会の壁にもたれてちくちくする目を閉じた。

なんなのよ。くそっ。くそっ。

ベトリスはレディだ。レディは決して教会の敷地内で悪態をついてはならない。心の中でさえも。そう思わずにいられなくても！

〝女性全員と踊るはずよ！〟

いまいましいキャリー！　ここ数年、ベトリスはようやくアンバーデル・マナーの女主人になれるのではないかと本気で思いはじめていた。村のみんなもそう思い、事実上の領主夫人として接してくれた。ベトリスは村人の面倒を見て、話を聞き、延々と続く口論をおさめたり、病気の子どもにスープを届けたりした。手袋をはめたこぶしを背後の石壁に叩きつける。この教会にも日曜日ごとに花を飾っている！

ところがあの憐れな、半分頭がどうにかなった死にかけのローレンスは、みんなが決めつけているほど具合が悪くも常軌を逸してもいなかった。

キャリーは生意気にも有頂天になってローレンスを信じているようだった。まるで恋する乙女だ。頼めば相手がなんでもしてくれると知っている。生きることさえも。

「手を痛めたな」

ベトリスは驚いて背筋を伸ばし、目を開いた。すぐそばにアンウィンが立っており、太った顔が心配そうに翳っている。ベトリスは視線を落とし、自分が痛めた手をもう片方の手で抱えていることに気づいた。手袋は片側が裂けて、その下のすりむいた手から血が滴っている。

壁を叩いたのは一度きりではないらしい。

不満と怒りで涙がにじんだ。ベトリスは涙を止めようとはしなかった。アンウィンはわかってくれる。怒っている自分を見てもばかにしたりしない。怒りがどんなものかは、彼も身をもって知っているからだ。

キャリーは上機嫌で村を出て、砂埃にまみれながら注意深くサリーを疾走させた。

サリーにはサラブレッドの血が流れているらしく、全速力で走りたがった。この馬にゆっくりとした歩調を保たせるのはかなり難しい。キャリーはアンバーデル村から距離を置きたかったものの、気づいたらスコットランドまで来ていたというのはごめんだった。

川沿いに幅広の道が走っていた。四輪馬車の道から続いているのだろう。そこがすてきな乗馬道となってキャリーは馬に乗るのを存分に楽しんだ。村での緊張がはるか昔に感じられた。サリーも同じ調子で走ることに飽きたようなので、テンポよく歩く程度に速度を落とした。

キャリーは両手の力を緩めて指をほぐした。定期的に乗馬をしていたのはずいぶん前の話だ。乗馬がたまらなく好きだったわけではなかった。ワーシントン家の馬は少々……年老いていた。どの馬も若者を乗せつづけてきたので、鈍感で速度が落ちていた。励ましにも無関心で、砲火以外のものには反応しなかった。

そのためサリーがいなないて勢いよく横に飛び、それから高く跳ねたとき、キャリーはまったく無防備の状態だった。体が鞍から飛びあがり、そのあと落下しながらサリーがどこにもいないことに気づいた。

最期の言葉にしてはすばらしいとは言えないが、サラブレッドのサリーの背中から固い地面に叩きつけられるまで、かなりの距離を飛んでいるあいだに考えられたのはこれだけだった。痛そうだ。

そのとおりだった。

レンはフードを引きさげ、思わぬ方向から風が来てもめくれないようにして、村の目抜き通りにゆっくりと馬を走らせた。こっそりこちらを盗み見る視線をあちこちから感じた。鼠を見るような、歓迎していない視線だった。

大男を見つけようとしたが、努力もむなしく、橋を越えてもとの場所に戻ったときには、三十分経っても姿を見せないキャリーにしびれを切らしていた。彼女はすでに通り過ぎたのだ。そうに違いない。

レンは確認せずにいられなかった。苦々しい思いの重みで肩が引きつるのを感じながら、まっすぐ屋敷に帰ればよかったと後悔した。キャリーはここにはいない。彼女の鹿毛の馬もどこにも見あたらない。キャリーはさっさと用事をすませたのだろう。それについて文句は言えない。ここの人々はこんなに険しい顔で彼女と接するのか。まさかそんなことはないだろう。キャリーの陽気な振る舞いと率直で友好的な態度は、こんな不愛想な村人にでも受け入れられるはずだ。

本当にそうなのか？　キャリーは一週間もしないあいだに三度ここを訪れているが、毎回できるだけ早く村を出ているように思える。女性同士で無駄話をしたり、ベトリス以外の人からお茶に誘われたりもしていない。新しい領主夫人に親切に声をかける者はいないのか？

明らかにいないらしい。レンはショウガの砂糖漬けの失態を思いだした……それから彼女を地下貯蔵庫で発見したときの自分のむっつりとした態度を。自分は村の男たちの前ですら態度を改めなかった。

結婚してからのキャリーの不幸せを思うとみぞおちが冷たくなった。彼女にはレンが頭がどうかしたかに見えるだろう。欲望にのみ傾倒し、たびたび叱りつける男。愚かだが愛すべき家族——あの腹立たしい集団——と引き離され、夫が邪悪で極悪非道だという噂のせいで新しい友人を作ることさえできずに完全に孤立している。キャリーにとっては最悪の地獄に違いない。彼が作りあげた、壊れた真珠のネックレスで縛りつけられる地獄だ。

レンはくぐもった悪態をつき、馬の向きを変えて村の道をまっすぐに全速力で走らせた。犬は慌てて走り去り、歩行者はすばやく道を空けた。

屋敷に戻っても状況はまったく変わらなかった。キャリーが屋敷に帰ってきたところで、自分は彼女への切望と憤慨が入りまじった思いで激怒するだけだ。キャリーの魅力から、どこまでも甘く欲望をかきたてるローズマリーと塩気をほのかに残した体から、逃れられる場所は地上のどこにもない。

18

キャリーは道の真ん中で仰向けに横たわり、午後の空に集まる雲を見つめていた。太陽はいつ姿を消したのだろう。

頭が痛んだ。頭から落ちたのだろうか。意識を失っていたとは思わないが、もしかすると少し……意識が混濁しているかもしれない。両手をついてゆっくりと体を起こし、子どもの人形のように座った姿勢を取った。しばらくぼんやりとスカートを見ているうちに、膝までめくれていることに気づいた。キャリーはぎこちない手つきで下に撫でつけた。

そう、たしかに意識が混濁している。

サリー。慎重に首を巡らせてみたが、馬はどこにもいなかった。行ってしまった。おそらく自分の厩舎に帰ったのだろう。それはいいことだ。乗り手なしで馬が戻れば、人は心配になるだろう。ポーターや……ベトリス。そしてベトリスの夫が。キャリーはすりむけて汚れた手のひらを長いあいだぼんやりと見つめ、それから思いだした。ヘンリーだ。

ポーターとベトリスとヘンリーが、愚かなサリーが誰も乗せずに戻ったのを見て、愚かなキャリーの救助に駆けつけてくれるだろう。

誰かが来てくれる。

救助されるのはいいことだ。それは間違いない。癪に障るけれど、いいことだ。とはいえ、こんなふうに捨てられたおもちゃみたいに土の上に座って待っている必要はない。

両手と両膝をつくまではうまくいった。徐々に頭が冴えてきた。今は頭がずきずきするのがはっきりわかる。それに立ちあがろうとすると足首に、吐き気を催すほどのまぎれもない痛みを感じる。

注意深く足を引きずって道の端まで移動し、倒れた丸太を支えに休んだ。切り株に悠然ともたれているところを発見されるほうが、道の真ん中でぶざまに手足を広げているよりも見苦しくない。

そよ風が吹いてキャリーのそばで渦を巻き、道の落ち葉がくるくると舞った。キャリーは身震いした。いつの間にこんなに寒くなったのだろう。

片手で半分目を覆いながら、雲に隠れた太陽をしばらく見あげて考えた。村を出たのは昼前だった。今は午後のかなり遅い時間だ。橋から下流へは十五分ほどしか走っていないということは、サリーの長い脚と競走馬の速度をもってしても……つまり……。

かなり長いあいだ朦朧としていたに違いない。一時間？　もっとだろうか？　そろそろ誰かが捜しに来てもいい頃だ。実際、発見できるくらいの時間はあったのではないだろうか。

ここに座って待つこともできるが、ウールの上着しか羽織っておらず、服は地面に寝そべっていたせいで湿っている。風が強くなってきた。空もどんどん暗くなり、北東のほうはかなり黒い雲がかかっている。ここに来た最初の夜に橋が浸水した嵐を思いだした。ひとりきりで怪我をしてまともに歩けない状態で道に迷いたくはない。

ポーターが来てくれる。

そうだろうか？

実際は……助けに来てくれるかどうかわからない。彼はとても怒っていた。梯子のこと、地下貯蔵庫のこと、ショウガの砂糖漬けのことで……。どの時点で妻に見切りをつけるだろう。

以前にも何時間も屋敷を空けて村に出かけ、ベトリスを訪ね、野花のあいだを散歩していたので、好きな時間に帰ってくると思われて当然だ。

キャリーは深々と悲しげにため息をつき、まぎれもなくひとりなのだという結論に達した。

ひとりぼっち。

当初考えていたほど楽しくはない状況だった。


レンは書斎の暖炉の火から視線をあげて、窓をガタガタと鳴らす風に眉根を寄せた。久しぶりのひとりでじっくり考える時間を楽しんでいた。村人がじろじろ見たり、にらみつけたりしてきたさまを振り返った。あそこまで悪化した関係をなぜどうにかしなかったのだろう。キャライアピ・ワーシントンが裸に近い格好で自分の人生に軽やかに入りこんでくる前に。

キャリーが馬で帰ってくるにしては、あまりに時間がかかっている。屋敷の中はひっそりと静まり返っていた。彼女がせわしなく動きまわったり、床を掃いたり、ばかげた品のない歌を半分しか聞き取れないくらい小声で歌ったりしていないからだ……。

調理をするおいしそうなにおいも今日はしない。骨董品《こっとう》の花瓶に入れると言って譲らない草はしおれている。屋敷の中がどんどん冷えていく。まるでキャリーがもう戻らないかのように……。

砕けた梯子。毒の入ったショウガの砂糖漬け。なぜかつっかえて開かなかった地下室の扉。毒蛇の巣。丘の上の邪悪な影。

ひやりとした恐怖がふいにはじけてみぞおちが凍りついた。

キャリーの言うことは正しかった。

レンは馬に乗って風の中を一時間近く走り、キャリーが以前スケッチに行った場所をまわった。彼女の姿はどこにもない。鉛筆の削りかすさえもない。

ヘンリーの鹿毛の暴れ馬で気づかないうちに遠くまで行ってしまったのか。アンバーデルの領地は一辺は川で仕切られているが、残りの三辺は古い石塚がいくつか目印としてあるだけだ。今頃、別の州に迷いこんでいるのかもしれない。

レンは馬に合図をして丘の上で足を止め、あらゆる方向に目を配った。いらだちながら外したフードを修道士の頭巾《カウル》のように首から垂らしたまま、薄れゆく光に目を凝らした。夕暮れにはまだ早いが、北東から黒い雲がわき起こり、夕刻を夜に変えていた。明るい毛色の馬を見つけられない。キャリーの淡い色のモスリンのドレスも、赤褐色の上着も。

馬は少々若いが、よく調教されているように見えた。まさかヘンリーが危険な馬を女性に貸すはずはないだろう。

しかしキャリーはずっとロンドンで暮らしていた。都会の道で出くわす危険と田舎で馬に乗る危険とは違う……。それに例の大男のことも考えなければならない。もしキャリーがなんらかの理由で落馬したなら、馬は今頃戻っているだろう……。

アンバーデルではなく、スプリンデルに。

レンは悪態をついた。手綱を引いて馬を反転させ、全力で疾走させた。スプリンデルまでは五キロ近くあるが、大きな馬の歩幅ならあっという間だ。三十分もしないうちにレンはヘンリーの厩舎の前庭で息を切らした馬を止めた。目をみはっている馬番に手綱を投げて初めて、フードをかぶっていないことに気づいた。好奇心で口をぽかんと開けている馬番を意に介さずフードをかぶり直したところで、ヘンリーの妻のベトリスがスカートの裾をあげ、切羽詰まった不安げな顔で家から走ってきた。

「彼女は大丈夫なの？」

レンは心が沈んだ。「ここにいるかもしれないと思ったんだが」

ベトリスがかぶりを振った。「いいえ、今朝、村で会ったきりよ。ちょうど今、サリーが戻ってきて、手綱が切れてキャリーの姿がなかったの」両手で顔を覆った。「ああ、もし彼女に何かあったら……ヘンリーに馬を貸すよう言わなければよかった。キャリーがあの馬を気に入ると思って、とてもかわいい馬だから……」

レンは三年も近所にいながらベトリスについて何も知らないことに気づいた。この女性はキャリーを本気で心配しているようだ。

「馬はどの方角から戻ってきた？」

ベトリスが指で示した。「西の牧草地の向こうから。川の方向よ」

レンは首を振った。「橋の付近はすでに確認した。彼女はどこにもいなかった」

ベトリスが顎の下で両手を握りしめた。動揺しすぎていて、強まる風に束ねた髪がほつれてきているのを気にかける余裕もないらしい。「数分前にヘンリーがキャリーを捜しにそちらの方向に向かったわ。わたしはあなたに知らせるためにジェイクスをアンバーデルに行かせようと思って出てきたの。彼を一緒に連れていって」

レンは今一度馬にまたがってうなずいた。馬番が走らせるのに最適な、すでに鞍をつけた馬を引いて出てきた。レンが自分の馬の手綱を操ろうとしたとき、ベトリスとレンに使用人のジェイクスが妙に意味ありげな視線を交わすのが見えた。ベトリスがレンに向き直った。「わたしはアンバーデル・マナーに行っておきましょうか？　キャリーが戻ってくるかもしれないから」

レンは短くうなずいた。いい提案だ。「ありがとう」

ジェイクスと歩調を合わせて馬を走らせながら、ふくらむ不安から気をそらそうと、長いあいだベトリスとの会話を避けてきた理由に思いを巡らせた。彼女はとてもいい人らしい。


キャリーは自分に決めごとをした。十歩進むごとに十数えるだけ休憩する。十歩進んで、十休む。彼女は川に沿ってサリーのひづめのあとをたどっていった。川に沿って行けば道に迷うことはない。そうして進めば、十を繰り返し数えることに全神経を集中できる。

脇の下にサイズの合わない松葉杖代《づえ》わりの丈夫な枝をあててよろめきながら進むうちに、少なくとも体はあたたまってきた。さほど大変ではなかったが、そう思えたのも冷たい風が吹いて薄いスカートに入りこみ、寒さで手がかじかむまでだった。

十歩進んで、十休む。

ときどきこの繰り返しに変化を加えて、彼女を顧みなかったポーターに仕返しをする十通りの方法を考えたりもした。人を刺す蟻を下着の中に入れる。ベッドのシーツに毒蛇を忍ばせる。毒入りのショウガの砂糖漬けを食べさせる。

想像力が豊かなきょうだいが七人もいると、かなりの種類の仕返しが思い浮かぶ。ズボンの縫い目をほどいておく。鞍の下にクリのいがを置く。

屋敷の鍵を換えてしまう。

絨毯の上でうめかせ、声をあげさせ、震えさせる。これがキャリーのお気に入りだ。毎晩のように自分だけがのぼりつめて粉々に砕け散るばかりでうんざりしてきた。いや、本当はうんざりしていない。ありがたく思っている。けれども欲望でまったく無力になるとはどういうことか、ポーターだってそろそろ知ってもいい頃だ。

おそらく人を刺す蟻を試す前にこちらを試したほうがいいだろう。蟻に刺されると、ふくれあがることが多い――ふくれるのが好ましくないところが！

十。十。

どんどん体が冷えてきたが、それほど進んだとは思えない。サリーはかなりの距離をゆっくり走っていた……何キロも？　まさかそんなには……でも、馬ならひと走りで相当な距離を進む。しばらく走らせたということは……馬は一時間に三十キロは走れるだろうか？　つまり、おそらく一時間の四分の一は走っていたから……つまり二十五分走っていたということで、いいえ、待って、二十五は百の四分の一じゃない……一時間は六十分だから……。

頭が痛んで数字を覚えているのが難しかった。数字が踊り、一緒になって飛び跳ねて、数字が履いている靴を覆う短いトゲトゲが小さな稲妻のように光って……。

十。十。

「わたしは」一歩。「暖炉の前に座りたい」一歩。キャリーは声に出した。「わたしは」一歩。「お風呂に入りたい」一歩。脇の下にあてていた枝の端が痛みとともに食いこんだ。「枕が欲しい！」一歩。「お茶が飲みたい！」一歩。

母さんに会いたい。

自分を憐れむ大粒の涙が頬を伝った。涙は流れるままにしておいた。とっくに降参して大声で泣いてもいい頃だ。いまいましいポーター、いまいましい埃だらけの屋敷、いまいましい失礼な村人、いまいましい冷え冷えとしたコッツウォルズ！

でも……コッツウォルズは大好きだ。何か別の腹立たしいものを考えなければ。

サリー。サリーは嫌いだ。それに今はベトリスとヘンリーにも腹が立つ。あんな愚かな馬を貸すなんて。でもサリーは愚かな馬じゃない。とてもいい馬だ。

何かがサリーを脅かしたのだと今、気づいた。梯子を倒し、地下室の扉を閉めたのと同じ何かが。

ショウガの砂糖漬けは違うだろう。くだらない砂糖漬けのことは考えないほうがいい。

謎について考える時間はたっぷりある。距離のことも、計算のことも、サリーの純血種の長い脚のことも。それにポーターは自分がいなくても寂しくないらしいという事実についても。

川に向かったヘンリーの姿はどこにも見あたらなかった。レンが草の茂った川岸をおりて古い船引き道に向かう頃には、いとこのことはすっかり忘れていた。目の前の湿った道に深く食いこんだひづめの跡があった。一対はかなり華奢で、手入れされた蹄鉄《ていてつ》の跡が際立っている。

「サリーのものでしょう」ジェイクスがうなるように言った。

もう一方は大きく、蹄鉄を打たれていない家畜のひづめの跡だ。低地にはすきを引く馬が百頭ほどいるが、このひづめの跡にはかなり大きな亀裂が走っている。

「これでは足を悪くしますね」ジェイクスが憂慮するように顔をしかめた。「かわいそうに」

大きいほうのひづめの跡はサリーの足跡に重なっていた。どちらも川上へ、道の先へと続いている。レンは地面に視線を据えたまま、馬をゆっくりと走らせた。二頭の馬が走った跡をたどるのは難しくはなかった。

追いかけていたのか？

すき引きの馬の跡は深く、重い馬と重い乗り手を示唆していた。

丘の上の大男の影。

家畜の老いぼれ馬に乗るとはあの男らしくない。だが、それ相応の理由があるのだろう。過去の関係者が思いもよらない復讐の手段として妻を標的にすることがありうるだろうか？　しかしなぜ？

レンは馬を駆った。急がなければという気持ちがふくれあがってくる。いやな予感がする……。

最初の冷たい雨粒がうつむいていたうなじを打ったとき、キャリーは足を止めて空を見あげた。「意地悪する気ね」

それから雨脚が強くなり、上空で雨が氷になった。

「まあ！」キャリーはよろめきながら道の端に寄り、枝の杖を引きずり、最後には四つん這いになった。モスリンの昼用のドレスではなかなか進めない。わたしのちゃんとした服はどこなの、兄さん？　草の生えた土手にのぼり、背の低いヤナギの木を心もとない避難場所にする。すっかりうろたえて震えながらうずくまり、目の前でハシバミの実ほどの白い雹《ひょう》が跳ねる様子を見あげた。

雹は川に落ちて石が飛びこんだような大きなしぶきをあげ、水面をかき乱している。キャリーが視線を遠くに向けたとき、あの男が見えた。

黒い影になって土手の反対側に立っている。キャリーは身を縮めて小さな木の裏側に這っていった。ショックで人影から目を離せなかった。

大男が黒っぽい服を着て型崩れした帽子をかぶり、こちらをまっすぐに見つめている。容赦なく叩きつける雹に身じろぎもせずに。

19

レンは雹と刺すような雨の中を必死に駆けていたせいで、それを見逃しそうになった。あそこに、道の向こうに、枝で書いたような線がある。それは馬とすき引きの馬の跡を横切って刻まれている。レンはいななく馬を手綱を引いて停止させ、鼻先を細い道のほうに向けて線がある場所まで引き返した。ジェイクスも数分遅れてついてきたが、離れた場所で控えめに待っている。

レンは馬からおりて膝をつき、その線を観察した。線は不自然だったが、それから先はもっと不自然だった。小さなくぼみが続いているのはひとりの足跡だろうか。いや、反対側に穴がある。道に沿って棒が食いこんだ跡か？　小柄な女性が杖をついている？　あるいは松葉杖を。

キャリーは怪我をしている。

心配のあまり、みぞおちが締めつけられた。奇妙な線をたどって道の端まで行き、たっぷり水分を含んだ草地から川岸へと続く引きずるような跡を追った。誰かが土手をよじのぼったのだ。

踏み固められた道は丘の中腹にある小さなヤナギの木へと続いていた。その若いヤナギの枝は背の高い草をわずかにかすめていた。絡んだ小枝のあいだから、何やら白っぽいものが見えた。泥だらけのモスリンが積み重なっている。

レンはそばに寄り、奥にキャリーを見つけた。幹の一番端で丸くなっていた。服と上着と顔に泥がべったりついている。

「キャライアピ?」

キャリーが目を開けた。「ああ、あなたなの」少しだけ上体を起こす。「結局来てくれないのかと思ったわ」

「すまない。捜しはじめるのが遅かった」

キャリーがレンを見て目をしばたたいた。「また考えごと?」気のないそぶりで訊いた。

そのとおり、ぼくは有罪だ。レンはぼんやりとうなずいた。「残念だが、そのとおりだ」

「わかっていたわ」キャリーが身を震わせた。「本当に時間の無駄よね、考えごとなんて」

レンは彼女の言いたいことがわかってきた。キャリーの手を取ると、氷のように冷たかった。レンは彼女を腕に引き寄せて軽々と持ちあげた。

「お風呂に入りたいわ」キャリーが力なく言った。

「ああ、そうだろうな。泥の化け物と格闘したみたいだぞ」

「わざとつけたのよ」

「なんでまた？　泥のせいで姿がほとんど見えなかった」

「それが目的よ」キャリーが川向こうの一点に視点を据えた。レンがそちらを見たときには誰もいなかった。


レンはキャリーを抱えて全速力でアンバーデル・マナーに戻った。ジェイクスを庭に残して馬を託し、彼女の部屋へと駆けあがる。そこにはベトリスがいて、湯気を立てる手桶の湯を小さな銅製の浴槽に注いでいた。

「農夫の手を借りてお湯をここまで運んできたの。気に障らなければいいけれど。まあ、大変、キャリー。早く浴槽の中へ！」

「ぼくが面倒を見るよ、ベトリス。でも、ありがとう」

ベトリスはしばらく呆然とレンを見つめた。それから少し勢いをなくし、背景に溶けこんでいくかのようにいつもの控えめな彼女に戻った。「当然だわ、ローレンス」ベトリスが部屋を出て扉を閉めた。レンはキャリーを片足で立たせ、濡れた上着をすばやく脱がせようとした。水分を含んだウールの上着は脱がせにくかった。キャリーが弱々しくレンの手を叩く。

「だめよ、服が伸びてしまうわ。ほかのは持っていないんだから」

レンは手を止めた。持っていない？　張りついて離れない濡れた上着の袖を抜きながら、この一週間にキャリーが着ていた服を思いだそうとした。

青い服があった。それから白っぽい服も。アイボリー、女性たちがそう呼ぶ色だ。それが汚れてだめになった、今、着ている服だ。

「ここに来たとき、何も持たずに旅をしていたのか？」

キャリーがまばたきをした。「最初の夜にほとんど全部、川に流されて失ったの」

「知らなかった」

「訊かなかったから」

ぼくはこの女性も失いつつある。「ほかの服はないのか？」

キャリーが疲れたようにため息をついた。「そう思うわよね」

レンは彼女が服を持っていないことにも気づいていなかった。「それならすぐに新しい服を注文すればいい。村にはドレスメーカーがいる」ドレスを持ちあげて頭から脱がせた。

「よかった……」キャリーの声がくぐもった。それから頭を出した。「これで事後承諾をもらったってことね」

レンは眉をひそめた。「つまり、すでに注文したのか」

キャリーが濡れたシュミーズのまま震えている。「請求書があなたのもとに届くけど、びっくりしないでね。ミスター・バトンは結構押しが強くて」

ドレス数着の支払いくらいなんでもない。レンはかがんでキャリーを抱えると湯気を立てている浴槽にシュミーズごと入れた。

「きゃっ！」

レンが顔をしかめる。「熱すぎるか？」

「ええと、熱くないわ」

キャリーの色白の肌はピンクに染まりつつあり、ぬくもりを味わっているようだ。レンは浮いているシュミーズの裾をつかんで頭から脱がせた。キャリーは何も着ていない状態になった。

「ほかには？」レンは眉根を寄せた。「パンタレッツははいていないのか？」キャリーは目を閉じたままだった。恥ずかしがっているのか？　そのときレンの脳裏に彼女のパンタレッツを剣で切り裂いた、血がわき立つ記憶がよみがえった。ああ、そうか。なるほど。

それから別のことにも気づいた。「コルセットはつけないんだな」

キャリーが顔をそむけた。「不健康だって母が言うから」

「同感だ。きみの体に矯正は必要ない」

キャリーが驚いて体を引いた。「褒めてくれたのは初めてね」目をしばたたいている。「それにこれって、わたしたちが交わした一番長い会話だわ……いずれにしても、最終的に剣で勝負をつけることにはならなかった」

レンはキャリーの頭の上から手桶で湯をかけた。キャリーが息を止め、また吐いた。

「心配しないで、たぶんすぐにむっつりと口をつぐむようになるから」

顔にかかる髪を後ろに払ってしかめっ面をした。「死とは静寂なり」彼女が脅かした。

レンはもう少しでキャリーにキスをするところだった。そんなつもりはなかった。ただ彼女がふるいつきたくなるほどいい女で、びしょびしょに濡れていて、片方の頬に泥がついたままで、熱で肌がまだらに赤くなっていて、胸が泡だらけの浴槽に誘惑するように浮かんでいるからだ。

キャリーにキスをしたい。まさにそうしようと体を傾けたところで、自分がフードをかぶったままであることを思いだした。キスをするのにフードは邪魔だ。それは間違いない。それにひどい傷跡もおそらく邪魔になるのだろう。

キャリーはベトリスがどこからか見つけてきた海綿で手や腕や首をこするのに忙しかった。「石鹼よ！　ちゃんとした石鹼が恋しいわ！」

レンは目をしばたたいた。「ぼくはきみが使う塩が好きだが」

キャリーが目をくるりとまわした。「ここに来て一週間ほど経つのに、見つかった石鹼といえば床の汚れを落とすのに使ったざらざらした灰汁《あく》の石鹼だけ。ちゃんとしたお風呂用の石鹼が欲しいの」

たしかに石鹼があれば入浴も簡単になるとレンは認めざるをえなかった。だったらそう言えばよかったのに。自分はキャリーの肌からにおい立つローズマリーの香りを恋しく思うようになるだろう。もしかするとロンドンでローズマリーの石鹼が見つかるかもしれない……なんのために？　それが見つかる前にキャリーは去っているだろう。

現実を思いだし、レンは立ちあがって袖をおろした。「ゆっくり風呂に入るといい。気分もよくなったみたいだから。貯蔵室にパンとチーズがあるはずだ。きみの部屋の扉の前に置いておこう」

キャリーが眉根を寄せてレンを見あげた。いつもと同じくフードを通して直接見ているかのようだ。「今夜はどうするの？」

レンは頭を傾けた。「きみはひどく疲れているだろうし……それに足首も……」

「まあ、そんなこと」キャリーが泡のついた手を振って、レンの泥だらけのブーツに大量の石鹸水を飛び散らせた。「これよりもっとひどい経験をしてきたのよ。一度なんてザンダーが競争に勝ちたいからってポニーの馬車の後ろに中国産の花火をつけたことがあったわ。二月の半ばだったんだけど、わたしの馬が怒ってわたしをハイド・パークのサーペンタイン池に放りこんだの。氷を突き破って池に落ちたわ。でも、サーペンタイン池は深くないのよ」真剣な顔で告げた。「わたしは池の底を蹴って、水面から顔を出した。兄がザンダーをロープ代わりに使って引きあげてくれたの。母はこれっぽっちも知らないけど」彼女はにっこりした。「だけど、兄がザンダーを改心させたわ。弟は一週間もクッションの上に座らされたんだから！」

「デイドは弟を叩いたのか？」

「まさか、そんなことはしないわ！　兄は二輪馬車からばねを全部取ったの。リオンも手伝ってね。あの子は機械に関することならなんでも得意だから」

「人に害を及ぼすこともだ」レンは小声で言った。「つまり、きみはこんな状態でも……」

キャリーがきっぱりと言った。「ええ、そうよ。それがわたしたちの取り決めでしょう？」

彼女は真珠が欲しいのだ。それはそうだろう。さっさと真珠を手に入れれば、それだけ早くぼくを過去のものにして去っていける。ポニーの小型二輪馬車や中国産の花火と同じ、ひとつの冒険譚のように。

自分はキャリーが欲しい。

キャリーはここを去りたい。

彼女はそのまま出ていってもいい。それを知るべきだ。レンにキャリーを止めるすべはない。横道にそれた妻を力ずくで連れ戻す夫もいるだろうが、キャリーをここに閉じこめるつもりはレンには毛頭なかった。真珠など、自分にとっては無意味だ。失うもののない男が提案した非道な取引にすぎない。

レンは唐突にキャリーに立ち去ってほしくなった。今、去ってくれれば、彼女の体や声や、大きなハシバミ色の目や、明らかに変わったものの見方にこれ以上執着せずにすむ……。

シャツとベストがびしょびしょになるのもかまわず、レンは両腕を浴槽に入れてキャリーを抱きあげた。ベトリスが火をつけてくれた激しく燃えている石炭の前の絨毯におろすと、蠟燭を吹き消して花嫁の前に立った。キャリーは痛めた足首をヒップの下に隠すようにして座り、背筋を伸ばしてレンを見ている。ふたりを照らすのは燃えている石炭の明かりだけだった。レンは濡れたベストのポケットにしまいこんでいた真珠を取りだした。「ぼくの望みがわかるかい?」

「ええ」キャリーが憂いを帯びた顔でしばらくレンを見つめた。「あなたは?」

それから彼女は目を閉じて両手をゆったりと後ろにまわし、口を開いた。レンは真珠をキャリーの舌にのせて、口を閉じる彼女の唇を指先でたどった。キャリーのキスを知ることは一生ないのだろうか。もしそれを知れば、彼女を解放できるのか?

レンは濡れた服をすばやく脱いで、積みあげた汚れた服の上にフード付きのマントをのせた。腕と首に残っていた泥をぬぐい、初めて何も身につけずにキャリーの前に立った。

足を踏みだすと下腹部が上を向き、彼女の甘くて無垢な口にとらえられることを思うとこわばった。キャリーは彼がどれほど野蛮な男か知るだろう。実際に野獣を目にすることになる。

「口を開けて」

キャリーが口を大きく開けた。目を閉じた状態で開いた唇にこわばりの先端を押しつけられ、困惑したように眉をひそめた。

彼女は背中で合わせていた両手をほどいて前に伸ばそうとした。

「だめだ」レンは命じた。「口だけだ」

キャリーはそれがなんなのかに気づいた。衝撃にみぞおちまで震えたが、表に出ないように注意した。ポーターも彼女に同じことをしてくれたのだ。

キャリーはおそるおそる舌を伸ばし、丸い先端に羽根のごとく軽く触れた。

ポーターが息をのむ音が聞こえた。彼女を欲している、自制を失った無防備な声だった。

ああ、これだ。すばらしい進歩だわ。

キャリーは再び舌で触れた。今度はもっとゆっくりと、もっと探索するように。

ポーターの体がぴくりと動き、呼吸が速まるのが聞こえたが、彼は先ほどと同じ声は出さなかった。

もう一度声をあげさせたい。

真珠が舌にのっていたので、キャリーはそれを使って試してみた。先端に真珠を転がし、根元に大きな円を描くように舌でマッサージした。

ほら、出た。またあの声だ。

ポーター、今、あなたはわたしのものよ。

彼のせいでキャリーはいつもせがむ声をあげ、叫び、がらんとした屋敷じゅうに響くくらい大声で無意味な言葉を口にしてきた。

ワーシントン家の人々は仕返しの意味を少しは知っている。

キャリーは口を開けてポーターの欲望の証を含んだ。なだらかな先端は突起部のようなもので終わっていた。その突起部を過ぎたところで唇をすぼめ、真珠を舌先にのせてまわりを繰り返しこすった。

もしキャリーの思い違いでなければ、ポーターがほんのわずかに身を震わせた。彼女は真珠がだんだん邪魔になってきたのでひそかに口から出して、こわばりを口に入れることに専念した。ポーターが喉の奥に押しつけてきたが、入りきらなかった。

キャリーはそろそろ状況を把握しようと思い、ゆっくりと引きだした。

「ああ、神よ！」

キャリーはかすれた叫び声に驚いて動きを止めた。今のはいいということだろうか？　もう一度ゆっくりと彼を口の中に迎え入れ、それから引き抜いてさっきの瞬間を再現しようとした。

ポーターは今回はうめいただけだった。何かが足りないのだ。次はキャリーがうっかり口を閉じたので、喉の奥から引きだすときに吸いこむ形になった。

大きな手が片方伸びてきてキャリーの髪をつかんだ。激しく速い息遣いが聞こえる。まあ。

かわいそうなポーター。のっぴきならない状況にあるのだ。

キャリーは彼のこわばりに集中した。舌を這わせたり、吸ったり、上下に滑らせたりするのをすべてすばやく行った。ポーターは息を切らして悪態をつき、もう片方の手をキャリーの髪に差し入れて、彼女がそのままの速度を保てるようにした。

キャリーは口の中を占領されたままよく考えてみた。ゆっくり滑らせたほうがいいのだろうか？　吸いこみながら。彼は喉の奥に入れたがっていたが、そのこつをつかむのに少し時間がかかった。そのかいがあってポーターが息をのみ、うめきながら彼女の名を口にした。

「キャリー」

彼にそんなふうに呼ばれたことは一度もなかった。ふいにこの行為が仕返しではなく歓びに変わった。キャリーはポーターを歓ばせたかった。昨日の夜、ポーターがキャリーを歓ばせてくれたように。あの心地よさがはじけるすばらしい感覚を、そのあとのけだるく落ちていくような至福のときを味わってほしかった。

キャリーは口をやさしく動かした。できるだけ深く受け入れ、これ以上は無理だというところで根元を両手で包み、あたためた。そう、彼を自分のものにした。

ポーターは抗わなかった。キャリーの口に含まれて理性を失い、服従を求めることを忘れている。彼の反応に自信を得て、キャリーは手のひらを大きく広げた。目を開けようとはしなかった……。命じられたからではない。誰を目にするのか、天使なのか悪魔なのかわからなかったからだ。

欲しいのはこの人だけ。

キャリーは指を大きく開いてこわばりの両側に置き、まだらに生えた毛を探った。自分のものに似ているが、ごわごわしている。それから上に向かって平らで引きしまった腹部へ。さらに下へとたどって縮れ毛がところどころに生えている筋肉質の腿へ。さらに果敢にも上に戻ってがっしりとした腰まわりに触れる。ポーターはキャリーの口に向かって腰を突きあげているので、筋肉が収縮している。キャリーは硬いヒップに両手を添え、彼をより深く迎えて吸いこんだ。ポーターがうめいた。抵抗することなど彼の頭にない。キャリーはポーターを今一度、自分の支配下に置いた。

彼のヒップの感覚に深い歓びを覚え、もう少し指をさまよわせてから男らしい引きしまった肌に指を食いこませた。自身のやわらかくて丸いヒップとは大違いだ。それからこうして探れる機会を逃すまいと、筋肉が波打つ背中に両手を滑らせた。上半身は引きしまっているが、それは地味な服が体にぴったりと合っていたことからわかっていた。

キャリーはこうしていると楽しかった。自分の口でポーターの頭を空っぽにし、そのあいだに彼に触れ、ひそかに彼の領域に侵入しているとわくわくする。こんなふうにポーターを自分のものにするのも気に入った。これは大きい。キャリーの下腹部も潤っていたが、腿をきつく閉じて火照りを和らげた。大きすぎて口と喉におさまらない。はっきりとはわからないけれど、彼女の秘めた部分は口や喉より小さいのではないだろうか？

けれどもこうした懸念にさえ情熱をかきたてられた。彼が欲しかった。完全に満たしてもらいたかった。

探索していたキャリーの指がポーターの背中に厚く盛りあがった傷跡を見つけた。三日月のように弧を描き、一方の肩甲骨から脇の下近くまで続いている。もう片方の手が別のでこぼこした星形のものと、放射線状に広がる小さめの傷跡もいくつか見つけた。

キャリーは口の動きを保ったまま、再びポーターの体の前面に両手を滑らせた。肩までは届かないが、たしかに胸の硬く平たい部分の上に、背中の傷に対応して星形に肉が盛りあがっている。

何かが体を貫いたのだ。

そのとき、口の中で張りつめたものが急にふくらんだ。キャリーは慌てて手で支えながら動きを速めた。ポーターは限界に近づいているに違いない。彼女のときと同じで、意味のない激しい声をあげている。

とうとう彼が高みに達した。キャリーは塩気のある独特の味が口の中を満たすのを感じた。

やったわ！

キャリーは目を開き、視線をあげてポーターの顔を見た。

ポーターはのけぞり、唇からかすれた声をもらしている。これではだめだ。顔はまったく見えず、隆起して畝を描く傷跡が肩にかけて、さらには肋骨《ろっこつ》の上にもあるのが見えるだけだ。

ああ、なんてかわいそうなんだろう。いったい何があったのだろうか。

ポーターがキャリーの髪に指を差し入れ、より深く突いた。震えながら塩気のあるものをさらに喉の奥にほとばしらせる。

深々と受け入れたまま、キャリーは反射的にのみこんだ。ポーターが小刻みに震えながら、大きくうめいて息を吐いた。恍惚《こうこつ》として？　そうとしか思えない。

彼から何かを奪ってしまった気がして、キャリーはすばやく目を閉じた。傷のせいで醜い体だと思っているのだろうか？　傷がついていようがいまいが、キャリーには見事な体に見えた。この口にとらわれて、ポーターの長身で引きしまった体が緊張と歓びに震えるさまをキャリーは大切に心にしまいこんだ。

髪をつかんでいたこぶしが開かれ、口に入っていたものが引き抜かれたとき、キャリーは両手をおろしてじっと座ったまま、疲れた顎を動かして舌に残った奇妙なものを味わった。

それから命じられたことを思いだし、もう一度両手を背中にまわした。真珠は絨毯のどこかに行ってしまった。あとで捜せばいいだろう。

今は笑みがこぼれそうになるのを抑え、穏やかで従順な顔をした。ポーターをいらだたせ、怒らせる顔だ。わたしの口でこの人を高みに導き、大きなうめき声をあげさせた。彼の激しい息遣いがいまだに耳に残っている。それに勘違いでなければ、少しうろたえていたようだ。

「これで……今夜はこれで終わりだ、ミセス・ポーター」

夫が寝室を出ていく音が聞こえると、キャリーの唇が弧を描いた。

今に見ていなさいよ、ポーター。

20

ベトリスはスプリンデルの玄関広間に入り、濡れた外套のボタンを外しだした。型崩れしないように注意して厨房に置かなければ。かまどの熱でひどく縮んでしまうことがあるので、頻繁に確認する必要がある。

そのうちキャリーは家政婦を雇ってこんなことをしてもらうのだろう。ローレンスが使用人に対するばかげた拒絶反応を克服できればの話だけれど。

それにしても、キャリーには敬意を表さなければならない。あの屋敷はまだ手入れが行き届いていないところがたくさんあるにせよ、本当に快適そうに見えた。少なくとも、あのふたりが使う生活空間はそうだ。床板まできれいに磨かれていて、文字どおりかなり光っていた。

実に腹立たしい。キャリーを心底憎みたいのに、どうにもそれが難しい。もしアンバーデル・マナーの新しい領主夫人が甘やかされた傲慢な女だったら、もっと簡単だったのに。

今日の早い時間に何が起こったのかを考えると、ひどく気分が悪くなる。少なくともあの頭が空っぽの馬はキャリーを殺していたかもしれないのだ！

ベトリスは浮かない考えを頭から締めだし、ヘンリーのために顔に笑みを張りつけた。濡れた外套を手にしたまま――誰も受け取ってくれる人はいない――書斎に夫を捜しに行った。

「今、戻ったわ。ジェイクスから聞いたと思うけれど、キャリーは無事に屋敷に戻ったわ」

ヘンリーはお気に入りの椅子に座り、炎を見つめていた。いつもなら心を動かされはしないもののあたたかい笑顔を見せてくれるのだが、それがなかった。

「ベトリス」

ベトリスは動きを止めた。ベティではなくベトリス――そう呼ばれるのは大嫌いだった。「何かしら？　わたし、外套のしわを伸ばさないと――」

「ベトリス、ローレンスが妻の情報を求めてここに来たとき、きみはサリーが戻ったばかりだと言ったそうだね」

ジェイクスだ。

ベトリスは無邪気に目をしばたたいた。「そんなことはないはずだけど。なんと言ったかは本当に覚えていないわ。ひどく心配していたときだったし」

ヘンリーがベトリスに向き直った。彼の顔に生気のない失望の色を見て取り、ベトリスはひるみそうになった。

「ベトリス、あの馬は数時間前には戻って厩舎に入れられていた。ぼくはサリーがきちんと戻されたんだという印象を強く持った。きみがそう思わせたんだ」

ベトリスは目を見開いてヘンリーを凝視した。「わたしはサリーが誰も気づかないうちに厩舎に戻されたと思っていたわ」

ヘンリーの目は冬の氷のごとく冷ややかになっていた。「ベトリス、一度しか訊かないから正直に答えてくれ」

頭を傾け、ベトリスは目をしばたたいて涙を押し戻した。「もちろんよ、ヘンリー。いつもそうしているわ」

「今日、ローレンスの奥さんに危害を加えたのはきみか？」

心地よい安堵が体に広がった。ベトリスは愛想よくほほえんだ。「まさか、違うわ、ヘンリーったら。なんてくだらない質問なの」

ヘンリーの怒りに忍びこんでいた疑念が消え、ベトリスは夫を再び取り戻したと確信した。彼女はかがみこんで薄くなりつつあるヘンリーの頭にキスをした。

「ゆっくりパイプを楽しんでね」

書斎を出たベトリスはほっとして大きく息をついた。ヘンリーがあの質問をあんなふうに投げかけてくるなんて！


レンは自分の寝室を歩きまわっていた。新しい寝室で、初めから使おうと思っていた、キャリーの部屋の隣にある主寝室だ。

外では日がのぼりはじめている。レンは体が痛んだが、やすんで疲れを癒すことができなかった。

キャリーは昨日、危うく大怪我をするところだった。どうやらアンバーデル村の誰かが妻に去ってもらいたがっているらしい。

去る……もしくは死んでほしいと思っている。

なぜだ？ キャリーが来てから一週間ほどしか経っていない。最初に狙われたときは丸二日も経っていなかった。いくらワーシントン家の女性でもそれほどすばやくは敵を作れないだろう。デイド・ワーシントンなら作れるかもしれないが。とはいえ、キャリーは誰かに食ってかかったり、対決したりはしていない。村の教区牧師の居間で結婚の儀式を終えてから二十四時間もしないうちに、誰かに窓の縁から落とされそうになったのだ！

ただし、キャリーの問題でなければ話は別だ……。レンは早い時点からその可能性を必死で考えまいとしていた。彼女が最初に何度か疑念を口にしたとき、耳を貸さなかった最たる理由はそれだ。

過去のある男は過去にあとをつけられることを想定していなければならない。猟犬が標的のにおいのあとを追うように。

レンはかつて、すばらしいと信じていたものに属していた。同胞の集団、いわゆる戦友だ。少年たちが作るどのクラブにもあるような、興味をそそる秘密をたっぷり抱えた組織と言ったほうがいいかもしれない。とはいえ、レンは少年ではなく大人で、国王のために働いていた。

しかし、国王もこの組織の存在を問われたなら否定するだろう。窃盗犯、諜報員、破壊工作員……そしてあの大男の暗殺者。

あの組織では人は生きるか死ぬかだ。組織から抜ける者はいない。けれどもレンは抜けた。借りはすっかり返したと思っていた。だが、どうやら命を差しだすくらいでは不充分だと考える連中もいるらしい。

彼はあの組織のために死んだ。へどろに覆われた波止場で死ぬほど殴られ、置き去りにされた。責務も忠誠心も一滴残らず流れ去っていった。傷を負った兵士で満杯の船がすぐそばで負傷者をおろしていなければ、医療処置の訓練を受けた者がその場にいなければ、レンは息を吹き返さなかっただろう。

レンはそれから何週間も、何カ月も昏睡状態だった。意識が戻ったとき、激痛で半ば正気を失った。あまりに体がぼろぼろでほとんど機能しておらず、歩くことも話すこともままならなかった。それでも個室のベッドから這いだして、楽観的な見通しでベッド脇に置かれていた新しい服を着て、そのまま歩み去った。

やつらは結局、レンを捜しだした……レンが見つけたと言ったほうがいいかもしれない。復讐心で半分頭がどうかしていたからか、あるいは自分が失ったものを恋しく思ってか、彼はぼろぼろの熱を帯びた体をあたかも武器のように連中に向けた。やつらの裏切りがどんな結果をもたらしたか、ひとりひとりに直視させると決めていた。

レンを裏切り、敵に差しだした同志のひとりは、その見返りにひと袋の硬貨を受け取り、ナポレオンから頭を撫でてもらった。

敵は裏切られた者をひとりひとり選んで襲ったり、息の根を止めたりしはじめた。レンはすでに一度殺されているというのに。

そして今、裏切り者たちが戻ってきた。最も危険な男を、かわいらしくて変わっていて、心があたたかい若い女性に対して送りつけてきた。やつらのことも、やつらの使命も聞いたことすらない女性に！

そう、これはまったくキャリーにかかわることではない。彼に向けた仕打ちだ。やつらの目的はなんだ？　自分を黙らせることか？　どうして今になって黙らせる必要がある？　われわれは半島戦争でも勝っているではないか。ナポレオンは日々、領土を失っている。

キャライアピ……キャリー……。

レンは歩きまわっていた足を止めて暖炉に片手で寄りかかり、燃える石炭の赤い光を見つめた。キャリーには昨夜、悩殺的な強打を食らった。キャリーにむさぼられ、あのあたたかく潤った口に迎えられ、思わず彼女の名前を叫んだとき……あれは支配と屈辱の行為のつもりだった。

ところが、それはほとんど神聖とも呼べるもので――祝福であり、神の恵みであり、贈り物だった。

あのときの自分はキャリーのやさしくて情熱的な口の動きにわれを忘れていたが、よく考えると彼女は両手をレンの体に置き、燃える肌の上を冷たい鎮痛剤のように滑らせていた。口で吸い、じらしながらも、なだめるように撫でてくれた。それでキャリーの口に深く突き入れたものの、まるで自分が侵略され、攻め立てられ、力ずくで奪われている気がした。

キャリーはレンに何かをした。彼を罠にかけ、あの口で夢中にさせた。レンはもはや一週間前の彼とは違っている。

だが、三年前の彼でもない。まったく新しい人間になった。若さゆえのおごりは影を潜めたが、激しく情熱的な心はいまだに暴れている。苦々しさと絶望は跡形もなく消えてなくなり、傷跡だけが名誉ある戦いの名残となっている。キャリーは贈り物だ。謙虚な心と寛大さを学ぶためのレッスンだ。レッスンは行われ、成果は悪くない。一番東にある丘の頂上から朝日が顔をのぞかせている。キャリーの小さな手が素肌の上を、壊れた体を探索するさまを思い返していたレンははっとして、今日すべきことに気持ちを集中させた。

あの大男を捜しだすつもりだった。

キャリーは今日は動かないようにと言われていた。実のところそれでもかまわなかった。絵を描こうかと考えていたが、前に摘んだ草花はしおれており、新しいものは昨日の一件で取りに行けていなかった。

外はどんよりとして寒く、窓側の席に座るのも気が進まない。

頭がまだ痛むので、読書という気分でもない。繕い物をしても意味がない。アイボリーの服は救いようがないほどぼろぼろになっている。残っているのは今着ている青い服だけだが、バトンが約束どおり数日以内に何着か持ってきてくれると期待していた。

取りあえず今、キャリーとしては珍しい状態だった……自分が退屈しているなんて。ワーシントン家の人々にとって、退屈は危険な状態を意味する。こんなときは何かが爆発するか、最低でも引火する。もしくは洪水を招く。

図書室の角に中国風の優美な戸棚があった。ちょっとした赤い漆塗りの箱状で、手のこんだ彫刻が施されて金箔《きんぱく》で仕上げられた脚の上にのっている。重苦しい部屋の中で輝いていて、キャリーの落ち着かない視線をとらえた。

彼女は足を引きずって近づき、かがみこんで扉にはめこまれた象眼細工に目をみはった。最初は複雑なデザインに意味はないように思えたが、よく見ると人の形をしている。いや、動物だろうか？　ああ、やはり人で、頭が動物なのだ。それがもつれあって輪を描き、四角い渦巻きのようになっている……。

キャリーは目を見開いた。ああ、動物の頭をした人間が……その……いやらしい行為に及んで絡みあっている。

キャリーは背筋を伸ばして腕組みをし、疑わしげに戸棚を見つめた。本当に？ ポーターは尊敬すべき人だと思ってきたのに。彼に好色な一面があるのはもちろんわかっていたが、こんな変わった好みがあるとは知らなかった。

この戸棚はやんちゃな男の子の遊び心にあふれていた。キャリーには五人も男きょうだいがいるので、見ただけでわかる。

もう一度かがみこんで図柄を観察した。何か新しい発見がないかと思い、小さな乱《らん》痴《ち》気《き》騒ぎを指先でたどる。

性愛を扱ったものを見たことがないわけではない。母は古代インドの性の教科書から抜粋した図のすばらしいコレクションを持っている。人は学べるところから学ぶものだ。

たどっていた指先が掛け金の内部の何かを解除したらしく、かすかに湾曲した扉が手前に開いた。

いいわね。

ぎこちなく膝をつき、中をのぞいた。入っている小さなものをひとつひとつ取りだしてみる。

最初に出てきたのは折りたたんだシルクの包みだった。キャリーは包みを開いたが、中には何も入っていない。そこで彼女はその布が蜘蛛の糸のように繊細な長いショールで、ターコイズブルーとエメラルドグリーンの模様が実に見事に染めあげてあると気づいた。鮮やかで美しく、クジャクの羽を連想させる。キャリーはそれが欲しいと強く願ったものの、注意深くたたんで脇に置いた。ほかにも小さな箱が入っていた。中身はこのうえなくすばらしいサファイアの指輪だった。キャリーの親指の先くらいの大きさは優にある。まわりを囲んでいるそれより小ぶりな緑の石はエメラルドに違いない。とはいえ、エメラルドを見たことはない。この屋敷を初めて訪れたときに寝室にあった宝石箱に入っていたもの以外には。

けれどもここにある指輪は貴重な骨董品ではない。これ見よがしに高さが出るようカットされたデザインは、数年前にヨーク公が情婦に贈ったことで、ちまたでかなり騒がれたものと酷似している。

これはここ五年くらいのあいだに作られたものだ。エリーならわかるだろう。妹は富と爵位がある人たちの最先端の流行をすべて把握している。万が一、自分がその一員になったときのためだろうとキャリーは見ている。そこまでのしあがれる人がいるとしたら、それはエレクトラ・ワーシントンだ。

指輪と異国風のシルクのショールは間違いなく同じ女性に贈ろうと思ったものだ。華やかなものが好きで、見栄《みえ》っ張りの女性に。

ポーターは恋をしていたのだ。今この手で握っている指輪を受け取るほど長くは関係が続かなかった誰かと。ここ五年のあいだに作られた指輪。

贈り物は拒絶されたのだろうか。ポーターは浅はかな女性から一方的にさっさと関係を断ちきられたのだろうか。

その人を愛していたのか？

今も愛しているのか？

拒絶されたポーターの苦しみを想像すると、キャリーの胸に怒りがこみあげた。彼の苦しみと傷を見て背を向けた思いやりのない女性に対しても。

ばかみたいだ。何も知らないことに関して話を創作するなんて。その女性はまだポーターのことを、どこかで思いつめたまま待っているのかもしれない。彼が、あの頑固者が、傷ついた顔をさらけだして愛を乞うのを拒んだとか。今度はポーターに対して腹が立ってきた！

キャリーは手の中の貴重な品々を見おろし、自分自身を笑い飛ばした。母のように想像力が豊かで夢見がちな人になりかけている。

指輪をきっぱりと横に置き、ショールはそれより時間をかけて中に戻した。

次に引きだしたのは上質なリネン紙の封筒で、封蠟のデザインを見て目が飛びだしそうになった。キャリーはそれを脇に置いて、盗み見るのはよくないことだと思いだそうとした。

キャリーは戸棚のさらに奥へと手を突っこんだ。幅は狭いが、奥行きがある。長い一斤のパンのようだ。奥のほうで、木製の象眼細工の小箱が見つかった。平たくて細長い。美しい作りとはいえ、デザインは簡素だ。飾りといえば蓋に彫りこまれた紋章だけで、先ほどの手紙の封蠟と驚くほど似ている。

蓋をそっと開けてみた。ちょっとした諜報活動を行っているような感覚に抗えなかった。

勲章だ。ヴェルヴェットの台の上で燦然《さんぜん》と金色に輝いている。縁にラテン語の飾り文字が記されており、ざっと見たところほかには何も……。

キャリーは視線を手紙に移した。ずっしりとした紙を片手にのせて重さを確かめる。宛名は〝R〟だ。それしかない。ただの〝R〟。ミスター・ローレンス・ポーターは別の人に宛てた手紙を持っている。簡単に自分を正当化するワーシントン家の理屈からすると、ポーターがほかの人宛の手紙を読んでいいなら、彼女だって読んでいいはずだ。

封蠟はもともと割れていたので、封筒の垂れ蓋を全部開けた。キャリーは中をのぞいた。眉をひそめて封筒から手紙を抜き取り、折りたたまれた便箋を開いた。

親愛なるレン

取りあえず、あのくだらない勲章を送っておいた。きみがひどく嫌うのはわかっているが。それからきみの名前をナイト爵の名簿に加えた。きみは反対したがね。

ああ、レン。いったいいつになったら頑なな態度を取るのをやめて、われわれを許してくれるんだ？　わたしからきみに命じることもできるが、きみは従わないだろう。そうするときみを反逆罪で絞首刑に処さなければならない。どこまでも強情なきみを。

この中国の戸棚を気に入ってくれることを願っている。しかし、それはかなわぬ願いだろう。昔のきみなら笑い飛ばしてくれただろうが。

今すぐわれわれのもとに帰ってきてくれ。こちらの忍耐もぎりぎりのところまできている。もう限界だ。

ジオ

それからその下に、流れるような大きな文字が並んでおり、その三つの文字にキャリーは完全に呼吸を忘れた。

〝H・R・H〟


殿下を示す頭文字だ。

ジオ。ジョージ。ジョージ王子。摂政皇太子だ。

わたしは王室からの手紙を読んでいる。

キャリーの手が震えだし、手紙が小刻みに揺れた。わたしの手の中で王室からの手紙が揺れている。

わたしはこれから王室の手紙を王室の封筒にしまって、一般人の感覚からかけ離れた王室の戸棚に戻すのだ。キャリーは少しいやらしいデザインの扉を閉め、火がついたかのように戸棚からあとずさりした。

そのときはっと気づいた。ローレンス。ポーターが急にもっとあたたかい、気さくで理解可能な別人になった。もっと本当の彼に近い人に。

「レン」キャリーは声に出してみた。レン、レン。

親しいからこそ憤慨した摂政皇太子からの手紙で間違いないの？

キャリーは膝から力が抜けて座りこみ、絨毯にあぐらをかいた。ぼんやりと足首をさすりながら、戯れている象眼細工の模様を見つめた。

勲章。ナイト爵。ジョージという名前の友人。

ポーター、あなたはいったい何者なの？

わたしはいつ本当のあなたに会えるの？

21

その日の午前中、玄関にノックの音がしたとき、キャリーは応対に出る前にためらった。足を引きずって玄関広間に向かいながら、あの大男が押し入ってくるのではないかと考えた。

けれども、ベトリスかもしれない。様子を見に立ち寄ってくれたのかもしれない。いずれにしても、キャリーは夫のように屋敷の中に隠れているのはごめんだった。歓迎の笑みを浮かべて勢いよく扉を開けて――戸口の階段に小柄でいたずらっぽい友人の姿を見つけると笑みがさらに広がった。

「ミスター・バトン！」

バトンがキャリーに向けてひとつかみの野花を振り、優雅におどけたお辞儀をした。

「これをどうぞ、奥様」

キャリーは笑いながら受け取った。「野花が好きだとどうしてわかったの？」

バトンが片方の眉をあげる。「カボットは村の女性が知っていることならなんでも知っています。女性たちが放っておかないんですよ！」

キャリーは男性として非の打ちどころのないカボットにしばし思いを馳せて――称賛されて当然だ！――それからバトンを無意識のうちに抱きしめた。「ああ、ミスター・バトン、ここまで来てくれて本当にうれしいわ！」

二杯の紅茶を用意して貯蔵室へひと走りしているあいだに、バトンはキャリーのあとにくっついていって冒険譚を詳細に至るまで聞きだしていた。ふたりは居心地のいい沈黙の中、厨房でケーキとチーズを前に座り、バトンは紅茶を味わいながらキャリーの話をじっくり考えた。

「あなたは馬が急に飛び跳ねた理由に心あたりはないと？」

キャリーはうなずき、バトンが砂糖もミルクも入れていない紅茶をかきまぜていることに気づいた。「どうしてそんなことを訊くの？　あなたは何を知っているの？」

バトンはため息をついた。「これもカボットからの情報です。スプリンデルの農場で働く女性で馬番のジェイクスとつきあっている人がいるんですが、彼女はジェイクスからあの馬の尻の上部にすり傷があったと聞いたそうです。具体的には……表面が薄くすりきれていた。そのたぐいのかすり傷は……そう、銃弾がかすめたときにできるんです。若干高めに狙いすぎたときなどに……」

キャリーはみぞおちがひやりとした。

「あるいは馬はとげのある低木にぶつかったのかもしれません」バトンが身を乗りだし、キャリーの手を軽く叩いた。「念のため、ご主人のそばにいるほうがいいでしょう。ご主人が一緒のときはこうしたことが一度も起きていないようですから」

キャリーは上体を起こしてバトンから離れた。「そのとおりだわ！」

バトンが誇らしげにキャリーに笑いかけた。「自分の顔を見てごらんなさい。怒った子猫みたいに毛が逆立っている。こんなに勇敢な味方がいることをご主人はご存じなんですか？」

キャリーは自信をなくして不機嫌にぼやいた。「いいえ、ポーターはわたしが彼のことを嫌ってると思っている。ポーターを拒絶なんてしていないと、いろいろな方法で示しているんだけど……。それにこれからも拒絶なんてしない。いくら彼が傷だらけでも！　あの……あの女性のようにはならないわ！」

彼女はショールと指輪と勲章を見つけたことをバトンに伝えた。けれども摂政皇太子からポーターに宛てた手紙のことは話さなかった。話したところで信じてもらえないだろう。

キャリーはふと思いだした。「まあ、大変！」慌てふためいてバトンに向き直った。「自分のドレスはお願いしたのに、ポーターの分は頼んでいなかったわ！　着るものなら何か持っているだろうと思っていたけど、今回は仮面舞踏会よ！　そのための服を衣装だんすに常備している人なんていないわ」

バトンが目をしばたたいた。「店に常に何点かは用意してありますが……そうはいってもかなり特殊な依頼ですので」

キャリーは両腕を広げた。「わたしが言いたいのはそこよ！　ああ、どうしよう。舞踏会は明日で、わたしはまだ……ポーターに話をしてさえいないの」

バトンが目を見開く。「ああ、そのほうがいいです。事前には伝えないで。事後に話すほうがずっと楽でしょう！」

キャリーはうなずいた。「ええ、実はそうしようかと思っていたの。でも仮面のサイズ合わせもしなければならないし……ああ、なんてことをしてしまったのかしら」

バトンがキャリーの手を取った。「心配は無用です。すべて考慮していますから。型を取るための服が一着あればいいだけです」

「でも仮縫いと――」

「仮縫いは必要ありません」

キャリーは眉根を寄せた。「じゃあ、どうやって……」言いかけたものの、はなをすすって狼狽を押し戻し、泣き笑いの顔になった。「人間の女にはとうてい理解できないほどあなたの腕がいいからね」

バトンが目を輝かせた。「よく理解してくださっている！」爪先立ちになって歩み寄り、キャリーの額にキスをした。「それから当日の夜は従者としてお仕えしますよ！　紳士の着替えの手伝いは心得ていますから。まったく、わたしの店に来る前のカボットの服装をお見せしたいものです」身震いをしてみせる。「実際、カボットはとんでもなく悪趣味なベストを着ていたんですから」

キャリーはカボットがとんでもなく悪趣味なベストを着ている姿を想像した……それからベストを着ていない姿を……それから何も着ていない——。

バトンがキャリーの鼻先で指をパチンと鳴らす。「さあさあ、村の女性たちにも伝えようとしているんですが、手に入らないものに釘づけになっても無意味ですよ！それにあなたは結婚しているんですから！」バトンがキャリーの手を取って厨房から連れだした。

キャリーは不平がましく言った。「結婚しているかもしれないけど、胸が高鳴りはするのよ！」よろめきながらバトンに続いて階段をのぼり、自室に入った。足首は少しうずくものの、思っていたよりずっとよくなっている。これならたぶん明日は踊れるだろう！

バトンがキャリーをくるりとまわして笑いながら部屋に入った。「明日にはもっといろいろ持ってきますが、これはとても役に立つと思うんです……おそらく今夜にでも」

キャリーはめまいがするような回転を止め、ベッドの上に置かれたかすかに光る美しいものを見て動けなくなった。「ああ、バトン！」ためらいがちに歩み寄り、ごく薄手のローズピンクのシルクを信じられない思いで撫でた。手に取って――蜘蛛の巣ほどの重さしかない――体の前にあててみる。鏡に向かうと、これまた蜘蛛の巣ほどしか体を隠していない！

「ああ、バトン」キャリーは赤面して、これを身につけた姿を想像した。襟ぐりは広く――腰のあたりまでさがっている！――胸の先端まで見えそうだ。

ポーターはわたしが何も身につけていない姿を見ているけれど、それ以上の姿は見ていない！ キャリーは笑い声をあげ、輝くスカートが広がるようにほんの少しまわってみせた。「ああ、バトン。あなたってていけない人ね」

バトンがほほえんだ。「この服を着ている女性の言うことなら、男はなんでも許すでしょう。服と言うよりネグリジェ……寝室用のドレスですね」

キャリーは驚いて頭を振った。「ポーターが手をかけたら破れてしまうかもしれないわ」

バトンが両手を組んで聖人のごとくうなずいた。「そのためだけにこの服は存在するのです。花嫁がちょっと家で着るためのものですから」

キャリーは感嘆しながらぴたりと張りつくような生地を指で撫でた。「自分への結婚のお祝いね」


大男の捜索から戻ったレンは屋敷が静まり返っていることに気づいた。最初はキャリーがやすんでいるのかと思ったが、彼女は自分の寝室にいなかった。いつもよくいる場所や厨房、図書室、彼自身の書斎ものぞき、心配しはじめたときに、食堂の扉の下から蠟燭の明かりがもれているのが見えた。

レンが扉を開けると、テーブルの用意がしてあった。暖炉に入れた石炭のせいで部屋はあたたまり、テーブルの一番奥にふたり分の食事が置かれている。とても長いテーブルだった。この部屋の埃よけの布を取ったところは見た覚えがなかった。

レンはテーブルをまわりこんでキャリーを見た。キャリーは火のそばに二脚用意された椅子のひとつに腰かけ、彼を待つうちに眠ってしまったらしい。無事に見つかってほっとしたレンは彼女を起こそうとして……口の中がからからになった。

キャリーは新しい服を着ていた。簡素な青い服でも、だめにしてしまったアイボリーの服でもない。砂糖菓子のような濃いピンク色の、ほら貝の内部を思わせる……率直に言って、キャリーの内奥を思わせる色だった。この服は自分の体に火をつけるために作られたのではないかと、レンはぼんやり考えた。

そうだとしたら、まさにすばらしい仕事をしている。

そんな挑発的な服を着ていながらも、キャリーはおとなしく座って足首を揃え、両手を膝の上で組んでいる。頭の上にまとめてとめた髪は乱れ、ちょうど睦《むつ》みごとのあとのようだ。レンは彼女の髪をおろしたくて指がうずうずした。キャリーは頭を椅子の肘掛けの一方にもたせかけて、無邪気に口を開いている。しかしこんな服を着た女性が無邪気なはずはない。思わせぶりに挑発している服なのだから。

胸が露出しており、頂の上部までのぞいている。薄い素材を通して肌が透けて見え、下に何もつけていないことがはっきりわかる。みだらな服だ。とても気に入った。

レンは咳払いをした。触れれば、そのまま彼女を奪ってしまいそうだった。

キャリーが頭を起こし、寝ぼけまなこで目をしばたたいた。

「眠っていたのかしら」

レンはうなずいた。「ぼくが帰ってくるのを待っていたのか？　知らなかったよ」

キャリーが肩越しに準備の整ったテーブルを見やった。「ああ、そう。その……驚かせたかったから」

「成功だ」

彼女は立ちあがってスカートを整えた。あられもない服を着ていることには気づいてもいないようだ。身のこなしのせいで余計にそう見えるのかもしれない。いや、そのせいでもっとそそられるのかもしれない。ごく自然に振る舞うことで、キャリーが見せているのではなく、こちらがクリーム色のきらめく素肌をのぞき見している気分になる。

よく考えたものだ。それにひどく蠱惑《こわく》的だ。

キャリーが振り向いて火の前を通り過ぎたとき、レンはかすかなめまいに襲われた。ちらりと、ほんの一瞬だけ……服が見えなくなり、彼女の甘美な体の輪郭が火明かりに浮き彫りになった。レンは正気を失いかけた。もう少しで舌をのみこみそうになる。一糸まとわぬキャリーの姿は見たことがあるが……その姿は少しも見慣れることがない。ましてや、こんなふうにシルクと肌を照らす明かりが作りだす官能的な姿は衝撃的だった。こんなドレスをどこで手に入れたんだ？

「ミスター・バトンが、注文した品よりも先に届けてくれたの。気に入った？」

バトンは天才か悪の手先に違いない。いや、その両方だろう。レンは欲望で目がくらんだままキャリーに続いてテーブルに向かい、おとなしく彼女を座らせた。自分も席についたが、ふっくらとした白い胸から目をそらさなかった。蓋をした銀の皿を目の端にとらえる。キャリーが身を乗りだして蓋を取った。ピンク色の硬くなった胸の先端が片方こぼれた。レンは呼吸を忘れた。キャリーが姿勢を戻すと、罪な先端も隠れた。レンはなんとか彼女の胸から視線を引きはがし、皿に視線を落とした。冷たい品を盛りあわせた簡単な夕食だった。輪切りにしたハム、チーズ、果物――リンゴだ！――それに見たことのない小さな葉が並んでいる。きれいだった。食材を用いた芸術作品だ。レンはキャリーに鋭い目を向けた。「これはきみが盛ったのか？」

キャリーが落ち着いた様子でうなずいた。「ええ、そうよ。ほとんどは貯蔵室にあったものなの。でも緑の――」

「きみは休んでいるはずだったじゃないか！　足首はどうなんだ？」

説教するような口調に、キャリーはえくぼを見せた。「ずいぶんよくなったわ、気にかけてくれてありがとう。それにわたしは屋敷から出てないのよ。ミスター・バトンがわたしのために、親切にも地下貯蔵庫に行ってくれたの。緑の葉はおとといわたしが集めたもので、冷たくしておくために水に浸けておいたのよ」

レンは大皿を見おろして目をしばたたいた。「これを食べるのか?」

キャリーが笑った。「心配しないで。元気になったらもっと取ってこられるわ」

レンはおそるおそる葉に手を伸ばした。葉先をかじるとレモンの香りと鋭い味が広がったが、なかなかおいしい。

「それはソレルよ」キャリーが説明した。「使用人を雇ったら、庭に植えてもいいわ。もしあなたが気に入ったなら」

キャリーは庭師を雇いたがっている。これを庭に植えたいのだ。

その瞬間、レンは殴られたような気がした。彼は妻と夕食の席について、使用人や庭師や……未来の話をしている。

呼吸が速まった。

未来のことはあえて考えないようにしてきた。見知らぬ場所の暗い部屋で目を覚まし、自分が失ったものを悟って以来、夢を見ないようにしてきた。未来……その重みで息ができず、心臓が激しく打ち、衝撃的な感覚が背筋を伝う。未来とはレンが信じなくなったものだ。たとえば希望のように。愛のように。死を目前にした男の鼻先にぶらさがる危険なものだ。

彼は逃げだしたかった。叫びたかった。そして……生きたかった。

レンはテーブルを押して勢いよく立ちあがった。「何が言いたいんだ、キャライアピ？」

キャリーが皿に視線を落とした。「キャリーと呼んでくれると思っていたんだけど……あのときみたいに」彼女の声はやさしくためらいがちで、そこには希望がこめられていた。

レンは耐えられなかった。キャリーに希望を持たせるわけにはいかない。自分も希望を持ってはならない。

「言ったはずだ……ぼくはもうすぐ死ぬ。わかっているんだろう」

キャリーはハシバミ色の目をあげてレンと目を合わせた。「あなたがそう信じているのは知ってるわ。そう信じる理由も……でもわたしにはそうは思えない」

レンはあとずさりした。「ばかげた妄想だと思ってるのか？　ぼくが自分の死ぬ話をでっちあげて楽しんでいるとでも？」

「いいえ、どこかの藪《やぶ》医者があなたはひどい状態だと言ったんでしょうね。それについて長々と話して、先のことについてはほとんど話さなかったんだと思っているわ。

どこかの医者が自分にはなんでもわかると勘違いして、あなたの未来をだめにしたんだと思っている」

　レンは片手を突きだした。「いいかげんにしろ！　きみは自分が何を言っているかわかっていない！　ぼくは殴られ、ぼろぼろになって刺された……死んだものと思われて放置されたんだ。そんな人間が簡単にもとに戻れると思うか？　以前と同じ人間に戻れると思うのか？」

「いいえ、思わない。でも、人はそこから前に進めると思うわ。別の人間に生まれ変われると思う。それが今のあなたよ」

　キャリーは顎をあげた。「ずっと昔、わたしの父がひどい落ち方をしたことがあるの。たしかにグローブ座のバルコニーに這ってのぼるべきではなかったわ。でも父はジュリエットの視点——彼女にとってバルコニーはなくてはならないものだった——からその場面を研究したかったの。父は足を滑らせて床に叩きつけられた。わたしたちは父が死んだのではないかと思ったわ。医者は二度と歩けないと断言した。母が看病して、わたしも子どもだったけれど看病したわ。父は今でも痛みを感じるらしいし、天気が悪いときにはベッドに横になってアヘンを少し吸いたがる。だけど、父は歩けるわ……ダンスもできるし、ときには母をデズデモーナに仕立ててオセロも演じるほどよ」彼女は腕組みをした。「だから、わたしは医者と医者が死の前兆と見なすものを信じてないの」

レンは両手を椅子の背にまわし、指の関節が白くなるまで握りしめた。「死の宣告はきみが望むからといって変えられるものじゃない！」

キャリーは悲しそうな顔をしてレンを見つめた。「そうね……でも変えられるかもしれないわ……もしあなたが望むなら」

レンは彼女を見つめ返した。「くだらないことを言うな。もちろんぼくだって死にたいとは思っていない！」

「本当に？」キャリーが挑発するように眉をあげた。「あなたが生きたいと思っている証拠なんて見たことがないわ」

レンはキャリーの残酷さと無神経さに衝撃を受けて言葉を失った。彼女は気づいていないのか。キャリーと一緒にいられるなら、腕を絡めて年を重ねられるなら、天寿を全うできるなら、しわだらけになっても仲睦まじく彼女といられるのなら、レンがなんでも差しだすことを。

レンは怒号をあげて椅子を倒し、食堂から出ていった。胃がかき乱され、心は燃えていた。階段を駆けあがって大股で部屋に向かう。しかし、自室の扉を閉めたところで足を止めた。はっと気づいたのだ。彼は階段を駆けあがった。一週間前には充分に注意しながらぎくしゃくとのぼっていた階段を。

この一週間、何キロも歩き、何時間も馬に乗り、毎晩美しい女性を腕に抱いた。背中は……そう、鞍に揺られたせいで痛い。肩もひどく痛むが……動かすことができる——落ちてくるキャリーを受けとめた日からだ。古傷のせいで固まっていた肩の組織が、あの日緩んだか壊れたのだろう。思い返せば、抱きとめた瞬間にかなり痛んだが、日が暮れれば彼女のやわらかい体とやさしい声に癒されると思えば気がまぎれた。中毒者が薬物を追い求めるがごとく、日暮れを待ちわびた……。

キャリーは何をしたんだ？

だが、彼女だけが原因だろうか？　何年もこの屋敷に引きこもったまま酒を飲み、思いにふけり、死を待った。さんざん自己憐憫《れんびん》に浸ったあとで、体の調子が悪いだと？

妙な考え方だが、死にかけていると思いながら過ごしたこの数年で、傷が徐々に癒えていたのかもしれない。

死は避けられないと医者は言った。けれども誰にとっても死は避けられないのではないのか？　いつか死が訪れるとしても、それまで生きることはできるのでは？

そうなのか？　治ることなどあるのか？

もう一度人生をつかめるのか？　その人生をキャリーと一緒に過ごせるのか？

レンはうなり声とともに寝室の扉を開け、再び階段を駆けおりた。

22

キャリーはテーブルの席についていた。悲しげに目を伏せている。落胆した誘惑の女神だ。レンが食堂に足を踏み入れると、彼女は驚いたように顔をあげた。

レンは無言で腕を突きだした。真珠のシャワーがテーブルに降り注ぎ、転がってチェリー材のテーブルに広がり、料理と花の皿で、ローズピンクのシルクの膝で弾んだ。キャリーが息をのみ、空中でいくつか真珠を受けとめてから大きな目でレンを見た。

「ひと晩じゅう一緒にいてほしい」レンはかすれた声でそう言い、キャリーの前に立った。「すべてが欲しい」

キャリーはほほえんでレンを見あげた。片方の眉を挑むようにあげる。「それなら、わたしはあなたが見たいわ……あなたのすべてが」

レンは愕然としてすばやく一歩後退した。「見たことがあるだろう。きみは相当怖がっていた。忘れたのか」

「そんなことはどうでもいいの」キャリーがぞんざいに手を振った。「それに不公平だわ。今日は長くてつらい一日だった……それにあなたはさっき、わたしにひどいことを言ったのよ。忘れた？」

レンは視線を落とした。彼女の言葉は的を射ている。しかし、すべてをさらけだすのは……。

キャリーは待った。心臓が早鐘を打ち、両手が緊張で震えているが、そんなそぶりは見せまいとした。自分にとってそれが何を意味するか知られたら、彼は恐れをなすだろう。そこで激しい思いを隠したまま、冷静を装って見つめていた。

「どう？　それがわたしの条件よ」キャリーは人差し指と親指で真珠をひとつつまんだ。「真珠ひと粒につき、命令ひとつ。交渉の余地はなし」

レンにはできなかった。キャリーの笑みが消え、瞳から光が消えるのを見るなんて。ヘンリーと同様、ぼくと同じ部屋にいることには耐えられても、二度とこちらに目を向けなくなるだろう……。

けれどもレンはうんざりしていた。あまりにも。屋敷の闇に、フードの陰に隠れていることに。過去と嫌悪と裏切りにがんじがらめになっていることに。この女性なら、甘くていたずらっぽい笑顔と頑固で勇ましい心を持ちあわせているこの女性なら……彼を拒絶しないかもしれない。

キャリーは待った。この人を、この美しくて、性根がよくて、勇敢で、もの悲しくて、絶望して、傷ついた人を……ポーターはどうして彼女が拒絶すると信じているのだろう。この人に抗えるわけがない。

キャリーは立ちあがった。うなだれたポーターの隣に並ぶと、彼女のほうが見おろしてしまいそうだ。彼が自分をさらけだせないなら、こちらから手を差し伸べよう。いつだって。キャリーは真珠を見せてからポーターのベストのポケットに入れた。それから自信たっぷりのふりをしたが、本当は手が震えて心臓が激しく打っていた。彼女はベストの上から両手でポーターの胸板をたどり、クラヴァットが隠れるほど深くかぶっているフードの縁に触れた。ポーターは抵抗せず、筋肉ひとつ動かさなかった。呼吸すらしていないのではないかとキャリーはいぶかった。

思いは同じだ。

最初はフードの中に指を滑らせて、クラヴァットの結び目から襟の上まで、そこから喉を越えて……顎へと――。

髭が剃ってある！　伸ばしっぱなしでもつれていた髭がなくなっている。キャリーは彼の頬に触れたくてうずうずした。

ごわついた髭が肌をかすめることはもうない。肌に触れるのは剃ってなめらかになった頬だけではない。熱を帯びた口もぞくぞくするし、唇はくすぐったくて、歯はやさしく噛んで、すべらかな頬が腿に触れて……。

キャリーはフードをほんの少しだけ持ちあげた。ずっとポーターの口を見たいと思っていた。彼の口が触れる感触が、あたたかくて力強い唇がたまらなく好きだった。傷のせいでわずかに斜めに引きつれているが、それでも美しい口元だった。なぜこの唇があれほどすばらしいのかわかった。この口はキスをするために作られているからだ。

キャリーは爪先立ちになってキスをした。自分にとって初めてのキス……ふたりの初めてのキスだった。

ポーターが鋭く息を吸いこみ、身を震わせるのがわかった。体の中で張りつめていた緊張がほどけたような、ぴんと張った恐怖の弦が切れたような感じだった。

ようやく彼がそっとキスを返してきた。ああ、なんてすてきなんだろう。キャリーは期待に満ちた唇を開いた。ポーターが舌をのぞかせてキャリーの唇の縁を湿らせ、中に差し入れてからかう……。この舌がキャリーを燃えあがらせ、一度ならず彼女の体をたどった……。キャリーはためらいがちに自身の舌を絡め、彼の完璧な唇のあいだに滑りこませた。

キスが深まった。ポーターが髪に両手を絡めてくる。キャリーはポーターの首に腕を滑らせた。しわになったフードが彼の鼻先にのっていたが、今はずっと望んでいた唇のことしか考えられなかった……。

レンはキャリーを腕に包み、すべてをこめて、ありったけの希望も恐れもこめてキスをした。差し迫った死が崩れ落ちる音が遠くで聞こえるようだ。キャリーは今ここにいる。そして大事なのは今だけだ。過去ではない。未来でもない。突如としてわき起こった彼女との夢は、ふたりの夢でもある。キャリーの最高なところはこの瞬間にのめりこめることだ。

キャリーがレンと同じくらい激しく熱烈にキスを返してきた。背伸びをしてやわらかい体を押しつけ、男なら誰でも望むくらいきつくしがみついてくる。

それでもレンにはそれがいっときにすぎないとわかっていた。キスをしてくれてはいるが……キャリーはレンの最悪の状態をまだ目にしていない。もう一度キスをしたい相手だと思わせるのは正しいことではない。

レンはキャリーを床におろした。二歩さがって、それからゆっくりとフードを取る。

そして待った。

キャリーは彼を見あげた。あの運命の夜と同じものを目にしていた。恐怖とショックで悲鳴をあげさせたものを見つめた。

けれども、これはあの夜の闇の悪魔ではない。これはレンだ。そう、レン。英雄で、世捨て人で、思いやりのある人で、無関心な領主で、欲望をかきたてる愛しい人。

かつてはすばらしくハンサムだったのが見て取れる。輪郭は角張っているが気品のある面立ちだ。濃い赤褐色の髪は豊かで波打っている。瞳は……天使も嫉妬するような夏の空を思わせる青だ！　痛ましい傷があってもなお、人の注意を引き、つなぎとめずにはいられない目だ。

若いハンサムな男性にとって、美貌という資質を失うのは大きな打撃だったに違いない。そんなハンサムな男性なら、知りあうこともなかっただろうけれど。

顔の片側はかわいそうにひどく傷ついている。キャリーは切り刻まれた頬に手をあてた。「襲われたときはとても怖かったでしょうね」

レンはキャリーの手の下で身じろぎもしなかった。「覚えていない。思いだせるのは怒っていたことだけだ。あまりの怒りで息ができなかった。生きていられないほど」

キャリーはそっとほほえんだが、目は潤んでいた。「でも、あなたはここにいる。わたしと、今ここに。息をして生きている」

「ああ」レンが息を吐いた。「ここに。きみとともに」

キャリーは指先で傷跡をたどって眉を越え、濃い色の巻き毛の下の痛々しい白い筋が残る頭部へと伸ばした。

「言ったかしら？　ハンサムな男の人は嫌いだって」

レンの口から短い笑い声がもれて、キャリーは驚いた。「いいや、きみの男の好みに話が及んだ覚えはないな」

「ハンサムな男性にはひどい人が多いの」キャリーはかすかに顔をしかめた。「兄は謙虚だけど、それはわたしがそうさせているから。弟たちは見た目がいいことを利用して女の子といちゃいちゃしたり、移り気だったりするわ。わたしはずっとハンサムな男たちに囲まれていたから、簡単には心を動かされないの」

ひるまずにレンの顔を見つめた。頬が裂かれて引きつれた口角のしわを指で撫でる。

「ハンサムな人をひとくくりにして焚き火にくべるのは思いやりがないと思うけど、そういう人たちが配慮に欠けて横柄になりがちなのも本当よ……。全部与えられたものので、自分で手に入れたわけではないのに」

レンは長いあいだ何も言わなかった。「ぼくもそんな男だった。今思えば」キャリーはもう片方の手で反対側のほとんど無傷の顔に触れた。「そうね、そうかもしれないわね。わたしはきっとあなたを嫌っていたでしょうね」

レンがわずかに顔をしかめた。「それほどひどい男じゃなかったと思うが」

キャリーは首を振った。「いいえ、だいたいわかったわ。あなたは浅はかでうぬぼれた、町の道化役だったのよ。伊達男だったんでしょうね」

レンがキャリーの片手をつかんで指の関節に口づけた。「言いたいことを言ってくれるな。ぼくは任務に忠実な男だったんだ。責任があった」

キャリーが得意げに笑みを浮かべた。「ええ、知ってるわ。国王のためにでしょう」

レンはキャリーを見つめた。「なんだって……どうしてそれを……」

キャリーが笑い声をあげて両腕をレンの首に絡めた。「詮索したの。昼間は好きに過ごしていいと言ってたでしょう。いつかジョージに会いたいわ。母は親しみをこめて彼の話をしているわよ」

レンはその気軽な口調に驚いてキャリーをまじまじと見つめたが、にわかには信じられなかった。「きみの母上は摂政皇太子と知り合いなのか?」

キャリーはレンの顎の下に頭を入れた。「ダーリン、ワーシントン家は誰とでも知り合いなのよ」

キャリーが〝ダーリン〟と呼んでくれた。

彼を見て、彼に触れた。それでもなお、愛称で呼びかけるのか？

レンは確信した。

「キャリー……」

「何、レン？」

「夜はこれからだ」

レンは腰をかがめて軽々とキャリーを腕に抱えた。今度は階段を駆けあがることはない。輝くハシバミ色の瞳を見つめながらゆっくりとのぼった。いつも自分を見ていた目を見つめながら。フードがあろうがなかろうが。


キャリーの寝室の前で足を止めたレンに、彼女が手を突きだした。

「だめよ、これは新しい始まりでしょう。別の部屋がいいわ」

レンは眉根を寄せてキャリーを見おろした。キャリーが彼の顔を撫でた。

レンの傷跡の残る顔を。信じられない。

「あなたの部屋にしましょう」

レンはためらったが、自分の寝室に特に不快なものがあるわけでもない。最近使いはじめたばかりだ。

自室の扉を開けたレンは驚いて立ちどまった。

キャリーが声をあげて笑った。

今朝ここを出たときは埃よけの覆いが半分残っていた。けれども、今は明らかにキャリーが手をかけたことがわかる。表面が輝いてやわらかく光り、蜜蠟のにおいがする。

「屋敷の主には」キャリーが軽い口調で言った。「こういう部屋がお似合いだわ」

「でもどうしてぼくが……」

キャリーが肩をすくめた。「わたしの影響力は絶大なんだけど、念のため」枕の下からローズマリーの小枝をつまみだした。

「ひと晩じゅう、わたしのことを考えていてほしいから」

レンはあっけに取られて頭を振った。「驚いたな。いつもひと晩じゅうきみのことを考えているのに、それを知らないとは」

キャリーがにっこりして彼の腕の中で軽くうなずいた。「まあ、光栄だわ、サー・ローレン――」

レンは片手で言葉を制した。「レンだ。きみがそう呼ぶときの響きが好きだ。レンは死んだと思っていたが……ただ眠っていたんだな。きみが起こしてくれるまで」

キャリーがほほえんだ。「わたしのことは無視できないって言われたことがあるわ」

レンが笑って大きく円を描くようにキャリーを抱きあげると、ローズピンクのスカートがシルクの帆のごとくはためいた。

キャリーがのけぞって笑い声をあげた。

ふたりはベッドに着地した。キャリーが手を伸ばしてレンの乱れた髪に指を走らせる。「濃い赤の巻き毛がライオンみたいね。どうにかしないと」

レンはキャリーの胸に顔をうずめた。「ぼくはすでに生まれ変わったんだ。どれだけ変わってほしいんだ？」

キャリーが小さな手でレンの顎を包みこんだ。「まあ、ミスター・ポーター、気づいていないの？　わたしは全部欲しいのよ」

レンはキャリーにキスをした。キスをしながら彼女を組み敷き、髪に手を絡め、互いに息が切れるまで続けた。レンはとうとうめまいがして、キャリーの首筋であえぎたくなった。

「わかっていたわ」キャリーがレンの耳元で息をついた。「あなたって情熱的な人なのね、レン」

レンは動きを止めた。「長いあいだ飢えていたんだ……昨日の夜までずっと。今でもそうだ。きみが求めるくらい抑えられるかどうかわからない、きみにとっては初めてなのに」

キャリーはしばらくレンの髪を指に絡めていた。レンは彼女の頭の中で思考が巻きひげのようにあたりを探り、絡みながら、レンの言うことを理解しようと螺旋状に伸びていくさまを想像した。

「あなたはわたしが求めるとおりの人になってくれるわ、初めてのときもそれ以外のときも。すでにたくさんのことを教えてくれたじゃない」

レンはいっとき目を閉じた。「あんなひどい取引を提案したなんて恥ずかしいよ」

キャリーが否定するように鼻を鳴らした。「どうしてあなたが恥ずかしく思うのかわからないわ。結局、わたしはあなたにとてもやさしく接するようになったわけだし」

レンは噴きだした。笑わずにはいられなかった。「そうだな。もう恥じるのはやめると約束するよ」

キャリーが指先でレンの耳をくすぐる。「そろそろ落ち着いた？　もう一度キスをしたいんだけど」

その言葉にレンの心は舞いあがった。少し前まで二度とキスを受けることはないと思っていたのに。レンはキャリーをきつく抱いたまま体を反転させ、自分の上にのせた。乱れた毛が彼女の顔のまわりを包み、退廃的なドレスから胸がこぼれ落ちる。

レンはこの考え抜かれた作りのドレスに感謝の意を示そうと、ピンクの頂をひとつ口に含んだ。キャリーがすぐに息を切らして腕の中で身もだえする。レンは責め苦に耐えた。キャリーが自分の上で身をよじり、熱く潤った中心部を彼のとらわれた下腹部に押しつけるという甘美な責め苦だ。

キャリーが頭を低くしてもう一度キスをした。かわいらしい唇はぎこちないものの、意欲的に学ぼうとしている。ひと晩じゅうでも。レンはキャリーの両肩に手を添えて彼女の体を持ちあげ、息を継いだ。

キャリーがその隙にレンの服を脱がせにかかった。上着の袖を引いてあっという間に腕から抜き、次にボタンを外してベストを奪う。彼女がシャツに手をかけたところで、レンはためらった。「傷跡が残っているのは顔だけじゃないんだ」

キャリーがレンを見おろしてにっこりした。「知ってるわ。こっそり見たもの。あなたはかなりの剣士なのね。剣で貫かれたの？」

レンは息を吐きだした。もちろんキャリーが望めば破れないルールなどない。「あれは手鉤だった。船頭が積み荷の綱を引っかけるときに使うものだ」

「うーん」キャリーが港の作業に使う先が尖った道具よりも、シャツを脱がすことのほうに興味があるのは明らかだった。レンは上体を起こして頭からすばやくシャツを脱いだ。

そしてキャリーよりも裸に近い状態で、最後に医者が運命の診断をくだしたとき以来、誰にも見せていなかった体をさらけだした。膝の上のキャリーは熱を帯びて湿った部分が彼の脚のあいだを固定してじらしていることに気づいていない。「すてきな体だわ……でもちょっと細いわね。ちゃんとした料理人を雇わないと」

レンは見え隠れする胸の先端に手を伸ばしてそっと言った。「なんなら夏のあいだじゅう、草を与えてくれてもいいぞ」

キャリーはレンを見つめた。彼を誇りに思う気持ちで喉が詰まって言葉が出なかった。ふざけて痩せているとからかったが、本当は暴力の跡を目のあたりにして胸が張り裂けそうだった。レンのために泣きたかった。母のような愛情を注ぎたかった。いつでもそばにいる存在になりたかった……愛される人になりたかった。

レンはまだそのことについて話す準備ができていないに違いない。今夜は状況をありのままに受け入れ、わたしがレンを求めていることを、彼の体を欲していることを、傷ついた顔を不快に思っていないことを受け入れるのが精いっぱいだろう。

レンが動いたので、彼の情熱の証の大きさについて考えていたキャリーは注意がそれて幸いだった。

「レン？」

「なんだい、キャリー？」

「具体的にはどんなふうに……あなたのものがわたしの中におさまるの？」

キャリーはレンが傷のことを考えないように気をそらそうとしたのだが、彼女も本当に知りたかった。かすかだが否定しようのない恐れが声ににじむ。

「ああ、かわいいキャリー」レンがキャリーの髪を顔から払って瞳をのぞきこんだ。「わかっているだろう、できるだけきみを傷つけないようにする」

キャリーはうなずいた。

「それに……気づいているだろうが、その、ぼくは前にも経験がある」

キャリーは眉をひそめた。「本当に？　初めての女性は何人いたの？」

レンが声をあげて笑った。「ああ、何千人も」気取って言った。「世界じゅうに名をとどろかせていたからね」それから首を振った。「きみが初めてだよ、かわいいワーシントン家のお嬢さん。でも基本的な手順も、理論もわかっている……信じてくれるかい？」

キャリーは即座にうなずいた。「ええ、もちろん。心から信じているわ」

レンはこの言葉に心を揺さぶられたようだった。「よかった。ええと……何か訊いておきたいことはあるかい？ どんなふうにするのかという以外には？」

キャリーはほほえみかけた。「いいえ、今はそれだけよ……。たぶんあとで思いつくだろうけど。わたしは質問できているって兄が言っているもの」

「それは間違いない。ああ、それからキャリー」

「何、レン？」

「一緒にベッドにいるときは、家族の話は控えてもらってもいいかな？」

キャリーは舌を噛んだ。「ちょっと不適切だったわね」

「ありがとう。ベッドではふたりきりになりたいから」

「了解よ」

キャリーを膝にのせたまま、レンが身を起こした。「残りの服を脱ごう」

キャリーは眉根を寄せた。「これまで気づかなかったけど、ほかにも傷があるの？」

レンがほほえんだ。「いくつかね。だが、心配するほどじゃない。脚はかなりひどく折れたが、痛むのは外側じゃないんだ」

キャリーは膝からおろされる途中でレンの唇を盗み、レンは彼女の胸の先端をついばんだ。全体として、これまで膝からおりた経験の中で最高の部類だった。

レンが立ちあがった。キャリーはベッドに膝をついた。彼の姿を一瞬たりとも見逃したくなかった。レンがブーツに続いてズボンと下着を取り去る。そしてすべてを脱ぎ捨てた姿で、何も隠さずキャリーの前に立った。

キャリーはうれしくなってレンを見つめた。「体の線がすてきだわ。それにわたしが最初に来たときよりもずっと背筋が伸びている」

レンは口元を緩めた。「きみがいてくれたのがよかったんだ」

一瞬、キャリーが頬を染め、目をみはった。「ありがとう」彼女が息をつくと、おどけた面が戻ってきた。キャリーが張りつめたものを指さす。レンの目の前で子猫のように警戒しながら座っていても、高級娼婦のような衣装では、彼は少しも落ち着けなかった。

「どうするのか教えて」

レンはベッドに歩み寄って片手を差しだした。「おいで」

暖炉の前の椅子に導き、キャリーを膝の上に座らせた。ローズピンクのシルクが炎の光を受けて、キャリーをのぼりゆく太陽のように輝かせた。

「きみはぼくを締めつけるだろう、剣をおさめる鞘《さや》を想像するといい」レンは彼女の耳元でささやいた。「ぼくがキスをしてきみに触れるたびに、きみはもっと潤っていく。そこでぼくがきみに分け入る。わが家に戻ったように」

「ああ、なんてこと」

レンはキャリーの顎を上に向けて、驚いて見開かれた瞳に話しかけた。「始めは痛みを感じるだろう。処女膜という薄いひだがあるからだ。初めてのときにこれが裂ける。ひどく痛む女性もいるし、それほどでもない女性もいる。入ってみないとわからないから、そっとゆっくりするよ。だがきみが欲しくてたまらないから、ぼくの下腹部はとてもこわばっているに違いない。これまでないくらいに」

キャリーが身をよじった。腿をきつく閉じている。

「のぼりつめるのがどういうことかは知っているだろう、キャリー。でも今回は無理かもしれないから……最初に感じさせてあげよう」

キャリーが唾をのみこむ。「最初に？　口で？　それは気に入ると思うわ」

レンはほほえんだ。「そうだな。そうすれば、身を沈めるときの助けになる」

キャリーがレンの肩に頭をもたせかけ、指先で探るように彼の胸をたどった。「男の人って全然違うのね」思いにふけりながら、レンの平らな胸の先を撫でた。「気持ちがいい？」

レンはキャリーの耳に口づけた。「触れられると体のどの部分も歓ぶが、きみほど繊細じゃない」手を伸ばしてボディスに差し入れ、胸の先端をやさしくつまむ。キャリーが息をのんでわずかに身もだえした。レンはうめきたいのをこらえた。「きみが欲しい、キャリー。きみの体を隈なく探って、きみにも同じことをしてもらいたい」

キャリーがうっとりとため息をつく。「いいわ」

彼女が手をさげていって欲望の証に触れた。ひんやりとした指先で熱くたぎる先端をなぞられ、レンは鋭く息を吸ってわずかに身震いした。キャリーが下腹部を手で包みこむ。「ここを吸うのが好きよ」キャリーはささやいた。「わたしの口の中ではじけるのが好き。あなたの味も」

レンははっと頭を巡らせた。なんて率直なんだ！　彼は懸命に頭を働かせようとした。「ぼくもきみを味わうのが好きだ」

「こんな行為があるなんて知らなかった。一般的な女性よりは博識なつもりだったけど」キャリーが考えこむ。「あなたが考えだしたの？」

レンは笑って喉を詰まらせた。「違う。よく知られている行為だ。でもきみがとても上手にしてくれたことを拒絶する女性は多い」

キャリーは驚いたようだった。「どうして？　してもらうのもいやがるの？」

レンは気が抜けていった。「いや……経験上、それはない」

レンが抱きとめるよりも速く、キャリーが彼の膝から体を滑らせて脚のあいだにひざまずいた。

23

レンは抗議しようとした。「キャリー、ぼくは――」

キャリーの熱い口が彼の体の中心をのみこんだ。レンは椅子の肘掛けをつかんでうめき、考えたこともなかった快楽の波にすっかり溺れていた。

キャリーは口の奥深くまで彼を吸いこみ、舌を回転させた。次回は真珠を忘れないようにしなければ。

彼女はレンに自分を奪ってほしかった。時間をかけて教育を施すレンのやり方は好ましく、いかにも彼らしいと思えたが、キャリーは夫を求めていた。レンの妻になりたかった。彼女はじっくりと、まるで責め苦を与えるようにレンを吸った。レンの情熱の証は口の中でこわばり、キャリーに押し入りたくてたまらないと言わんばかりだ。

そうよ。

キャリーはレンから離れた。椅子の中であえぎ、震えているレンを熱く見つめながら、暖炉の前の絨毯に座って後ろに両手をついて腿を開く。

「あなたが欲しいの」彼女はささやいた。レンの目が午後の空のように明るく輝いたが、彼は椅子の肘掛けを握った手を離さなかった。

まだレンが躊躇しているので、キャリーは魔法のドレスの力を借りることにした。一方の肩紐を肩から滑らせると、ボディスがずり落ちた。

レンはたちまち彼女の上になり、口にキスをしていた。キャリーの背中を床に押しつけ、腿のあいだに伸ばした片手でスカートを押しあげて、自分の膝で彼女の脚をさらに開かせる。

キャリーはキスをしながらレンの髪に指を差し入れた。自分のすべてを差しだしたかった。あとは彼が奪ってくれさえすればいい。

いつだってそうだった。

いつだってそうはならなかった。

レンは秘めた部分に下腹部を押しあてた。無遠慮なまでのこわばりにキャリーがためらいを見せたが、彼はもはや自分を止められないほど駆り立てられていた。深く激しく、レンはキャリーに身を沈めた。

キャリーがレンの耳に向かって悲鳴をあげ、彼の髪をきつくつかむ。レンは動きを止めた。

「ああ、なんてことだ、キャリー、すまない。ここで止めて――」彼はわが身を引き抜こうとした。

キャリーはそれがつらかった。レンを奥に閉じこめたまま両脚を締めつける。

「だめよ。お願いだから、わたしを高みに連れていって」

またレンにキスをした。口づけにわれを忘れ、裂かれる丸太になったような痛みから気をそらしたかった。

レンが注意深く腕をキャリーに巻きつけてキスをする。熱く甘く激しいキスはキャリーの情熱をかきたて、彼女に欲望を思いださせた。

痛みは燃えあがり、それから刺すようなものへと変わった。キャリーは自身がまた潤っているのを感じた。体の奥がレンを包みこんでいるのを感じた。そして今はあたたかく、抵抗を感じなくなっていた。

キャリーの体からかすかに力が抜け、指がレンの髪から離れはじめると、彼はわずかに体を引いた。その顔は抑制のせいでこわばっていた。「きみは……我慢強いとは言えないな」

彼女はかすれた声で小さく笑った。「そうね。わたしは頑固なの。それとこれとはまったく違う」

レンがまたキスをした。じらすようにやさしく唇をついばみ、舌を口の中に差し入れてからかう。キャリーは体の奥が熱くとろけ、渇望と熱を感じて……。

レンがゆっくりとしてはいるが確固たる意志を持って動きはじめた。キャリーは腿を開き、膝で緩く締めるように彼の腰を抱いた。キャリーの上で、キャリーの中で、レンは動いた——彼女の陰鬱な恋人、彼女の夫。彼女だけが見てきた男性。欲望の証が深く分け入るのと同時に、レンの舌がキャリーの口に突き入れられた。

レンがゆっくりと深く身を沈めると、キャリーは刺すような痛みを感じた。入口を押し広げられて、燃えるように痛い。けれどもその合間に、そう、甘い感覚が流れこんでくる……。レンが奥まで突き、彼女の体を開かせ、彼女を所有し、彼女に捧げている、その甘やかな感覚……。

あなたを愛している。

キャリーはその言葉を口にはしなかった。今はそのときではない。しかしたしかにキャリーはレンを愛していた。彼の味を、彼の感触を、彼の感覚を……彼の心を愛していた。

レンはそうとは知らない。彼はキャリーの体を自分のものにしたと思っている。彼女の五感を支配したと思っている。レンはキャリーの心など欲しくはないだろう。自分の心をやっと再び見つけたところなのだから。

それからは彼の動きに思考力を奪われ、キャリーはあたたかくて塩辛い快楽の波にさらわれ、痛みはかすかに感じるだけになった。レンはどれだけ味わってもまだ足りないとばかりに、キャリーに繰り返し口づけた。

そのとき、彼女はそれを見つけた。黄金に輝く快楽の階段を。螺旋が上へとのぼっていって、あの高みへと導いてくれる階段……。

レンにもっと速く動いてほしかった。レンをもっと欲しかった。今。彼はそれを察し、動きを速めながら慎重に計算された突きを繰り返した。レンがキャリーの口から離れると、彼女は空気を求めてあえぎ、うめいた。キャリーの体の奥が激しく痙攣する。レンはどうにかもう一度、さらにもう一度だけ身を沈めた。

彼自身も欲望に襲われ、低く深いうめき声を放った。「キャリー」そして花嫁、妻、恋人の中で自分を解き放った。レンはキャリーの名前を呼んだ。彼の帰る家はここだった。

キャリーは絨毯の上で眠りに落ちていた。手足をレンに巻きつけ、頭を彼の顎の下につけている。レンはキャリーを抱きしめた。彼女の髪がレンの胸の上に落ち、ドレスのスカートが彼の下腹部にかかっていた。

キャリーはすばらしい。

そして、いつの日かここを出ていってしまう。

今夜、レンは彼女にネックレスの半分を与えた。キャリーは真珠をひと粒返してきた。彼のフードを外させるために。

レンが取引を撤回しようとすると、彼女はそれを冗談でかわした。

彼女は実家に帰りたがっている。それは明白だ。一時間も経たないうちに、キャリーは家族の話をしはじめた。彼女は気づいてもいないようだが、その声には渇望がにじんでいた。

レンはキャリーをこの屋敷にとどめておきたかった。

この地上に、キャリーにとっての家族のように、レンが恋しく思う相手はひとりもいない。だが、じきにそういう相手ができることを彼は恐れていた。

キャリーがぴくりと動き、片手をレンの背中にまわす。それから目を開けて眠たそうに彼を見た。「床の上ではあなたがくつろげないでしょう」

たしかにそうだが、キャリーが自分にしなだれかかって眠っているあいだは、レンはどうあっても彼女を動かす気にはなれなかった。

「さっき気づいたの。部屋の向こう側に完璧なベッドがあることに」

レンはすばやくキャリーにキスをした。さらにもう一度。キャリーとのキス……これをあきらめることなどできるはずもない。

キャリーがレンの下敷きになっているきらきら光るシルクのスカートをつかんだ。

「これは全部あなたのせいよ」不満そうに指摘した。

レンはほほえんだ。「そうかな？」

彼女はシルクのスカートをなんとか整えようとしたが、あきらめて寝そべった。

「そうよ。あなたは騎士道精神と理性を忘れないと決めたのに」

「そしてきみは事態をなんとかすると決めた……自分の手で」

キャリーが欲望の証を指で包み、いたずらっぽい目でレンを見つめた。「理性なんて、この寝室にはどこにも居場所がないのよ」

頭から血が引き、レンはもう口がきけなくなった。お返しに罪深いドレスのボディスに手を伸ばし、真っぷたつに引き裂いて、彼の快楽のために胸をさらけださせた。

キャリーが息をのみ、喉を鳴らした。「あなたは覚えが早いのね」

レンは彼女の中に身を沈めなかった。キャリーが痛みを感じていないふりをするのがわかっていたからだ。代わりに、ふたりは互いの手と口で相手を歓ばせた。キャリーはレンの腕の中で背中をしならせ、彼の指にやさしくもてあそばれて高みに達した。レンは喜んでおもちゃに飛びついたキャリーの口の中に自らを解き放った。

鼓動が通常の速さに戻ると、彼は破れたドレスの山からキャリーをすくいあげ、裸のままベッドに運んだ。疲れきっていたキャリーはされるがままに上掛けの下に横たえられ、隣にレンが入ってくるとその体にぐったりともたれた。

「あのドレスだが……ドレスと呼んでいいのかな？」

キャリーは疲れた顔でほほえみ、最後にもう一度だけキスをした。「もののわかる人はきっと、〝床の上のぼろきれ〟と呼ぶと思うわ」

レンは思いだせる限りで最も深く、最も穏やかな眠りから目覚めた。ベッドの上には着古した青いドレス姿のキャリーがあぐらをかいて座り、膝の上で百粒はあろうかという真珠をもてあそんでいた。

レンからすると、その真珠は彼の恥ずべき取引と、いずれキャリーを失う運命の象徴だった。キャリーがきらきら輝く球体の海の中で官能的に指をかきまわすと、レンは心臓が痛みを伴って縮みあがるのを感じた。

彼は手を伸ばし、キャリーの指をつかんで止めた。「頼むからやめてくれ。それを見ていると、ぼくはきみに対してするつもりだった不埒《ふらち》なことを考えてしまう」

キャリーがレンを見あげ、目をみはった。「もっと不埒なことがあるの？」

神よ、自分は怪物を作りだしてしまったのか。「キャリー、だめだ。きみをそんなふうに利用するのは正しいことじゃない。ぼくは……血迷ったんだ。きみとのあいだにあの闇を取り戻すことはしたくない」

「その不埒なことって、楽しいこと？」

レンは頭を振った。「キャリー、それはよこしまでねじ曲がった快楽だ。ぼくはきみをそんなふうに利用するわけにはいかない」

キャリーがレンを見つめた。「男が斧《おの》を持っていると言ってみて」

「なんだって？」

「弁論開始よ」キャリーは上掛けに覆われたレンの下腹部に片手を置いた。「男が斧を持っている。言ってみて」

棒ならたしかに持っている。レンは目をしばたたいた。「男が斧を持っている」

キャリーがうなずく。「さて、その男が自分の斧を使って隣人の扉を壊したとする。その行為は悪か、それとも善か？」

レンはまばたきをした。「悪だ。間違いなく」

キャリーが目を細めてレンを見た。「隣人の家が燃えていて、男は隣人の妻や子を救いたかったのだとしたら?」

レンは眉をひそめた。「それならその行為は善になる。しかし――」

「同じ行為よ。つまり、違うのは目的だけ」キャリーが頭を傾けた。「あなたが斧を使おうとしていて、その目的がわたしに快楽を与えるためだとしたら、それは善行にはならないの?」

レンは鋭い目でキャリーをにらんだ。「きみはいつもこんなことをしているんだな?」

キャリーは素知らぬ顔で目をしばたたいてみせた。「どういう意味かわからないわ」

レンは上掛けをはねのけ、ベッドの脇へと脚を投げだした。「ぼくには見える。ワーシントン家の人々が全員、夕食のテーブルに集まり、ソクラテスよろしく問答を交わしているのが。そうなんだろう?」

キャリーは背筋を伸ばした。「答えを拒否するわ。このベッドにあなたといるあいだは、ある種の生物学上の集団に関しては言及しないという誓いを破ることになるから」

レンは頭を傾けて悪魔のような花嫁を眺めた。「そうだと思った」この先も議論でキャリーに勝てる見こみはなさそうだった。それも、自分がとてつもなく幸運だったらの話だ。彼は立ちあがった。

「待って！」

レンはキャリーに向き直った。キャリーはスカートいっぱいの真珠を抱え、膝でマットレスの上をにじり寄ってくる。「あなたに言いたいことがあるの」

彼女はぼくのもとを去る気だ。充分な数の真珠を手にして、出ていくつもりなのだ。キャリーはレンの手を引いてベッドに座らせ、居住まいを正して真剣な顔で彼を見つめた。「最初はあなたを誘惑しようと考えていたけど、それはちょっと不誠実に思えたから……」

レンは体を引いた。「ちょ、ちょっと不誠実だって？」

キャリーはさらににじり寄り、懇願するようにレンの胸に片手を置いた。「レン、お願い……あなたはきっと怒るだろうけど、それはいいの。わたしは叱られて当然よ。それはわかっているけど……」

レンはまばたきをした。叱る？「キャリー、いいから言ってくれ。ここを出ていくなら――」

「わたし、舞踏会を開こうと思ってるの」出し抜けにキャリーが言い、顔をこわばらせた。それから、ウインクをした。「ここを出ていく？　わたしは出ていったりしないわ」

レンは大きな安堵に襲われた。どれほど大きいかは考えたくもない。そうなると、彼はどこまでも生意気で予測不能なワーシントン家の小娘の手のひらで転がされているという事実に向きあわなければならなくなる。「待ってくれ……舞踏会だって？」

レンはのけぞり、眉をひそめた。「このアンバーデル・マナーで？」

キャリーは悲しげにうなずいた。「そんなつもりじゃなかったのよ。偶然なの。わたしは村の人たちと仲よくなりたかっただけで、なんていうか……ちょっと取り乱してしまって」

キャリーが村で受けた敵意は主に彼に原因がある。レンはゆっくりとうなずいた。

「その案にはたしかに利点がある。おそらく数カ月後に――」

「今夜よ」

下着姿で屋敷をうろついている女性を発見して、彼女との結婚に同意したとき、自分はもっとよく考えるべきだった。キャリーは衝動に従って行動し、いつか何か面倒を起こすかもしれないという事実を。

「だめだ」

「でも……何日も前に招待状を出してしまったの」

「だめだ」

「でも……ミスター・バトンがドレスを一生懸命に作ってくれたのよ」

「だめだ」

「でも……もう今夜のために人を雇ってしまったわ」

レンは大きく息を吸った。「だめだ」

「でも……彼らはもう来ているの。屋敷の準備は進んでいる。楽団は楽器を用意している。あと数時間もすればお客様が到着するわ」

レンは立ちあがり、すばやく部屋を見まわした。マントルピースの上から時計が消えていた……そしてカーテンはきっちりと閉められていて……。

彼は二歩で窓辺まで行き、早春の夕日が沈んでいく様子を目にしてうろたえた。愛らしい花嫁に向き直ってにらみつける。「青のモスリンをまとった悪魔め」

キャリーが同情するようにうなずいた。「わかっている。申し訳なく思ってるわ」

それから顔を輝かせた。「だけど今夜のために、あなたには一番すてきな服を買ったのよ！」

レンは怒りが沸騰し、カーテンをもう一度開けて、屋敷の前で何台もの馬車が荷物をおろしているさまを見つめた。「キャリー、きみには好都合なことに、舞踏会を中止するにはもう遅すぎる。だからといって、ぼくはかかわるつもりはない」フードをかぶって遠乗りをするというのはすばらしい思いつきだ。どこかよその村でひと晩ぐらい泊まる場所を見つけられるかもしれない。

レンはまだ裸だったので、自分の衣装だんすまで歩いていった。

そして、そこが空っぽになっているのを見て目を閉じた。「ぼくの服を持ち去ったな」

「全部じゃないわ。あのすてきな服はまだあるわよ」

衣装だんすの冷たい木の扉に額をつけ、レンは顎を引きしめた。「だめだ。どうしてもというなら、ぼくはこの部屋にいる。だが絶対に――」

「真珠ひと粒につき、命令ひとつ。交渉の余地はなし」

レンは動きを止めた。「なんだって？」

「わたしは真珠をたくさん持っている。それをいくつか使うのは公平な話だと思うわ。だって、わたしのためにしてほしいことをあなたに頼んでいるんだから……」

レンは着飾って舞踏会に出るくらいなら、その姿を村人たちの前にさらすくらいなら、真珠を買い戻したい気分だった。間違いなく、あの邪悪な天才のバトンが作りあげた、頭がどうかした衣装で飾り立てられるはめになるのだから。

すべての真珠を買い戻せば、キャリーといられるのはあとひと晩しかなくなる。

値段などつけられない。

それだけではない。舞踏会にはアンバーデルじゅうの人々が集まるに違いない。うまくすれば、彼らはショウガの砂糖漬けから始まったこの狂気の沙汰を許してくれるかもしれない。キャリーを見守るレンの助けとなり、見知らぬ大男たちが現れれば田舎の人たち特有の疑い深い目を向け、敵を撃退する頼もしい味方になってくれるだろう……。

最後にもうひとつ、レンが心の奥に追いやった危険で誘惑的な理由は、愛しくて頭がどうかしているキャリーを幸せにしたいと、彼が心から願っているからというものだった。

レンは長い息を吐いた。「衣装を着るのに真珠ひと粒」

「もちろんいいわ」

「舞踏会に出席するのに真珠ひと粒」

「了解」

「ダンスはしない」

「踊ってくれるなら、ふた粒出すわ」

「交渉の余地がないと言ったのはきみだったと思うが」

「わたしって」キャリーは軽やかに応じた。「わりと柔軟な人間なの」

レンはほほえみを押し殺した。「ワルツ一曲でひと粒だ」あたたかく迎え入れてくれるキャリーの腕の中で過ごせる夜が増えると思えば、人前にさらされる瞬間も耐えられるだろう。

「紳士はレディに気に入られようとするものじゃ――」

「それはぼくのせりふだ、キャリー」

彼女はため息をついた。「わかった。あなたの条件を受け入れるわ」

レンはようやくキャリーに向き直った。「では、キスをもって取引成立としよう」

キャリーは慌ててベッドをおり、真珠を包んだスカートを握りしめてレンの腕の中へと駆け寄った。彼女のキスにレンの頭はぐるぐるまわり、前途多難だと思わずにいられなかった。何しろこの屋敷に百人もの人たちが押し寄せることになるのだから。

やっとのことでキャリーがレンの胸を押して離れ、片手を自分の顔にあてた。「まあ、どうしよう……わたし、自分の名前も忘れてしまったみたい！」欲望の靄《もや》を振り払うように明るくほほえんだ。「さあ、わたしたちも準備を始めないと」彼女は寝室の扉まで走っていった。「今夜のために、あなたの従者も雇っておいたわ」

まだ裸のままで、いくらか情熱をかきたてられて立ちあがりかけていたレンは、パニックに襲われてあたりを見まわした。「なんだって？　今、来るのか？」

24

男の人生には、選択をしなければならないときが何度か訪れる。今この瞬間のレンの選択は、空っぽの衣装だんすに隠れるか、裸で見知らぬ他人を迎え入れるかのどちらかしかなかった。

いまいましい衣装だんすは、いまいましいくらい小さかった。

キャリーが部屋の扉を開けると、レンは顔の傷のある側をそむけた。寝室に入ってきたのはこざっぱりとした身なりの非常に小柄な男で、巨大な箱を抱えていた。男はレンに向かってうれしそうにほほえんだ。「おお、なんとすばらしい！」

キャリーはバトンの横に立ち、満足げにレンを眺めた。「言ったでしょう。彼は脱いだら最高なのよ」

「それは控えめな表現ですね」バトンは彼女の腕を軽く叩いた。「どうぞお行きなさい。ミスター・ポーターとわたしにはすることがたくさんあるんです」

キャリーはレンに向かって陽気に手を振って出ていった。バトンがベッドの足元に置かれたトランクの上に荷物をのせるあいだ、レンは視線をそらしたままだった。

「言っておくが――」

「どうかこちらを向いてください。あなたをじっくりと見させていただかないと」

レンはあきらめた。少なくともこの男は悲鳴をあげて逃げだしたりはしないだろう。レンは向き直ったが、目はまだそむけていた。

「ふむ。服を着ているときより実際のほうが細いんですね。上着は少し詰めたほうがよさそうだ」バトンは目測しながらレンのまわりをぐるりと歩いた。レンは虫眼鏡を向けられている虫になった気がしたが、どういうわけか、少しも恥ずかしくはなかった。バトンは明らかに女性用のドレスだけでなく、紳士服の仕立屋としての仕事をよくわかっているようだ。

それからバトンはレンを一回転させ、まばたきもせずに顔を見つめた。レンはひるんで目をそらしたいおなじみの衝動と闘い、バトンを見つめ返した。「この顔がぞっとするほど醜いことはよくわかっている」

バトンが考えこむようにうなずいた。「この傷はたしかに恐ろしいものです。しかしながら、傷があなたのすべてではありません」

レンは事実を事実として言い表したその評価に目をしばたたいた。数週間前のレンなら言い返したかもしれないが、どういうわけか、キャリーが踊るように彼の人生に飛びこんできてからというもの、まるで……

まるで自分がもっとましな人間になれたように感じていた。

キャリーは軽やかに階段を駆けおり、足首に痛みがないことを喜んだ。ワーシントン家の人々はいつだって治りが早い。

玄関広間は花だの花綱だの椅子だのを舞踏室に持ちこもうとする男性たちでごった返していた。バトンはロンドンからさまざまなものを運んできたらしく、キャリーの耳には少なからずロンドン訛りが聞こえてきた。地元でまかなうこともできただろうが、バトンはアンバーデルの人々に大がかりなショーを見せるのが大事だと考えた。

「村の人たちはすばらしい屋敷とすばらしい舞踏会を誇りに思うでしょう。あなたが少しでも格調を落としたら、彼らは侮辱されたと受け取りますよ」

キャリーはバトンの判断に任せることにした。みんなが思っているとおりにレンがお金持ちだったらいいけれど。ああ、でも、何もかもがなんて楽しいのだろう！　舞踏室は大混乱で、またバラ戦争が起きたかと思うほどだ。しかし、リグという名の屈強な男がキャリーに請けあった。「きっと、ちゃんとした春らしい部屋ができますよ。まあ、見ててください」彼は花屋というより追いはぎに見えたが、キャリーには見た目で人を判断しないだけの分別があった。バトンが雇った男性たちは、多くが見るからに海賊か盗賊のようで、そうでない者は貴族のように洗練されていた。

キャリーはバトンが言うところの〝軽食〟の最終確認をしに厨房へ向かう途中で、メイドの格好をした背の高い黒髪の少女に呼びとめられた。

「失礼します、奥様。ほかにも部屋をたくさん用意しておく必要はございますか？先ほど見つけたリネン室は鼠の巣になっていました。少々不潔かと思います」

「窓のほうを見ていればよかったのに」キャリーは小声で言った。メイドが目を丸くして彼女を見る。キャリーは威厳を出そうと眉をひそめた。「地元の人たちは自宅に帰りたがるでしょうね。でも、バトンが友達を何人か招待してるわ」

「はい、奥様。そのご友人のために部屋が四つ必要だとミスター・バトンが」

キャリーはほほえんだ。「あら、それはいいわね。バトンの友達に会うのが楽しみよ。彼は本当にすばらしい人だもの」

メイドは一瞬、キャリーを見つめた。「そのとおりです、奥様。わたしも彼が大好きです」

「念のために、なるべく多くの部屋を用意しておくのがいいと思うわ。西の翼棟にあるもうひとつのリネン室は見た？　そこが閉まっているのは知ってるけど、枕カバーをわざわざ屋敷の端から端まで運んだりはしていなかったと思うの」

メイドがうなずく。「ああ、そうですね、見てみます」お辞儀をして、急ぎ足で立ち去ろうとした。

「あの、ちょっと……」キャリーは間を置いた。「ごめんなさい、あなたの名前を聞いていなかったわ」

「ローズです、奥様」

キャリーはほほえんだ。「すてきね。花の名前は大好きよ。わたしはキャライアピ。わたしのきょうだいは拷問みたいにギリシア神話を背負わされてるの。神様や女神にちなんだ名前なんてひどい重荷よ。みんなに奇跡を期待されるんだから」

ローズは鼻を鳴らして笑い、それからうつむいた。「申し訳ありません、奥様。こんなに愉快な方だとは思わなかったものですから」

キャリーはくるりと目をまわした。「あら、わたしが風変わりだと思うのなら、わたしの家族がここにいなくてよかったと思うわよ」

ローズはまたお辞儀をしたが、今度はその目をきらきらさせていた。「では、西の翼棟に行ってありったけのリネンを取ってまいります」

キャリーはそのまま厨房に向かったものの、ちょうど料理人とは行き違いになったようだった。またしても。実際、彼にはキャリーが話したいと思ったときに厨房を逃げだす奇妙な癖があるらしい。しかし、彼女はおいしそうなにおいと、料理人が持ってきた数々のハーブが並べられた厨房の様子に安心した。それにナイフ……そこには大きくて鋭いナイフが何本も並んでいた。

「料理人が戻ったら、誰かわたしを呼びに来て。彼に話があるの」

厨房を手伝っている男性たちはちらりと目を見交わし、おとなしくうなずいてから、また忙しそうに作業に戻った。キャリーは自分が邪魔をしているように感じ、おいしそうな湯気を立てている鍋をこっそり味見してから立ち去った。ああ、天国だ。

食べ物に関しても心配はいらないようだ。

本当にバトンは驚異的だ。気づいてみれば、キャリーには自分の支度をする以外にすべきことが残っていなかった。

自室に戻ると、薄紫と白のストライプの箱がいくつも積み重ねられ、宛先は全部キャリーになっていた。童心に返ってはしゃぎながら、キャリーはクリスマスの朝のように箱を開け、ドレスと手袋とボンネットとショールと下着を見つけた。まあ、この下着ときたら！　彼女はいたずらっぽい笑みに顔を輝かせながらそれらを箱にしまいこんだ。バトンはなんとも気がきく人だ！

最後の箱にあったのは夜会用のドレスだった。「まあ、なんてすてきなの」キャリーは指を唇にあて、ゆっくりと手を伸ばしてその見事な作品を箱から出した。バトンは本当に、人間の女にはわからない技術を持っているようだ。そのドレスは悪魔と取引をして天国で作られたとしか思えなかった。

キャリーは淡い緑のシルクと真珠と白いサテンのリボンが輝くドレスを持ちあげた。箱の中にはほかにもビーズが刺繡《ししゅう》された仮面と、白いサテンの手袋と、真珠がちりばめられた櫛《くし》と、レースの小さな下着があった。だが、キャリーの目にはドレスしか映っていなかった。

バトンはキャリーのことを春の女神のペルセポネだと決めつけていた。それはたしかに女神のためにあつらえられたドレスだった。

風呂の用意ができたと誰かがキャリーを呼びに来た。湯気が立ちのぼる銅製の浴槽の横にはやわらかな石鹼の入ったボウルがあり、キャリーは香りを嗅いだ。ローズマリーの石鹼だ。彼女がそれを欲しいと言ったのはおとといだった。いったいどうしてバトンはこんなに早く見つけてくることができたのだろう？

キャリーはすぐに考えるのをやめた。バトンは魔法使いなのだ！

彼女は服を脱いで湯気の立つ浴槽に入ったが、長々と入っている気にはなれなかった。すばやく体をこすって髪を洗い、暖炉の火のそばに座って髪を梳かした。バトンの優秀な使用人の何人かをこのまま置いておくわけにはいかないだろうかとキャリーは考えた。だが村人によく思われるためには、彼らの中から雇ったほうがいいかもしれない。

バトンはキャリーに侍女も用意しようとしていたけれど、彼女はこう告げた。ワーシントン家の女は髪を結うのも自分でできるわ、どうもありがとう！　エリーの助けが借りられないのは残念だった。もっともエリーがここにいたとしても、妹はキャリーのドレスに夢中で、髪を整えるのを手伝うどころではなかっただろう。

そしてアティは厨房であの料理人と一緒になって、並べられていた見事なナイフの切れ味を試し、何かの死骸から内臓を取りだしていただろう。

キャリーは頬をつねり、鼻におしろいをはたいた。ほかの女性たちは化粧に魅力を感じるのかもしれないが、ワーシントン家の女は美しい肌を隠す必要などなかった。彼女は甘い香りのするアーモンドオイルを少量使って髪を撫でつけ、うねりがちな髪を押さえつけた。後ろにまとめてねじり、きらきらする櫛でとめつける。顔のまわりに数本の髪を垂らしておいたのはレンのためだ。彼はキャリーの髪をもてあそぶのが好きだった。彼女は自分がかなりいい感じに仕上がっていると思った。

そのとき、化粧台に置かれた箱に気づいた。

それはキャリーがこの屋敷を訪れた最初の晩にあった宝石箱だった。レンの仕業としか思えない。キャリーはおずおずと蓋を開けた。中には折りたたまれた紙が入っていた。


〝B〟がきみは緑のドレスを着ると言ったので。


彼女が図書室で見つけたクジャクの羽の色をしたショールの上で、アンティークのエメラルドのネックレスが輝いている。

ああ、なんて美しいのだろう。ショールは記憶していたとおり鮮やかな色彩で、人目を引いてやまない。キャリーは一本の指でそれを撫でた。

レンはこれを別の女性のために買ったのだ。

彼を手放すなんて、その女性は愚かすぎる。そんな女性はレンにもこのショールにも値しない。それを受け取るべきはこの自分だ！

キャリーはその贈り物を夫からの思いやりとして受けとめ、別の女性のことは忘れようと決めた。ほほえんで、むきだしの肩にショールをすばやくかけた。「あなたが失ったものは大きかったわね、愚かな人」鏡に向かって気取ってみせた。

幸い、あの指輪はどこにも見えなかった。そのときが来れば、キャリーは自分だけの指輪が欲しかった。

ネックレスは明らかに代々一族に受け継がれてきたものだ。〝大切なお守り〟とエリーなら言うだろう。キャリーはほほえんだ。このネックレスはアンバーデル・マナーの領主夫人にぴったりだ。

それを首のまわりにとめ、何も着ていない姿のまま、ベッドにきちんと置かれたドレスの前まで歩いていった。

彼女は慎重にドレスを着た。まずは薄く透けるストッキングを緑のリボンのガーターベルトで膝の上にとめる。それからシュミーズ。薄手で軽いバチストの布は繊細で、それを透かして向こうの文字が読めそうだった。パンタレッツを探して箱をのぞいたが、バトンはそれを入れるのを忘れたようだった。そしてレンと剣で戦ったあと、キャリーのもとにパンタレッツは残っていない。

ああ、あの剣の戦い……。

遠くで廊下の時計が鳴り、キャリーはぎくりとした。大変だ。自分の舞踏会に遅刻するわけにはいかない！

ドレスを着るのは難しくなかった。細部にわたるまでぴったり体に合っている。それは驚くくらい完璧だった。キャリーは鏡に向かって眉をひそめた。バトンは準備を進めなければならなかったこの数日のうちに、ひとりの女のためにこれだけのものを作りあげた。だがキャリーは、村じゅうの女性が新しいドレスを彼に注文していたことを知っていた。それに仮面と手袋、ほかにもいろいろ……。

バトンとカボットのふたりですべての注文を受けるのは不可能だった。人間にはどうしたって無理だ。

しかしキャリーにはドレスメーカーのこの世のものならぬ力について考えている暇はなかった。ドレスは背中の小さなボタンをとめる仕様だったが、キャリーはいつも自分でドレスを着ていたので、それもさほど難しくはなかった。

鏡に向き直って息をのむ。第一に、彼女は自分でも呆然とするほど美しく、威厳があって、神秘的に見えた。第二に、ワーシントン家の女らしい豊満な胸が目を引いた。

試しに息を吐いてみる。ドレスは体にぴったりで、胸は今にもこぼれ落ちんばかりだ。実際、よくまあきちんと押しこめられたものだと思うほどだった。

サテンの手袋を引きあげ、これも箱の中にあったシルクの小さなダンス用の靴――バトンはいつの間に彼女の足の大きさを測ったのだろう?――を履くと、キャリーは自分の姿に目をみはった。そこそこかわいらしく見えることはあったが、こんなに美しいと思えたことは、昨夜のあのローズピンクのドレスを着たときでさえなかった。本音を言えば、これは女神というより娼婦にふさわしいのではないかとも思えたが。ただし、娼婦ならもっとけばけばしくなっていただろう。

キャリーは化粧をすませると、やっとレンの衣装について考える余裕ができた。バトンは秘密主義者だった。キャリーが女神のペルセポネなら、レンは冥府の神ハデスになるのではないだろうか? そうなると、村の人たちと親睦を深めるというこの舞踏会の目的には逆効果に思われる。キャリーは心配になって唇を噛んだ。バトンは芝居がかったことが好きなようだが、どうなるのだろうか?

レンは眉をひそめてバトンを見た。「これはちょっとやりすぎじゃないか? 自分をこんな見世物にしたくはない」

バトンはため息をつくことも、顔を引きつらせることも、彼の名誉のために言うなら顎をこわばらせることさえしなかった。だが衣装を着るという約束をなんとか白紙にしようとするレンの試みは、これでもう二十回目だった。

バトンはもう一度だけ試してもらおうとアイロンをかけていたクラヴァットを台からおろし、レンに向き直った。「ミスター・ポーター、あなたが今夜直面しなければならないことについては、心から同情いたします」

レンはバトンの晴れ晴れとした顔にちらりと目をやり、視線をそらした。「それはどうかな」

バトンが体の前で両手を握りあわせる。「ミスター・ポーター、顔ではない場所に傷を負う方法などいくらでもあります。のけ者にされることに関しては、わたしも少しはわかるんですよ。わたしの父は仕立屋でした。大柄な男で、酒が好きで、競馬で賭けたり、腕相撲をしたりして、仕立屋というのは男の仕事だと証明したがったものでした。わたしは普通の少年ではありませんでした。ごく小さい頃から、自分が人と違うことに気づいていました。わたしは才能と野心のある人間です。勇敢な男です。自分が思っていた以上に勇気があります。友人も大勢います。今は。昔は孤独で、ほかの少年たちと連れ立って道を歩くことさえなかったように思います。あるいは、誰だろうと人と一緒に歩くことはありませんでした。特に父とは。わたしは何年も、自分が人と違っていることをなるべく隠そうとしてきました。この物があふれる世界で人の魂を殺せるものがあるとしたら、それは自分自身を隠すという行為だとわたしは考えています。拒絶されるのを恐れるあまり、ずっとひとりきりで過ごし、ひたすら自分の秘密を守る……それは本当に、拒絶される危険を冒すよりもいいことなのでしょうか？」

「きみはぼくのことを言っているんだな」

バトンがちらりとレンを見た。「わたしは万人について話しているのです。誰であれ、秘密にしておきたいことはあります。いい秘密であれ、悪い秘密であれ。けれども、奥様ならきっとこうおっしゃると思いますよ。いいか悪いかというのは――」

「その目的によりけりだと」レンはバトンに代わって締めくくり、ふたりでくすくす笑った。レンはバトンを見つめた。「今は、きみには大勢の友人がいると言ったな。きみはいったい何をしたんだ？」

バトンがまっすぐレンの目を見つめる。「隠れるのをやめたんですよ」彼は肩をすくめた。「わたしを拒絶する人もいました。わたしが存在していないかのように振る舞う人もいました。ですがほんの数人、本当に最高の人たちだとわたしは思っていますが、ありのままのわたしを受けとめてくれる人もいました。彼らはさらにわたしの中にある、自分が持っているとも知らなかった価値を見いだしてくれたのです」

「ぼくは顔を見せるつもりはない」

バトンは片手をひらひら振った。「いいでしょう。結局のところ、それはただの仮面にすぎません。もちろん、比喩として言ったんですよ。あなたがもし拒絶されることをいとわずに自分をさらけだせば、それは同時に、受け入れてもらうために自分をさらけだすことにもなります。誰が残り、誰が去るかを知ったら、あなたはきっと驚くでしょう」

キャリーは残る。

今のところは。

レンは何も言わなかった。クラヴァットが首のまわりに再び結ばれるあいだ、ただ深く考えこみながら小柄な男を見つめた。それから鏡に向き直って、自分の姿を眺めた。顔はやはり恐ろしいかもしれないが、それ以外はこのうえなく立派に見えた。

「きみの中にある価値を見いだせないとしたら、そいつは目が見えないんだと思うぞ、バトン」

バトンがほほえんで両腕を広げた。「そうでしょうとも！　結局のところ、これがわたしなのですから」

25

そろそろ客人たちが到着しはじめる時間だ。カボットは紅茶を注いだカップを受け皿にのせ、舞踏室を横切って主人のところまで持っていった。バトンはそれを笑顔で受け取った。今夜のこの小柄な男は、ジャカードの縞が斜めに入ったアイボリーのシルクのベストから、陽気に跳ねるように歩いている足元に至るまで、すべてが楽しげだった。明らかに、念入りな計画が見事な実を結ぶことに絶対の自信を持っている。

愛する主人がそれほど確信しているのを見てうれしく思いながらも、カボットは不安から生まれる憂鬱な気分とともにせわしない会場準備の様子を見つめることしかできなかった。

バトンは大勢の人と交わるのが好きな男だ。彼なら当然、誰かのやる気を後押しすれば、パーティーが盛りあがると考えるだろう。より内省的な性質のカボットは、サー・ローレンスはバトンが期待するほど、このあとに繰り広げられることになる大騒ぎを喜んではくれないのではないかと疑っていた。

「本当に彼らを招待してよかったとお考えですか？」

バトンの笑みがわずかに薄れたが、彼は深くうなずいた。その目は遠くの壁沿いで会話を楽しめるようにと配置された椅子用に、クッションの山を運んでいるメイドを追いかけていた。「当家の領主夫人がわたしの友人を招いてもいいと言ってくれたんだ。それのどこがいけないというんだ？」

カボットはそれ以上追及しなかった。友人。敵。結局のところ、その境界線は非常に曖昧だ。

彼はいつものように主人のそばに立った。感情を交えない視線で、主人の薄くなりかけた髪をきっちり分けて整えている部分を見おろし、ふと視線を和らげる。バトンは例によって、そんなことには気づいてもいなかった。


キャリーは仮面をリボンで結んで部屋を出た。それはビーズで繊細に飾られたサテンの布でできていて、目のまわりは木の葉の模様になっていた。こめかみのあたりには小さなサテンのつぼみを持った谷間のユリが一輪描かれている。ビーズはエメラルドのネックレスとの相乗効果で、いっそう豊かな輝きを放っていた。

「キャリー」

手袋を整えていたキャリーが顔をあげると、レンが彼女を待っていた。

なんてこと。

彼は完璧な仕立てで体にぴったりとした深緑色の服を着て立っていた。裾は細い金色の糸で縁取りされている。王子や公爵に好まれるデザインだが、もっと抑制がきいていて、〝たしかにわたしには王家の血が流れているという噂があるが、そのことには触れずにおこう〟と語っているかのようだった。誇示する程度をごくわずかにとどめることで、逆に傲慢な威厳を示す効果が出ているわけだ。

シルクの上着の深緑はキャリーのドレスと完璧に合う色調だった。

ベストは光の角度によっては黒に見えるほど濃い緑で、ボタンは本物の金の輝きを放っていた。膝丈《ブリーチズ》のズボンは黒だ。レンはブーツを履いていて、それが軍人のような鋭さを感じさせた。

驚くべきことに、バトンはレンが伸ばしっぱなしにしている赤褐色の髪を切らず、ただ後ろに撫でつけて王のように見せていた。レンの仮面は……そこにはバトンの最善の努力が見て取れた。

その仮面にはキャリーのものとそっくりな木の葉がビーズで描かれていた。ただしレンのビーズは黒と金色で、羽根飾りのおかげでそれがちらちら輝き、彼の目を黒く見せていた。レンは薄暮に舞う夜鷹《よたか》のように神秘的だった。

仮面は特に傷を隠すようにはできていなかった。覆う範囲はほかの人たちと同じだ。それでも衣装の威厳と仮面の劇的な効果に額と頬の傷があまりに調和していて、レンは軍神に見えた。戦士であり指揮官でもあった古代の王のようだ。

紳士らしく見えて、同時に危険な香りもする。完璧だ。そのときキャリーは、レンがナイトの身分を示す勲章と中世風の金色の布の懸章をつけていることに気づいた。レンはキャリーの顔に喜びが広がっていく様子を見守り、ふいに彼女が横にいてくれれば地獄の軍団であろうと迎え撃つ覚悟ができたように感じた。武器と言えるのはバトンにどうしてもと押しつけられた、金の握りがついたステッキしかなかったが。

「あなたの威厳を守るための武器です」バトンはそう主張した。「この階段にはこんなにたくさんの段があるんですよ。全員の目の前で、どこかの騎士みたいに着飾った男の上に転げ落ちる残念な機会も恐ろしく増えるということです」

レンはあえて口にはしなかったが、その黒檀《こくたん》のステッキの金の握りにポーター家の紋章が刻まれていることに心を動かされていた。遠い昔のあの波止場で、彼の虚栄心のすべてが流れ去ったわけではなかったようだ。

レンは前に進みでた。「きみは……きみは春そのものに見える」彼の目に映るキャリーは命そのものだった。生い茂る緑、丸々と太って笑い声をあげる赤ん坊、若者の血のたぎり。だがレンは、それを彼女に告げる言葉を持たなかった。レンはキャリーの足元にひざまずきたかった。キャリーを肩に担ぎ、彼の部屋にふたりでひと月こもっていたかった。そうする代わりにレンは深々とお辞儀をし、片手を心臓の上にあてた。

キャリーは仮面を目の上にあげ、鼻が絨毯につきそうなくらいに深くお辞儀をした。「まあ、サー・ローレンス、うっとりしてしまうわ」

レンはうれしくなって背筋を伸ばし、照れくさくなってカフスを引っ張った。彼が腕を差しだすと、キャリーは手袋をはめた手をのせた。「そろそろ客人たちのお出ましだ」

キャリーがレンにまばゆい笑顔を向けた。「まるで王様みたい。わたしは勲章が気に入ったわ。とてもお似合いよ」

レンは気取った顔をしてみせた。「きみが気に入ったのなら、引き出しいっぱいに腐るほどある勲章を全部身につけてやろうか」

キャリーはたたんだ扇で彼の手をぴしゃりと打った。「からかうのはやめて。わたしはお客様をもてなすことに集中しなければならないんだから」レンに熱のこもった視線を投げた。「でも、わたしのためにそれを全部つけて見せてくれてもいいわよ……あとで」彼女はまつげを震わせた。「そしてあの剣も持ってきてね」

何年も前に置き去りにした世界に向かって最初の一歩を踏みだそうというとき、レンは笑っていた。

キャリーとバトンは、レンを村人に会わせるなら一度ですませたほうが彼にとって楽だろうという結論を出していた。そういうわけで、舞踏室には明るい色のドレスと暗い色の上着の男女があふれていた。全員が色とりどりの仮面をつけている。手作りのものもあれば、中にはぎょっとする作品もあった――キャリーはこんなにも創造性あふれるトウモロコシの皮の利用法を見たことがなかった！――そしてときにはビーズや羽根を使って精巧に作られたものもあったが、キャリーは優美さにかけては自分やレンの仮面にかなう者はいないだろうと思った。バトンは間違いなく、舞踏会の主人と女主人のために一番すばらしいものを取っておいてくれたのだ。

そのすべてが相まって、最も驚愕する一瞬が作りあげられた。ふたりが舞踏室に入っていった瞬間、群衆のあいだに沈黙がおり、どの顔も――いや、どの仮面も――

いっせいにふたりのほうに向けられた。

バトンに指示されていたとおり、ふたりは動かなかった。

「彼らに見させるのです」小柄なドレスメーカーは命じた。「好きなだけ見させなさい。彼らは凝視し、息をのむでしょう。口をぽかんと開ける者もいるかもしれません」バトンは慈悲深い笑みを浮かべた。「あなたの傷は恥じて隠すべきものではありません。感銘を与え、教えるためのものです。ここにいるのはアンバーデルの領主とその妻であると。あなたは態度で語るのです。ありのままのわれらを見よ、われらを知れと」

キャリーは夫の腕にさりげなく片手を添えていた。一見しただけでは、キャリーがレンとともにいることを彼に告げるべく、その指を筋肉に食いこませているとは誰もわからなかっただろう。

爪が骨まで達しそうなほどキャリーが力を入れていなかったら、レンは彼女がそこにいることを忘れていたかもしれない。満場の目がレンに、レンの顔に注がれたとき、彼はあとずさりして広い舞踏室の両開きの扉の向こうへ逃げ戻りたいという圧倒的な衝動と闘わなければならなかった。しかし実際はレンとキャリーは、階下のダンスフロアへと弧を描く螺旋階段の最初の踊り場に作られた舞台にただ立ちつくしていた。

すべてが靄にかすむ中、レンは自分をつかむキャリーの手を感じた。それは命綱だった。彼を地上へつなぎとめる凧《たこ》の糸だった。レンは耳の奥にこだまするうなりの向こうに聞こえるバトンの指示を思いだそうとした。

〝感銘を与え、教える〟

〝われらを知れ〟

そのとき、レンは悟った。あと数秒持ちこたえられたら、二度と隠れる必要はなくなるだろう。ここでも、あるいは彼の領地でも、このあたりの村でも。

この先いつまで隠れて過ごすのかと思うと、その重圧に押しつぶされそうになったこともあった。しかし今、気づいた。もうフードをかぶらずに馬で駆けまわってもい い。村の郵便局に手紙を出しに行くこともできる。キャリーの日常を楽にするために使用人を雇うこともできると。

空気がレンの肺を満たした。凛《りん》として香り高い空気。黒いウールから立ちのぼる、むっとして湿った空気ではない。レンはすっくと立ち、その広い胸に斜めにかけられた懸章はナイトの身分を誇らしげに示していた。

無意識のうちに――もちろんドラマティックな演出をする才能にあふれたバトンに指示されてもいたが――キャリーがレンの腕をつねり、来客に向かって堂々としたお辞儀をするために身をかがめはじめた。レンも彼女に合わせて深々とお辞儀をした。

ふたりが背筋を伸ばすと、フロアのあちこちから自然と拍手喝采がわき起こった。すぐに誰もが、村の中で最も頭の固い者さえもそれに加わった。雷鳴のような歓喜の声にレンは怖じ気づき、扉の向こうへ逃げ帰りたい気分になった。この騒音から離れ、顔という顔から逃げて、震動のせいで揺れてきらめく頭上の大きなシャンデリアからも逃げだしたかった。

標本箱の中の蝶のようにレンをとめつけていたのはキャリーの力強い手だった。レンはちらりと彼女を見た。きみはぼくを傷つけようとしているのか？

キャリーは彼のすばやい一瞥《いちべつ》にかわいらしい目つきで応えた。逃げないで。わたしをここに置き去りにしようなんて考えてはだめ。

キャリーがひとりでこの群衆に相対すると考えると、それだけでどんな物理的な力を加えられるよりもレンはその場から動けなくなった。キャリーが窓から落ちないように守る力が自分の中にあるとしたら、今ここで彼女を見捨てるような情けない真似はできない。

ぽかんと口を開けたまま拍手喝采と視線を送ってくる人々に、レンは耐えた。バトンの言葉で正しいと思えることがひとつあった。レンは王に仕える任務中にこの傷を受けた。それが秘密の任務だったからといって――というより、彼の存在そのものが秘密だった！――人生の残りを闇の中で過ごさなければならないことはない。

もう少しだけここに立っていられたら、自分は光の中へ歩いていく権利を得る――キャリーの光の中へ。

それくらい、今夜の彼女は光り輝いていた。レンは自分たちを見あげている顔の中にそれを見て取った。最初、村人たちはレンに釘づけになる。目に見える傷に興味を引かれ、ほかにも隠されている傷があるのだろうかと考える。それから傷だらけの顔に対する驚きがおさまると、彼らの視線はしだいにレンのかたわらで光り輝く女性に向けられる。

かわいらしいキャリー。しし鼻で、少しだけそばかすがあって、田舎を闊歩し、ハンカチを頭に巻いて掃除をしていたキャリーは、洗練された春の女神になった。神を喜ばせる胸を持った女神に。ああ、なんてことだ。なぜこれまで気づかなかったのだろう？　自分のことで頭がいっぱいだったにしても、キャリーの胸がドレスからこぼれんばかりになっているのを、どうして今まで見逃していたのだろう？

レンの体を怒りが駆け抜けた。バトンのやつ、殺してやる！

そのとき目立たないようにキャリーに引っ張られ、レンは彼女とともに舞踏室へと階段をおりていった。ステッキはぐらつきもせず、堂々と歩みを支えた。笑顔の群衆の中からヘンリーとベトリスが進みでて、レンとキャリーを迎えた。ヘンリーは前世紀の田舎の郷士を思わせる独特の服装をしていた。屋根裏部屋を引っかきまわして見つけたような衣装で、ヘンリーのどこか古風な魅力にはぴったり合っていた。

ベトリスはくすんだ灰色のシルクと白テンの毛皮で作られた猫の仮面をつけていた。キャリーがドレスを褒めると、ベトリスはなぜか不機嫌になった。「古いドレスだわ」

キャリーは目をしばたたいた。村の女性は全員がバトンの店で新調したのだとばかり思っていた。「それはともかく、あなたは本当に美しく見えるわ」キャリーはベトリスに請けあった。「これまでのところ、ここにいる中で一番すてきなレディよ」

ベトリスがわずかに眉根を寄せてキャリーを見た。「鏡を持っていないの、キャリー?」視線をレンの胸元へと移した。「それとも〝レディ・ポーター〟と呼ぶべきかしら?」

ヘンリーは大げさにうなずいた。「ああ、そうだな。レディ・ポーターだ、たしかに! 一番にお祝いを述べさせてもらえるかな、サー・ローレンス? きみはいつその勲章を受けたんだい?」

レンはわずかに体をこわばらせた。キャリーは彼の腕の筋肉が引きしまるのを感じた。「三年前だ……ああ、いいとも、祝いの言葉を言ってくれるのはきみが最初だ」ヘンリーの率直な顔は説明を求めていたが、キャリーはそれ以上待っても説明の言葉は出てこないことを知っていた。

彼女は咳払いをした。「サー・ローレンス、弦楽四重奏団はわたしたちが最初のワルツを踊るのを待っているわ」

レンはヘンリーにうなずいてみせると、お仕着せを着た男にステッキを渡してキャリーをフロアへと連れだした。王子と王女のような物腰で、ふたりは互いに向かってお辞儀をした。タイミングよく音楽が始まり、レンがキャリーの手を取った。キャリーは流れるように彼の腕の中へ入っていった。

長い間があった。キャリーはレンがリードしてくれるのを待った。そのとき、レンが頭を低くして言った。「キャリー?」

「何?」

「きみはぼくが舞踏会を望んでいるかどうか尋ねるのを忘れただけでなく、ぼくがダンスを踊れるかどうか尋ねるのも忘れたな」

ああ、もう。ああ、まったく、意地の悪い人ね!

それからレンはキャリーの耳元で笑い、彼女をワルツへと誘った。ときには悪いほうの脚も使って、上下するステップを難なくこなした。

キャリーはのけぞり、声をあげて笑った。陰気で威圧感あふれる主人とその光り輝く花嫁に一瞬注目が集まったかと思うと、群衆は次々にダンスに加わった。

レンがキャリーを見おろし、夜空の色をした目をきらめかせた。「ぼくに真珠の借りがあることを忘れるな」

レンが最初のワルツのあとでバトンを見つけたとき、小柄な男はメイドのお仕着せを着た若い女性と話しこんでいた。レンは一瞥をくれて彼女を追い払った。メイドがすばやくお辞儀をしてふたりを置いて去ると、レンの目は彼女の動きのしなやかさに引きつけられた。もし彼女が男だったら、戦士のようで危険な人物だと見なしただろう。

そんなふうに思うのはもちろんばかげているが。

レンは奇妙な考えを頭から振り払い、鋭い視線でバトンを刺した。「いったいどういうつもりでキャリーにあんなドレスを着せたんだ?」

バトンが素知らぬ顔で目をしばたたいた。「お気に召しませんか? あの色は最もお似合いだと思ったのですが」

レンは目を細めた。「たしかにすばらしい。ただ、布地が足りなかったんじゃないか？　たとえばボディスのあたりが」

バトンは得意げな笑みを隠そうともしなかった。「奥様に対する当然の評価のおかげで、あなたはここにいるすべての男の羨望の的ですよ」

レンは腕組みをし、のしかかるようにしてバトンに迫った。手には光るステッキを持っている。彼はそうやって威嚇する才能を失ってはいなかった。「もしぼくが、ここにいるすべての男どもが忌まわしい目をぼくの妻に向けるのが気に入らないと言ったら？」

「布地の不足に備えて持ってきたものがあります」バトンは視線をそらし、しぶしぶ認めた。「ですが、それは襟ぐりの美しさを損ねてしまいますよ」

レンはキャリーが〝布地の不足〟の状態にあることを思って恐怖に胃が凍りつくのを感じながら、バトンがポケットから引っ張りだした繊細なレースを引ったくり、花嫁を捜しに向かった。

愉快そうな顔をしたバトンがさも満足げにこちらを見守っているのに、レンは気づかなかった。

キャリーは予想どおり、男たちに囲まれていた。レンは本当ならキャリーを肩に担ぎあげて自分のものだと見せびらかしたい気分だったが、それを抑えて花嫁の前でお辞儀をした。「邪魔をして申し訳ないが、今すぐ話すべき火急の用件がある」

キャリーはレンがこんなにも礼儀正しくなるのはおかしいとわかっていたので、不安になってうなずくと、ほかの女性をダンスに誘わせるべく礼賛者たちを前へ追い立てた。

彼女は顎をあげた。「今度はわたし、何をしでかしたのかしら？」

レンは何も言わずにキャリーの手をつかみ、舞踏室の隅へと引っ張っていった。カーテンの奥の壁のくぼみ《アルコーヴ》はめまいを起こしたレディが休んだり、恋人たちが密会したりする場所になっていた。

そこは幸運にも無人だったが、レンは自分の邪魔をする者は追いだす気でいた。彼はカーテンの奥にキャリーを引き入れると、彼女に向き直ってにらみつけた。

「公衆の面前でそんなものを着るなんて信じがたいな！」

キャリーはレンの言っている意味がわからないととぼけたりはしなかった。その代わり、腕組みをしてにらみ返した。「あなたがそのことに気づくのにこんなに長くかかったなんて、そのほうがわたしには信じられないわ！」

「気づいていた」レンはうなった。「まずはあのとんでもない衣装を売りつける男と話をつける必要があったんだ！　なぜこんな身持ちの悪い女みたいな格好をさせられて黙っていたんだ？」

「気に入ってるくせに」キャリーがあざ笑うように息を吸った。レンは襟ぐりに沿って肌がほんのり色づくのを目にして、舌をのみこみそうになった。布地の不足だ！

彼はポケットから長いレースの布切れを取りだした。「これをつけろ！」

キャリーはちらりと見てはねつけた。「お断りよ。ボディスの線が台なしになるわ」

レンはキャリーに向かって一歩踏みだした。さらにもう一歩。今すぐキャリーの後ろにあるソファに彼女を押し倒し、意味ありげな顔でほほえみを浮かべているその口にキスをしたかった。あるいは自分のブリーチズの前を突っ張らせているものでキャリーの口を満たし、からかい口調の言葉を封じたかった。

キャリーは引きさがらなかった。

レンがベストのポケットに手を入れて、最初のワルツを踊らせるためにキャリーが渡しておいた真珠を取りだすまでは。「口を開けるんだ」

26

キャリーはレンの目をにらみつけた。「まさかそんなことはしないわよね」

レンは真珠を彼女の唇に軽く押しつけた。「口を開くんだ」

キャリーは神経質に唇をなめ、不安げな視線を薄いカーテンで隔てられた舞踏室のほうに向けた。レンは自分が暴走しすぎただろうかと思った。彼女は求めていない……。

キャリーがすばやく視線を戻してレンを見あげる。レンはその目の中に熱いものがくすぶっているのを見た。ああ、そうだ。彼女は求めている。レンはほほえみに唇を震わせた。

キャリーが口を開けた。

彼はその舌の上に真珠をのせ、かがみこんでキャリーの耳にささやいた。「動くんじゃないぞ。音もたててはならない。絶対に返事をしないように」

彼女は真珠を口に入れたまま唇を閉じたが、うなずきはしなかった。その代わり、まっすぐ宙を見つめていた。大理石から彫りだされた、春の女神の完璧な彫像のようだった。

完璧だ。レンは絨毯にステッキを落とし、レースをつまんだ両腕を広げてキャリーのボディスへと近づけた。本当は、彼女を慎みある姿にするあいだ黙らせておくだけのつもりだった。しかしキャリーの熱を帯びた目に、レンは血が燃えあがった。

彼はゆっくりとレースをキャリーの襟ぐりにたくしこんでいった。それはあまりに薄く、上からのぞいたときにかろうじて胸の頂が透けて見えないようにするぐらいしかできなかった。レンは胸の頂のところでレースを内側へと押さえこむついでに、指先をやさしく前後に転がした。

レンに触れられたとたん、胸の頂が硬く尖り、彼もキャリーを思って硬直した。反抗的なピンクの先端はレンの口を乞うように外に突きだしている。ほんの少しレースを押しあげれば完全に見えてしまう。レンはかがみこみ、一方の胸の頂を唇のあいだに挟んで吸い、その上で舌を転がした。尖って濡れている魅力的な小さな先端を指でからかいながら、もう片方を口で吸って硬く尖らせた。

レンは頭をあげ、キャリーの顔を見ながら胸の頂を引っ張ったり、つねったりした。

彼女は無表情だが、息遣いが速まるのは抑えられなかった。彼はやわらかな頂をそっとつまみ、引っ張り、ひねりあげた。

「あのカーテンの向こう側に百人の人々がいるんだ、レディ・ポーター。全員がきみはどこにいるのだろうと思ってる。いつなんどき誰かがカーテンをすばやく開いて、きみがこんな恥ずかしい状態にあるのを見つけてしまうかもしれない」レンはつまむ指に力をこめ、キャリーの石のような顔を見つめて、さらに力を強めた。彼女は鋭く息を吸いこんだが、視線は彼の左肩の先にある一点を見据えたままだ。

レンはレースを襟ぐりからたぐりだし、敏感になっているキャリーの胸の頂をかすめるように引っ張りだした。キャリーがまぶたをかすかに震わせ、欲望の震えが体を駆け抜けたことが彼に伝わった。

「両手を後ろで組むんだ」

キャリーは何もしなかった。返事をせず、レンが命じたとおりにしようとしない。彼は背後へまわり、キャリーの両手を後ろに引くと手首を重ねさせた。そして、そこにレースを巻きつけた。最初は簡単に巻くだけにしようと考えていた。振れば一瞬でほどけるぐらいに。

だが欲望と所有欲が暗い波となって押し寄せ、気づけば彼女の両手をきつく結んでいた。キャリーは今や縛られて、何もできない状態だ。自分の舞踏会で胸をさらけだして。そのみだらさがレンの欲求をふいに肉欲の激しい波へと変えた。キャリーは彼のものなのだ。

レンのものだ。

孤独に過ごした歳月、人目から隠れていたこと、むごい裏切りに遭ったことが、普通の男の欲望をもっと煮えたぎるような深い何かに変えてしまっていた。レンはただキャリーが欲しいのではない。キャリーが絶対に必要なのだ。キャリーをわがものにし、ずっと自分のもとに置き、彼女がレンのものだと本人に思い知らせたかった。

レンはキャリーを縛りあげた。胸を完全にボディスからさらけださせて、アルコーヴの壁に彼女を強く押しつける。彼がキャリーの胸の頂を味わい、硬い両手でやわらかな胸を絞りあげると、ついに彼女が息を詰まらせる音が聞こえた。レンは口の奥深くまでキャリーの胸を吸いこみ、硬い先端を歯でかすめ、彼女を生きたままむさぼりたい、彼女を味わいつくしたいという性急な勢いに身を任せた。

満足できない。もっと欲しい。もっと、もっと、もっと。もし自分の体の中にキャリーを引きこんで、そこに永久に閉じこめることができたとしても、それでもなお充分だとは思えなかっただろう。

彼女の何がこんなにも欲しいんだ？

レンは体を引いてキャリーの顔を見つめた。キャリーはまだ感情を閉ざしていて、距離を置いている。しかしその顔は紅潮し、目は輝き、息遣いは速くなってとぎれとぎれにあえいでいるかのようだ。キャリーは彼と同じくらい高ぶっている。

ここで体を交えていいのだろうか。ドレスがどうなろうが知ったことか、舞踏会などどうでもいいとソファに押し倒して、客人たちから十歩しか離れていないところでキャリーを高みに押しあげて叫ばせるべきなのか？

そうだ。

それともキャリーを壁に押しつけて脚を彼の腰に巻きつけさせ、縛られた両手を首の後ろにまわさせて、やわらかなヒップを両手できつくもみしだき、彼女の奥へと欲望の証を突き立ててやろうか？

そうだ。

だめだ。

キャリーは情熱に溺れている。今ならそれを許すだろう。それを楽しみさえするだろう――その瞬間は。しかし、そのあとはどうする？　体を奪われたのが一目瞭然の状態で、舞踏室いっぱいの客人たちの前にスキャンダルになること間違いなしの顔をさらさなければならなくなったら？

レンはキャリーのやわらかな胸に顔をうずめ、欲望を抑えこもうとした。彼女はレンを欲している。キャリーの鼓動が彼の耳の中で弾んでいる。彼女の欲望があたたかな潮の香りとなってドレスの奥から立ちのぼるのを、レンは感じることができた。その香りに正気の縁へと追いやられた。キャリーの味と、熱くてやわらかくて潤っている彼女の感覚が頭によみがえる。

キャリーは動かなかった。待ち望んで立ちつくしている。

一度味わうだけなら……。

レンは欲望を誘うものの前に両膝をつき、スカートを持ちあげた。

キャリーはむきだしになった肩を背後の冷たい漆喰の壁に押しつけて、こっそりと指を握りしめた。岸辺を洗う波のように襲ってくる渇望の震えを抑えつけるために、彼女にできることはそれぐらいしかなかった。さらけだされた胸の頂はレンの乱暴な扱いに熱を帯び、ひんやりとした空気に縮こまり、くしゃくしゃになったボディスのシルクの上で赤く突きだしている。

こんなふうに縛るなんて、レンは悪い人だ。誘惑と服従のこんな暗い次元に連れこむなんて――彼女が初めて開いた舞踏会の最中なのに！

しかしキャリーがこの場にとどまっているのは、支配され服従するという関係に興奮を覚えている以上に、彼女がレンの欲求を感じているせいだ。レンの肌から感じる欲求に、キャリーは動きを封じられ、またしても彼の言いなりになっていた。

彼女はカーテンの隙間からもれる光を見つめていたが、かなり前から目がくらんで何も見えなくなっていた。縛られた手首は実際まったく動かせない。この暗い小さな部屋の中で、レンは遊び半分でゲームに興じているわけではなかった。

遊びではない。彼はからかってじらしているが、キャリーから何かを欲しがっている。レンが必要としている何かがあるのだ。

相手から何かを欲しがっているのは彼だけではない。キャリーは完全に動きを止めて立っていた。髪さえ乱れていなかった。それでもレンに焦がれていた。彼の手を、体の奥まで貫く情熱の証を欲していた。腿のあいだが欲望で潤い、レンが熱い手をキャリーの脚に滑りあがらせてそれに気づいてくれたとき、彼女はほっとして泣きだしそうだった。

レンはキャリーの両膝を開かせようと内側からやさしく押した。しかし彼女は応えなかった。レンの力強い手で腿を押し割られ、内心で歓びに打ち震えた。レンはキャヤリーの脚を大きく開かせてあいだにひざまずき、自身の快楽のために彼女をさらけださせた。

ドレスを高く押しあげて、裾をボディスの中へとたくしこんだ。彼のみだらな目的のためには、シルクは邪魔になるだけだ。それからレンは一方の手を滑らせて、キャリーの秘められた部分の奥にある芯を探しあてた。

キャリーは声をあげなかったが、嚙みしめた舌があと数日は痛むだろうと確信した。レンが指を差し入れてくる。最初は長い中指を一本、もうすっかり準備が整っているなめらかな部分に突き入れる。それから二本の指を同時に入れて広げた。さらに親指で、ゆっくりと敏感な部分を転がす。続いてキャリーは彼の唇が、あらわになった腹部にキスをしながらおりていくのを感じた。レンはゆっくりとしたリズムを刻みながらさらに奥へと指を差し入れ、入口を大きく広げた。

熱い口がさがっていき、硬い親指と舌が交代する。そのあいだもずっと、彼は指をうずめていた。キャリーは縛られ、なすすべもなくさらけだされた姿で、いつなんどき人に見られるかもしれない場所で立っていた。

それはすばらしかった。キャリーは熱と欲求に浮かされてわれを忘れるのが大好きだった。その瞬間、時間の流れはゆっくりになり、空気を吸っては吐く自分のあえぎがはっきりと聞こえた。レンの指のわずかに硬くなったたこも感じ取れた。この閉ざされた暗い空間で、淫靡《いんび》な場所で、彼の両手の中で……。

もし許されるなら、レンの手に自らを押しつけて身をよじり、バンシー（死を予告する女の妖精）のように泣き叫んでいただろう。

そんな自由はなかった。キャリーはただ彼の彫像でありつづけた。レンの手で彫りだされる彼の作品。そうしてじらされるのはたまらない快感だった。

もっと欲しい。レンが欲しい。キャリーは焦がれていた。レンに貫いてほしかった。彼の欲望の波に溺れたかった。甘い痛みに満ちた渇望を満たしてほしかった。

ドレスなんてどうなってもいい。舞踏会もどうでもいい！　彼女は奪われなければならない。今すぐ。レンに引き入れられたこの暗い、ひそやかでみだらな世界で。

レンが手を引き抜いたので、キャリーはいらだちのあまり大声で叫びたくなった。しかしレンには沈黙を命じられている。キャリーは従った。服従がどういうわけかそれ自体の生命力を持ち、ゆっくりと彼女の意志のまわりに檻《おり》を築いているかのようだ。キャリーはその檻から出ようとも思っていないのに。

そのときレンのステッキの金の握りが、キャリーの熱く潤った入口に押しつけられた。

氷のような感触にショックを覚えたが、彼女は身をすくめようともしなかった。キャリーはひとりでこの旅に出たのではない。もしレンが彼女がどこまで行けるのか見きわめたがっているなら、彼女の忠誠心がどこまで受け入れるのかを知りたがっているなら、いつどこで彼を拒絶するのか試したがっているなら、この愚かな男性には長い道のりを一緒に来てもらうことになる。

それゆえ、キャリーは石のように動かなかった。レンは金の握りをゆっくりと滑らせていって彼女の脚のあいだに押しあて、卵大の握りに潤いを与え、あたためた。レンは口を離し、キャリーの敏感な部分をステッキの握りで撫でまわした。金色が彼女の潤いの中で光る。

キャリーには彼が何をするつもりなのか悟ってもらわなければならない。レンがしたいのはキャリーにショックを与えて荒々しく奪うことだ。限界まで追いつめて、さらにその先まで行かせたい。自分とは絶対に別れられないのだと理解させたい――キャリーは彼のものなのだと。

レンはステッキの先端を奥へと滑らせていった。紋章が甘く潤った中に消えた。これは警告。約束だ。

キャリーは動かない。抗議もしない。

よこしまな情熱をかきたてられ、同時に彼女の果てしない従順さに心を乱されて、レンはその服従がいつまで続くのか試してみたくなった。

キャリーは待っていた。神経はピアノ線のように張りつめ、体の中心は満たされることを求めて熱を帯び、痛いくらいだ。レンの行為――驚き、燃えあがらずにいられない、正気とは思えないほどみだらな行為！――に対する期待に、腹部が震え、口の中がからからに乾く。しかしキャリーは決して動こうとしなかった。

「レディ・ポーター、きみはぼくが知る中でも最も並外れた女性だ」レンの息は熱く、キャリーの茂みをやわらかくくすぐった。彼の声は欲望と驚きでくぐもっていた。

レンはゆっくりと容赦なくステッキの握りを沈めた。奥へと押しこみながらも、決して深くなりすぎないように慎重に入れる。

キャリーは動かずにいるのがひと苦労だった。体の重心をずらすことさえしなかった。しかし熱くみだらな快感に襲われ、自身の不埒さに呆然とするばかりだった。想像を超える行為があまりにすばらしくて、レンがこのまま続けてくれるのを願わずにいられなかった。

レンは手を止めた。しかしキャリーは縛られたまま、沈黙を貫いている。

服従の女神。彼の言いなりになるつむじ風。

ぼくのものだ。

レンは勝ち誇った気分で口をキャリーの最も敏感な場所に戻した。金色の球体で彼女を楽しませながら、舌で彼女を味わう。

キャリーがこんなことをされるのを許しているという事実に、レンは打ちのめされた。そこまで信頼されていることに申し訳なさを感じたが、彼女の従順さに下腹部が熱を帯びていた。レンは紋章のついた金色の球体をキャリーの体の奥へと沈め、舌と歯と唇で彼女を新たな高みへと駆り立てた。キャリーはわかっているだろうか。レンも喜んで彼女の奴隷になることを。レースよりもずっと長いもので縛られてもいいと思っていることを。レンはそんな思いを必死で押し隠していたので、キャリーは知る由もないのだが。

キャリーが自分のものだと証明してしまうと、レンはさらに彼女を欲しいと思っていることに気づいた。キャリーをのぼりつめさせたかった。彼女が嫌悪感と断固たる決意から体を硬くして耐えているのではなく、これを求めているという証明が必要だった。

もっと正直に言えば、自分にキャリーの快楽を左右できる力があると感じたかった。

キャリーは外にいる人々のことも、ドレスのことも、あるいはレンにされていることもとにショックを受けて感覚が麻痺《まひ》していることも、何も考えられなかった。彼女はもはやキャリーではなかった。ひとつの単なる感覚だ。彼女は相変わらず身動きしないまま、ただ感じる以外、何も自分に許さなかった。

硬い球体が動き、内側をこすって回転し、ゆっくりと絶え間なく突き入れられる。その一方で熱く濡れた口がキャリーをむさぼって駆り立てる。とうとう開いた口からもれる息があえぎとなり、心臓が早鐘のように打ちだした。欲望でかすんだ視界に入ってきた光の点が星になり、キャリーはそれに向かって突き進んでいった。どんどんのぼっていって……。

彼女の胸の頂をもっといじめようと、熱い指が這いあがってきた。レンの舌に敏感な部分をもてあそばれ、球体で体の奥を突かれて、視界に映る星がぼやけた。体が情熱に燃えあがり、危険なほど高まった波にさらわれるのを感じた。あと少しで、声をあげて高みに達してしまう。自分ではもう止められない……。

キャリーはのぼりつめた。その瞬間、レンが立ちあがって彼女に深く口づけた。レンは両手をそのまませわしなく動かしてキャリーをさらなる高みへと駆り立て、彼女が全身を痙攣させると、口でキャリーのうめきをのみこんだ。彼女はレンを味わい、自身を味わい、そのみだらさによってひたすら新たな高みへと押しあげられた。波が体の中で砕け、熱さと暗い影をまとったよこしまな歓びが暴れまわる。キャリーはレンの口に向かって叫んだ。レンはキャリーを壁に押しつけて立たせたまま、彼女の体から最後の震えまでを奪い取った。

キャリーは膝から力が抜け、息をつくこともできなかった。あえいでレンにもたれかかり、彼が両手を縛るレースをほどいていることにかろうじて気づいた。レンがドレスをもとどおりにして、腫れあがった胸の頂をやさしくボディスの奥へと戻し、ハンカチでキャリーの腿を拭いた。こんなよこしまな服従を要求するなんて、彼はあまりにも奇妙で、あまりにも異様だ。

それでも、とてもやさしかった。

キャリーは自分が喜んで応じていることを完全に理解していた。これは大いなる冒険だ。探究と危険に満ちた旅だ。人は影の中に足を踏み入れないと、新たな世界の光を目にすることができない。

命令を守ることで自分がレンに何を証明したのか、キャリーはまだよくわかっていなかった。わかっていたのはただ、レンがそれを知る必要があったということだ。キャリーは震える指を頰にあてて熱を冷ました。ふたりがいつか、日の光のもとで愛を交わすことはあるのだろうか。それとも、彼の中には常に獣の影が巣くっているのだろうか。

真珠をなくしてしまった。のみこんだのでなければいいけれどと、キャリーはぼんやりと思った。

レンはキャリーをまともに見ることができなかった。自分がしてしまったこと、したいと思ってきたことを考えると――彼女は妻で、おもちゃではないのに――自己嫌悪に襲われた。ただし、キャリーは喜んで応じていた。それはすべてレンのせいだ。キャリーは二度とかつての純真さを取り戻せない。世慣れた知識に曇らされていない目で世界を見ることはもう決してない。

それでもなお、レンの体は彼を裏切った。鍛造された鉄のごとく硬くこわばった下腹部が、ブリーチズの中ではちきれそうになっている。レンは今でもまだ、想像してきたあらゆるものを欲していた。キャリーを従わせるよこしまな快感に恥じ入りながらも、心の奥底で自分が何を求めているのかはよくわかっていた。彼女の情熱、彼女の欲望が解放されてレンに与えてくれるものを、彼は恋しく思っていた。

もしキャリーがそれをなんの見返りもなく与えてくれると信じられるならだが。

しかし頼んでみないことには、知りようがない。

「キャリー……」

彼女はレンから半分顔をそむけ、ボディスのしわを気にしていた。「誰かに気づかれてしまうかしら？　ああ、困ったわ。ミスター・バトンは怒ると思う？」

バトンはむしろ拍手喝采するだろうとレンは苦々しく思った。どういうわけか自分の肩にかけていたレースをキャリーに手渡す。「これを使うといい」

今度は彼女もそれをありがたく受け取り、襟ぐりに注意深くたくしこんで、レンの口と髭のせいで赤くなった胸を隠した。少なくともレンは、当初の目的のひとつは達成したわけだ。彼はキャリーの両手をつかみ、自分の手で包んだ。

「キャリー、もういい。きみはすてきだ。この一時間、みんな踊っていたんだ。顔を赤くして少しばかり服にしわが寄っているのは、きっときみだけじゃない」

キャリーが両手でぴしゃりと頰を叩く。「顔が熱いわ」静かに嘆いた。「わたし、真っ赤になってるんじゃない？」

キスでばかげた心配を取り払ってやるよりほかに、レンにできることはなかった。レンに触れられた瞬間、キャリーはまた彫像のように動かなくなり、彼は自分を憎悪した。「キスを返してくれ、キャリー」レンはささやいた。「頼む……キスをしてくれ」

キャリーがはじかれたようにレンに向かって体を投げだした。両腕をレンの首に巻きつけ、爪先立ちになって、甘く熱い口で彼の口をむさぼる。レンは悪いほうの脚にのしかかる重みを受けとめようとしてよろめき、壁にぶつかった。それでも少しも気にしていなかった。キャリーの情熱がついに解き放たれた――彼に向かって。

レンがあとしなければならないのは、彼女に尋ねることだけだ。

キャリーはキスにすべてを注ぎこんだ――感謝と決意、レンを癒したいという思い、目覚めさせられた自身の欲望……。

レンの味、両手の下に感じた彼の感触、キャリーに服従しているときの彼の唇のやわらかさ。それを思うと、欲望は増すばかりだった。欲しいものはまだまだたくさんある！

頭の片隅に、正気を保っているほんの小さな部分が残されていた。これ以上レンを味わいたければ、正しいやり方で皿にのせて食べないと！　キャリーは乱れる気持ちを抑えてレンの首を死ぬほどきつく握りしめていた手を離し、小さな笑い声をあげて一歩さがった。「あら、いけない。この蛇口はまた別の時に、別の場所でまわすのがよさそうね！」

レンがキャリーを見つめた。その目は薄暗いアルコーヴで仮面の陰になって、彼が何を考えているのかは読み取れなかった。

舞踏会の喧騒がふたりのもとにも響いてきた。そろそろ客人たちのところに戻らなければならない。しかし、キャリーはためらった。レンの反応を期待して待った。

彼女があきらめてカーテンに手を伸ばしたそのとき、レンの手にそっと腕をつかまれるのを感じた。彼はキャリーを引き寄せ、やさしく腕の中に抱いた。

「キャリー」レンがささやいた。「きみはどう思う？　今夜はもしかしたら……真珠のことは考えなくてもいいことにしないか？」

キャリーはレンのベストのあたたかなシルクに心地よく体を寄せてほほえんだ。影が光へと変わった。

「いいと思うわ……今夜だけは」

27

レンがキャリーの手を自分の腕にかけさせ、何ごともなかったかのように落ち着いた顔でアルコーヴから出ていくと、舞踏会は大盛況だった。弦楽四重奏団はカントリーダンスを軽快に奏で、客は皆、誇らしげにその古い曲に合わせて踊っていた。それはレンにもなじみのある曲だった。

実際、キャリーが陽気に飛び跳ねながら甘い声で歌っているのも聞こえてきた。

さあ行け、あの娘《こ》をつかまえろ
手を取ってくるりとまわすんだ！
まわって戻ってきたら、ダンスは続く

レンは下を見た。キャリーの足はリズムに合わせて動いている。レンはキャリーの手を放し、彼女を押しやった。「行っておいで。踊ってくるといい」

キャリーが目をしばたたいてレンを見た。「あなたは踊りたくないの？」

レンは彼女にほほえみを向けた。そういうことが日に日にできるようになってきていた。「ぼくはせいぜいワルツの真似ごとぐらいしかできない。テンポの遅いカドリールならなんとかなるかもしれないが、これはぼくの手には余る。ほら、ヘンリーが来たぞ」

心からダンスを愛するヘンリーはキャリーを引っ張っていき、かかとを蹴りあげて飛び跳ねている男女たちに加わった。レンは絡みあって踊っている人々のほうへとゆっくりと近寄っていきながら、体をすばやく沈めたりスキップしたりして踊りに興じているキャリーの幸せそうな笑顔に目を向けた。

彼女はやっと春が来て家の外に出ることを許された子どものようだ。音楽、大勢の人たち、ダンス――キャリーは明らかにこういうちゃんとしたパーティーが大好きなのだ。こんなにも生き生きと輝いている女性を自分のもとに置いて、この暗い石の洞窟に閉じこめておこうなどと考えるのが間違っている。

ただし、ここはもはや洞窟ではない。キャリーがそうしたのだ。彼女はレンの意思などおかまいなしに、ここを家庭に変えた。キャリーがレンを夫にしたことも彼の意思に反していたのと同様に。

レンが村の既婚女性たちの後ろをうろつきながら、キャリーが踊っている光景に魅惑されていると、その年配の女性たちのにぎやかなやり取りが耳に飛びこんできた。

「彼女、かわいらしいわね……それにあまりにも見事な着こなしだわ」

「一度、郵便局で見かけたけど、そのときだってこんなにすてきには見えなかったわよ」

「あら、わたしたちだってみんな、今夜は上等な羽根をつけてるじゃない！」

その言葉のあと、羽根付きの手のこんだ仮面がいっせいに揺れた。かわいそうに、罪もないダチョウの羽根がどれほどむしられたことか。

レンが歩みを進めて、シャンデリアに向けて放たれる甲高い笑い声が届かないところに行こうとすると、女性たちのひとりが続けた。

「だから、本当なのよ！　うちのアダムがヘンリー・ネルソンと話したら、ヘンリーが彼は本当にナイトの称号を得たんだと言ったらしいの」

「本物のナイトがこのアンバーデル・マナーにいるなんて！」

「そして本物のレディも！　まるで妖精みたいだわ」

「ねえ、ちょっと、牧師様の奥さんから聞いたんだけど、結婚式までの期間は短かったんですって。言ってる意味、わかるわよね？」

「結婚式だというのに普通の昼用のドレスを着ていたって本当なの？」

続いてたくさんの舌打ちが聞こえた。レンは夜明けまでにバトンの店のドレスを買い占めようと決意した。こんな老いぼれ猫どもに、これ以上キャリーの衣装だんすについて文句を言わせてはならない！

「わたしはそれってロマンティックだと思うわ」ひとりがきっぱり言った。「何を着ているかなんてどうでもいいくらい、レディ・ポーターは夫に夢中になっていたということだもの」

「でも、どこで出会ったの？　レディ・ポーターはロンドンに住んでたし、サー・ローレンスはこの屋敷を決して離れない……少なくともこれまでは絶対に外に出たりしなかった……」

「まあ、彼がこの数年ここで何をしてたかなんて、どうでもいいわ。ついにまともな領主になろうとしてるのなら！　それにサー・ローレンスは若くて見た目もいい……というか、姿形は立派よ！」

レンはあたりを見まわした。今すぐここから逃げださなければ。

「あら、そうね！　背骨が曲がっているだなんていうばかげた噂、誰が言いだしたのかしら！」

背骨が曲がっている？　背骨が曲、曲がって、いる、だと？　レンは首をねじって自分の後ろ姿を確かめたいという衝動を必死に抑えこんだ。

「本当に噂なんてくだらないものね」

レンが驚いたことに、四人のレディ全員が意味ありげな顔でうなずいた。

「エデンの園の蛇みたいに毒があるわ」

ダンスフロアでは、キャリーがダンスのステップに合わせて紳士から次の紳士の手へと引き渡されていた。とうとう、彼女はヘンリーのもとに戻ってきた。彼のよく日焼けした顔は汗にまみれ、機嫌よさそうに輝いていた。

「きみは驚くべきことをやってのけたな！」ヘンリーがすばやくキャリーを回転させた。「村じゅうが大興奮だ！」

「ありがとう。でも、いろいろと助けてもらったのよ。ベトリスが地元の商人の皆さんを紹介してくれなかったら、これだけのことをするのは無理だったわ」

「まあ、ぼくとしては、きみがここにいてぼくのベティから重荷を引き受けてくれたことをうれしく思うよ」そう言ってほほえむと、ヘンリーはキャリーを回転させて別の男へと引き渡し、もう一度複雑なステップを踏んだ。キャリーは新しいパートナーに気安いほほえみを向けたが、頭の中にはヘンリーの言葉が鳴り響いていた。

〝きみがここにいて……重荷を引き受けてくれた……〟

キャリーにも事情はかなりのみこめてきていた。もし彼女がレンのもとにとどまるなら、アンバーデルの領主夫人として残るなら、ずっと自由で平和な午後をスケッチして過ごすわけにはいかなくなるだろう。

もし。

アンバーデルの領主の妻には地域社会で果たすべき重要な役割がある。キャリーはこの屋敷の女主人として振る舞わなければならない。

しかし新たに発見したひとりきりの時間を大事に思う一方で、誰かの目に映る反応がなければそんなものは無に等しいこともわかりかけていた。誰との絆があるかが彼女という人間を定義する。娘、姉、妻……愛する人。ひとりでいれば平穏かもしれないが、同時に恐ろしく退屈なのではないだろうか。キャリーは誰かに必要とされたかった。もっと言うなら、自分を求めてもらいたかった。これまでそんなことは考えてもいなかった。

キャリーにはレンが必要だ。そしてレンにはキャリーが必要であってほしい。アンバーデルにはふたりともが必要だ。

ベトリスは舞踏室の奥から、キャリーがヘンリーと踊るのを眺めた。ダンスフロアでの彼は腕を振りまわして足をばたつかせ、道化師のようだ。

かわいそうなヘンリー。見違えるように変身したローレンスの横にいると、ヘンリーはまさに田舎の無骨者に見える。もちろんベトリスは突然の結婚式までローレンスの姿を見たことがほとんどなかったが、彼女の記憶にたしかにあるのは人目を避けてよろめきながら歩く男で、今の彼はそれとはすっかり様子が違っていた。

それに死の床にあるようにも見えなかった。何年か前にヘンリーは悲しげにそう彼女に伝えた。実際のローレンスは傷があっても男盛りに見えた。

ベトリスの視線を感じたかのように、ローレンスがふいに振り返った。仮面の奥で瞳が翳り、誰かを捜しているかのように頭を傾けている。ベトリスは視線を落としてさりげなく扇を動かしたが、あたたかい部屋の中で彼女は寒けを感じていた。

ローレンスは今も相変わらず危険な男だ。

ベトリスは村人たちにほほえみかけ、噂話に興じ、相手の子どもや収穫物や病気のことなど、地域社会の中で暮らしていなければわからないような細かい話を聞いてまわった。同じことがやれるものならやってみなさいよ、レディ・ポーター！　しかしアンバーデルの人々と絆を築いているにもかかわらず、ベトリスはこんなにも孤独を感じたことはなかった。全員をとてもよく知っているというのに、わたしの内側でよじれるこの焼けつく不満に気づく人はひとりもいないの？　アンウィン以外は誰も。

ヘンリーが腕にキャリーをぶらさげて戻ってきた。ベトリスは気を取り直し、ふたりにあたたかくほほえみかけた。「楽しく過ごせたようね、ヘンリー。キャリーに冷たい飲み物を持ってきてあげたら？　彼女はとても……」馬みたいに汗をかいているじゃないの、この恥知らず！「輝いているわ！」

ヘンリーはおとなしく従い、あちこちにいる従僕の誰かからシャンパンのグラスをもらおうと歩み去った。こんなにも大勢の従僕を使えると考えただけで、ベトリスの嫉妬心は耐えられないほどふくれあがった。キャリーがベトリスに笑みを向けた。

「ヘンリーは本当にすてきな人ね！　あなたは幸運な女性だわ」

わたしは顔を引きつらせたりしない。レディは顔を引きつらせたりしないものよ。

ベトリスは眉をひそめた。「まあ、キャリー。ローレンスを説得してもう一度ダンスをしてもらえばいいのに」

キャリーのほほえみがかすかに薄れた。「きっとワルツに誘ってくれるわ……最後に。彼は怪我をしているから……」

ベトリスは手袋をはめた手をキャリーの手に重ねた。「もちろん、もちろんよ！　それに……ちょっと踏みこんだことを訊いてもいいかしら？　あの問題はふたりのあいだで、その……改善されたのね？」

キャリーがたちまち顔を赤らめたので、ベトリスは悟った。この結婚は完了したのだ。ベトリスはキスで腫れているキャリーの唇と、胸のさらけだされた部分を髭でこすられた跡に気づいた。輝く目と気安いほほえみを見れば、今やキャリーが夫の魅力に完全にまいっているのは明らかだ。ローレンスもそれに気づいているのだろうか。男というのはそういうことになるとかなり鈍感だ。

ベトリスは大きく息を吸った。それからもう一度。彼女はこれぞ未来のアンバーデルの領主夫人だというとっておきの笑顔をキャリーに向けた。「それはすばらしいわ」腕と腕を絡めてキャリーを脇のほうへ連れていった。「でも結婚している女として言わせてもらえば……体以上に大事なのが心の絆よ。あなたはローレンスの信頼を得られたの？　彼はあなたを信頼してくれるようになったのかしら？」

キャリーが目をしばたたく。「まあ……彼は言葉で表現してくれる人じゃないわね」

ベトリスはくすくす笑った。「ヘンリーとは違って。夫に関してはこれ以上望めないほどだわ！」

キャリーはうなずき、曖昧にほほえんだ。「ヘンリーはたしかに心を通いあわせることを大事に考えているみたいね」

「本当にそうなの！　わたしはヘンリーについてほとんど知らなかったのに、一週間もすると彼についてあらゆることを知っていたわ……そしてヘンリーもわたしのことを知っていた！」

キャリーの笑みが再び薄れた。「い……一週間で？」

「あら、あなたたちもふたりきりで屋敷にいて、ずっとおしゃべりしているんだとばかり思ってたわ。一日じゅう何をしているの？」

キャリーがみじめに肩を落とした。「話は……してないわ」

彼女は放置された蠟燭が溶けてなくなるように意気消沈している。愚かで孤独な子ども。家族のいるロンドンに戻ったほうがいい。

「結婚は大変なときもあるわ」ベトリスは慰めた。「あなたのお母様が話し相手になってくれたらよかったのに。お母様も今頃あなたを恋しがっているでしょう」

「母が？」キャリーが目を丸くした。「今、あなたが母のことを口にするなんて、なんて奇妙なの。わたし……家族を恋しく思うようになるなんて考えてもいなかった。でも今はみんなに会いに行くわけにはいかない」誘惑を振り捨てるように頭を振った。「だめよ、今はそのときではないわ。わたしにはレンが必要で、わたしがすべきは……」声がとぎれた。彼女は唇を噛み、目に涙が光った。

「奥様、ちょっとよろしいですか？」

それは村から来たあの我慢ならない小男のドレスメーカーだった。ベトリスが彼の店を飛びだしたのは、あのばかばかしいほど美しい助手がカーテンの後ろで彼女を驚かせたからだ。なんと、彼はドレスを脱ぐよう求めてきた。〝きちんと〟計測するために。

それだけで、ベトリスはヘンリーがなんとかぎりぎり買えると請けあった新しいドレスを拒否しようと決めた——別に、裾のほつれを自ら色の合わない糸で繕った古いシュミーズを着ていたせいではない。

バトンはレディをひとり連れていて——ベトリスは疑いもなく認めていた、たしかにこの人はレディだと——キャリーに〝レディ・レインズ〟だと紹介した。

ベトリスがバトンを横目で見たので、ドレスメーカーは彼女にも紹介した。全員が会釈をしたが、ただの〝ミセス・ネルソン〟にすぎないベトリスは一番深くお辞儀をした。

「わが家へようこそ、奥様」キャリーが気楽に言った。「あなたも踊ってくれるといいんだけれど……この音楽、すてきでしょう?」

やかましいだけよ。ぞっとする。

ベトリスが驚いたことに、レディ・レインズは口を開いたとたんに勢いよくしゃべりだした。「楽しかったわ! シルクのダンス用の靴がぼろぼろにすりきれてしまうくらい、踊らせてもらったの!」彼女は笑顔でベトリスのほうを向いたが、その目のきらめきにはまぎれもない剃刀《かみそり》の鋭さが潜んでいた。「ミセス・ネルソン、行ってらっしゃいよ。あなたの旦那様は一番楽しいお相手だったわ」

ベトリスは目をしばたたいた。「あなたが……ヘンリーと踊ったんですか?」ああ、なんてこと。赤ら顔と汗まみれの手でもなお意気揚々と踊っている夫について、レディ・レインズは〝親切な〟言葉を述べようとしている。ベトリスは耐えられなかった。キャリーの前でそんな屈辱を受けるなんて。

しかし、レディ・レインズはほほえんだだけだった。「もちろんよ」彼女はキャリーに向き直った。「レディ・ポーター、話に割りこんでしまってごめんなさいね。でも、あなたがとても苦しそうに見えたものだから、ミスター・バトンはあなたを救いに飛んでこずにはいられなかったの」

バトンはベトリスに歯をむきだした笑顔を見せたが、その顔をキャリーに向けたときには目にあたたかさが加わっていた。「わたしのちょっとしたサプライズのいずれも、あなたを不快にさせていないといいのですが。わたしはただ今夜のあなたの楽しみが続くことだけを願っているのです」

キャリーはベトリスをちらりと見てからうなずいた。「もちろん大丈夫よ。あなたの采配は何十年も村の語り草になるわ！　すべてが本当に完璧で……それにあなたとお知り合いになれたのもうれしいわ、レディ・レインズ。ミスター・バトンの友達作りの才能は本当にすばらしいと思わない？　村のみんなが彼のことを大好きだわ」

レディ・レインズが笑った。「ミスター・バトンを好きになるのは簡単よ。彼は村の女性全員にあの特別なルマントゥールの作品を提供したんですもの！」

ルマントゥール？

キャリーはなんとも言えない表情を浮かべていた。ベトリスはふいに、自分もまさに同じ表情になっていることに気づいた。

「ル……ルマントゥール？　あのロンドン一のドレスメーカーの？」キャリーはあたりを見まわした。「でも……」

ベトリスの目に、先ほどまでは気づかなかったものが見えた。村の女性全員が、ただいい感じに見えているのではない。全員が、肉屋の妻から手の荒れた洗濯婦に至るまで、最高にすてきに見えた。

ああ、なんてこと。ベトリスは息を吸いこむのもひと苦労だった。「あなたが？」

バトンが優美にお辞儀をした。「なんなりとお申しつけを、ミセス・ネルソン」

わたしはルマントゥールのドレスに背を向けてしまった。

罠にかけられて。

あの助手は知っていたのに、わたしが店を出ていくのを止めなかったのだ。舞踏室内の音が小さくなったかと思うと、また大きくなった。

キャリーはベトリスの青白くまだらになった顔に驚いたが、目をそらし、慰めるように彼女の腕に片手を置いた。「大丈夫？」

ベトリスは大きく深呼吸をし、輝く笑みを見せた。「ちょっと失礼。急にどうしても夫と踊りたくなったの」

キャリーは優雅に歩み去るベトリスを、眉をひそめて見送った。「ベトリスは新しいドレスを受け取らなかったのね、ミスター・バトン？」

バトンは両腕を広げた。「あの方は拒否されたのです」

キャリーは自分の両手を見おろした。「それを買う余裕はないと思ったんでしょう」視線をあげ、バトンと目を合わせる。「村のみんなにどうしてこれを買う余裕があったの？」

バトンは楽しそうに笑った。「すべての請求書はサー・ローレンスにお送りしました。彼なら充分にまかなえると、信頼できる筋から聞いておりましたので」

キャリーは目をしばたたき、子どものような笑顔になった。すてきな仮面をつけた村じゅうの人たちの輝く顔を見渡して、バトンの計画が見事に成功したと判断した。

「とてもいいお金の使い道ね！」

レディ・レインズがキャリーのほうに頭を傾けた。「バトン、席を外してもらえないかしら？」

偉大なるルマントゥールはレディ・レインズの仰せに従うほどうれしいことはないと言いたげにお辞儀をして、するりと群衆にまぎれた。キャリーは視線をレディ・レインズに戻した。ふっくらとしてかわいらしい、黒髪の女性に。「あなたは誰なの？」

レディ・レインズは指輪をはめた手をひらひらと振った。「わたしのことはどうでもいいの。わたしはあなたにもっと興味があるのよ、レディ・ポーター」

キャリーは首を振った。「キャライアピでいいわ。キャリーでもいい。レディ・

ポーターと呼ばれると、シルクを着てでっぷり太ったどこかの未亡人になった気がするの」

レディ・レインズが忍び笑いをもらす。「その感覚はわかるわ。わたしはアガサよ」

彼女は腕をキャリーの腕と絡めた。「ちょっと散歩しない？」

キャリーはおとなしく歩きだした。「行くあてがあるのかしら、レディ……アガサ？」

「いいえ……どこということはないけれど」

前を向いたキャリーは自分たちが、とても肉屋の妻か洗濯婦とは見えないくらいに着飾った人々の目の前を歩いていることに気づいた。その集団は王族のように見えた。三人の紳士とふたりのレディがいる。男のふたりは黒髪、ひとりは金髪で、いずれも貴族に見え、ふたりとも背が高くて優美な金髪のレディはそれぞれ太陽と月の光のようだった。まるで王女だ。

「ミスター・バトンとはあとできちんと話をしないと。わたしの舞踏会にわたしが知らない貴族を招くなんて」キャリーは小声で言った。「最初はひとりかふたりだけだと思っていたのに、ここは突然そういう人だらけになってしまったわ」

アガサが驚いたように声をあげて笑った。「バトンの古い友人はほんの数人よ」

「わたしは誰の前を歩いて観察されればいいのかしら?」キャリーはかかとを踏ん張り、アガサの足も止めた。「ねえ、あなたが何か知りたがっているのはわかってるの。どうぞ質問して。わたしには隠すことなんて何もないんだから」

アガサがため息をついた。「なるほどね。バトンはあなたという人をちゃんと理解していたみたい」キャリーから腕を引き抜いて向き直った。「わたしが親友に代わって心配していただけよ。そして自分を安心させたかった……わたしもバトンも。友人が利用されるんじゃないかと心配だったの、かわいい顔をした……」

「邪悪な心を隠した女に?」キャリーは頭を振った。「わたしはミスター・バトンのことが大好きだけど、彼はかわいい顔に心を動かされるような人だとは思えないわ。カボットの顔でない限り」遠くの柱に暗い顔でもたれている若者を身ぶりで示した。

ふたりのレディは一瞬、その若者の呆然とするほどの美しさを眺めてから会話に戻った。

「ああ、そう……バトンのことだけど」アガサは目を細めて意味ありげにキャリーを見た。「誰であれ、バトンの邪魔をしようとする者はすぐに自分が大変な窮地に陥っていると気づくことになるわ」

「間違いないわ!」キャリーは腕組みをして怖い顔をしてみせた。「そんな人がいたら、わたしに教えて。兄たちに連絡して、さっさと片をつけてやるから。妹たちに任せたら、もっとひどいことになるわよ！」

アガサが困惑したように眉をひそめてキャリーを見た。「バトンに無礼な振る舞いをした人をやっつけるのに、きょうだいを招集しようというの？」

「人と違っているからって、彼をばかにする人がいたの？　ここに？　わたしの家の中に？」キャリーは闘志満々な様子で鋭い目を部屋じゅうに走らせた。「誰？」

アガサが肩越しにちらりと目をやった集団は、キャリーがひそかに〝王族〟と名づけた一団だった。アガサがかすかに頭を振ったのは何かの合図なのだろうか？　キャリーは部屋に視線を戻して親愛なるバトンを捜した。彼はこの舞踏会のために運びこまれた鉢植えのヤシの木のそばでレンと話をしている。信頼に足るカボットもそばに控えていた。

キャリーは肩の力を抜いた。レンとカボットと一緒にいるバトンのことを、誰もばかにしたりはしないだろう。

やさしく肩を叩かれたキャリーは、アガサの茶色の目を見おろした。

「ごめんなさいね。あなたを苦しめるつもりはなかったのよ。誰もバトンを攻撃なんかしていないわ、本当に。ただ確認したかったの、あなたが……誠実な友人だということを」

「あら」キャリーは頭を振った。「もちろんよ。ミスター・バトンはわたしとわたしの夫のために、いろいろと手を尽くしてくれたわ。サー・ローレンスを見て。これだけの人がいる中で、誇り高く立っているあの姿を！」誇らしげにため息をついてレンを見つめた。「すばらしいと思わない？」

ちょうどそのとき、レンが顔をあげてキャリーの愛情あふれる視線を受けとめた。彼女に返したレンの視線は燃えるようだった。

アガサもレンを見つめ、それからキャリーの紅潮した顔に視線を戻した。「この変身ぶりにはルマントゥールの神秘の力だけでなく、何かもっとほかの力も働いているみたいね」彼女は静かに言った。「別の種類の魔法と考えるべきかしら」

28

ベトリスは舞踏室をこそこそ歩いていった。一歩一歩、割れたガラスの上を歩いているかのようだった。

「あら、ミセス・ネルソン、あなたには知らせが行かなかったの？　わたしたち、ルマントゥールを着てるのよ！　ロクスベリーに住んでいる妹に話すのが待ちきれないわ！」

「まあ、ミセス・ネルソン、あのすばらしい人に注文しなかったなんて、かわいそうに！　悲劇よ、ただただ悲劇としか言えないわ！」

「ああ、レディ・ポーターがあなたに知らせてくれていたらよかったのに……」

ベトリスは唇に笑みを張りつけ、お愛想で意味のない笑い声をあげ、とうとう〝わたしたちみんな、レディ・ポーターが大好き〟と繰り返される声なき声から逃れるためにカーテンの奥の薄暗いアルコーヴに飛びこんだ。

彼女は握りしめた両のこぶしを額に押しあてた。肌の熱さでさらに怒りがこみあげる。

ダンス用の靴の下に、何か小さくて丸いものが転がった。ベトリスが気になって拾いあげてみると、それは小粒のグズベリーほどの大きさで、薄暗い光の中できらめいた。

誰かが真珠をひと粒落としたらしい。


キャリーはアガサが長身で金髪の美女に話しかけながら舞踏室を歩いていくのを目にとめた。金髪の美女は銀色の月の女神のようで、赤褐色と白の狐の毛皮をアクセントにした仮面をつけている。ふたりの女性はキャリーが目を向けた瞬間にわずかに顔の角度を変えたので、キャリーは彼女たちが自分を見ていたのだと気づいた。

「ワルツをいかがかな?」

振り返ると、レンが低くお辞儀をして片手を出していた。彼は顔をあげ、煙る目を向けた。キャリーは心臓がぐらりと揺れ、息が止まりそうになった。

わたしはなんてハンサムな夫を持ったのだろう。

キャリーは顎をあげて片手をレンの手に重ねた。その手がほんの少し震えたのは間違いない。「ええ、もちろん。このダンスは真珠なしでいいわ……でも、ワルツではないわよ」

レンはキャリーの目を見つめたまま、もう一方の手を掲げて指をパチンと鳴らした。陽気な曲がたちまち流れるような叙情的な音楽に変わった。「ほら、ワルツだ」

それは大胆不敵な領主らしい仕草だった。自分が人々の恐怖の的になっていることを自覚して、自分の存在を申し訳なく思っている男性の行動ではない。その変貌ぶりはたしかに奇跡的だった。自信がそうさせているのだ。

それとも……？　アガサの声がキャリーの頭の中に響いた。〝別の種類の魔法と考えるべきかしら〟

レンが腕の中にキャリーを抱き寄せると、彼女はたちまちすべてを忘れた。不適切なくらいの近さまで引き寄せられ、フロアへと連れていかれると、何もかもがどうでもよくなった。

「踊っているときのきみは美しい」レンがささやく。「ほとんどあのときと同じくらい……」彼の声がとぎれたが、目の表情がすべてを語っていた。

キャリーの心臓が跳ね、胸の中でぐるりとまわった。しかし、彼女は高くあげた顎の角度を崩さなかった。「ほとんどですって？　言っておくけど、わたしは正真正銘のルマントゥールのオリジナルデザインのドレスを着ているのよ！」

「知っている」レンが唇をゆがめ、美しい目の奥でユーモアがきらめいた。「二階にまで届くぐらい長い請求書を受け取ることになると言われたからな」

キャリーは唇を噛んだ。「かまわないでしょう？　女性たちはみんな、あれほど幸せそうなのよ。本当に気前がいいと誰もが感謝して――」

「しいっ、キャリー。かまわない」レンがあまりにすばやく回転させたので、キャリーは体が浮きあがった。彼は頭を低くしてキャリーの耳にささやいた。「それに、ぼくは決めた。あれはきみのつけにすればいいと。ドレスは二十五着、それとも三十着あるのか？　一着につき真珠ひと粒。それでいいな？」

三十粒の真珠。

彼の腕の中で、彼のベッドの中で、彼の人生の中で迎える、三十回の夜。

キャリーは頭を巡らしてレンの唇を急いで盗み、体を引いてほほえんだ。「あら、わたしはルマントゥールのドレスには一着につき真珠ふた粒の価値があると思うわ。でも、今夜のことには真珠はなしよ。もしあなたが覚えているのなら」

レンがキャリーの目を見つめた。「完璧に覚えている」ささやいた声は期待にくぐもっていた。

ふたりの視線が絡みあい、鼓動が揃った。ふたりはレンが始めさせたワルツを踊りにフロアに出ていって、部屋じゅうをくるくると優美にまわった。ついには楽団員が目を見交わして肩をすくめ、同じ曲をもう一度頭から演奏しはじめた。

ワルツが終わると、レンは抱きしめていたキャリーを手放すのが耐えられなかった。彼女と踊っていると、空を飛んでいるかに思えた。キャリーが腕の中にいると、自分を怪物だと感じずにすんだ。舞踏室でも、寝室でも、図書室でさえも！　自分はまた人間に戻れるのだと、キャリーが信じさせてくれていた。

しかし、彼女は踊りすぎて息を切らしている。レンの腕にしがみつき、赤い顔を手であおぎ、足を引きずっているのは明らかだ。

「しまった、きみの足首が。なぜ言ってくれなかったんだ？」

「そしてあなたと踊る機会をみすみす逃せというの？」

レンは舞踏室に魔法のように現れた小さな椅子のほうへキャリーを連れていった。

「座るんだ、キャリー。シャンパンでも持ってこさせよう……バトンの手下どもはどこにいる？」

キャリーが視線をあげてレンの手を取った。「ああ！　それで思いだした……ミスター・バトンを気をつけて見ておいてあげなければならないわ、レン。ここはロンドンではないんだもの。レディ・レインズが奇妙なことを言っていたの――」

「キャリー、ここの連中は皆、バトンが小麦粉ひと袋の値段で女王のようなドレスを売ってくれて大喜びだ。この一時間というもの、バトンのために乾杯をして飲みつづけているよ！」レンはやっと従僕を見つけて手招きした。いまいましいことに、その男は振り返らずに別の方向へと歩いていった！

「くそっ」レンはキャリーの手を軽く叩いた。「ここにいてくれ。シャンパンを取ってくる」

彼は別の従僕が先ほどマグナム瓶からシャンパンを注いでいるのを見かけたあたりへと歩いていった。人の輪から離れてようやく、キャリーの言った言葉が意識に届いた。

〝レディ・レインズが奇妙なことを言っていたの〟

レインズ？　待てよ――な、ん、だ、って？

彼はきびすを返して大股で椅子のところへ戻ったが、キャリーの姿はなかった。

レインズ？

いや、まさか。

レンはここで初めて自分の新しい従僕たちをまじまじと見た。向こうでシャンパングラスを並べたトレイを運んでいる、いかにも本が好きそうな眼鏡の男は彼の知っている誰かに似ていた。もっと右側では背の低い男がそばを通り過ぎる長身の金髪の女性ふたりに、彼女たちのために扉を開ける形でお辞儀をしている。あそこにもひとりいる。扉のそばで人々が休んでいるあたりに、アンバーデル・マナーの地味なお仕着せを着てひっそりと立っている男。

レンはさらにその男に目を凝らした。背が高くずんぐりした男は殺し屋の雰囲気をまとっている。彼はかつて、たしかにああいう男をよく知っていた……。

男女ふたりが踊りながら通り過ぎ、レンの視界をさえぎった。レンが一歩ずれると、えくぼのある黒髪のレディが詫《わ》びるようにほほえんだ。小さな青のシルクの花で飾られた仮面の奥で、茶色の目が好奇心に輝いている。男のほうは顔が見えなかったが、レンがその男をもう一度よく見ようと目を向けたときには、ふたりは踊る人々の群れにまぎれてしまっていた。

あの男、どこかで……。

レンは肌が粟立《あわだ》った。背筋が凍る。頭の後ろに目がついていたらいいのにと思わずにいられない。

以前なら、こんな感覚に襲われれば自分が包囲されていると解釈しただろう。だが、それはばかげた考えだ。あんな時代は終わった。この感覚は久しぶりに人ごみの中にいるせいで感じた、過去の警戒心の名残にすぎない。

そうだろう？

「ミスター・アンド・ミセス・アーカミディーズ・ワーシントン！　そして……ご親族一同、ご到着！」

キャリーはテラスのひんやりした空気を吸いながらシャンパンが来るのを――そしてあわよくば再びのキスを――待とうと決め、外へ出る扉の取っ手に片手を伸ばしたところだった。彼女は思わず息をのんで振り返った。

嘘でしょう。まさか。ありえない。

本当にそんなことが？

キャリーの家族全員が一団となって舞踏室に入ってくると、周囲からささやきがあがった。

「誰なの？」

「パレード？」

「サーカス団とか？」

まあ、かなり近いかもしれない。そこに精神病院も加えればもっと近い。全員がそこにいた。仮面と衣装をつけた軍隊のように、背が高い者も低い者も、髪の色が暗い者も明るい者も、みんなばらばらで、みんな同じ。キャリーが失ったと自覚しつつあるワーシントン家特有の無頓着さを、まぎれもなく全員が発揮している。

キャリーは顎をあげた。たちまち背筋が伸びた気がした。異国の香水のように、家族から立ちのぼる機知に富んだ自信と気楽な態度がすぐに彼女にも伝わった。

どうして忘れていたのだろう？

気分を高揚させ、大いに疲れさせもする集団が、笑顔で腕を広げ、混沌《こんとん》とした喧騒とともにキャリーに向かってきた。愛と破壊の大嵐が迫ってくる。

わたしの舞踏会が台なしだ。みんなに会えるなんて本当にうれしい。これは悲惨なことになる。みんな、すばらしい顔をしているじゃないの！

そういうわけで、この場にふさわしくキャリーも腕を大きく広げ、泣き笑いで彼らを迎えた。

レンは舞踏室の奥から、花嫁が狂気の集団の中に消えるさまを見つめた。あれは明らかにワーシントンの大群——いや、一族だ。

信じられない。ワーシントン家の人々があんなに大勢いたとは。それにキャリーの驚愕した顔からすると、彼らは彼女の来客リストに載っていなかったらしい。

バトンめ、本当に殺してやるからな。

キャリーの両親には丁重に挨拶しなければならない。それに、デダラスとかいうあの傲慢な男にも。しかしレンのほうも、出会ったあの夜に犯した過ちがある。デイドがレンの腕の中にキャリーを発見したあの夜に。

あの男は悪魔が現れて自分の妹を襲ったと考えたのだろうか？　もしかしたら保護者ぶる兄の愛情として許してやってもいいかもしれない。いいだろう、それなら、喜んで許してやろう。デイドがおとなしくしてさえいれば。

だが、ほかの連中は？　レンは聞かされてきた物語を思いだそうとした。キャリーは双子のキャスターとポラックスのことを話していた。茶色の髪をして黄緑色の揃いのベストを着た、そっくりなあのふたりだ。恐ろしい。

妹たち。妹の話もいくつか聞かされたはずだ。エレクトラとアタランタ。まったく、どういう名前なんだ！　レンは亜麻色の髪をしたかわいらしい女性と、痩せっぽちでそばかすだらけで、赤っぽい金色の巻き毛を振り乱している少女が妹だろうと思った。

あるいは、あれはペットかもしれないが。

弟はもっといたはずだ。名前、名前……。レンはオライオンとライサンダーの話を聞いたことを思いだした。ひとりは細身で黒っぽい髪をしており、整った外見の眼鏡をかけた真面目な物腰の男だ。もうひとりは髪の色はほとんど同じだが、きちんと手入れされてはいない。黙って目立たずに横にいる様子は、家族でさえ突き破れない殻に包まれているかに見える。

レンは燃えあがるような自己嫌悪というものをよく知っていた。見ればすぐにそうとわかるくらいに。本能のすべてがレンに、沈黙しているその男はいつ火を噴くかわからない大砲だと告げていた。

アイリスとアーカミディーズは親戚らしい痩せた年配女性とともにキャリーをきつく抱きしめ、興味津々で見守っている人々の目などおかまいなしに舞踏室の人たちに幸せそうに笑みを向けている。

それにしても……なぜあの年配の女性のボディスは動いているのだろう？

矢継ぎ早に抱擁を受けて息もつけないでいたキャリーを次に抱きしめたのは背の高い女性だった。頭に巻きつけたターバンのせいで、この部屋にいるほとんどの男性よりも彼女のほうが長身に見えるくらいだ。

「ええと……クレミーおばさん?」

女性の胸に押しつけられたキャリーの顎を、何かがぺろりとなめた。そう、間違いなくアイリスの一番上の姉、クレメンタインだ。ボディスの中に潜んだ毛むくじゃらの小さなお客も一緒だった。

「ほらほら、わたしたちが何がなんでもあなたをこの大騒ぎから連れだしてあげるから! 結婚したですって? まったく、男どものすることときたら!」

キャリーはため息をついた。これぞワーシントン家だ。


レンは大勢に囲まれたキャリーのところまでたどり着けなかった。しかし自分のまわりには空いたスペースもあるとふいに思った。舞踏室の中だけでなく、世界そのものに。多くの人たちにとっては家族で埋めることのできるスペースだ。彼は家族がキャリーを取り巻いているさまを見た。愛情あふれる腕の輪が信頼の要塞を作っている。

少年の頃のレンにはそれがあった。本当に小さな輪だったが、彼の両親と年上のいとこのジョンは、たしかにレンの家族だった。

それが唯一の自分の居場所ではなかったはずだ。

そう、レンはそれを〈ライアーズ〉の面々とともに見つけたと思っていた。さまざまな顔触れの盗人《ぬすっと》と紳士の諜報員が集まったあの一団に。

もちろん、結局は彼が間違っていたのだが。今、頭がどうかしたかのような家族に愛情に満ちた笑顔を向けるキャリーを見ていると、冷たいものがレンの体を駆け抜けた。

それをキャリーとともに見つけようとしたのも間違いなのか？　彼はすでに自分の心をキャリーの手に握らせてしまった。彼女はレンを再び悲しみの中に突き落とすのだろうか？

レンは背を向けて部屋を出ていきたい衝動を必死にこらえた。両親は彼を置いて去った。母は事故で、父はそのあと母のあとを追って。ベッド脇の鎮痛剤の瓶は空っぽになっていて、くしゃくしゃの紙に一行だけ文字が書きつけられていた。〈彼女がいなければ生きていけない〉

当時のレンは、父は臆病者だったのだと考えた。

そう言いながら、洞窟に隠れていたのは誰だ？

レンは自らを軽蔑して笑い、大股でキャリーの家族のほうへ向かった。キャリーが欲しければ、自分の手で彼女を奪わなければならない。心配する必要はなかった。ワーシントン家の人々は目を丸くして左右に分かれ、レンに道を空けた。

ああ、そうだった。レンは顔の傷の一部がさらけだされていることを忘れていた。

こんにちは、怪物。家族のもとへようこそ。

29

キャリーはこれほどいらだちを表した咳払いを聞いたのは初めてだった。おばのクレミーの長い腕をほどいて振り向き、おずおずとレンにほほえみかけた。その後ろからベトリスとヘンリーがついてきていて、ふたりの目は好奇心で輝いていた。

「わたしの家族が舞踏会に来てくれたの！」キャリーは明るく言った。「すばらしいでしょう？」

レンが彼女を見つめ返した。キャリーはさらに笑みを大きくした。いい人でいて。気のいい世捨て人になって、わたしの家族に礼儀正しく接して。

レンの沈黙は一拍長く続いた。ささやきが舞踏室に広がりはじめる。キャリーはさらに歯を見せた。鋭い歯を。爪先でトントンと床を打ちつけはじめた。きょうだいたちが不安げにあとずさりした。

レンは一歩も退かなかった。翳った目できょうだいたちを見渡し、クレミーとその襟ぐりから突きだしている毛むくじゃらの小さな鼻先に目を向けたかと思うと、両親を通り過ぎ、キャリーの目へと視線を戻した。

いい人になって。お願いだから。

レンはキャリーの目の前で自信をなくしてしまったように見えた。一瞬ぐったりと目を閉じ、それから前に進みでて、非常に礼儀正しいお辞儀をした。「ミスター・ワーシントン、ミセス・ワーシントン。なんという驚きでしょう。今夜のためにはるばる来てくださるとはうれしい限りです。ご家族の皆さんに紹介していただけますか?」

彼の言葉はとても丁寧だった。多少抑揚のない口調だったとしても、少なくともきつくは聞こえなかった。

レンは行儀よく振る舞いつづけ、張りあうのが好きなデイドもいくらか態度を和らげた。弟たちはそれほどキャリーを困らせはしなかったし、エリーの人前での振る舞い方は常に適切だった。

それからアティがレンに紹介された。キャリーはワーシントン家の中で息を詰めて見守っているのは自分だけではないと知っていた。アティが何をしでかすか、誰も予測できない。でも、わたしが心配する必要はあるのだろうか?

しかし小さなアティは、エリーがかつて着ていたかわいらしいピンクのドレスに身を包み、花と紙粘土で飾られた仮面をつけ、細い体で膝を曲げてお辞儀をした。まったく無表情のまま、いつものように誰にもわからない何かをつぶやいている。アティにできないことがあるとすれば、それは無気力になるということだ。キャリーはむしろ心配しなければならない気がしてきた。

そのときキャリーは双子が黙って姿を消したことに気づいた。ああ、だめだ。静かにしているときの双子はろくでもないことをしでかすのだから。

幸い、弟たちはまたすぐに姿を現し、テラスの両開きの扉から舞踏室に戻ってきた。くびきの上にかがみこんでゆっくり動き、後ろにつなげられた何かを引っ張っている。

その物体はふたつの車輪が付いた荷車にのせられ、キャンバス地の布がかけられていた。三メートルほども高さがあり、双子の動きは大げさに重たがっているわけではなさそうだ。

キャリーは後ろにレンがやってきたのを感じた。彼の片手がキャリーの腰にまわされる。レンは少々強すぎると思うほどの力で彼女をつかんだ。

「キャリー……」

キャリーは目を閉じて勇気をかきたてると、レンの腕の中で向きを変えて爪先立ちになった。「お願い、弟たちの相手はわたしにさせて」

彼女はレンのため息の深さを意識した。

「今夜はきみのものだ、キャリー。きみは必死に頑張った。ぼくはただ、きみにがっかりしてほしくないだけだ」

レンの声には気遣いが感じられ、キャリーは彼の腕の中でとろけてしまいそうだった。わたしのために、どうかそのままでいて。もっといい人になって。

本当にそう頼めばレンが努力をしてくれるのだと思うと、キャリーはうれしかった。ただ、残念ながらワーシントン家の人々を操縦するのは初心者には難しい。

キャリーはレンの肩を軽く叩き、彼を見あげてほほえんだ。「きっとすべてがうまくいくわ！」

レンはキャリーと同じくらいその言葉に疑念を抱いているようだった。キャリーは彼の腕から抜けだし、双子のもとに向かった。キャスとポルはきしむ荷車を引いてきて、大理石の舞踏室のフロア中央に大きな星がはめこまれているところへ到着した。

双子に遠慮しても意味がない。キャリーは腕組みをし、爪先で床を打った。「それは何？」

「姉さん、それは」

「以前はこう呼ばれていたんだ」

「とんでもない代物と！」

双子はそのとんでもない代物に十四歳の頃から取り組んできた。アティはときどきその製作に引っ張りこまれていた。母も同様だ。ワーシントン家の人々は皆、何年ものあいだになんらかの形で貢献していた。この物体は家族の一員も同然だった。

しかしながら、キャスとポルが一緒になって言う言葉は信じないというのが長らくキャリーの信条だった。彼女はキャンバス地の布に覆われた物体を疑わしげに見つめた。「それがあのとんでもない代物だとしたら、関節でつながれた触手はどこに行ったの？　それに銀の櫛で作られた尖った先端はどうしたの？　あれが天体の音楽に合わせて震えるんでしょう？　あれを取り外すことに決めたんだったら、わたしの櫛を返してよ」

「あら！」エリーが片手をあげた。「わたしのも！」

双子は父のような笑みを浮かべた。「そのうちにね」

「そのうちにね！」

エリーは腕組みをした。「売ってしまったんでしょう？」

キャリーもその答えを心から知りたかったが、手を振って妹を黙らせた。「まだ答えを聞いていないわ。その物体がここで何をしようとしているのか」彼女は客人たちを見まわした。人々は集まってきて緩い輪を作っている。顔を寄せあい、ワーシントン家の珍妙さについて話をしているのは間違いない。この村に受け入れてもらおうとキャリーが必死で用意してきた舞踏会が、変人だらけの家族のせいで台なしだ。

群衆の中から忍び笑いが聞こえた。キャリーはすばやく振り返り、顔をしかめた。奇妙な家族に対して内心では不満を抱いていても、アンバーデルの人たちに愛する家族について皮肉を言われたら捨て置くわけにはいかない！

しかし、客の多くは夢中になって楽しそうに予想を繰り広げている。いい感じだ。もしキャスとポルが本当に役立つものを発明したのなら——爆発物に関する驚異的な才能を生かしたのでなければ——いい結果になるかもしれない。

そのとき、リオンが前に出た。「関節でつながれた触手は新しいテーマに沿うものではなかった。櫛で作られた受信装置はただ滑稽なだけだった。デザインを一新したときに、ぼくはそれを外すことにしたんだ」

キャリーは目をしばたたいた。リオンが双子に手を貸していたとすれば、このかつてはとんでもない代物として知られていた物体は、本当に機能するのかもしれない！

キャリーは学者肌の弟を見た。「でも……」どう努力しても、自分の声の当惑した調子を消すことはできなかった。「それはなんなの？」

アーチーの腕に手をかけた母が姿を現した。「お祝いよ、もちろん！　わたしたちみんなで何日も頑張ったんだから。壮大で雄弁な表現なの！」彼女は軽食が並べられているあたりに曖昧に頭を傾けた。

キャリーは少しいらだちながら母を見つめた。正直、母にはときどき閉口させられる。彼女はこめかみをさすった。「リオン、わたしの舞踏会をめちゃくちゃに《エクスプロード》するつもりなの？」

リオンが眼鏡越しに真剣な目でキャリーを見つめる。「いや、近々爆破《エクスプロード》する予定はない」

リオンが決して嘘をつかないという事実には心が慰められた。リオンは誰かの気分をよくするために真実をごまかすことは絶対にしない。ただ、他人の感情を理解できないだけだ。

キャリーは振り返り、唯一の理性的な人物を見つけた。「兄さん？」

デイドが前に出た。「すまない、キャリー。招待状を受け取って、ひとりで来ようと思っていたんだが……」当惑した様子で片手を振った。「おまえが家にいて事態をおさめてくれないと、この家族は手に負えない」

招待状？　キャリーはすばやく部屋を見渡したが、裏切り者のバトンの姿は見えなかった。おそらく彼はよかれと思って送ったのだろう。正直なところ、バトンはどうやって知ったのだろうか？　ベトリスを連れたヘンリーが前に出てきた。ふたりはキャリーの父に親しみをこめて挨拶をした。ああ、なるほど。父とベトリスとヘンリーは前に結婚式で会っているのだ――そしてヘンリーは今も知り合いだと思ってくれている。キャリーのヘンリーに対する評価がまた一ポイントあがった。

「われわれはこのめでたい門出に、非常に特別な展示物を運んできた」アーチーは夢中になっているヘンリーに言った。「きみの村のみんなもこんなものを見たことはないだろう！　ちょうど夜中の十二時にタイミングを合わせてある。それが自分をさらけだす瞬間だ！」

レンは荷車の車輪が大理石を汚した跡を苦々しげに爪先でなぞっていたが、急にみぞおちが冷たくなった。

自分をさらけだす瞬間。舞踏室にいる全員が仮面を取る。

彼の仮面もはぎ取られるのだ。

ベトリスはヘンリーのそばを離れ、好奇心に突き動かされるまま、キャンバス地の布に覆われた荷車のほうへ歩いていった。そっくりな顔をした若者がふたり、タールを塗った防水布の下で何かをいじっている。

「ほら、そこを締めて」

「ボルトだな。わかった。今度は」

「ばねだ。それをまわして」

「あと、あれを忘れないようにしないと……」

片手を出して、荷車の端でぐらついている木の工具箱の中の何かを探している。ベトリスは気になって、こっそりとさらに近づいた。

「輪止めくさびだ」箱を探っていた手が十センチほどの真鍮のねじを引っ張りだした。

「そこだ。これはもう絶対に」

「これなしではうまくいかないよ！」

「大惨事になる！」最後はどこか面白がっているような、うれしそうな口調だった。

「確認よし！　さあ、シャンパンだ！」

「それに女の子たち！　田舎娘からこっそりキスを盗むんだ」

「みんな感動して、ぼくたちはこっそり盗む必要なんてなくなるぞ！」

キャリーの弟たちは奇妙な物体から去っていった。彼らはベトリスがのぞいていたことにはまったく気づいていなかった。

「わたしがいなくなって何カ月も経ったわけではないのよ、ザンダー」キャリーは理性的な口調を保とうとした。そうしながら無意識のうちにアティの手からシャンパンのグラスをもぎ取り、代わりにレモネードのグラスを持たせていた。「あなたたちだって、数日ぐらいは秩序を保てるはずだわ」

ザンダーはただキャリーに暗い目つきを向けただけだった。

キャリーは腕組みをした。「怒ることじゃないでしょう。遅かれ早かれ、わたしは結婚することになっていたんだから！」

ザンダーはむっつりと肩をすくめてみせた。

キャリーはくるりと目をまわした。「あなたがなんと言おうと、終わったことは終わったことよ。わたしはもう結婚したの！」

アティはレモネードを飲んで顔をしかめ、植木鉢に中身を空けた。「姉さんはロンドンで結婚しようと考えたかもしれないのに。あの人ではない誰かと」空のグラスで舞踏室の向こうにいるレンを指した。残っていたレモネードのしずくが飛び散って、キャリーのドレスに振りかかった。「わたしたち、もう絶対に姉さんに会えなくなっちゃう」

キャリーはしみをハンカチでこすりながら奥歯を噛みしめた。「まだ二週間も経っていないのよ」

レモンの汁でシルクが色あせてしまう前に、少し水が欲しかった。キャリーは弟と妹から顔をそむけた。ザンダーと議論するのはもううんざりだ。

実際にはそれは議論ではなかった。ザンダーは言葉を発しない。キャリーは空白を自分で埋めることに慣れていた。

いったい水はどこなの？

たいしたことではない。本当に。村から来た女性ふたりの会話をたまたま耳にしただけだ。ひとりはレースをひらひらさせた仮面とメアリー女王のような扮装《ふんそう》で、赤いかつらをつけた太ったエリザベス女王のような相手に向かってよく通る声で話していた。

「……娘のサラが友達のペニーのところへ遊びに行ったの。肉屋の息子とつきあってる子なんだけど、その子が娘に言ったのよ。サー・ローレンスのところの新しい料理人はとんでもない大男だって！」

大男。

キャリーはぎくりとして足を止めた。体の中が冷たくなる。バトンの料理人。大男ですって?

そのとき従僕のひとりが十二時を告げるべく、トライアングルを鳴らしはじめた。その音は舞踏室じゅうに鳴り響き、最初の音で客人たちは視線を謎の荷車に向けた。

キャリーも向き直り、父が前に進みでるのを見て息を詰めた。

レンは真夜中のトライアングルの音に凍りついた。やっとまた息をしはじめたところに、アーチーが出てきて、両腕を大きく振りまわした。

「その昔」彼は詠唱した。「ダイダロスが飛び、テセウスがミノタウロスを殺した時代!」

レンにはその話がなんの関係があるのかわからなかったが、人々は聞き入り、キャリーさえも少々感銘を受けているように見えた。ついでにそれでみんなが仮面を取るという恐ろしい儀式を忘れてくれるのなら、レンはその物体のまわりで踊りたいくらいだった。

もっとも、アイリスはすでにそうしていた。というより、音楽に合わせて両手を振りながら前後に漂っていた。そのダンスは蛇遣いを連想させた。

レンはかわいらしい妹のエレクトラが楽団員のそばで何やら甘く話しかけていることに気づいた。案の定、新しい曲の演奏が始まった。それは奇妙で幻想的な音楽で、普通の種類のダンスを踊るにはおよそ適していなかった。

アーチーはまだ話しつづけている。「その昔、偉大なる生物がいた。神秘の命、誕生と再生の象徴、そして……」大仰にお辞儀をし、布で覆われた荷車に視線を向けた。その瞬間、十二回目のトライアングルの音が鳴ると同時に、一体になって動いていた双子が大きな物体の覆いを勢いよく取り払った。

現れた金属の物体は、荷車も含めると三メートル近い高さがある卵のようなものだった。あるいは雨粒だろうか。レンは近寄って眺めた。物体の表面に浮きでた模様は、真鍮と鋼鉄を打ちだして作ったものだ。炎？　ああ、たしかに炎のような……雨粒のような……卵のような……何かだった。

音楽が大きくなり、レンは弦楽四重奏団のほうをちらりと見た。疲れた楽団員をエレクトラがおだてて新たな高みへと引きあげたらしい。まあ、美人は自分の強みをよくわかっているということだろう。

きしむ音が聞こえて、レンは物体に向き直った。炎だか卵だかはゆっくりと回転していた。レンの耳には内部の巨大なぜんまい仕掛けがたてるカチカチという音が聞こえた。まるで金属の塊が鼓動を刻んでいるかのようだ。なるほど、音楽を流す必要があったわけだ。それがなければ、この音はずいぶんと恐ろしい響きに聞こえただろう。キャリーが喜んで両手を叩いた。「動いているわ！」

眼鏡をかけて傲慢そうな顔をした弟のオライオンはただうなずいた。「当然だ」

レンは肩の力を抜いた。キャリーが幸せなら、レンがこれを時間の無駄でばかげていると思っていたとしてもどうということはない。その物体は狂気の度合いで言えばむしろ驚異的ですらあった。回転する炎だか卵だかは、遠心力によって殻が広げられたかのように、大きな三角形へと分かれはじめた。

レンも気づけば村人たちと同様に魅惑され、息を詰めて中身を見つめていた。

それは鳥だった。真鍮と鉄から彫りだされ、羽根は一枚一枚が切り取られて、改めてつけ直されている。レンが立っている位置からは、金属の羽根の生々しい輝きが見えた。

くちばしと爪は深紅で、目は緑色の宝石のようだ。実に見事な出来栄えだった。芸術としては醜く、その鳥はワシのようにも、オウムとダチョウが合わさったようにも見えた。足は極端に大きい。それが金属でできた全体を支えなければならないからだろう。レンはその愉快な狂気をかすかにほほえみながら見つめた。

卵から孵《かえ》った鳥。三メートルの卵から生まれた、二メートル半もある醜い鳥。

「おやおや。わたしはいつも言うんですよ。しないよりはやりすぎたほうがましだと」

そばにやってきたバトンをレンは見おろした。小柄な男は両手を体の前で握りしめ、子どものように喜びで目を輝かせている。

レンは眉根を寄せた。「これはきみの思いつきか？」

バトンは首を振った。「わたしが奥様のご家族を招待したのは、奥様が寂しそうに見えたからです。彼らに余興を頼みはしませんでしたが、こうなるとわかっていてしかるべきでした。何しろ非常に悪名高い人たちですからね」

レンは眉をひそめた。「本当に？　何で悪名高いというんだ？」

「完全に頭がどうかしていることでですよ、もちろん」

もちろん。だがそれを言うなら、レンもすでにそうだと知っていた。

鳥が震えはじめ、バトンの笑みが広がった。「おお、何かしていますよ！」

大きな真鍮の羽根が浮きあがっていた。レンは思いがけず感銘を受け、眉をあげて見守った。それは本当に見ものだった。人々は息をのみ、ちらほらと歓声もあがった。

レンはそこまで夢中になってはおらず、双子のひとりが物体の後ろで何かのレバーを引く用意をしているのを目ざとく見つけた。

もうひとりからの合図で、彼は鋭くレバーを引いた。ぎいっと大きくきしんだかと思うとポンと鳴り、それからヒューッと、とても大きな音がした。

鳥が燃えていた。

「ああ、不死鳥ですね」バトンはレンを横目でちらりと見た。「よく考えたものだ」

レンは燃えている鳥を眺め、最近やっと楽しめるようになったばかりの屋敷のことを考えた。それから、その屋敷が焦げた木切れや瓦礫《がれき》の山となっているところを頭に思い描いた。彼は部屋の向こうにいるキャリーに目をやった。今はより家族に近いところに立って、ショーを見ている。彼女もまた、傷つくのを見たくないとレンが思う宝物だった。

「失礼していいかな」彼はバトンの返事を待たず、人ごみのあいだを縫ってキャリーのいるほうへ向かいはじめた。

彼女のもとにたどり着こうとしたそのとき、鳥が別の音をたてた。きしむような、うなるような音……そして鳥は卵の殻と同様に回転しはじめた。

30

鳥の新たな動きにはどこにも優美さがなかった。燃える不死鳥はぐらつき、よろめき、不安定に回転していた。盛りあがる音楽よりも大きく、悲鳴のような金属音が響き渡る。レンが見ていると、双子は目を見交わして同時にあとずさりし、群衆の中に姿を消した。

おい、ふざけるな。

レンから遠くないところで、キャリーの妹が甲高い声で言うのが聞こえた。「家で実験したときには、あんな音はしなかったわ」

鳥はさらに速度をあげて回転し、今では不安定に揺れる炎の柱となっていた。翼は速度に応じて高くあがり、金属音はさらに大きくなった。そしてバランスを崩しながら回転する力で荷車を動かしはじめた。

なんてことだ！「さがれ！ここから離れろ！」レンは客人たちに向かって怒

鳴った。

鳥は大きく旋回しはじめた。翼を作るのに使われたさまざまなものが飛び散り、宙を飛んで大理石のフロアに落下し、怪物のような物体のまわりに炎の輪を作りだした。群衆は恐怖に息をのんで後退し、恐ろしい獣から離れた。

レンは密集した人々に阻まれてキャリーに近づけず、回転音がすさまじいうめきとなって部品を飛び散らせるのをただ見つめるしかなかった。

燃える羽根がレンのすぐそばまで飛んできた。群衆が後ろにさがり、レンはなんとか前に進めるようになった。こっちでぶつかり、あっちで小太りの女性を丁寧に持ちあげてどかし、植木鉢を飛び越え、最後にどこかの男の広い肩を踏み越えた。

レンは舞踏室の床に着地した。彼と炎に包まれた怪物のあいだには、燃えている部品が描く円しかなかった。

自分が仮面を取る瞬間が今夜最大の恐怖の瞬間だと思っていたのに。

攻撃開始だ。レンはまずレモネードでいっぱいのクリスタルのボウルが置かれたテーブルに向かって駆けだした。ボウルの中央にはまだ氷の塊が浮いている。レンは重いボウルを抱えあげ、鳥をめがけて走った。

燃えている部品の円にいくらか水をかけたが、炎の勢いを弱める役には立たなかった。靴が燃えないようにできるだけすばやく足を踏み替えるしかない。ほかの男たちのように薄っぺらい靴底のダンス用の靴ではなく、ブーツを履かせろとバトンに迫った自分の判断に感謝した。足首に熱を感じた瞬間、レンは刃《やいば》のごとく飛んできた真鍮の羽根をかわし、鳥の背中に大きなボウルを放った。

それは役に立った……ある意味では。あいにく冷たい液体が熱い金属にかかったことで、内部のぜんまい仕掛けに異変が起こったらしい。回転は遅くなったが、鳥は前後に揺れはじめた。怒っているかのようにうめき、ぐらついている。レンは急いで後ろにさがり、よろめく鳥から離れた。少なくともそれはもはや炎を吐いてはいなかったものの、あたりはまだ炎に包まれている。パラフィンの大半が飛び散って部屋じゅうで小さな塊が燃えていた。装置を完全に止めなければならない。鳥は恐ろしい勢いで部品を発射しはじめていて、ミサイルとなったひとつひとつが客人たちにいつ怪我をさせるかわからなかった。

レンは見栄を張ってステッキをアルコーヴの奥に置いてきていた。もっとも、黒檀のステッキではすぐに燃えてしまっただろう。

金属の長いもの……。

今夜の客人にはあいにく、腰に剣を差した軍人はひとりもいなかった。図書室の暖炉の上には何本かあるが、大きな屋敷ゆえ、そこまで行くのに何分もかかる……。

そのとき煙の向こうで、巨大な白いエプロンをつけた大男が群衆の中から現れるのが見えた。料理人だ。

大男は手首をひねってどこからか二本の長いナイフを取りだし、続けてすばやく投げた。

ナイフは鳥の胸にあたった。悪魔のようなぜんまい仕掛けの心臓のすぐ上だ。しかし大男の腕力をもってしても、金属が少しへこんだだけで、ナイフは力なく床に落ちた。

レンは大きな翼の下へすばやく転がり、ナイフの一本を手に入れた。剣ではないが、充分それに近い。

だが、急所はどこだ？　ナイフが効かないことはすでに証明された。そのとき、怪物が旋回するあいだにそれが目に入った。背後の羽根のない高い位置に穴がある。隠していた金属板が取れたらしく、大きく空いたところからぜんまい仕掛けが見えていた。

当然、簡単にいくはずがない。レンはため息をついた。自分が愚か者に見えるであろうことを完全に確信した。

それからあとずさりし、ぽっかり空いた穴を眺めた。

鳥は動きがゆっくりになり、ねじれるように回転しながらうめいている。レンはタイミングを計った……まだだめだ……今だ。

彼は突進した。腰の高さで不規則に跳ねる殻をかわし、鳥のくちばしの根元をつかんだ勢いで大きな翼に飛びのる。悪いほうの脚に耳鳴りがするほどの衝撃を感じたが、正確に狙いどおりの場所へ跳躍し、レンは鳥の背中にのる格好になった。

熱い金属が手の下でシューッと音をたてる。彼は焦げるような痛みを無視して——念のため下腹部は浮かせた——恐ろしく繊細で大きな鉄の装置をのぞきこみ、ナイフがその動きを止めてくれることを祈った。

両手で高く掲げたナイフをできる限り強く、激しく揺れる金属の塊へ突き立てる。

鳥がぐくんと動き、レンを床へ投げ飛ばした。彼は断末魔の悲鳴をあげる金属を見つめたまま、尻と両手をついて慌てて後ろにさがった。不死鳥がうめいた。装置がはじけ飛び、最後に半回転してからゆっくりと停止し、荷車の車輪がレンのブーツの爪先にぶつかった。まるで朗らかに挨拶するかのように。そう、そういうことだ。まったく、あんなに恐ろしかったのが信じられないくらい、何もかもがばかげている。

舞踏室に歓声が爆発した。

立ちあがったレンは腿の筋肉の痛みを感じてひるみ、汚れた服からわざわざ煤を払おうとはしなかった。それから、代わりに払ってくれる手がいくつもあることに気づいた。

上着とベストを脱がされたとき、自分が炎に包まれていたのを知って驚愕した。そのとき一本の手が伸びてきて、くすぶっている仮面をレンの顔からはぎ取った。レンは恐怖にあとずさりした。

「おい、おまえが燃えてしまうぞ！」

気づけばレンは、妙になじみのある青い目を見つめていた。

長身のその男、黒髪の女性と踊ってレンに顔を見せないようにしていたその男は……。

「サイモン」

青い目をした男は自分の仮面を取って手を差しだした。「やあ、レン」

レンは後ろによろめいて、その手から離れた。信じたくなかった。やつらなら可能だとはわかってはいたが。

「よくも来られたものだな。こっそり入ったのか？　ぼくの屋敷だぞ」

サイモンが口を開けた。おそらく、レンにもう手出しはしないという約束を破ったことの言い訳をするためだろう。約束などとっくに破られていた。連中がここまでやってきて、自分たちの仕事の成果をじっくり眺めるために……。

あまりにも唐突に、あまりにも強烈な怒りがわきあがり、レンは舞踏室の空気が毒になったように感じた。彼はたしかに包囲されていた。過去がレンを取り巻いていたのだ。なぜ自分は失ったものにいつまでもさいなまれなければならない？

痛みと裏切り、苦痛と喪失——すべてが彼の中で闘っていた。野犬の群れが互いに挑みかかっているかのようだ。思い出は胸がつぶれるほど重く、息もできない。まるで昨日のことのように鮮やかで、そこからは決して逃げられないのだと証明するようにいつまでも鋭く光っている。

肺が焼け、心臓が激しく打ち、はらわたがよじれた。ここから逃げださなければ……。

逃げだすんだ。

キャリーは数メートル離れたところで恐怖に震えて息もできずにいた。最初に燃えるパラフィンの塊が宙を漂ったとき、彼女は混乱状態からアティを引き離すために走り、目の前の光景に心ならずも感動しているアティと、ロマンティックにも卒倒してしまった母を守るように腕に抱えて、レンの華々しい勝利を見守った。

危険が去ったとたん、キャリーは妹たちを放りだしてレンのもとに走った。焦げて煙をあげる上着を見て、自分がたどり着く前にレンが燃えてしまうと思い、彼の身の危険のことしか考えられなかった。

キャリーよりも先にレンのもとに駆けつけたのは見知らぬ男だった。彼はくすぶる上着とベストを引きはがし、煙が出ている仮面を取り去り……。

彼女は激怒するレンの様子に足を止めた。傷だらけの顔は怒りにゆがんで青黒くなり、もはやキャリーの知っているレンではなかった。

キャリーはレンが振り返るのを見た。そしてもう一度。彼が氷のような青い目でまわりの群衆を見渡す。

ああ、だめ。

村人の多くがレンの顔をまともに見るのはそれが初めてだった。

お願い。キャリーは心の中で群衆に懇願した。どうか愚かなことをしないで。

しかし、それは魚に泳ぐなと言うようなものだ。キャリーも彼らを責められない。最初にその傷を見たときの反応は自分も似たようなものだった。

息をのむ音、嫌悪と苦痛の声が聞こえた。人々が思わず身をすくめ、目をそらすのが見えた。恐怖と、そう、憐れみも。それはレンにとっては最も見たくないものだ。誰かがあえぎ、誰かが見つめ、誰かが体を引くたびに、彼の心臓は矢で射抜かれている。キャリーはそのたびに自身の肉をえぐられるように感じた。

レンがまた振り向いた。裏切られて傷つき、怒っているレンの視線は、今度は近くに立っているワーシントン家の人々に向けられた。

案の定、キャリーの父はわざわざ間の悪いときに不愉快な笑い声をあげ、キャスとポルの肩を叩いた。「〝まったく、まさに真夏の狂気!〟」

レンは魂も焼けつきそうな怒りをこめて父をにらみつけた。

アイリスが口を開いた。ああ、母さん、今はやめて。

「《十二夜》ね」アイリスが朗らかに告げた。「第三幕第四場!」

「出ていけ!」

レンは扉を指さした。「出ていけ、この、屋敷から、今すぐ!」

「ああ、だめよ!」キャリーは前に飛びだした。「だめ！　父たちは傷つける気なんてなくて――」

すばやくキャリーに向き直ったレンの目はあまりにも暗い感情に覆われていて、彼女をはっきり見てはいなかった。

「きみもだ！」彼は焼け焦げてぼろぼろの舞踏室に向かって激しく手を振った。「彼らがこんなことをしたあとで、きみはどうして黙って彼らを見ていられるんだ？」

キャリーは立ちつくした。「なぜならわたしの家族だからよ」静かに言った。あなたもそう。わたしの家族。わたしの心。

レンが目を細めた。あの聡明《そうめい》で燃えるような目は今、キャリーだけを見つめていた。

「だったら、きみは知るべきだ。彼らが二度とあの扉を通ることはないと。永遠にだ！」

「あなたにわたしの家族を追放することなんてできないわ」

「できるし、そうするつもりだ」レンは部屋じゅうを見渡し、どういうわけか何人かの従僕と、〝王族〟の気品ある男女をとりわけきつい目で見た。「ぼくは誰であれ、好きに追放できる」

キャリーは顎をあげた。「レン、お願いだから――」

氷のように冷たい怒りの矢が彼女の目を射た。「もしきみがあの非常識で頭がどうかした家族のほうが好きなら、彼らと一緒に出ていくがいい」

ああ、だめ。だめよ、ダーリン、お願い……。

キャリーは何も言わなかった。言えることなどない。レンは大勢の人たちの前で、冷酷に彼女の運命を決めた。愛する心をあちらとこちらに分けることなどできない。キャリーはきびすを返して母のほうに歩いていった。母の手を取り、舞踏室の出口へと向かう。ワーシントン家の人々はキャリーと苦痛のあいだに愛の壁を築くように、彼女のまわりに集まった。

だが残念ながら、一致団結した家族でさえもキャリーの心の中の苦痛から彼女を守ることはできない。

レンはショックと信じられないという思いに打たれながら、キャリーが出ていくのを見守った。熱い怒りは腹の中で冷たい塊へと変わった。

レンは分別を失った状態で向きを変え、大股で歩きはじめた。彼の心がばらばらに砕けて床に散らばっている場所から、煙をあげている真鍮の不死鳥の残骸から、一刻も早く遠ざかりたかった。

31

キャリーはアンバーデル・マナーの玄関広間で立ちどまり、ワーシントン家の人々は彼女のまわりに輪を作った。アイリスがぺらぺらしゃべりだした。「わたしはあの紫の外套を持ってきたのよ。ねえ、あれを預かってくれたすてきな執事に訊いてみて」

アーチーは妻より少しだけまわりが見えていたので、キャリーの手を取って痛いくらいに叩いた。「ほらほら、朝までには家に帰れる。そうすればおまえもこのひどい場所と、あんなひどいやつのことは忘れられる」

おばのクレミーはそんなにやさしくなかった。「あんな男は撃たれてしまえばいいのよ！　馬車に虎狩り用のマスケット銃があるわ。あいつの頭をわが家の壁に吊してやる。本気よ！」

アーチーが悲しげにうなずく。「〝彼ははびこる雑草だ……ああいったやつは根こそぎ引っこ抜いてやらなければならない〟」

アイリスは片手を振った。「《ヘンリー八世》、第五幕第一場！」

エリーは言いたいこともないらしく、ただアティを大きな外套に包んで外へ連れだした。キャスとポルが申し訳なさそうな顔をしているのはおそらく生涯で初めてだろうが、ふたりも黙ってあとをついていった。リオンとザンダーは残ってキャリーを守るように立っていたものの、特に気持ちを表明したりはしなかった。そういうのは弟たちのやり方ではないとキャリーはぼんやり考えた。

アイリスが朗らかに続けた。「でも彼、勇ましくなかった？　あの燃える怪物にまたがって、ドラゴンを退治する聖ゲオルギオスみたいだったわ！」

デイドがキャリーのほうにかがみこんだ。「チャンスがあったときにあいつを撃っておくべきだった。おまえを残していって悪かったな」

クレミーとアイリスの姉妹は何十年ものつきあいだけに話が合うようで、ふたりでレンの英雄ぶりについて語りあい、そうこうするうちに見つかった紫の外套をアイリスは裏返しにして着た。

父はまだキャリーの手を放そうとしなかった。「一緒に帰ろう。おまえもそのうち納得できるだろう。まるで家を出ていったことなどないように、もとどおりになる」

キャリーは正確にいつ自分がレンと永遠に一緒にいようと決めたのかわからなかった。

もしかしたらそれはこの瞬間かもしれない。彼の激怒と恐怖と荒涼たるわびしさに直面した今。

もしかしたら、そのせいなのかもしれない。キャリーはレンが彼女について言ったこと、世界について、人生について言ったことが正しいと彼に思わせておくなどできなかった。そんなことは許しておけない。

「行ってちょうだい、兄さん、父さん。わたしは今いる場所できっと大丈夫」

デイドが仰天してキャリーに向き直った。「本気か？　あの頭がどうかした男のもとに残るだって？　やつの言葉を聞いただろう！　おまえになんの敬意も払っていない……あいつには家族らしい感情なんてまるでないんだ！　なのにおまえは自分の家族よりもあの男を選ぶのか？」

キャリーは冷静に兄を見つめた。これまでの人生でずっと大好きだった兄を。「わかってないのね。わたしは兄さんよりも彼を選んだんじゃないわ。兄さんよりもわたしを選んだの」デイドの頬にキスをした。それから父にも。「母さんにすぐ手紙を書くからと伝えて」きびすを返し、ぼろぼろになって煙っている部屋に落ち着いた足取りで戻っていった。そここそがアンバーデル・マナーのレディ・ポーターとしてキャリーが最初に舞踏会を催した場所だ。

バトンは人けのなくなった舞踏室をもう一度調べた。日付が変わってずいぶん経つが、彼はまだ昨夜の出来事についてひと言も言及していなかった。カボットは不安だった。バトンが何も意見を述べないなんて、彼が吸う空気がないのと同じことだ。

「あの……使用人たちはペンキや漆喰なしでできることをして、もうほとんどが帰りました。われわれがこれ以上ここでできることはありません」

バトンは舞踏室中央の焼け焦げた大理石の丸い跡を見つめた。「きみは戦場を見たことがあるか、カボット？」

「いいえ、幸いなことに」

バトンがため息をつく。「だが、今はもう見てしまったわけだ」

カボットは両手を背中で組んで注意深く主人から目をそらしつつ、同時に全身で彼を意識していた。「お尋ねしてもいいですか……誰が負けたんです？」

バトンはやっと現場の惨状から顔をあげ、肩越しに憐れみと疲労に満ちた目でカボットを見た。「われわれは宿屋で数時間の睡眠をとったほうがよさそうだな」

「ロンドンに発《た》つ前にですか？」

バトンは長いあいだ何も言わなかった。「サー・ローレンスは彼女が出ていかなかったのを知っていると思うか？」

カボットはポーターにまつわるすべてにうんざりしていたので、ただ鼻を鳴らした。

「自分が理解できないことをあざけるものではない、若者よ」バトンのロマンティックな魂はまだ癒えていない。彼は片手を振ってカボットをたしなめた。「彼はあまりに近くにいた……」

カボットは再び尋ねた。「今日、ロンドンに戻れるように荷造りしておきますか？」

バトンはのけぞって目を細め、大半が砕け散っている頭上のシャンデリアを見つめた。「われわれだ」

カボットは眉をひそめた。「われわれがどうしたんです？」

「われわれはこの勝負に負けた」バトンが向き直ってカボットに向けた目には、よみがえったちゃめっけがきらめいていた。「だが、まだ戦争には勝てるかもしれない！」

そもそもデイドがちゃんとすることをしていれば、こんな事態にはなっていなかった。キャリーは本来いるべき家に戻って、世界はすべて丸くおさまったはずだ。

　アタランタ・ワーシントンは野外活動にさほど関心を持ったことはなかったが――もちろん人に危害を与える毒のある動植物の捕獲や特定は別にして――彼女は純然たる非常時を経験して熟達した馬の乗り手になっていた。いつなんどきキャスかポルが人の鞍の下にクリのいがを入れておこうと思いつくかもしれないのだ。あるいは、最も眠気を誘われるときに鋭い口笛を吹いて馬を驚かせ、全速力で走らせようとするかもしれない。

　アティは武装もせずに行くつもりはなかった――だからいつでも毒を使えるように手元に置いている――しかし腕に抱えている包みはなじみがなく、威圧するような重みがあった。彼女は顔をあげ、胃の中の震えを鎮めた。キャリーには救いの手が必要だ。兄たちは誰も、あの立派なデイドでさえ、その仕事をきちんとしてくれようとしない。

　それでザンダーの田舎風ツイードの上着に身を包み、というのもザンダーはまだほかの兄たちよりも細身で、自分がなんとか着られるのがそれしかなかったからだが、アティはウィンコームズの家の裏にある古びた厩舎に向かった。わが家の友人。父はウィンコームズの人たちをそう呼んでいた。アティたちはそこにひと晩泊めてもらって、舞踏会のために着替えたのだ……それってつい昨日のこと？

ワーシントン家の人々は大勢の使用人を連れ歩いたりはしないので、アティは誰にも邪魔されずにデイドの美しい去勢馬イカロスにまたがって手綱を握った。もちろん、これまでアティがひとりでイカロスに乗っていいとデイドに許されたことなどない。

イカロスはしばらくうなり、飛びまわり、脚を伸ばして寝そべり、そうして水の入った桶もひっくり返してから、ようやくアティを背中に乗せてくれた。彼女はもう一度だけすばやく体勢を直して――正しい方角に向いているかどうかが自分の任務にとっては重要だ――三十キロ余りを駆けてアンバーデル・マナーに引き返す用意を整えた。

32

キャリーは目を開けた。短くも幸せな一瞬、彼女は何も考えていなかった。すてきな夢を見ていたのだが、それはきれいさっぱり消えてしまって、頭は空っぽだった。ただ眠たくて、あたたかく慰められた心地だけが残っていた。

そのとき焦げたシルクのにおいがかすかに鼻を刺激し、昨夜の出来事が怒濤《どとう》の勢いでよみがえった。その恐ろしさはひと晩経っても消えていなかった。どこからどこまでも恐ろしくて恥ずかしくなる記憶だ。さらに悪いことには、その記憶には希望がなかった。もう起こってしまったことなのだ。キャリーは不安げな目で椅子にかけてあったぼろぼろのドレスを見た。それもまた救いのない破壊ぶりだった。

そのドレスは今やキャリーの結婚がどうなるかを示しているようだった。彼女の新しい人生がどうなるか、レンが彼女のことをどう思っているかを暗示しているようだった。

あの感情はどうなるのだろう。新しく生まれた、ぼんやりとした愛の萌芽《ほうが》……少なくともキャリーはそういうものがあることを願っていた。それとも単なる友情と、愛の営みがあっただけなのだろうか。

昨日、キャリーはもっと欲しいと思っていた。今日の彼女は自分が持っていたものを半分でも取り戻せればそれでよかった。

昨夜、わずかに残された威厳を保って玄関から多くの客人たちを送りだしたあと、あえてレンを捜そうとはしなかった。品位にあふれたバトンの友人たちさえも、ありがたいことにここを出ていった。とうとう屋敷は静かになって、キャリーが来た最初の晩と同じように空っぽになった。

キャリーは立ちあがり、古い青のモスリンに着替えた。ペルセポネのドレスに興奮するあまり、ほかに注文したものがどうなっているかバトンに訊くのを忘れていたが、今はそれもどうでもいいと思えた。いずれ自分のものは実家から送られてくるかもしれない。彼女はもう家族を捨ててしまったのだから。

母ならわかってくれるはずだ。父はもう少し時間がかかるかもしれない。デイドは……ああ、それにアティ……。キャリーは熱い涙がこみあげるのを感じ、それを必死に抑えた。彼女はポーター家の女だ。ポーター家の人々は決して降伏しない。血を流してどこかの汚い波止場で死のうとも！

靴の片方を探していると、化粧台のボウルに山になっている真珠を見つけた。キャリーはそれをつまみあげ、象眼細工を施した化粧台の表面に一列に真珠を並べた。それから小さな裁縫箱を持ってきて真珠をつなげはじめた。

ひとつずつつなげていくうち、それを受け取った瞬間を思いだした。

このときわたしは妻として、男の人と初めて夜を過ごした。

このときわたしはレンを口の中に受け入れて、彼はわたしのものだと知った。

どの真珠にも思い出があった。ひと粒ひと粒が前に進む一歩になっていた。それが自分とレンをここまで運んできたのだ……ここがどこだか知らないけれど。

四十五分後、キャリーは目をしばたたいて座り直し、焦点を目の前にあるものに合わせた。百粒の真珠。ボウルの底にはまだ何粒か残っているが、キャリーはちょうどきりのいいところで止めることにした。長いネックレスをやさしく撫で、濡れた目でほほえむ。百粒の完璧に揃った真珠。

互いにつながっているものたち。

今日は彼女がコッツウォルズに来て十日目だった。

人生で一度しかない十日間。

キャリーは部屋の外の廊下を歩く不規則な足音を耳にした。それは扉の外で止まった。彼女は息を詰めたが、一瞬のち、足音は去っていった。もしキャリーがここにとどまるつもりなら——ええ、そのつもりだ！——引きこもろうとするレンをどうにかしなければならないだろう。

彼はわたしに会いたくないはずだ。

まあ、レンには悪いけれど、このままでは終わらせない。

キャリーは上着に腕を通し、階段を駆けおりた。

外は風が強いが、晴れていた。レンの姿はほとんど見えなくなっているものの、幸運にも北東の丘に向かっているのがわかった。キャリーは少し走ったが、彼の脚はあまりに長く、その足取りはすさまじい勢いだった。すぐにキャリーは速度を緩めなければならなかった。片手を脇腹にあてて差しこみを押さえながら歩いた。

彼女は丘をのぼった。レンが草地との境の石壁に沿って丘をおりていくのが見える。キャリーはレンに声をかけたが、その声は風にさらわれた。キャリーはスカートをつまんで丘を駆けおり、また彼の名前を呼んだ。

レンがとうとう振り向いた。彼女は斜面を転がるように走っていった。キャリーは彼に近づくと、速度を緩めた。レンは荒々しく見えた。フードもかぶらずに日の光を浴び、長い髪がなびいている。細身の体は、彼女がこれまで見たことのない何かのせいでさらに引きしまったようだ。

「わたし……わたし、あなたが今朝、部屋に寄って挨拶してくれたらいいのにと思っていたの」キャリーは慎重に切りだした。「あなたが出ていく音が聞こえて、わたしはてっきり……」

「ぼくはてっきりきみが去ったと思っていた」

キャリーは眉をひそめてレンを見た。「家族と一緒にここを出ていくなんて、これっぽっちも考えていなかったわ。わたしはただ、出ていく家族に、わたしがみんなのことを怒っていないと知ってほしかっただけ」

「怒っていない？　きみはゆうべどこの舞踏会にいたんだ？」

キャリーは家族を擁護しなかった。レンが話しかけてくれたことがうれしかった。しかし、彼の目の奥の獰猛《どうもう》な光には警戒していた。「レン」彼女はやさしく言った。「家に戻りましょう。わたし、寒いわ。紅茶を淹《い》れるから……」

声がとぎれた。レンはキャリーの相手をする気がまったくないらしい。「レン、どうしたの？」

「きみはぼくに背中を向けて出ていった。ぼくはあそこにいた。ひとりで。そこにいる全員と顔を突きあわせて」

キャリーは体の中が冷たくなり、唇に指先をあてた。「ああ、レン、わたし……」

レンが半ば顔をそむけ、傷のあるほうを隠した。「ゆうべ、わかったことがある。きみはぼくを選ばなかった」

キャリーは首を振った。「違うわ、レン、言ったでしょう……わたしはここに残ったの！　あなたを選んだのよ」

「きみはとどまることを選んだ……今のところは。だが、ぼくを選んだわけじゃない……ぼくはたまたまきみに出くわしただけだ、橋を襲う鉄砲水のように。取引、結婚。それはあの洪水の余波からきみが家族を守るためにしたことだ」レンが空を見あげ、苦々しげな笑い声を放った。「ぼくはふたつの悪いことのうちのまだましなほうというだけだ。それ以上には決してなれない、そうだろう？」冷たい目をキャリーに向けた。「つまり、ぼくがましなほうではなくなる日までは。そうしたらきみはどちらを選択するんだ、キャライアピ？」

キャリーは一歩前に出た。「違うわ、わたしは――」

そのとき、一発の銃弾が背中から襲いかかった。最初、キャリーは誰かに後ろから押されたのだと思った。彼女は前に倒れ、草の生えた斜面を転がって、レンの腕の中におさまった。

キャリーはレンを見あげた。「わたし、転んじゃって……」

彼女は目をしばたたいた。レンが怒鳴っている……けれども耳鳴りがして、その声は聞こえなかった。キャリーはレンの顔の愛すべき傷跡に手を伸ばした。

「わたしが選ぶのは……」

キャリーは彼の腕の中でぐったりとなった。レンは揺さぶったが、彼女の頭ががくりと垂れた。なんてことだ。彼の両手は血まみれだった。

レンはキャリーが倒れる直前に銃声を聞いたと思ったが、音は一瞬で消え去った。撃った人物が見えないかと丘に目を走らせたものの、そいつをつかまえることなど考えていられなかった。

なんてことだ。こんなに血が流れている。

ウィンコームズの家で、エレクトラ・ワーシントンは上掛けを落として立ちあがった。「あの子はここにはいないわ」彼女は大声をあげた。

廊下の先でキャスが怒鳴る。「こっちにもいない！」

ふたりは廊下で落ちあった。いつもは朗らかなキャスの顔もさすがに重々しく引きしまっていた。「ほかに行きそうなところはどこだ？　ここはぼくたちの家じゃないけど。アティは小さい頃からここには来てなかった」

エリーは頭を振った。「わたしだってこの場所をかろうじて覚えている程度よ。下の階にいるんじゃない？」

ポルがふたりに加わった。「一階はぼくが調べた。デイドは村の人たちに聞いてまわっている。ザンダーはアティがアンバーデルに戻ったと考えてる」

エリーは眉をひそめた。「でも、どうやって？　あの子は頭がよくてへそ曲がりだけど、まだ十二歳の女の子なのよ！　どこの御者が馬車に乗せてくれるというの？」

キャスとポルは不安げに目を見交わした。双子のいたずらを常々警戒していたエリーはふたりを等分ににらみつけた。「言いなさい」

キャスが肩をすくめた。「ほんの遊びだったんだよ」

ポルがうなずく。「アティが危ない目に遭うことはなかった」

「でも、ぼくたちはアティに言っておいたんだ。絶対にひとりで試してはだめだって」

「でも……」

エリーは叫びだしたい衝動をこらえた。「なんのこと?」

「ほんの一度、ねだって乗せてもらっただけだよ」

「古い荷馬車に」

「ちょっと街の外まで」

「それですぐ戻ってきたんだ、もちろん」

「ほんの一日、出かけただけで」

「だけど——」

「あなたたち、あの子に荷馬車に乗りこむ方法を教えたの?」エリーは眉をひそめた。

「キャリーに会いに戻るために?」彼女はほほえんだ。「まあ、それなら話は簡単だわ。ああいう馬車はわたしたちの馬車よりもずっと遅いもの。アティはまだアンバーデルに向かっている途中だわ。わたしたちならすぐ追いつける」

「いや、無理だな」デイドが廊下にやってきた。「アティは荷馬車には乗ってない。イカロスに乗っていったんだ」

感心して低く口笛を吹いたキャスは、エリーににらまれておとなしくなった。

デイドはいらいらと指で髪をかきあげた。「さらにまずいことになってる」きょうだいを厳しい顔で見つめた。「アティはクレミーおばさんのマスケット銃を持っていった」

アンバーデル・マナーに近い丘の上で、アティの感覚を失った手からマスケット銃が落ちた。キャリー？

アティは向かい風を受けながら丘をくだっていく方向を集中して見ていたので、キャリーが近づいているのが目に入っていなかった。ポーターがやっと足を止めたとき、アティは喜んで片目を閉じて標的に狙いをつけた。狭い視界に青い人影が踏みこんできたのが見えたのは、引き金を引いたあとだった。

もう手遅れだ。銃弾は呼び戻せない。熟練した射撃手なら、銃弾はキャリーにはあたらなかっただろう。しかし、アティはクレミーのお気に入りの銃を扱った経験などろくになかった。

そして今、キャリーはポーターの腕の中で血だらけになり、死んだように横たわっている。アティは震えはじめた。キャリーを撃ってしまった。

キャリーは死んだ。

それについてちゃんと考えたことなんてなかったとぼんやり思う。みんなはそのことをしょっちゅう言っていたけど。

エリーはキャスとポルによく言う。「あなたたちふたりとも、殺してやるからね」

デイドはポーターを呪っていた。「あの男には死んでもらわないと」

おばのクレミーも言った。「あいつの頭をわが家の壁に吊してやる」

それはただみんなが言っていることだった。

どういうわけか、アティは本当にはわかっていなかった。誰かを殺したら……その人は死ぬのだと。死は永遠だ。死者は絶対に永遠に家へは帰れない。死は小さな妹の心にぽっかりと、永遠にふさがらない穴を空ける。

キャリーは死んだ。

アティの膝から力が抜けた。彼女は這いつくばり、朝食に盗み食いしたパンを吐いた。

吐き終えると震えながら座りこみ、口元を手の甲でぬぐった。見るのは耐えられなかったが、もう一度目をやる。

キャリーはいなくなっていた。ポーターが運び去ったに違いない。あの大きな汚い屋敷に。キャリーが外にいるのが好きなことを知らないの？

でも、キャリーはもう外に出ない。キャリーは死んだのだ。二度と好きなこともできない。

アティはいまいましいマスケット銃をそこに置いたまま、這うようにして丘をおりていった。あんなもの、錆びついて塵になってしまえばいい。その場所を見つけるのは簡単だった。草が踏みしだかれて……血があった。草の緑の上に、赤くて熱い血が輝いていた。

それを目にしたアティは尻もちをつき、血が見えないところまで慌ててあとずさりした。

キャリーは死んだ。

アティはよろよろと立ちあがって走りだした。

どんなに速く走っても、それから逃れることはできなかった。

わたし、キャリーを殺しちゃった。

33

レンはよろめきながら、痛む脚を急いで動かして背の高い草の中を突き進んだ。丘をのぼり、またおりる。ぐったりしたキャリーを胸に抱き、自分の肩の痛みを忘れて必死に走った。一歩踏みだすごとに以前折れた脚に熱い稲妻が走るのも気にしなかった。キャリーのあたたかな血が彼の袖を濡らした。出血が多すぎる。速すぎる。

彼女はぼくを置いて去ろうとしている。

レンはさらに速く走った。

だが屋敷に着いてみて、致命的なミスを犯したことに気づいた。ここでは助けが呼べない。この屋敷には誰ひとり残っていない――彼はそう確信していた。ともかくキャリーを屋敷内に運びこみ、思いついた最初の部屋に移動した。正面の応接室だ。キャリーと彼女の家族が最初の晩に来た場所。

レンはキャリーをソファにそっと寝かせ、自分の血まみれの上着を脱いで彼女にかけた。

キャリーは青白い顔で身動きもせず横たわっている。レンは彼女の脈を取ろうとしたが、自分の脈があまりに激しく打っていて何も感じられなかった。

だめだ。

「キャリー！　だめだ！」

「わっ、なんだ」

レンははじかれたように顔をあげて、奇跡を目にした。開けっぱなしの入口に、優美な装いの若い男が腕いっぱいに箱を抱えて立っていた。

男が箱を放りだしたので、椅子の脇につやめくシルクとストッキングと靴が山になった。彼はレンの横にひざまずいた。

「何があったんです？」

レンは首を振った。そんなことはどうでもいい。「たぶん……銃弾が……もしかしたら密猟者……あるいは誰か……誰かが……」まともに口がきけなかった。

もし自分が今朝、足を止めてキャリーと話してさえいれば、彼女は外まで追いかけてこなかっただろう。もし自分が丘をのぼる前に、最初に名前を呼ばれたときに立ちどまってさえいれば。もし自分がもっと遠くに、彼の地獄の暗い通路に響く涼やかな声が聞こえないくらい遠くに行ってしまってさえいれば。

「きっと……キャリーはもう……」レンは喉が詰まった。

カボットはポーターの血まみれの震える両手を押しのけてレディ・ポーターの脈を取った。「彼女は生きています」立ちあがってきびすを返した。

ポーターが妻の両手を握りしめた。「助けを呼んでくれ……どこか……村のどこかに……近くに医者はいるか？」

カボットは振り向いた。誰もがポーターを助けたがる。カボットにはその理由が理解できなかった。「救い主はあなたが思うよりも近くにいますよ」それだけ言うと部屋を出た。

これはまずいことになる。レディ・ポーターをみすみす死なせるわけにはいかない。そんなことになればバトンが悲しむ。それは阻止しなければならない。

ポーターは彼女にふさわしくない。しかしそれをいうなら、ふさわしいからといって望むものが手に入るとは限らない。

キャリーは泳いでいた。腕と脚を完璧に規則正しく動かしていた。それについてはデイドに感謝しなければならない。女の子も髪を濡らしたくないからと浅瀬で水遊びをするだけではなく、男と同様にちゃんと泳ぎを覚えるべきだと考えてくれたのだから。

水はあたたかく、風呂の湯のようになめらかな肌触りだった。

気持ちがいい。

そのとき、キャリーの記憶に何かが起こった。水をかくのを忘れ、手足がもつれてきちんと動かせない。必死にあえいで水面から顔を出そうとするが、水が沸騰し、彼女を火傷させた。そうかと思うと、キャリーは凍りつくサーペンタイン池の水面下にいた。今度は落ちた穴を見つけようにも、その穴がなくなっていた。彼女は子どもの小さな手で分厚い氷を叩いた。出られない。息ができない。起きあがれない。

わたしは起きあがりたい。兄さんが心配する。父さんと母さんも、それと……。

レン。

キャリーに向かってレンが必死に何か言っている。キャリーはその理由が思いだせなかった。わかるのは、この無意識状態の重さと闘わなければならないことだけだ。それは水面のはるか下まで彼女を引きずりおろそうとしている。上には凍《い》てつく光があるが、それは震えて手の届かないところへと流れていってしまう。

起きろ。

今すぐ目を覚ませ。

「キャリー？　キャライアピ、起きろ」

「レディ・ポーター。キャライアピ。聞こえますか？」

キャリーに声が聞こえた。とてもしつこい。知らない人。迷惑だ。集中しなければならないときに邪魔をする。起きなければならないのに。

ああ、そうだ。あの声についていけばいいのだ。それにしがみついていると、上へと引きあげられた。周囲の世界が輝き、キャリーはこれまで見たこともない男に向かって目をしばたたいた。

彼は満足げにキャリーにほほえみかけた。「すばらしい。レディ・ポーター、ご自分がどこにいるのかわかりますか？」

キャリーは部屋を見まわした。アンバーデル。

「そうです。大変結構」

わたし、声に出していたの？　変ね。

「ええ、変な感じがするでしょう。マスケット銃の銃弾を取りだすのに麻酔剤を使いましたから。手術のあいだ、動かずにいてもらわなければならなかったんですよ」

マスケット銃？　わたしは溺れたの。おかしなことを言う人ね。この人は気に入らない。レンはどこ？

「ここにいるよ、キャリー」

誰かが彼女の手を握った。キャリーは頭を動かしてレンがベッド脇にいるのを見た。キャリーの手は彼の大きな手の中にすっぽり隠れている。ああ、よかった、レン。わたしはレンを愛している。

レンが一瞬うつむいた。

キャリーは医者に視線を戻した。医者は好きじゃない。

医者がうなずいた。「好きじゃなくても結構です。あなたには痛いことをいっぱいしましたからね。あなたは大量に失血したんですよ、奥様。それでもそれが傷口から感染の可能性を洗い流してくれたとすれば、神の恵みということになるかもしれません。いずれにしても、一週間ほどは寝ていてくださいさい。体力を取り戻さないと」

いやよ。この人は嫌い。なれなれしくベッドのそばに立っているなんて、不適切だ。レンがどう思うかしら？

「大丈夫だよ、キャリー」キャリーはレンに視線を戻した。レンは傷だらけの頬に彼女の手を押しあてた。「先生の言うことを聞くんだ、ダーリン」

まあ、レンがそう言うなら。キャリーはレンと話をしたかったので、医者には出ていってほしかった。たしかレンに言いたいことがあって……。

「先生、ちょっとよろしいですか?」

しだいに焦点が合うようになってきた。レンはそんなに心配しなくていいのに。彼はキャリーが医者のことをどう思っているか知っている。医者なんて愚か者ばっかりだと。

しかしレンの声に満ちる恐怖は本物だった。それにこの医者は〝感染〟だの〝失血〟だのという言葉を使って静かにレンと話している。

中でも悪いのが〝寝たきり〟という言葉だ。キャリーは突然、恐ろしくなった。先ほど見た夢が、自分が二度と起きあがって外の空気を吸えないという予言に思えた。

レンは礼儀正しく医者を外まで送っていったものの、キャリーのことを思うと胸が不安に締めつけられた。傷ついた体のことでのたうちまわっていた昔の自分を思うと、自己嫌悪にも襲われた。彼は傷を負ったかもしれないが、今のキャリーに比べればはるかに健康だ。

彼らは途中で、キャリーに食事をさせようとスープを運んできたベトリスとすれ違った。

医者が会釈した。「ミセス・ネルソン」

「先生」ベトリスはよそよそしい笑みを浮かべると、キャリーのもとへと急いだ。レンはキャリーがひとりきりにならずにすむと知って喜んだ。

医者はベトリスが去っていったほうに頭を傾けた。「すばらしい女性ですな、ミセス・ネルソンは。彼女なしでは村がどうなってしまうことやら」

レンはキャリーのことで頭がいっぱいだった。「なぜそんなことを？」

医者がレンを見つめた。「サー・ローレンス、あなたはここに何年も住んでいたのに、村のことは何もご存じない」

レンは危うくその声に含まれる警告を聞き逃すところだったが、ふと昔の習慣がよみがえった。彼ははじかれたように目を向けた。「どういう意味です？」

医者が唇を引き結んだ。「ついにアンバーデルの相続人が見つかった。しかし、村の人々はヘンリー・ネルソンのことをアンバーデルの領主と考えるようになっていた。そしてその妻のことをこの屋敷の女主人だと」重いため息をついた。「田舎にいる者は変化を好みません。悪いほうへの変化はなおさらです。今回の密猟者というのは……あなたは顔を見ましたか？　本当にそれが地元の人ではないと確信できますか？」

レンは長いあいだ医者を見つめていた。考えもしなかったことだ。彼にとって、村は食料を届けてくれて、ときには労働力を提供してくれるところだった。そこが危険の源だと考えたことなどなかった。だが、村には人がいる。人はいまいましいほど危険なものだ。

「あの舞踏会はその関係を修復しようとして妻が開いたものでした」

医者がうなずいた。「わたしが耳にした限りでは、それはおおむねうまくいったようですな」彼は外套を着て帽子をかぶった。「サー・ローレンス、あなたがアンバーデルの領主だ。わたしにはあなたに何をしろとは言えませんが、地元の人々を調べてみることをすすめます」

レンは眉をひそめた。「これまでにもほかの企みはいろいろとありました。ですが、これほどあからさまな襲撃は初めてです」明確にどこがとは言えないけれども、今回の一件はこれまでと違う気がしていた。あの銃弾には本物の怒りがこもっていた。

医者は帰っていったが、彼がレンの頭に植えつけた考えはいつまでも消えなかった。レンは考えにふけりながらキャリーの部屋に向かって階段をのぼり、途中でベトリスとすれ違ったことにほとんど気づいてもいなかった。

人だ。彼は村の人たちをひとり残らず知っている。あの口調からすると、ドクター・スノウは誰がキャリーをこんな恐ろしい目に遭わせたのかわかっているらしい。あるいは、彼がそう思っているだけなのかもしれないけれど。

ベトリスは扉の近くの椅子にかけてあったショールをつかむと、夕暮れの湿った空気の中に急ぎ足で出ていった。

レンはキャリーのベッドの端に座った。彼女は横向きで眠っていた。ぐったりとして、顔は青白い。レンは手を伸ばし、額にかかる巻き髪を指でそっと払った。キャリーは自分の髪の癖がしつこいことに匙《さじ》を投げていたが、レンはそれが指に絡みつく感じが大好きだった。まるでばねのようで、それがキャリーの春らしい感じそのままに思えて気に入っていた。

彼女が田舎の道で飛び跳ねてばかげたダンスをしてふざけていたことを思いだし、レンは胸が痛んだ。キャリーはまたあんなダンスをできるようになるだろうか？

寝たきり。永遠にベッドに縛りつけられて、永遠に病弱で……。

医者がどう考えようと、レンは銃弾が自分を狙ったものだとわかっていた。キャリーはたまたまそのあいだに入ってしまっただけだ。

キャリーはいつだってあいだにいる。彼女はレンと彼が望んでいた孤独のあいだに立ちはだかった。強情に立ちつくし、顎をあげ、手を腰にあて、レンが引きこもろうとするのを阻んだ。

「まったく迷惑だ」レンはキャリーにささやいた。「本当に」かがみこんで彼女の額にキスをする。目を閉じて、生にしがみついている自身の欲望のすべてをキャリーに注ぎこんだ。

〝わたしはレンを愛している〟

麻酔剤のせいでキャリーが発した言葉は、あのばかげた剣のようにレンを突き刺した。まさかそんなはずはない。そんなことはありえない。

「ぼくはきみを愛している、キャリー」レンは声に出して言った。なぜなら彼女は決してそれを思いだすことはないだろうから。

窓の外に、私道を駆けてくるひづめの音が聞こえた。限界まで速度をあげた馬車の車輪がきしむ音も。レンはキャリーのそばを離れて大股で窓辺へ近づいた。

下の私道で、年老いた馬たちに引かれた古い馬車が止まった。レンが見ていると、開いた扉からいまいましいワーシントン家の人々が地面におり立った。

彼らは口々に何かを叫んでいる。デイドとアーチーがキャリーの母親を手伝って馬車からおろすのが見えた。彼女はのけぞってヨーデルのように叫んだ。

「アティ！」

レンにはワーシントン家のおふざけにつきあっている暇はなかった。正面の応接室に彼らの大半を押しこめると、前置きもなしに、キャリーが撃たれた、皆がいると彼女を疲れさせるだけなので、すみやかにロンドンに帰ってもらいたいと告げた。

彼らは恐れおののいてレンを見つめ、それから互いに視線を交わした。

次いでわき起こったどよめきの騒々しさは驚くほどだった。レンは彼らをそのまま応接室に閉じこめておいて、日に一度扉の下から食事を突っこんでやりたくなった。まったく、いまいましい動物園だ。

とうとうそれ以上耐えられなくなった。この騒ぎでキャリーが起きてしまう！

「黙れ！」

レンの咆哮に全員が驚いて黙りこんだ。デイドは歯をむいたが、アイリスがまた口を開こうとすると、片手で母親の手を押さえた。それからレンに向き直った。「キャリーに何が起こったのか話してくれ」

レンはそうしたが、一同が彼の知らない何かを知っていることに気づいていた。「医者は一時間前に帰った。銃弾は摘出したが……」その言葉を口に出すのが耐えられなかった。「大量に出血していて、恐ろしい感染症にかかる危険性も……」妹のエレクトラが息をのみ、両手で顔を覆った。陰気な弟のライサンダーは何も言わなかったが、彼の目はレンの言葉が何を意味しているか、マスケット銃で撃たれた人の体がどうなる危険性があるかを知っていると告げていた。双子はついにいつもの明るい表情を浮かべる元気がなくなったようだ。

学者風の弟が前に進みでた。オライオンだ。「その医者と話がしたい」

「リオン」デイドが警告した。

「知りたいんだ、兄さん」オライオンがレンの目を見つめた。「ぼくは人体解剖学についてかなり詳しく知っている。そいつがまともな医者なら、ぼくにどんな腕前なのか調べられたって気にしないはずだ」

レンも別の意見を得るのはやぶさかではなく、うなずいた。「医者の家は村にある。教会を過ぎてすぐの黒い鎧戸《よろいど》の家だ」

オライオンは何も言わずにきびすを返して立ち去った。あいにくそういう無駄のない行動を心得ているのは、ワーシントン家では彼だけらしい。デイドが振り向いて、また騒々しくなりはじめていた家族を黙らせた。

レンはしびれを切らした。「ぼくに言っていないことが何かあるはずだ」

デイドは口を開いたが、妹が彼をさえぎった。「サー・ローレンス、お願い、母を上に連れていきたいの。キャリーに会わせて」

レンにはキャリーの母親を遠ざけておくことはできなかった。キャリーがこの女性をどれほど愛しているかはよくわかっている。レンが短くうなずくと、アイリスとエレクトラは部屋を出ていった。

この調子でいけば、じきにワーシントン家の全員をここから追いだせるかもしれない。

レンはデイドを見つめた。デイドがしぶしぶ目を合わせる。

「アティなんだ。一番下の妹だ。行方がわからない」

レンは眉をひそめた。「それはたしかに大変だ」

デイドが目をそらし、片手で髪をかきあげた。この調子だと、何時間でもそうしていそうだった。もっともデイドはキャリーの状態をついさっき知らされたばかりだ。

アティ――アタランタ……レンはキャリーから風変わりで凶暴な子だと聞いたことがあった。年齢のわりに目端がきいて、とんでもなく手に負えないと。もちろんキャリーが使った言葉は〝聡明な〟とか〝独創的〟といったものだったが、レンはワーシントン家の言語を解読できるようになっていた。

レンは昨夜の舞踏会で一度だけその少女を目にしていた。部屋の向こうから自分をにらみつけていたアタランタは、獲物を狙う捕食者の目をしていた。レンは幼い少女に関してそんな連想をしたことを笑い飛ばしたが、今にして思えば……。

彼は悪態をついた。「あの銃弾はぼくを狙ったものだ。ぼくはそれを知っていた」

34

アティは広大な牧草地の真ん中に見つけた小さな石造りの小屋に走りこんだ。四本の柱が屋根を支えている簡素なもので、壁には換気のための大きな穴がいくつも空いていた。小屋は羊のにおいがした。

床には黴くさい藁《わら》の束がいくつか置かれていた。アティはそれらをひとつにまとめて中に潜りこんだ。本当は火が欲しかった。ヤナギの枝と靴紐が一本あれば、火を熾す方法は知っている。ザンダーが、火打ち石と鉄がなくても兵士たちが火を熾していたやり方を教えてくれた。しかし明かりは隠せても、煙は外から見えてしまう。それはアティが最も望まないことだった……見えてしまうのはまずい。

春の宵の空気は湿っていて、小屋はくさかった。それが彼女にはふさわしかった。

キャリーは死んだ。

自分はここで生きていけるかもしれない。この小屋で。おなかがすいたら羊を殺せばいい。狼になったと思えばやれる。そうすれば、こんなところで生きている人がいるとは誰にも知られない。

アティは羊を殺すところを想像して身震いした。緑の草の上の赤い血。涙が汚れた頰を伝って跡になったが、彼女はすすり泣くのを必死にこらえた。声を出して泣いて罪悪感と恐怖を洗い流し、子どもっぽく安心して深い眠りに就ける身分ではない。

キャリーは死んだ。

ここで座っていよう。冷たい風とくさいにおいに吹かれて。家族は決して自分を許さないだろう。アティが自分を許せないのと同じように。

アティはただ思った。狼のことなんて考えなければよかったと。

レンは鞍の上で前かがみになり、ランタンの明かりで照らしだされた丘の中腹に目を凝らした。

そこはキャリーが倒れた場所だった。彼女のそばにレンも身を投げだしたせいで、そのあたりの草はまだめちゃくちゃに踏み荒らされたままだった。

ぎこちない走り方でキャリーを屋敷まで運ぶときに草が幅広い線になってつぶれた跡もあった。

大量の出血。

レンはその記憶を振り払い、集中しろと自分に命じた。暗がりの中で見えるものはほとんどなく、彼は目を閉じてあたりの光景を思い返した。背後には小さな谷と屋敷のあいだでわずかに盛りあがっている小高い丘しかない。

北側の丘はもっと高くて、てっぺんには平らな広い場所ある。天然の墳墓のようなところだ。レンが狙撃手なら、その丘を選ぶだろう。

だが、彼女はまだほんの少女だ。

それでもワーシントン家の女性だ。レンは馬に向きを変えさせると、北の丘を目指した。

キャリーのきょうだいは自分たちを置いてレンが捜索に出かけることに強硬に反対した。レンは馬が足りないことも、ただでさえ傷を受けている体で歩いて捜すよりは馬に乗ってあたりを見まわりたいこともあえて説明せず、ただ厩舎へ向かうと自分の馬にまたがった。いまいましいワーシントン家の連中は勝手にどうとでもすればいい。

丘のてっぺんで、レンは小さな体の形に草がつぶれている場所を発見した。近くにマスケット銃と火薬袋が放置されている。レンは銃を拾いあげ、その古さに目を丸くした。あの小さな愚か者は幸運だった。こんな古い代物はいつ顔の前で暴発したとしも不思議はない。

キャリーは幸運ではなかったが。

レンはつぶれた草の上に寝そべり、丘をくだっていく斜面に向かってマスケット銃を構えた。ここから狙うのは困難だが、銃弾はもう少しでレンにあたるところだった。もっともキャリーが現れなければ、銃弾は彼から三十センチはそれていただろう。まわりは暗闇で、丘のふもとはまったく見えない。レンはもう一度目を閉じて想像してみた。

眼下にいる男が憎い。あの男はすべてを破壊した。家族をめちゃくちゃにし、母さんに次いで最も近しい存在を盗んでいった。

マスケット銃を構えて片目を開ける。目の前には緑と金色に輝く春の丘が広がっている。その男は歩いている。足を引きずって、彼が知った唯一の本物の幸せから逃げて……。

レンは頭を振って集中し直した。男は足を引きずって歩いている。前を開けた上着が風にあおられている。レンは突風が吹いていたことを思いだした。それがキャリーの声をさらい、鳥の声ぐらいにしか聞こえなかった。

風の強い日、下り坂、この距離……。

レンは少女の射撃の腕に関する意見を改めた。彼が今も生きているのは恐ろしいほどに幸運だ。

そしてキャリーも。

だが、レンは死ななかった。少女は上から見ていたはずだ。彼がキャリーを腕に抱いて屋敷へ走っていくのを。

彼女に姉がまだ生きていると知らせなければならない。

レンはあの場でどれほどの血が流れたかを思いだした。草は血でぐしょ濡れになり、記憶の中では炎のごとく燃えていた。キャリーは青白い顔で横たわって動かなかった。レンも彼女が死んだと思ったぐらいだ。

そうなると……レンはまた目を閉じた。その昔、国王に仕えていた頃の彼が得意としていたのは潜入だった。レンは想像力を駆使し、自分に求められた役割を果たした。敵にやすやすと騙《だま》されてしまう男の人生に入りこんで、その役になりきった。

今、彼は無謀で聡明な子どもの頭の中に潜りこんでいた。その子は自分が姉を殺してしまったと思っている。

レンは目を開いて体を起こし、マスケット銃にかがみこんだ。ランタンの光の輪の外の真っ暗な草原に目を凝らす。

どこに行けばいいかわかった。

アティは藁束のあいだのくぼみに丸まって、聞き耳を立てていた。外の暗闇に何かがいる。

ミシッ。ミシッ。

息を殺し、怯えながら、彼女は音がするほうの石壁をにらみつけた。知らないままでいることには耐えられなかった。

体をかがめて、低い姿勢で壁に近づいた。壁の半分の高さより少し上に穴がある。爪先立ちになれば、ちょうどのぞけるぐらいの高さだ。

ミシッ。ミシッ。

できるだけ高く立って窓をのぞく。窓といっても、本当はいくつか石が抜けているだけの穴だけれど。外は真っ暗だった。アティは目が飛びでそうになるほど見つめて……。

そのとき、馬が鼻を鳴らす音が聞こえた。どこかの牧草地の老いぼれた馬が草を食べているのだろう。アティは座りこんだ。「もう、どこかに行ってよ」迷惑な動物に小声で言った。「さもないと、食べてやるから！」

「馬を脅す必要はない。彼も本当はあたたかい厩舎でカラスムギを食べたいんだ」

アティが振り向いたとたん、ランタンの明かりが目に入った。「わあ！」彼女はくらんだ目の前に片手をあげて光をさえぎり、痛いほど強く石の壁に背中を押しつけた。

「すまない、ミス・ワーシントン」明かりが少し薄らいだが、アティの視界はまだいくつもの色の筋が横切ってぼやけていた。

彼女は壁に張りついたままだった。「そこにいるのは誰？」

「ポーターだ」

ポーターはキャリーを殺したアティを殺しに来たのだ。アティがポーターを殺すつもりだったように。アティは気分が悪くなり、怖かった。そして心の奥底ではほっとしていた。行くあてがないときには、死というのはありがたい目的地になるらしい。

キャリーは死んだ。

それを大声で言うべきときが来た。「キャリーは――」

「キャリーは生きている。屋敷のベッドにいる。医者が来て、さっき帰っていった。命の危険はないだろうと言ってる」

アティはその言葉がのみこめなかった。キ、ャ、リ、ー、は生きてい、る、。

生きているということは、キャリーはまだここにいるということだ。この地上に。

まだ息をして、話をして、そして……。

アティは両手で顔を叩いた。ぎりぎりのところでずっと食いとめていたすすり泣きが喉元までこみあげて、ここでこぼれだした。このくさい小屋で。いまいましいポーターの前で！

彼女は必死にこらえたが、その衝動は繰り返し襲ってきて、ついには激しく割れるような泣き声になった。アティはその声が気に入らなかった。しかし、もはやそれをとどめておく重圧に耐えられなかった。彼女はポーターの前で膝をついて泣いた。いいや、泣いてなんかいない。絶対に。

しばらくして、ようやくまた息ができるようになった。顔の涙と鼻水を袖でぬぐい、深呼吸をして気持ちを落ち着かせると、壁にもたれ、凍えて痛む脚を前に投げだした。

何かが膝に落ちてきた。見おろすと、大きな四角の白いリネンだった。いいだろう。ポーターの身代わりにハンカチをだめにしてやる。アティはそれを拾いあげ、全力で鼻をかんだ。そのあと、それを返すべく差しだした。

「もうきみのものだ」ポーターがそっけなく言った。

アティは腕組みをして、彼女の人生を台なしにした男を見つめた。ポーターは向かい側に座り、アティと同じく脚を投げだして腕組みをしている。扉のすぐ外に置かれたランタンが小屋の中に光を投げかけていたが、その光はふたりに直接あたってはいなかった。アティは不本意ながらもそのことに感謝した。ポーターには泣き声を聞かれてしまったものの、見られているよりは恥ずかしくなかった。

彼女は顎をあげた。ここは乗り越えなければならない。「マスケット銃で撃たれるのはあなたのはずだった」

レンは自分が大いなる共感を覚えながらこの小さな怪物を見つめていることに気づいた。誰も彼も失ってしまう恐怖がどんなものか、レンは知っていた。アタランタがそこまで追いつめられていたと思うと、レンは胸が締めつけられた。こんな子どもが自分の手の中に生と死を抱えこまなければならなかったなんて。汚れて服もくしゃくしゃで、今、見るとアタランタは以前よりキャリーに似ているように思えたが、そんなことを考えている場合ではない。もっともこの子はいつか、姉たちよりもずっと美しい女性になるだろうという兆しがすでに感じられた。

この恐ろしい小さな怪物がそれまで生きていられたらの話だが。

レンは彼女をここに置いて帰り、ワーシントン家の誰かに迎えに来させるべきだ。彼は子どもの扱い方など何も知らないのだから。だがレンは、アタランタ・ワーシントンに普通の子どもらしいところなどほとんどないことを確信していた。まったく、この子にギリシア神話に出てくる女狩人にちなんだ名前をつけるとは、両親はいったいどこまで本質を見抜いていたのか。

「アティという呼び名はきみに似合わないな。ぼくなら鼠《ラティ》と呼びたいところだ」

アタランタの顔に浮かんだ恐怖の表情は笑いだしたくなるほどだった。「やめてよ！」

レンは考えこむように天井を見つめた。「ラティ、きみはぼくを殺そうとした。ぼくには呼びたいようにきみを呼ぶ権利ぐらいはあると思う」

彼女は長いあいだ思案していた。レンが想像したとおり、アタランタは姉を傷つけたことで恐ろしい思いをしていたようだが、その一方で彼に対してしたことは何も後悔していないふうに見えた。狙いを外したこと以外は。

「きみを捜して家族のみんながアンバーデルに来た」

アタランタは目をそらし、骨の髄まで不機嫌な顔になった。

「お母さんはとても混乱していた」

すねた目つき。はなをすする音。

レンはひどく疲れていた。長く恐ろしい一日を過ごしたのだ。このまま無傷で生き延びようと思うなら、さっさとこの小さな殺し屋を肩に担いで、やかましい家族の中に放りこんでやったほうがいい。

しかし、キャリーはこの小さな怪物を愛している。レンはキャリーならアタランタの小さな尊厳を守ろうとするだろうと確信していた。そうなると、何年も人を説得したことなどなかったが、このひねくれたいたずらっ子をなだめすかして屋敷に連れ帰るのが彼の役目だ。

「ぼくは一度、人を殺した。そいつの手鉤で目を突いた」

レンはアタランタの目がぎらりと光ってこちらを見つめているのに気づいた。いいだろう。彼女は血なまぐさい話に興味があるらしい。

「もちろん、それはやつがぼくを殺したあとの話だ」

アタランタが信じられないとばかりにせせら笑った。

レンは上着の胸あたり、星形の傷の上を指さした。「向こうが先にぼくを刺した。ぼくはそれを引き抜いて逆向きにした。それをやつの頭蓋骨に突き立てた」今でもときどき頭の中で、あの気分が悪くなるようなガツンという音が聞こえることがある。だが、詳しく語るのはやめておいた。「そしてぼくは死んだ」

「死んでないじゃない」

レンは彼女と目を合わせた。「死んだんだ。それから、どこかの腕のいいくそったれの医者によってよみがえらされた」

「医者なんて愚か者ばっかりよ」

レンは笑った。キャリーの侮蔑的な物言いが子どもの声で繰り返されるのを聞くとおかしかった。「そうらしいな」

「じゃあ、結局あなたは生きてたってことでしょ」

「いいや、何週間もほとんど死んでいた。実際は何カ月もだ。正確にはよくわからない。ぼくはどこか別の場所にいた」

今やアタランタはレンの話に引きこまれていた。「どこにいたの？」

「言葉では言い表せない」レンはこれまで説明しようと思ったこともなかった。誰に対しても。「暗くて冷たかった。あまりに冷たくて、いつも感覚がなかった。ぼくは無感覚でいるのが好きだった」

アタランタがうなずく。「感覚がないほうがまだましよね……」

愛する姉を殺した苦痛を感じるよりも。

「それからぼくは目覚めた。もう無感覚ではなかった。そのことに混乱したよ。それから鏡を見つけた。さらなる混乱が待っていた。きみも想像できるだろうが」

アタランタはまたうなずいた。「あなたはわたしが昔、持ってた人形みたい。キャスとポルが食堂の暖炉で燃やしちゃったの。エリーが蠟と紙粘土で直してくれようとしたけど、恐ろしい顔になった」

レンはうなずいた。それは公平な評価だ。「ぼくの顔が恐ろしいかい？」

彼女は考えこみながらレンを見つめた。「わたしは何も恐ろしくなんかない。あなたはただわたしを怒らせただけ」

「なぜならキャリーを連れ去ったから」

「キャライアピ。姉さんをキャリーと呼ぶのは家族だけよ」

「ぼくは家族だ。彼女の夫だぞ。つまり、ぼくはきみの兄だな」おいおい、本当にこんなことを声に出して認めているのか？

アタランタはレンと同じくらい怯えているように見えた。「あなたは違う！　あなたは……あなたなんか……ただのポーターよ！」

レンは疲れた目で新しくできた小さな妹を見つめ、長いため息をついた。「ラティとレン、真夜中に、どこでもないところで、羊の糞にまみれて座っている。ぼくがきみの兄でないとしたら、なぜ今ここできみと一緒にいると思う？」

アタランタが魚のように口をぱくぱくさせてレンを見た。まともに言い返せないのは明らかだ。

レンは続けた。「きみにさっきの話をしたのは、ぼくを殺そうとしたのはきみが初めてじゃないことを知ってもらうためだ。だから、あきらめてくれ。無駄なことはやめるんだ。ぼくは豊富な経験から、被害者意識を持たないことを学んだ。きみを責めるつもりはない……これ以上きみが自己中心的で愚かな真似をしてキャリーを怒らせない限りは」

レンは立ちあがり、悪臭を放つ藁をズボンから払った。

「ラティ、きみの家族はきみのことを心配しているし、ぼくはもうこの小屋にうんざりしている。ぼくがきみを許せるんだから、きみの家族もそうできるんじゃないかな。だからその骨張った小さなヒップをあの食いしん坊の馬の鞍に乗っけて、屋敷に帰ろうじゃないか。ぼくはキャリーが恋しい。彼女が大丈夫だと確かめたい」アタランタが動かないでいると、レンは威嚇するようににらみつけて扉を指さした。「行くんだ。今すぐ」

アタランタは行った。ついでにランタンをつかんで、レンがまだ見事な対応をしたと自分を褒めているあいだに、アタランタは彼の馬に蹴りを入れて走りだした。レンは羊小屋の横に立ったまま、真っ暗闇の中に取り残された。

ワーシントン家のやつらめ！

35

眠りと目覚めのあいだで、キャリーは寝返りを打っていつものように体を伸ばそうとした。最初はみぞおちに吐き気を催す痛みがあった。次に、何も起こらなかった。彼女は動けなかった。爪先を動かしてみると、それがリネンにこすれる音がした。しかし、体を起こすだけの力は出なかった。

〝寝たきり〟

キャリーは目を閉じた。「いまいましい愚かな医者たち」暗闇の中で自分に言い聞かせる。「あんな言葉は信じないわ」

きしむ音が聞こえた。足音も。そして蠟燭の炎を感じた。キャリーが目を開けると、炎の上にかがみこんでいるレンが見えた。彼は背筋を伸ばし、片手で蠟燭の光を覆った。「キャリー?」

彼女は思いきって動こうとしたが、体が悲鳴をあげた。すすり泣きが口からもれる。

レンがさらに近寄って、蠟燭をサイドテーブルに置いた。キャリーはレンが瓶とスプーンを手に取るのを見守った。

「アヘンチンキは痛みを和らげてくれる」彼は小声で言った。

キャリーはアヘンチンキが好きではなかったが、全身を突き刺す痛みは耐えられなかった。口を開き、スプーン一杯の甘ったるい薬を受け入れた。上掛けを握りしめて無理やりのみこみ、早く効いてくれることを願った。

「今日はぼくにとって最も奇妙な一日だった」レンがさりげなく話しはじめた。

彼女は信じられずに思わず鼻を鳴らしたが、痛みで息が止まった。「話を……聞かせて」

「すべては今朝、ぼくが散歩に出かけたことから始まった……」

キャリーはレンが低い声で穏やかにごく普通の調子で、マスケット銃で撃たれた彼女が自分の足元に倒れこんできたと話すのを聞いていた。医者がキャリーの背中を切開して銃弾を取りだしたこと、その医者が予断は許さないと言ったこと――〝でもきみときみの家族が常々言ってるように、医者というのはみんな愚か者ばっかりだからな〟――驚いたことに彼女の家族が訪ねてきたこと、アティが行方不明になったこともレンは話した。

キャリーは身じろぎした。「アティが行方不明？」

レンが安心させるようにキャリーの頬を撫でた。「今、アタランタは一階にいる。山のようなケーキをみんなから奪って頬張っているよ。ぼくは彼女をまず風呂に入れるべきだと主張したんだが、自分の屋敷だというのにぼくは完全に主導権を失っている」

キャリーは眉をひそめた。アヘンチンキのせいで世界がぼやけはじめていた。「でもアティはどこに行ってたの？　どうやってここにたどり着いたの？」

キャリーはレンが語る笑える話に耳を傾けた。アティとマスケット銃と羊の糞――いや、羊小屋だ。キャリーにはすべてが信じられなかった。ただ、まさしくアティがしそうなことだとは思ったが。それに、レンが話に尾ひれをつけて語っているとも思えなかった。それは明らかにワーシントン家の特質だ。

「それで、アティを見つけたのはあなただったのね？」

レンは自分の手をきつくつかむキャリーの指を緩めさせた。「そう難しくはない。ただ想像すればよかった。自分が小さな女の子の殺人狂だったらどこに行くか」

キャリーがしいっと言ってレンを黙らせた。「あなたがアティを見つけて連れ帰ったの？　誰もアティに何かをさせることなんてできないわ。銃でも使わないと」

レンはキャリーの額にキスをした。「キャリー、ぼくはアタランタを袋に詰めこんで鞍の後ろにくくりつけたりはしていない。もしそれがきみの尋ねていることなら。実際、ぼくは連れ帰らなかった。彼女は馬を奪って、ぼくを牧草地に置き去りにしたんだ。デイドが捜しに来なかったら、ぼくは相当長い散歩をするはめになっていただろう」

キャリーがほほえむ。「ということは、あなたとデイドはうまくいってるのね?」

「どうかな。距離を置いて緊張を緩和することで合意しただけだ。ぼくは今でもデイドを鼻持ちならない気取り屋だと思っているが、あの双子に会った今では、彼にも同情すべきところはある気がする」

キャリーはレンの手のひらに顔をすりつけた。そこにはうれしいぬくもりが感じられた。「キャスとポルは独創的すぎるのよ」彼女は遠い目をした。「あのふたりの悪魔を育てるのは本当に悪夢だったわ」

「きみは眠ったほうがいい」レンが立ちあがりかけた。

「いいえ」キャリーはレンの手を強くつかんだ。「話していて。そのほうが楽なの」

「きみはやすむべきだ、キャリー」

キャリーはレンをにらんだ。「真珠ひと粒につき、命令ひとつ」横目でちらりと化粧台の小さなボウルを見た。六粒残っている。

レンはなぜか面白がっているような表情で、椅子に背中を預けた。「命令?」

「質問よ」キャリーは言い直した。「真珠六粒につき、質問が六つ」

「それが終わったら、ちゃんとやすむかい?」

「もちろん」

キャリーはその点について選択の余地はないと思った。アヘンチンキが骨の髄までしみこんで、力が入らないのが心地よいほどだった。

「質問その一。あのサイモンという人は誰?」

レンが片手で顔をこすった。「それは言えない」

「だったら、代わりにわたしが言ってあげる」キャリーは片方の眉をあげて、自分が知っている事実を述べはじめた。「彼はサー・サイモン・レインズ。あなたを見つけてアンバーデルに送り届けた。あなたが傷を負ったことにサー・サイモンが責任を感じているのは明らかだわ。彼の妻はアガサ・レインズ。彼女はわたしがバトンをどう思っているかをかなり気にしている」

レンが唇を曲げた。「バトン? ふうん」

「サー・サイモンは舞踏会に〝王族〟を送りこんできた――」

レンが眉をひそめた。「誰だって？」

「あなたは気づかなかった？　海賊みたいな大男、金髪の美女がふたり……それにもちろんサー・サイモン、あとは鷹みたいな顔つきの男」

レンはたじろいだ。「いろいろ聞いてはいたが、しかし――」

「それにわたしは雇われた使用人の何人かは本当は使用人ではなかったんじゃないかと思ってるわ」キャリーは続けた。「彼らは舞踏室の中央で地獄の鳥が燃えていてもちっとも驚いていなかった。それに、母はいつも言うのよ、元兵士は最高の執事になるって。母が言うには、炎の試練を経ているからだそうよ」

レンは目をしばたたいた。キャリーはすべての手がかりをまとめてみせた。彼が自分のことで頭がいっぱいで、ほとんど手遅れになるまで気づかなかった手がかりを。

「そしてあの大男の料理人は前にどこかで見たことがあるわ……でも、頭がぼうっとして思いだせなくて……」

レンは片手をキャリーの手に重ねた。「もういい」キャリーが自ら導きだした答えが彼女の命を縮めかねない！　このままキャリーが質問を続けて、もし悪い連中に聞かれでもしたら……。

レンはキャリーにすべてを話した。レンの家族が亡くなったことを知った昔の学友に賭博場に誘われたという始まりから、訓練、任務——もちろん詳細は省いた——重要なことに携わって自分よりもっと大きな何かの一部になれたという感覚に至るまで。

それから、裏切りについても話した。レンの身元が組織の誰かによって暴露され、彼の命が金で売られた。ほかの多くの人たちの命も巻き添えになった。レンは襲撃され、死んだものとして捨てられ、彼がそれまで知っていた人生は永遠に失われた。

キャリーはハシバミ色の瞳を丸くして聞き入り、レンの苦しみを思って胸が張り裂けそうだった。「でも……全員があなたを裏切ったわけではないでしょう？　どうしてそこまで彼らを憎むの？」

レンが短く笑った。ざらついた絶望している響きだった。「憎んでなどいない」

キャリーは驚いて彼を見つめた。「あら、だったら、あなたは彼らを愛してる！　恋しく思っているのね！」

レンは身震いした。「かつては愛していた。今は信頼できない。仲間を恋しいとは思う。自分自身を恋しく思う。あの晩、波止場でぼくはすべてを失った。もしやつらに会ったら……」彼は言葉を切った。声が詰まって続けられなかった。

「もし会ったら、あなたはそこに完全で強かった頃の若きレン・ポーターを見てしまう？」

レンは目を閉じ、額をキャリーの額につけた。「いや、昔の自分など見ない。ぼくが見るのは、昔の自分がかつていたところに空いている穴だ。あの頃のレンはとっくに死んだ」

キャリーはしばらく黙っていた。そんなことはめったにないので、考えにふけっていたレンは気になって尋ねた。「何を考えている?」控えめに言っても興味深いことに違いない。

「この屋敷の裏にあるあの迷路は以前はどんな感じだったんだろうと思って。あのツゲの木はとても古いものよ」

またしても植物だ。レンは笑いまじりのため息をついた。「年上のいとこがここにいた頃は、完璧に手入れされていた。この庭はたしか、観光名所になっていたと思う。人々が遠くからやってきて庭を見てまわり、いとこはそれを見せびらかすのを自慢にしていた。ぼくにとっては、そこは少年時代の短い夏の遊び場だった。ぼくは馬車をおりた瞬間から迷路を解きはじめた。記憶するのに何週間もかかった。今でもその道を思いだせるくらいだ」

「古典的なデザインね。おそらく十八世紀半ばのバティ・ラングレーの作品じゃないかしら。あのツゲの木はたしかにそれぐらい古く見えるわ」キャリーが遠くを見ていた視線をさげ、ほほえみを浮かべてレンと目を合わせた。「それに、若かりし頃のあなたは死んでいない。あなたは昨日解いたみたいにあの迷路を覚えている」

「ぼくはなんでも覚えているんだ、キャリー」レンは注意深く腕の中にキャリーを引き入れた。「最初はそれが単なる悪夢に思えた。それからイメージのかけらがまとまりはじめ、組みあわさって意味をなすようになった。ぼくは長いあいだ真っ暗なここで暮らし、それらをまた夢に見た。目が覚めるとパニックに襲われて、息もできないほどだった。殺されたときのあのつらい瞬間を何から何まで覚えているから」

キャリーがより近くに顔をすりつけた。「殺されかかったとき、よ」

「そうだ。殺されかかった」

「だから教えて。そのつらい瞬間を何から何までわたしに話して。声に出して」

「だめだ」

「それが助けになるかもしれないわ」キャリーは頭を傾けてレンの顔を見あげた。

「本気で言っているのよ、レン。ひとつの話を何度も語っていると、それがどんなふうになるか知っているでしょう？　最初に語るときはとても強烈な記憶だから、あなたはその瞬間を再び体験するような気がするに違いないわ。でもしばらくすれば、細部まで冷静に語れるようになる。実際の記憶はどんどん過去のものになっていく。そしてあなたは遠い過去の思い出を語るようになる。それは物語になるの」

「ごめんだ」

「なぜ？」

「レディの耳に入れるような話ではないからだ。それにもう真夜中を過ぎている。きみは怪我をしていて、休息が必要だ」

「でも、あの人たちはどうなの？　彼らがまだ村にいたらどうするの？」

レンの腕に力がこもる。「きみが味方でいてくれたら、ぼくは対決できる」

キャリーはレンのベストの下に両手を滑らせた。「糊《のり》でくっつけられたみたいにずっとそばにいるわ」ため息をついた。「本当にあなたに触れるのが大好きなの。特にあなたのお尻」レンが噴きだしたので、彼女はゆっくりとまばたきした。「わたし、今、声に出していた？」

「ああ、そうだ。ぼくはそれを永遠に宝物にするよ」

キャリーはレンの声がからかっている調子であっても気にしなかった。彼を笑わせることができたのがうれしかった。

「わたしはあなたと一緒に笑うのが好き」

彼女は永遠にレンを笑わせたかった。彼を笑わせ、うめかせて、情熱の証を口に含んで自らを解き放たせ、叫ばせたい……。

「キャリー、きみは眠りながらしゃべっている。ぼくはそれでもいいが、このあとぼくに代わってきみを見守るのはきみのお母さんだぞ」

母は男女の睦みごとについて話してもきっと気にしない。

「ぼくは気にする。とても。ほかのことを考えたらどうだい？」

キャリーはレンのことを考えるのが好きだった。愛しくて、悲しくて、強いレン。

キャリーはレンを愛していた。

けれども、レンはキャリーを愛していない。彼女を信じていない。キャリーが彼を置いてここを出ていくと思っている。そんなことは絶対にしないのに。何があっても、誰のためでも。レンが信じてくれないと思うと、キャリーは胸が引き裂かれた。

彼女は静かに泣きながら眠りに落ちた。あたたかな涙がレンの手のひらに落ちた。

自分はきっと彼に信じさせることができない。

キャリーは額にやさしいキスを感じた。ぼくは信じるよ、キャリー。少し時間がかかるかもしれないが、最後にはきっと信じる。

そして誓う。二度とぼくのせいできみが傷つけられることはないと。

危険な人生を送っていた頃、レンは本能と抜け目のなさで日々を生き延びた。キャリーに目覚めさせられてからというもの、彼はまたそれを感じられるようになっていた。うなじがむずむずして、肩甲骨のあいだが引きつるあの感覚だ。壊れた梯子。開かなくなった地下室の扉。頭がどうにかなった馬。誰かが彼らに危害を加えようと狙っている。

翌朝、レンは厩舎でデイドを見つけた。前世紀の遺物のようなひらひらしたレースのシャツを着て、年老いた馬車馬を櫛で手入れしている。デイドは申し訳なさそうにレンをちらりと見た。「寝室のひとつで見つけたんだ。アティが行方不明になったとき、ぼくたちは荷造りしている暇はなかった。ほかに何も持ってきてないんだ」

「黙って聞け」

デイドはむっとした顔になったが、レンには義理の兄弟との友情をじっくり育んでいる暇はなかった。

「キャリーを連れて帰ってもらいたい。明日だ。今日と言いたいところだが、彼女をそんなにすぐに動かすのはよくないと思う。きみたち全員が明日、ここを出ていってくれ」

デイドがレンを見つめた。「おい、こっちを見ろ、ポーター。何を言ってる？」

レンは両手でデイドの胸を押した。「いいから聞け！　これまでにも何度かキャリーは命を狙われている」

デイドが息を吸いこんだ。「なんてことだ」

「最初は結婚してわずか一日しか経っていないときだ……」ざっと事情を話すのに長くはかからなかったが、起こった出来事を次々に語りながら、レンはもっと早くに信じなかった自分を呪った。信じたあとでも、キャリーを自分のもとにとどめたいと望まずにいられない自分の欲求が忌まわしかった。

「これ以上、キャリーを危険な目に遭わせるわけにはいかない。きみが泊まった場所――」

「ウィンコームズ。ロンドンに向かって南東に三十キロほど行ったところだ」

「三十キロも離れれば充分だろう」レンは顔をこすった。本当に？　この復讐はどこまで及ぶだろう？　もし原因がレンの過去にあるなら、安全な場所はこの地上にはない。彼は目をしばたたき、デイドとの話に意識を戻した。「そうでなくては困る。キャリーをそれ以上遠くまで移動させられない」

デイドは眉をひそめた。「キャリーはいっさい移動させるべきじゃない！　なぜ一週間前に実家に送り帰さなかったんだ？」

レンはデイドの問いを無視した。「いいか？　明日、彼女を連れて出ていってくれるな？」

デイドがレンを見つめた。「ああ、連れていく。キャリーが行くと言えばな。ぼくは何度もキャリーをきみと別れさせようとしてきた。キャリーはアティよりもなお頑固なんだ。ただ、もっと静かに抵抗するだけだ」

レンは両手を見おろした。血はとっくに洗い流されている。しかし彼はまだそれを感じることができた。熱く流れる血を。「いや、キャリーはきっと行く」デイドに背を向けて歩み去った。一時間が過ぎるごとに、襲撃者は次の手を考えているかもしれない。

さあ、キャリーの心を打ち砕きに行かなくては。

36

レンはキャリーの寝室の扉の外で足を止め、決意を固くした。その意志を利用して檻を作り、胸の中の痛みを囲うしかなかった。

別に彼女がいつまでもここに残ってくれることを期待していたわけではないが。

〝嘘つきめ。おまえが望んでいたのはキャリーがずっとここにいてくれることだけだった。キャリーが半裸の姿で宝石をまとっているのを見つけた最初の瞬間から、おまえは彼女が夜ごとの夢にいつまでもつきあってくれることを望んでいたじゃないか〟

まあ、ある意味、その望みはかなったと考えることもできる。

レンがすばやくノックをして寝室に入ると、キャリーは彼にほほえみを向けた。レンはキャリーがベッドの上で体を起こしているとは予想していなかったが、彼女は開いた窓を見つめて春の空気を深く吸いこんでいた。顔は青白く、目の下には隈ができていたものの、キャリーは以前と同じ、どんな小さなことも楽しんでしまう女性に戻ったように見えた。

「すばらしいと思わない？」

レンはほほえみそうになったが、実際には笑えなかった。「何がすばらしいって？」

キャリーは窓に向き直って目を閉じ、そよ風を顔にあてた。「すべてが」

すばらしいのはきみだ。きみがすべてだ。

今さら告白してもどうにもならない。キャリーがここを去ることを一番に願っている今は。これから彼女をひどく傷つけなければならない。秘密作戦において、人を本能的に理解する、相手の心を読めるというのはレンの特殊能力だった。

今、彼はその最大の武器をキャリーに対して使おうとしている。キャリーの愛情を断ちきって、彼女の命を救うために。

「そう言うと思った」

レンの緊張した声音に、キャリーが目を見開いて振り向き、問いかけるように彼を見た。「何かあなたを怒らせるようなことがあったの？」

ぼくが怒っている？　いいだろう。今この瞬間、ぼくは世界を憎んでいる。世界と、そこにいるぼくたちの敵すべてを。ぼくたちの幸せをぶち壊し、きみの命を脅かし、ぼくたちの未来を抹殺するやつらを。

レンは穏やかな目でキャリーを見つめた。「きみがここを出ていくときが来た」

彼女の顔がショックに襲われるのが見えた。これ以上、色を失うということが可能なら、キャリーは完全に透明になっていただろう。

「キャライアピ、認めよう。ぼくたちは一緒に楽しい時間を過ごした。だがぼくはもはや死の床に就いているわけでもないのだから、しなければならないことが山ほどある」

キャリーはぼんやりと手を伸ばし、窓の外に広がる広大な谷を示した。「領地のこと？　たしかにすることはたくさんあって、わたしたちは――」

「アンバーデルのことじゃない。領地の管理はヘンリーに任せるつもりだ」レンはそっけなく言った。「病気のときはここでもよかったが、健康になった今、これ以上こんなところでくすぶっていたくない」

「その気持ちはわかるわ」キャリーは最後に切望するようにコッツウォルズの田園風景を一瞥し、それから唾をのみこんで決然と顔をそむけた。「いいわ、わたしたちはどこに行くの？」

「〝わたしたち〟じゃない。ぼくだけだ。任務に呼ばれている」レンは顎をあげた。

「怪我をする前にしていた任務に戻ろうと思う」

キャリーが眉をひそめる。「戻るって……諜報員になるという意味?」

「そうだ」レンは短くうなずいた。「その事実はきみの胸にしまっておいてくれたほうがいいな。当然ながら」

彼女は目をしばたたいた。「でも……それはロンドンではないの?」

レンは肩をすくめた。「命じられた先に行くだけだ。イングランドかもしれないし、フランス、ポルトガル、もしかしたらロシアかもしれない」

キャリーは震えながら枕にもたれた。「ロシア? それはまたずいぶんと遠いところね」

レンはつい熱心な口ぶりになった。「遠ければ遠いほどいい。この気の滅入《めい》る場所を出ていくのが待ちきれない。今まで牢獄《ろうごく》に入れられていたかのような気がするよ。今や自由の身だ、きみのおかげで」大きく息を吸いこんで大股に窓辺へ歩き、音をたてて窓を閉めるとカーテンを引いた。「空気が冷えてきた。暖炉に火を熾そうか?」

キャリーが片手を突きだした。「いいえ、待って。レン……わたしたちはどうなるの? わたしたちの……結婚は?」

レンは作り笑いを浮かべた。「まあ、無効にするわけにはいかないから、最初に計画したとおりに進めるしかないだろう。きみは家族のもとに戻り、ぼくはぼくで自分の人生を送る」

「あなたの人生」

キャリーは気分が悪くなった。撃たれても、ベッドに寝ていても、痛みと鎮痛剤の靄の中にいても、アティを心配していても、キャリーはずっと幸せだった。レンへの愛を感じていたから幸せだった。彼がいつかは同じくらいキャリーを愛してくれる、彼女を必要としてくれると確信していたからだ。レンはキャリーがそばにいることを望んでくれていると思っていた……永遠に。

しかし、キャリーは病気のレンしか知らなかった。壊れているレンしか知らなかった。この男性が、このじれったそうにしている男性が本当に彼なのだろうか？　その勇敢さで摂政皇太子の敬意を勝ち取った男性なのだろうか？

これがかつてほかの誰かを、クジャクの羽の色のショールを気に入っていた誰かを愛した男性なのだろうか？

キャリーは指先を額に押しあて、強まりつつある痛みを抑えようとした。頭を働かせて、なんとか理解したかった。

「それでわたしはロンドンに追い払われて、実家であなたの帰りを待つのね？」

「キャリー、ぼくは長いあいだ帰らないだろう。任務はかなり長期になる。かつてのように別人から別人へと身元を偽ることはできない。一方で上司たちは、この顔が利点になるかもしれないと考えている。顔に傷のある男に、人はあまり立ち入った質問をしないものだ。むしろぼくの過去については必要以上に知りたがらないんじゃないかと思う」

レンの言葉のすべてが恐ろしいくらいに意味をなしていた。レンは以前に就いていた任務が得意だった。以前の生き方が。さらに言えば、明らかにその生き方を愛していた——冒険と危険を求めていた。

明らかに、キャリーを求めるよりも強く。

愛する気持ちがわたしのほうが強かったらどうしたらいい？

ここで待つの？　常に自問しながら？　いつもレンの愛を勝ち取ろうと必死になって、自分には必要とされるだけの資格がないと感じながら？　少しでもレンの関心を引こうと、愛情を与えてもらおうと、常に努力しなければならないの？

キャリーがここに残ったら、レンは彼女を恨むようになるだろうか？　そしてキャリーはこの領地で何をすればいいのだろう。食べ残しでもいいから恵んでもらおうとしているおとなしい猟犬みたいに、座りこんで待ちつづけるのだろうか？

すさまじい苦痛がのしかかってきた。それはキャリーの甘い期待を押しつぶし、新しく生まれた夢を握りつぶした。ワーシントン家の誇りが涙を押し戻そうとしたが、怪我のせいで力が弱まっていて、感情を抑える闘いに敗れた。音もなく涙がこぼれ、両手に落ちて手首まで伝った。

やめなさい。

泣いても無駄よ。

「わたしは行きたくない」キャリーはささやいた。「お願いよ。あなたといたいの」

「だが、ぼくはここにとどまる気はない。どこかはまだわからないが行くつもりだ。きみはぼくのあとを追いかけてくることはできない」

犬みたいに。

それでもかまわなかった。キャリーにはもう誇りはない。残されたのは痛みだけだ。内側にも外側にも、体にも心にも、もう何も残っていない。言葉がこぼれた。「レン、あなたを愛してるの。どうか……どうかわたしを行かせないで。どうしてこれまでみたいに続けていけないの？」

「ここで？　死ぬには悪くない場所だ、ラヴ。しかし生きるための場所ではない」

レンがキャリーをそんなふうに呼んだことはなかった。陽気で軽薄に。意味もなく、ロンドンっ子の八百屋が彼女にもっとリンゴを買わせようとしているみたいに。

彼はラヴと初めて呼んでくれたというのに、そんな無駄な使い方をして。

苦痛に胃がよじれた。痛みと怒りと弱さと絶望がもつれていた。

レンが彼女を非難するように見つめた。「キャリー、ぼくの任務は重要なんだ。ぼくのすることがイングランドのためになる。多くの命を救う。それよりもきみの幸せを優先しろとは言わないだろう？」

それは反則パンチだった。かつて戦場では公平な戦いをしてきたと自負している男にはふさわしくない。だが、レンは自分がどこまで落ちぶれようとかまわなかった。

キャリーが彼を置いて去ってくれるなら……そしてどこかで生きていてくれる限りは。

キャリーは痛みを感じながら背筋を伸ばし、レンに手を差し伸べた。「お願い！　レン、もう耐えられない。わたしには無理よ！　どうか、本気じゃないと言って！　わたしにここにとどまってほしいと、わたしと一緒にいたいと言って……」

彼女は目に涙を浮かべて見あげた。かつてキャリーはレンが恐怖を抱えていると思っていた。そんな彼を美しいと思っていた。

しかし今、恐怖の本当の意味を知った。レンが眉をひそめ、ただ頭を振った。

「キャライアピ、きみはきみで頑張ってくれ。もうベッドに入るといい。お母さんにここへ来てもらおうか？　どのみち荷造りの手が必要だろう。荷物も明日、きみと一緒に送ったほうがいいと思う」

こんなにすぐに。こんなに突然。

レンはキャリーを枕に横たえ、やさしい手つきで体の下に上掛けをたくしこんだ。キャリーはその手にしがみつき、冷たい指できつく握ったが、それはもう彼女の知っている手ではなかった。愛する夫の手には思えなかった。ただの〝不親切ではない〟手だった。

「荷造りね」キャリーはぼんやりと言った。

そんなキャリーを見ていると、レンは頭のてっぺんから爪先まで全身が痛かった。それでも生きられる。レンから遠く離れれば、彼女は生きていられる。レンから離れていれば、キャリーは生き生きとした自分らしさを取り戻せる。

自分のそばにいなくても、生きていてくれればいい。

レンはベストのポケットに手を入れて、ハンカチを差しだそうとした。たたまれていたリネンの中から何かが転がり、キャリーの膝あたりの上掛けの上に落ちた。

ひと粒のサファイアのまわりをエメラルドが囲んだ小さな金色の輪にキャリーが視線を向けた瞬間、レンはその指輪を引ったくった。彼はキャリーの目を見ずに、何気ない様子でそれをポケットに戻した。

レンはずいぶん前にキャリーがその指輪を勲章と一緒に見つけたのを知っていた。彼はキャリーが今、何を考えていて、手がかりをどう組みあわせるか知っていた。彼女はその指輪を持っていたはずの女性について想像しているだろう。

ぼろぼろに傷ついたハシバミ色の瞳を見て、レンは自分がひとつの使命を達成したことを知った。キャリーの目から生気が消えていた。体もぐったりと力を失ったようだ。

さらに刃を繰りだすべきか？　やりすぎかもしれない。なぜそこまでする？　レンは咳払いをして、説得力のある声を出そうとした。「ぼくは政府にコネがあるから、もしそのほうがきみが幸せになれるのなら、教会に離婚の許しをもらうこともできると思う」

「離婚」キャリーが目をしばたたいて両手を見おろした。その手は膝の上で力なく震えている。「わたしはそんな……」

「まあ、きみの希望次第だ。もし気が変わったら、ヘンリーに手紙を書いてくれ。ぼくは半年ごとぐらいに彼とは連絡を取るようにするから」

「ええ、そうね」キャリーは目をそむけた。「疲れたわ。やすんだほうがいいみたい」

「そうしてくれ。荷造りはあとでも間に合う」最後にレンは少し弱気になった。「また窓を開けてほしいかい？」

キャリーは目を閉じた。「いいえ、いいの」声は小さかった。「外に見たいものは何もないわ……今はもう何も」

37

翌朝、ワーシントン家の人々は永遠に出ていく準備を整えた。キャリーは動揺している母と集中力に欠けるアティに我慢してつきあうしかなかった。エリーはキャリーのルマントゥール・コレクションをきれいな状態で保ったまま荷造りするのに大忙しだった。

キャリーは体を休めながら見守っていた。そのときアティがキャリーの引き出しの中に、植物の絵が描かれた紙束が革綴《と》じになったものを見つけた。

「これは何？」アティは植物ひとつひとつの下に鉛筆で書かれた属名や種名に顔を近づけた。「この中に毒のあるものはある？」

「アティ、なんでもかんでも引っ張りださないで！」エリーは叱りつけ、心ここにあらずの状態でそれをアティから取りあげてキャリーに手渡した。

キャリーは革綴じの紙束を見つめた。「これは荷物に入れなくていいわ。もう必要ないから」再び絵を描くようになるとは思えなかった……つらい思い出が詰まった荷物をいつか開けられるようになったとしても。この場所の思い出を一緒に持っていきたくない……この丘、ここに咲く花、ここで過ごした美しい昼と荒々しく刺激的な夜……。

彼女はすばやく紙束を閉じ、上掛けの上に滑らせてそれを遠くに押しやった。だめだ。アンバーデル・マナーの扉を閉めて出ていくときに、ここの出来事を思いださせるものは荷物に入れておきたくない。

エリーは持っていくものをまとめ、自分で持ちきれないものは双子に指示して階下に運ばせた。彼女はバトンからもらった服を残らず持ち帰ろうとしていた。ルマントゥール作のドレスを持って帰れることに少しどころではなく興奮していたし、似合わないものは売れば何カ月分も家計をまかなえる。

全部自分のものだけれどと、キャリーはぐったりしながらあきらめ半分で考えた。すばやくこっそり出ていきたいという彼女の思いは早々にくじかれた。ワーシントン家の人々が旅に出るとなれば引き起こされる、いつもの大騒動が巻き起こったのだ。アティのボンネットは見つからず、アイリスがふらふらとどこかに姿を消し、やっと見つかったときにはギャラリーで肖像画に親しげに話しかけていた。キャリーはザンダーに弱々しくもたれかかり、妹たちが乗った古びた馬車にデイドが母を押しこむのを見ていたが、ふと振り返ると、レンが彼女を見送ろうと出てきたのを発見した。まったく、彼に会いたいと思ったちょうどその瞬間に出てくるなんて。レンはフードをかぶっておらず、顔の傷も見えたが、まとっている新たな威厳によって、傷はあまり目立たなくなっていた。キャリーの前にいるこの男性はもう、こそこそと人目を避けて隠れている怪物ではなかった。ヒーロー、ナイト、この屋敷の真の主人だった。

キャリーは心の底から、レンにはこのままでいてほしいと願った。

レンは自分が運命を宣告しようとしているのを知っていた。幸せへと向かう最後のチャンスを自ら追い払おうとしている。彼はキャリーの目の奥の傷ついた表情にもたじろぐことなく彼女に近づいた。

「忘れ物だ」数日前にキャリーがつなげた真珠のネックレスを差しだした。

キャリーはひるんだ様子だったが、頭を低くし、レンが彼女の首のまわりにそれをとめるのを許した。レンの指がわずかにもたついて、キャリーのうなじのカールした後れ毛のあいだをさまよったとしたら、それはレンが彼女を屋敷の中に引き戻し、鍵をかけて永遠に世界を締めだしたい衝動と闘っていたせいだった。

レンが内心で取り乱していることにキャリーが気づいた様子はなかった。彼女はレンを見ようともしなかった。

男きょうだいたちに手伝ってもらって、キャリーはアンバーデルからもらい受けた二台目の馬車に乗りこんだ。騒々しい家族から離れてデイドとふたり、クッションの山に埋もれて旅をすることになっていた。

ワーシントン家の古い馬車が先に私道から出ていき、ばねのきいた上等な馬車があとに続いて、アンバーデルは再び沈黙に包まれた。


レンは屋敷の中に戻った。美しく家庭的な、居心地のいい、誰もいない屋敷へ……それが耐えられなかった。

気づけば廊下をさまよっていた。空っぽの舞踏室の中央に立つと、そこにはまだ煙と惨劇の名残があって、頭上のクリスタルのシャンデリアが揺れるカチャカチャという音がした。

レンは食堂を歩き、指先で大きなテーブルをたどって、その磨きこまれた表面に何十粒もの真珠が跳ねたことを思いだした。

彼は図書室の暖炉の前に立ち、その上に交差させて飾られた剣を見つめた。

最後に、キャリーの寝室の扉を開けた。目を閉じて息を吸うと、ローズマリーと野花の花束のかすかな香りをまだ嗅ぐことができた。レンはベッドのまわりを歩き、キャリーの頭の形のくぼみがまだ残っている枕を見つめた。足が何かにぶつかった。彼はかがんで、そこに捨て置かれていた革綴じの紙束を拾いあげた。コッツウォルズの春風を感じながらそれを開く。

キャリーはこれを置いていった。忘れたのだろうか？　いや、彼女は忘れたりはしない。罠にかかった脚を嚙みちぎって逃げる動物のように、キャリーは自分の一部をここに置いていかなければならなかったのだ。

レンは慎重に紙束を閉じて紐を締め直した。それを化粧台に敬意をこめて置き、部屋を出た。

階段をおりていくうちに足取りが速まった。正面玄関に着く頃には彼は走っていた。キャリーのいないうつろな場所から逃げだすかのように。

デイドは旅をしながらキャリーを観察し、今では自分の身勝手さを悔いていた。キャリーはクッションの上に青白い顔で横たわり、かつてのそっけない妹に戻って殻に閉じこもっていた。

整頓と管理が得意なキャリーにそんなロマンティックな心があったとは、デイドはこれまで一度も気づかなかった。二週間も経たないうちに見知らぬ男に恋をして、ここまで完全にふられてしまうとは。

自分は今まで本当に妹のことを知っていたのだろうか。

ふたりはずっと黙っていて、沈黙を破るのはゆっくり回転する車輪のきしみと、道にでこぼこがあったときにキャリーが抑えきれずにもらす、かすかに息をのむ音だけだった。

家族の馬車は道の先でとっくに見えなくなっていた。彼らが通ったことを示す砂埃すら宙に舞っていなかった。

馬車の速度は耐えがたいほどのろかった。だがキャリーはレンからどんどん離れていくことにパニックと不安を覚えていた。

自身がアンバーデルに、そしてレンに、紐できつく縛りつけられているかに感じる。馬車の車輪が一回転するごとにその紐は緩み、記憶ほどにも長続きしないもろいものになった。キャリーは心の痛みをこらえて息をしようとした。

キャリーはデイドが話していることに気づいた。何やら、エリーの浪費癖をキャリーが管理してくれるのがうれしいといったことをしゃべっているらしい。

「わたしは兄さんの家政婦じゃないのよ」キャリーはそれを特に恨む様子もなく言っ

た。実際、彼女もついさっきそのことに気づいたという調子だった。

デイドが眉をひそめた。「そんなことはわかってる。おまえは自分で家を持てばいい。今はミセス・ポーターなんだから――」

「レディ・ポーターよ」自分の口調ににじんでいるのは自尊心だろうか？　結局、夫に拒絶されて遠く離れて暮らす妻であることに、自分はまだ誇りを持っているのだろうか？

「まあ、その」デイドが落ち着かない様子でそわそわした。「ポーターの言うことによればそうだが――」

キャリーはじれったくなってデイドをにらんだ。「彼の作り話じゃないわ。わたしは見たもの。勲章と、摂政皇太子からのナイトの称号を授けるという手紙を」そこにはちゃんと署名もあった。「レンは思い出に縛られていないの。それだけよ」

デイドが目を丸くする。「じゃあ、あの傷は……」

「どれも国王のために就いた任務で受けたものよ」

デイドが唇を引き結んでうなずいた。「戦争か。気づくべきだった……」

「兄さんは気づきたくなかったのよ」キャリーは窓の外を見た。「レンがわたしの名誉を損ねて、兄さんを侮辱したけだものだと思いたかったんだわ」陰鬱に笑い、頭を振った。「もうそろそろ兄さんも、わたしが本当にレンから離れようとしていないことに気づいてもいい頃だと思うけど」

デイドは目をそらした。「おまえは妹だ。ぼくはおまえに対して責任がある」

「本当のところ、わたしに対して責任があるのは父さんだと思うわ。一番年長なんだし」

デイドは目をくるりとまわしはしなかった。それほどは。「まあな。だが……」

キャリーはデイドの頑迷さにこれ以上我慢ができなかったし、そうするつもりもなかった。「兄さんはレンにまったく関心がなかっただけ。彼に拳銃を向けること以外は。兄さんはあの傷の奥にいる人のことを何も知らなかった」

「おまえが彼のもとに残ると言ったとき、ぼくはちゃんと忠告したぞ」

「兄さんはレンを敵に仕立てあげたのよ。兄さんが愚かにも自分の男らしさを示そうとしたせいで、わたしは撃たれ、アティは打ちひしがれて、レンは……レンは永遠に去ってしまった」

デイドがうつむいた。「おまえにそんなに責められるとは思わなかったな」

キャリーは息を吐いた。心臓がかつて打っていたところに空いた深い穴を思うと、泣きだしたかった。「兄さんはわたしの父親じゃない。兄さんは誰の父親でもない。

ただのひとりの男。わたしとそんなに年も違わないのに、多くの責任を背負いすぎて、それを本当に引き受けるべき人の肩に投げ返すだけの図太さもない」前を向き、両親の馬車が通っていったはずの道を見た。「なぜ父親役がその必要もないのに責任を負わなければならないの？　なぜ母親役がアティの混乱やエリーの浪費癖をいちいち注意してまわらなければならないの？」あるいはわたしの自暴自棄を！「この何年も、母さんに代わってその重荷を背負わされてきたのはわたしだったわ」

「父さんと母さんは今さら変わらない」デイドが硬い口調で言った。「あの年ではもう無理だ」

キャリーは目を閉じて慎重にクッションの山にもたれた。「わたしたちにはどうしたらわかるの……自分たちがもうその責務から解き放たれたことが」

「とにかく」デイドは強情な調子で続けた。「おまえが一緒に戻ってくるのはいいことだ。おまえは家族の一員なんだから」

「わたしが死ぬ日まで？　わたしは自分のものを持つことはないの？　兄さんはどうなの？　兄さんも自分に仮釈放なしの終身刑を宣告したの？　それともそれはわたしだけの運命ということ？」

デイドは黙りこんだ。キャリーは不幸な考えに浸り、下手に記憶をよみがえらせないようにした。かつての自分のことを考えるのはつらすぎた。あの情熱と喜びを思いだすのは悲しすぎた。そして少なくともレンにとってはその喜びが愛から生まれたものではなかったと知るのは、あまりにも耐えがたかった。

38

レンが小道に出ていくと、目の前にきれいな小型二輪馬車が現れた。深緑に塗られ、真鍮の飾りがついた馬車には、二頭の漆黒のポニーがつながれていた。

彼は自分の馬を止め、嫌悪感もあらわに御者を見つめた。「おい」

バトンは冷静に見つめ返した。「お待ちしていました。わたしたちには話しあうべきことがあると思います」

「おまえみたいなやつとはもうかかわりたくない」レンは歯をむきだした。「自分の時間を一瞬でもおまえに与えたくない。ぼくがおまえだったら、ぼくには近づかないようよくよく気をつけるだろうな」

「それでもなお、あなたが気づいていない事情もいろいろとあるのです」

レンはバトンを切り刻んでやりたい衝動をこらえた。キャリーはバトンに危害が加えられるのを望まないだろう。それをいうなら、もうキャリーはここにはいないのだから関係ないのだが。「ぼくがいなくなってから組織に加わったおまえにはわからない。ぼくはかつて、おまえのようだった。ぼくは信じた。そして刺された。自分がとても大事にしていた兄弟分に。だから、歩くときは注意しろよ。やつらは自分たちのことを最も愛している者にも獰猛な牙をむく」彼は歩を進めようと馬に蹴りを入れた。

「レディ・ポーターに危害を加えようとしたのは〈ライアーズ〉ではありません！」

嘘に決まっている。それこそ〈ライアーズ〉が最も得意とすることだ。それでもレンは自分の馬の手綱を引き、二輪馬車と向きあった。「説明しろ」

「梯子を壊したのも、地下室の扉を閉めたのも、彼女の乗っていた馬を撃ったのもわれわれではないと言いたかったんです。わたしがここに来たのは親友からの命を受けてのことでした。ほかの者たちは舞踏会のために集められたのです。それと、あなたが女の誘惑に騙されるような人ではないことを確認するために」

レンは目を細めた。「カートはずっとここにいた。この目で見たんだ」

バトンはほほえんだ。「それなら、彼はあなたに会いたかったのでしょう」

「まず第一に、キャリーの命を狙う試みは三度あった……彼女に対する子どものいたずらは別として」レンはゆっくりと馬を後ろに歩かせた。「第二に、ぼくはアンバーデルでは誰とも敵対していない。第三に、〈ライアーズ〉随一の殺し屋が妻の舞踏会で料理人として現れた。それでも〈ライアーズ〉はこのすべてに関係がなかったと、ぼくが信じると思うのか？」

バトンは顎をあげてレンと目を合わせ、相手を威圧するレンの能力をものともせずに言った。「だったら、あなたの知識を信じなさい。〈ライアーズ〉による暗殺が三度も試みられてもなお、生き延びることができた者がいましたか？」

なるほど。たしかにそうだ。その点に気づかなかったのは愚かだった。カートが本当にキャリーの命を狙っていたなら、彼女は一日たりとも生き延びられはしなかっただろう。「だが……〈ライアーズ〉でないとすると、いったい誰が？」

バトンが友人として憐れみをこめた目でレンを見つめた。「あなたがひとりで死ねば利益を得るのは誰です？」

本当に誰なんだ？　レンは体の奥が冷たくなった。それ以上何も言わず、答えを求めて馬の鼻先をスプリンデルに向けた。

ベトリスは灰色のシルクのドレスを新しい薄紙で注意深く包み、一番上等なトランクにしまうためにそっと置いた。一瞬、彼女は想像してみた。これがあのすてきなルマントゥールのドレスだったら……。

あんなすばらしいスタイルと繊細な仕立てのドレスは自分には似合わない。自分にはふさわしくない。

キャリーはアンバーデルを出ていったと、ヘンリーが朝食のときに言った。ローレンスを手伝って、キャリーを出ていかせるための馬車を用意したと。

キャリーは永久にここを去った。

ベトリスは慎重にトランクを閉めた。彼女は上等なものをそんなに多くは持っていなかったが、このきれいなエナメルのトランクはかつてはアンバーデルの前の女主人が持っていたもので、ベトリスの母から贈られたものだった。

アンバーデルからはすてきなものばかりやってくる。

スプリンデルから出ていくのは嘘とごまかしばかり。

舞踏会を台なしにしてしまったことへの罪悪感か、それともローレンスが医者の言葉を真に受けて村人の中から犯人を見つけにやってくるという恐怖のせいなのかわからないが、ベトリスは早朝のうちに自分はもう終わったと覚悟していた。

すべての勝負が終わった。キャリーはここを去ったかもしれないが、この世を去るその日までは彼女こそがアンバーデルの女主人だ。ローレンスは自分でこの領地を管理するという。ローレンス自身がヘンリーに今朝そう告げたのだ。ヘンリーはローレンスが説明したがらなかったなんらかの理由のために、その事実を秘密にしておくつもりのようだが。

ベトリスが狙うべきものは何もない。撃つべき標的もなければ、いたずらを仕掛ける相手もいない。彼女はこれまでの人生でずっとルール――レディらしい振る舞いを果てしなく求めてくる、息の詰まりそうなルール――に従ってゲームをしてきたのに、頭のおかしな女に自分の座るべき椅子を奪われるなんてどうかしている。

改めて振り返ってみて、ベトリスは強迫観念に駆られてここまで来てしまった自分にぞっとした。梯子を倒し、建物の角をまわって急いで隠れた――それは一瞬の衝動だった。地下室の扉を閉めて木片のくさびを打ち、キャリーを閉じこめたのは子どもっぽい悪ふざけにすぎなかった。村の少年たちが友人を相手にやるたぐいのことだ。

臆病な馬のサリーをキャリーに貸したのはもっとたちが悪く、馬が乗り手を失って帰ってきたことをごまかしたのはなお悪かった。

不死鳥の真鍮の輪止めくさびを引き抜いたこと――あれは本当に恐ろしかった。だがあの物体の回転があれほど危険な事態につながるなど、ベトリスは知る由もなかった。単にそうすれば失敗に終わるだろうと思っただけだ。舞踏会の客人たちが――その時点まではアンバーデルの新しい女主人のことを金めっきを施された見かけ倒しの女だと思っていたはずだ！——失望を胸に村へ帰ることになるだろうと。

キャリーの家族もベトリスの足を引っ張る結果になった。村に広がった病気と丘での射撃事件が十二歳の少女によって引き起こされたというのには特に驚かされた。妬みのあまり、ベトリス自身もあんな危険な子どものようになっていたのだろうか？

いいえ、もうおしまい。これ以上の策略とはさよならだ。それでも、彼女は自分が昔の自分に戻れるとは思わなかった。ほんのときたま、心から笑えることもあるかもしれないけれど。

ベトリスはドレスのトランクをしまって厨房に行き、ヘンリーのために心をこめて昼食を用意した。彼は使用人たちと同じ食事でも気にしないが、ベトリスはいつもきちんと体裁を整えるのが好きだった。主人たるものは使用人とそう頻繁に同席すべきではない。

貯蔵室の棚からチーズをおろそうと手を伸ばしたとき、背後に重い足音が聞こえた。

「このチーズを取ってもらえる、ヘンリー？」

太い指が彼女の指の上を通り過ぎ、重いチーズをつかんで持ちあげた。

それは夫の手ではなかった。

ベトリスは息をのみ、すばやく振り返って、自分がアンウィンの大きな体に貯蔵室の隅へと追いつめられていることを知った。

「まあ！　わたしの家で何をしているの？　出ていって……お願いだから」

アンウィンは不気味にベトリスに迫り、目の粗いリネンを着た広い肩で彼女の視界をさえぎった。ベトリスは唾をのみこみ、無理やり落ち着いた笑みを浮かべた。「紳士はちゃんと呼びかけるものよ」彼女はアンウィンを諭した。

「きみの夫みたいに？　あの醜いサー・ローレンスみたいに？　もう気づいてるだろうが、おれはあいつらとは違う」

ベトリスは彼をまわりこんで逃れようとした。「アンウィン、こんなことはいけないわ。わたしの家に侵入するなんて――」

ベトリスはアンウィンの大きな手に腕をつかまれて動けなくなった。その力の強さに、歯のあいだから思わず鋭く息がもれた。

「おれはやった。あの女を出ていかせたんだ。きみのためにやったことだ」

彼女はアンウィンを見あげた。「あの日、川のほとりでキャリーが乗った馬を撃ったのはあなたね？」

アンウィンが笑みを浮かべた。「あの女はジャガイモの入った袋みたいに落ちた。死んだかもしれないと思ったよ」陰鬱な笑い声をもらす。

死。ベトリスは彼を押した。広い胸はびくともせず、彼女の腕をつかむ手は鋼鉄のようだ。「アンウィン、やめて。もう終わりよ。キャリーは去った……どのみち、もう遅すぎたの。ローレンスは結婚を無効にはできない。キャリーは去ってしまった。今頃はもうキャリーのおなかに彼の跡継ぎが宿っているかもしれない。彼らの絆は完成されてしまっ……」

アンウィンはぴくりとも動かない。ベトリスはパニックに襲われた。自分は今、何を言ってしまったのだろう？　何を……。

ああ、そんな。「だめよ！」

アンウィンの視線は思いやりに満ちていた。「きみの考えは正しかったと思うよ。あの女は排除されるべきだった。あの女はみんなを病気にした。そしてきみがいるべき場所を奪った……ヘンリーがおれの場所を奪ったのと同じように」

ベトリスは目をしばたたいた。「なんですって？　ヘンリーはわたしの夫よ！」

アンウィンがさらに近くに迫った。ベトリスは彼の汗と馬のにおいが嗅げるほどだった。アンウィンの冷たい青の目に何かの光がきらめいている。ベトリスは今やっと、それが妄想に取り憑かれた狂気の光だとわかった。

そんなものは見たことがなかった。彼女は自身の傷つけられた誇りのことしか考えていなかった。アンバーデルの新しい女主人が現れ、ひそかに抱いていた夢がついえて失望していただけだった。アンウィンの思いやりに甘え、自分は何も間違ったことはしていない、ひとりの友人に打ち明けるだけなら裏切りではないと自分に言い聞かせていた。

そして、完全にある事実を見過ごしていた。アンウィンがベトリスを見つめてきた――明らかにもう何年も彼女に思いを寄せていたという事実を。

自分の手の届かないところにいる女を夢想しつづけるような男は、自らの狂気の世界で生きている。

ベトリスの夫の居場所を乗っ取りたいと考えるような男。

「あの女はもといた場所へ戻る旅の途中だ」アンウィンが考えこむように言った。ベトリスは彼の腐った頭の中でおかしな装置がカチリと音をたてて外れるのが聞こえた気がした。アンウィンが目の中に狂気を宿らせて甘ったるくほほえんだ。「ほら？遅すぎたなんてことは何もない」

レンはスプリンデルの農場にある家の大きな扉の前で馬を止め、地面に飛びおりた。

ヘンリーに訊きたいことがある、どうしても――。

ブーツのすぐ前のやわらかい土に、とても大きな馬のひづめの跡が残っていた。

とても大きな馬。右の前足のひづめに亀裂が入っている。

何かがおかしい。

レンは家に入っていった。スプリンデルには使用人がほとんどいない。本来なら訪問者らしく手に帽子を持って声をかけるところだが、今は事態が切迫していて、そんなことをしている余裕がなかった。レンはヘンリーを捜して居間に向かい、代わりにベトリスを見つけた。彼女は窓辺に立って、両手をよじりあわせている。

レンが居間に入っていくと、ベトリスはぎくりとして両手を喉にあてた。「ロ……ローレンス！」

その顔にすべてがはっきりと書かれていた。青白い顔は震え、罪悪感と自己嫌悪でいっぱいになっている。それが何を意味するか、勘の鋭いレンにはすぐにぴんときた。ベトリスが息をのみ、一歩前に出た。レンは自分がこれ以上ないタイミングで彼女を脅かしたことがわかっていた。

「ロ……ローレンス、わたし、あなたに話さなければならないことが……」

39

レンはこんなに必死に馬を走らせたことはこれまでの人生で一度もなかった。彼の馬はサラブレッドならではの長い脚で道を駆けていた。

馬車はキャリーの怪我を考慮してゆっくり走っている。レンは頭の中で計算した。そんな能力がまだ残っていたとは自分でも知らなかったが、昔の訓練の賜物《たまもの》だ。キャリーを守るためなら、ぼくがこれまでに取り戻したすべてを喜んで差しだそう。ベトリスの言うとおりの時刻にアンウィンが出ていったとすれば、やつはこのすぐ先で馬車に追いついたはずだ。

レンは丘にのぼり、アンバーデルの馬車が溝に半分はまった形で止まっているのを見つけた。馬たちは脇で草を食んでいる。

男がひとり、道の真ん中に横たわっていた。レンは馬をおりて彼の横にひざまずいた。御者は意識がなかったが、呼吸は普通にしていた。頭にこぶがひとつあるだけだ。

一撃で伸びたのだろう。役に立たないやつだ。もっとも、この男は用心棒として雇われたわけではない。

レンは立ちあがり、デイドの姿に目を凝らした。キャリーの兄は馬車のすぐ後ろの轍《わだち》の上に倒れていた。レンはデイドを引きずって運び、草の生えた土手にもたれかけさせた。

ざっと見たところ、デイドは不運な御者よりいくらかましな働きをしたらしい。顔にいくつも痣《あざ》を作り、こぶしの関節は赤く腫れあがっている。

レンは頭の隅で、まさにそのこぶしでそう遠くない昔に殴られたことを思いだした。そう、デイドは相手を痛めつけるすべを知っている。敵もパンチを食らったはずだ。

デイドの目を覚まさせるのに貴重な時間を使いたくはなかったが、キャリーの気持ちを考えると、彼女の兄を放っておくわけにはいかなかった。レンは歯ぎしりをしながらパニックを抑え、デイドに正気を取り戻させるべくぴしゃりと顔をはたいた。

デイドが目を開けた。彼らしいことに、最初に気にしたのは妹のことだった。

「ポーター、あの野郎にキャリーをさらわれた!」

レンは重々しくうなずいた。「わかってる。きみをここに置いていっていいか? 御者のことを頼む。ぼくは——」

「行け！」上半身を起こしたデイドは急ぐようレンを手ぶりで促し、もう片方の手で痛む頭を押さえた。「あいつがどっちに向かったか、ぼくが見ていたらよかったんだが」

レンはやわらかい泥についたひづめの跡を見た。「ぼくにはわかる」

力強いひづめの音が鳴り響いた。一キロ先で作物を植えていた男が眉をひそめて顔をあげ、そんなに急いで誰がどこに行くのかといぶかしんだ。

レンは低い姿勢で馬の首にしがみつき、少しでも速度が落ちれば拍車をかけて馬を急がせた。レンはもうかつての彼とは別人かもしれないが、馬を乗りこなすことにかけては今でも天下一品だった。

今のレンがあるのはキャリーのおかげだ。

彼が大事にしたいものすべてをキャリーが与えてくれた。

キャリーは怯えているだろうか？　そうに決まっている。たとえ彼女が正気を失っていて、自分がどれほどの危機に直面しているかを見誤っていたとしても。アンウィンがキャリーに何をするつもりなのかは考えたくもない。馬の背に乗せられるだけでも、彼女にとっては大変な苦痛に違いないのに！

レンは恐怖を押し殺し、馬をさらに急がせた。

キャリーは耕作用の馬の背の上でバランスを保とうとした。自分の前で手綱を握っている男にしがみつくことだけはしたくない。しかし大きな馬の足取りは乱暴で、彼女は道に投げだされないようにするのに必死だった。

ああ、投げだされてしまえばいいのだ。馬から落ちるのは初めてでもないし。だが、地面までは相当な距離がある。キャリーの脚はとうの昔に感覚を失っていた。まともに着地することもできないだろう。小麦粉の袋みたいに地面に叩きつけられ、破裂した内臓がぶちまけられる光景が頭をよぎる。

アティならこのジョークを理解するだろう。しかし、キャリーをさらった相手にそんな妙な思いつきを伝えたところでどうにもならない。

もっとも、いきなりそんなことを言いだせば、相手はキャリーを恐れるようになるかもしれないが……もしこの男がこんなにも大柄でなければ、こんなにも怒っていなければ、あるいはすべてが彼女のせいだとこんなにも確信していなければ。

もちろん、最近は何もかもがわたしのせいになっているみたいだけれど。

憂鬱になって時間を無駄にしている場合じゃない。考えるのよ！

どうして憂鬱にならなければならないのだろう？ もうじき死ぬから？ またしても馬が跳ね、怪我をした背中が苦痛に震えた。全身に稲妻のような痛みが走り、息ができない。

背骨の下のほうを手で押さえたら、ドレスが血で濡れているのがわかるだろう。この愚か者の乱暴な手綱さばきのせいで、傷口がすっかり開いてしまった。

あの医者は怒るに違いない。自分が見事な仕事をして命を救ったのに、わたしがここで死んだりしたら。

キャリーはめまいに襲われ、続いて恐怖の波が押し寄せた。もしかしたら、思った以上に出血しているのかもしれない。

だめ、怒りを持続させるのよ。

この男にすぐに殺されなくても、自分はひとりでに死んでしまうかもしれない。

男は頭がどうかしている。それがすべてだ。頭がどうかした男が理由もなく馬車を襲った。雇われ御者を殺したかもしれない。デイドのことは殴り倒した。そして彼女を自分の馬に乗せ、田舎道をひた走っている！

頭がどうかしている。間違いなく。

デイドが追ってくるはずだ――ただし兄は気を失って伸びていると見えて、キャリーがどんなに目を凝らしても姿が見えなかった。父とザンダーとリオンと双子が……いや、父たちはキャリーとデイドが今夜の予定された到着時間に現れないとわかるまでは、何かおかしなことが起きているというのに気づきもしないだろう。

誰かがキャリーたちを捜しに行こうと考えるまで、何時間も。

誰かが怪我をしているデイドを見つけるまで、何時間も。

誰かがキャリーは頭がどうかした男にさらわれたと悟るまで、何時間も。キャリーにひと言も話しかけず、ただうなりながらデイドをぶちのめし、キャリーを引きずって馬の背中に乗せるときも彼女の目を見ようとさえしなかった、頭がどうかした男。

そこが最も背筋を凍らせる恐ろしいところだった。

目的がどうあれ、動機がなんであれ、この男に自分が人間だと見られていないことがキャリーにははっきりとわかった。

彼女はただの障害物なのだ。

そしてこの男は障害物にいつまでも辛抱しているようには見えなかった。

レンはそろそろ追いつきつつあるのを感じた。痕跡を解読するまでもない。ひづめの跡がくっきりと道につけられ、地面に落ちた小枝はまだ折られたばかりだ。馬の糞はまだ一匹の蠅《はえ》も寄せつけていなかった。

気づいた事実を長年の経験に従って整理していく。レンにわかるのは、とうとう敵をとらえたということだけだった。

問題は、自分が時間的に間に合うかどうかだ。


キャリーは馬の速度が遅くなったのを感じた。男がどんなに拍車を蹴っても速度は落ちるばかりだった。もし元気なときだったら、キャリーは飛びおりることができただろう。馬の臀部《でんぶ》から滑りおり、生け垣めがけて走っていけたに違いない。彼女が怪我をしておらず、脚が冷たくなって感覚を失っていなければ。上半身から出血していて、震える手で男の目の粗い上着をつかむことしかできないような状態でなければ。

逃げるのは不可能だ。キャリーにできるのは、ただ呼吸を続け、視界を閉ざそうと迫ってくる灰色の霧を追い払うことしかない。

大きな馬がとうとう止まり、怒鳴って首をこぶしで殴っている男のことなど無視して疲れきった息を吐いた。癇癪《かんしゃく》を起こして後ろに振りあげた男の肘がキャリーの顎にあたった。

ああ、これで終わりだ。滑り落ちながらぼんやりと思った。

キャリーは地面に落ちる前に気絶していた。もしかしてそれが幸運だったのかもしれない。

レンは目より耳で先に敵を見つけていた。激怒している男の耳触りな大声が谷を揺るがし、必死に駆けているレンの馬の足音さえも消していた。

カーブを曲がったとたん、レンの目にその光景が飛びこんできた。馬が汗まみれになって泡を吹き、大きな男がそいつを殴りつけている……そしてキャリーの動かない体が壊れた人形のように道端に転がっている。

レンはそれまで自分が怒っていると思っていた。自分が激怒というものを知っていると思っていた。

そのとき体の奥からわきあがった、この男を殺してやりたいという黒い波は、これまで経験したことのないものだった。レンはまだ全速力で駆けている馬から飛びおりた。青毛の馬はアンウィンを通り過ぎ、レンは復讐の悪魔のごとく男に飛びかかった。アンウィンはレンより十キロは体重が重く、背丈も三十センチは高かった。

数分も経たないうちに、レンは素手と底知れない怒りとで男を意識がなくなるまでぶちのめしていた。

彼はキャリーのもとへ走り、かたわらにひざまずいた。キャリーは死んだように動かない。奇妙な姿勢で横たわり、かなりの高さから投げ飛ばされたらしかった。レンは彼女の手足をやさしく伸ばした。「キャリー？」呼びかけてドレスを直し、手のひらを傷口に押しあてて出血を止めようとした。キャリー。キャリー。レンは彼女の名前を叫んだ。それはささやきにしかならなかった。キャリーがすでにレンから遠く離れたところに行ってしまったのなら、どんなに大声を出しても呼び戻せないだろう。

キャリー。視界の中で彼女の顔がぼやけた。レンはキャリーの両手を取って自分の胸に押しあてた。キャリー。

レンはデイドがその場にいることに気づかなかった。デイドは向かいにひざまずき、妹の片手をレンからもぎ取った。

「キャリー？」

声が大きすぎるとレンは言いたかった。それでは彼女を怖がらせてしまう。

レン自身が正気を失っている。そう気づいても特にうろたえはしなかった。人間の男としての彼の全存在は不安定な状態にあった。キャリーが目を覚ませば、レンは歩き方も話し方も考え方も思いだすだろう。キャリーが目を覚まさなければ、そのときは自分が狂気の獣に乗っ取られようがかまわない。彼は二度と正気を取り戻さないに違いない。

彼女の青白い顔を見つめる。「起きろ、キャリー」レンはささやいた。

視界の隅に御者が映った。血が出ている頭にぼろきれを巻きつけ、ブーツの爪先で倒れたアンウィンをつついている。「こいつを何で殴ったんです?」

レンは答えなかった。

キャリー。

「ポーターは素手でそいつを殴った」デイドが顔をあげて言った。怒りと不安に満ちた声が喉元で詰まった。「ぼくは見た。ポーターが最後にその男を打ちのめしたときに、ぼくはちょうど駆けつけたんだ。そいつは死んでいるのか?」

御者がうなった。「いいや。生きてる感じもあんまりないが、死んでるわけでもなさそうですね」

デイドはキャリーの手を握りしめた。「憐れだな。死んでもおかしくない殴られようだった。あんなのは見たことがない」

レンは手を伸ばし、デイドからキャリーのもう片方の手を取り戻した。デイドは乱暴すぎる。声が大きすぎる。地面は硬すぎる。ここは冷たすぎる。レンはキャリーを腕に抱き、膝の上に寝かせてやさしく揺すった。キャリー。

デイドがたたんだハンカチを出血している部分に押しあてた。

レンは頬をキャリーの冷たい頬に押しつけた。キャリー。

彼女の頬に、目に、鼻先にキスをした。きみを失うわけにはいかないんだ、キャリー。

レンは何度も彼女を呼んだ。彼の声はキャリーの耳を震わす空気程度にしかならなかった。キャリー。

キャリーがレンの抱擁の中で体温を取り戻した。頬が冷たい大理石からやわらかな淡いピンクへと変わる。胸が盛りあがり、呼吸が速まったのが感じられた。

キャリー、ぼくにはきみが必要なんだ。

とうとう彼女がぴくりと動き、まぶたが震えて、唇が開かれた。

いいぞ、もっとこっちへ来い。

戻ってくるんだ。

きみを愛している。

ついに目が開いた。キャリーが混乱した様子で、焦点の合わない目でレンを見つめる。

彼は息を詰めた。キャリーは目をしばたたき、顔をしかめた。それから唾をのみこんだ。

「彼を殺したの？」キャリーの声はかすれていた。

レンは声が出なかった。デイドが代わりに答えた。「いいや」

キャリーは目を閉じた。「残念」その目をまた開き、どこか慌てたようにレンを見あげた。「あの馬は……あの馬のせいじゃないのに……」

レンはすばやくまばたきをした。自身が死まであと二歩というところにいたのに、キャリーはいまいましい馬の心配をしている。

彼はもしかしたら自分がずっと人間のままでいられるかもしれないと思った。キャリーは次に何を言うだろう。レンは待った。

キャリーは苦労してレンの顔に焦点を合わせ、それからまた顔をしかめた。「なぜわたしのあとを追ってきたの？」

なぜならきみがそばにいてくれなければ、ぼくは息もできないからだ。「とうとう犯人がわかったんだ」レンはぎこちなく説明した。「そいつはベトリスにつきまとっていた。きみがアンバーデルの女主人としてのベトリスの正当な居場所を奪ったと感じていたんだ。この男はその場所からきみを排除するつもりだった」

「それで……あなたが代わりにわたしを排除したの?」

「ぼくは……」レンがそうしたのは事実だ。「あれは……」急いで頭を振った。「きみに危害が及ばないようにしたかったんだ。だが、もう終わった。ぼくたちは家に帰れる」

キャリーがかすかに体を引いた。「あなたが前に言っていたことはどうなの……あなたの人生というのは?」

「人生?」レンはキャリーの髪に顔をうずめた。「きみと出会うまで、ぼくは本当に息をしたこともなかった」

「でも……あなたが言っていたいろいろなことがあるでしょう。あなたを家にとどめておくのはわたしの身勝手になってしまうわ」

「あれは嘘だ。ただきみを安全に遠くまで行かせたかった。ぼくの古い……友人たちは、ぼくが戻ることなど許さないだろう。ぼくも戻るつもりはない。新しく信じられるものを見つけたんだから。きみならわかるだろう」

キャリーが目に疑念を浮かべてレンを見つめた。「あの指輪は?」

レンは泣きたい気分だった。「罠だ。相手の女性はぼくの傷跡と誇りをぼろぼろにして去っていった。だが、ぼくは彼女を愛してはいなかった。きみを愛するまで、ぼくは誰も愛さなかった」こんなときに自分の弱点しか思い浮かばず、不安を募らせるしかないなんて。これまで一度も本気で愛の言葉をささやいたこともないのに、キャリーを説得できるわけがない。

レンは両手でキャリーの両手を包み、目をのぞきこんだ。彼女に信じてほしかった。

「キャライアピ・ワーシントン・ポーター、きみに誓う。使用人を雇い、領地を手入れして、領民たちの面倒を見て、あらゆるものからきみを守ると。燃える鳥からも、頭がどうかした男たちからも、マスケット銃からも、ぐらぐらする梯子からも――」

「それと毒蛇」

「毒蛇からも。どんな種類の蛇からも」レンはキャリーの両手を自分の頬にあてた。

「その誓いを守ったら、きみはぼくのもとに帰ってきてくれるかい?」

キャリーがゆっくりと両手を引き抜こうとした。レンはその手をつかまえようとはしなかった。キャリーがレンのレディでいたくないなら、彼は無理強いするつもりはなかった。

徐々に冷たさを増す空気の中で、レンは心臓が震えた。まだ夕暮れなのに、目に映る世界が暗くなる。狂気の獣が自分の勝利を確信してぴくりと動いた。

キャリーの手がレンの手から離れた。彼女はその手で喉を押さえた。

ぼくはなんて愚かなんだ。キャリーはぼくのことなど求めていない。ぼくを欲しいと思うはずがない。彼女の光の中には影の男のための場所などない。

キャリーがいらだたしげに襟ぐりのあたりに指をさまよわせた。レンはキャリーが指に巻きつけて引きだしたものを見て目をしばたたいた。

「それは――」

彼女は渾身《こんしん》の力をこめて引き、今朝レンがつけてやった真珠のネックレスを壊した。レンはわけがわからないままキャリーを見つめた。彼女の涙に濡れた目がレンの目と合った。

ふたりの上に真珠がこぼれた。キャリーが傷ついて憐れみに満ちた笑みをレンに向けた。「わたしたち、また最初から始めなければならないみたい」彼女は静かに言った。

レンの心の中で喜びが爆発し、暗闇を追いやった。狂気の獣は永遠に焼き払われた。レンはにやりとし、彼の勇敢なキャリーを見た。彼女を抑えつけることなど誰にもできない。「そうだな」彼は息をついた。「今度はルールはなしで」

キャリーはかぶりを振った。「ひとつだけ。その言葉を言って。毎日。永遠に」

レンは怪我をした鳥をそっと抱くように、彼女をそばに引き寄せた。「きみを愛している、キャライアピ・ワーシントン・ポーター。ぼくが死ぬその日まできみを愛しつづける」

「そのあとは？」

レンはキャリーの髪の中で大きく息を吸った。「そのあともただひたすら、永遠にきみを愛するしかないだろうな」

エピローグ

「ダーリン、わたしの絵筆を見なかった？　この春最初の草花を集めはじめたところなのに、絵筆がどこにも見あたらないのよ！」

レンは机に置かれた領地の帳簿から視線をあげ、愛らしい花嫁にほほえんだ。キャリーは書斎の入口に立ち、かすかにいらだっている様子だ。完璧な真珠のネックレスが喉元できらめいている。彼女に言うべきだろうか。また絵筆をヘアピンにしたねと。ああ、言うべきだろう。だがその前に、レンは自分に問いかけてくる大きな目を見つめていたかった。そして絵筆を引き抜くときに蜂蜜の滝のような髪をいじりたかった。

彼は椅子を後ろに押した。レンがそれ以上何も言わなくても、キャリーは彼の膝にのってきた。どちらが訓練されたのか、結婚して一年経ってもレンにはまだよくわからなかった。

レンはキャリーの背中へ両手をまわし、疲れがたまると今も痛む筋肉をやさしくほぐした。ふたりとも傷を持っている。キャリーは喉を鳴らして、より居心地がよくなるように体をレンに沿わせた。

ああ、そうだ。どちらが訓練されたのか、もう認めてもいいだろう。

「わたしたちの記念日よ」キャリーが感慨のこもった声で口にした。「記念日にあなたが領地の帳簿を調べているなんて、不適切だと思うの」

レンはほほえんだ。「ぼくたちの記念日は明日だ。明日はきみの家族がアンバーデルに来て、混沌と喧騒と無秩序を持ちこむことになる」彼の頭の中では、それぞれにキャス、ポル、アティという名がついていた。

キャリーがレンの首筋にキスをした。「今日が最後のチャンスよ、結婚一周年の記念に食堂のテーブルにわたしを押し倒すなら」

レンの目を欲望がよぎった。彼はキャリーの首筋にキスをしはじめ、その口は彼女の豊かな胸へとおりていった。ピンクの胸の頂は十一時のおやつにぴったりだ……。

待て。だめだ。先にするつもりだったことがある……。

レンは背筋を伸ばし、いやいやながらキャリーを膝からおろした。「すまないが、忙しいんだ。きみが手伝ってくれたら、ぼくはお礼にきみの絵筆がどこにあるか教えてあげてもいい」

キャリーは拒絶されて不機嫌になり、腕組みをして爪先をトントンと床に打ちつけた。

レンは帳簿に視線を戻した。「暖炉のマントルピースの上に本があるんだが」曖昧に手を振った。「よかったら取ってくれないか……」

レンはキャリーがため息をつき、足を踏み鳴らして書斎を歩いていく音を聞いた。

彼は待った。キャライアピ・ワーシントン・ポーターは本と見ればなんでも気に入る。

レンは彼女が題名を読まずにはいられないのを知っていた。

キャリーが息をのんだ。

そして著者名も読むはずだ。

レンはとうとう顔をあげた。キャリーは本をつかみ、目をしばたたいて背表紙を見つめている。それから本を開き、震える指で題名のところまでページをめくった。

「『コッツウォルズの野花』」彼女はささやいた。「著者、レディ・キャライアピ・ポーター」

キャリーは暖炉のそばの椅子に沈みこんだ。その目はキャライアピ・ポーター直筆の植物画を贅沢な色彩図版で見せるページを次々に見ていった。

「たしかそこに献辞があると思うんだが」レンは穏やかに言った。

キャリーが大きな目でレンを見つめ、それから本に視線を戻してそれを見つけた。

「〝まだらなヒナギクに青いスミレ〟」彼女は声に出して読んだ。「〝銀白色のタネツケバナと黄金色したキンポウゲ、喜びの色で牧草地を彩る〟」

レンはほほえんだ。「《恋の骨折り損》だ。第五幕第二場」

キャリーはまばたきをしながら頭を振った。「どうやって……あなたは何カ月も領地から出なかったわ！　どうしたらこんなことができたの？」

レンは椅子にもたれ、彼女の喜びようを愛《め》でながら自分を褒めていた。「バトンだ、もちろん。きみのお母さんにも少し助けてもらった。実際、ふたりで頑張ってくれたんだ。ぼくはとても感心している」

キャリーが目をしばたたいた。明らかに、何かとっぴなことを思いついたらしかった。

「どうした？」

キャリーがかぶりを振る。「いいえ……ただのくだらない思いつきよ」またかぶりを振った。「ロンドンに劇場はいくつもあるんだし」彼女はひとりごちた。「ふたりが遠い昔に出会っていたかもしれないなんてことがあるはずが……」

レンは眉をひそめた。「きみのお母さんとバトンが？　もしかしたら……」彼はあの感覚に襲われていた。自分が巨大な機械の中で動く歯車のひとつにすぎないという、めまいのするような感覚。パズルのピースがぴたりとはまった気がした。「キャリー」ゆっくりと言った。「橋が浸水したあの晩……きみたちはどこに向かっていた？」

キャリーは頭を振った。唇にはほほえみの名残があった。「母は教えてくれようとしなかった。驚かせるつもりだったみたい」

思ったとおりだ。レンはゆっくりとかがみこみ、キャリーの髪から絵筆を抜き取った。手の中にシルクの波がこぼれ落ち、彼はほほえんだ。「記念日おめでとう」

キャリーが絵筆をレンの指から引き抜いた。「食堂で会いましょう」彼女はレンになまめかしい視線を投げた。「剣を持ってくるのを忘れないでね」

訳者あとがき

セレステ・ブラッドリーの『密やかな愛へのいざない』をお届けします。
馬車で渡っていた橋が嵐で浸水し、ほうほうの体で廃墟《はいきょ》のような屋敷にたどり着いたワーシントン一家。意識を失った父を運びこみ、暖炉に火を入れ、ようやく人心地のついた母がソファで眠りに落ちると、キャリーことキャライアピは下着姿のまま、がらんとした屋敷の探検を始めます。

八人きょうだいの長女として片時もひとりになれないにぎやかな生活を送っているキャリーは、静まり返った広大な屋敷が新鮮でならず、うきうきした気分で部屋から部屋へと歩きまわりました。そして、ふと入った女主人用と思われる寝室で化粧台に宝石箱が置いてあるのを発見。豪華な宝石に夢中になり、次々に身につけて楽しみます。ところが暗闇の中から突然フードで顔を隠した男が現れ、彼女を身動きができないように化粧台に押しつけ、装身具をひとつひとつ取り戻しはじめました。そんな彼に上半身をむきだしにされ、体を愛撫されても、キャリーはなぜか抵抗もせずに受け入れてしまいますが、そこに兄のデイドが登場。デイドがつかみかかったために一瞬垣間見えた男の顔は、半分が悪魔のように引きつれていて……。

一八一六年に時代を設定したこの作品は、英国皇太子ジョージが摂政として国政を担っていた時期を舞台にしたリージェンシー・ロマンスに分類されます。とはいえヒーローもヒロインも貴族ではなく、社交界を舞台にした軽妙にして華麗なロマンスを期待されていた方は一瞬、あれっと思われるかもしれません。ですが傷を負った顔を隠し、大きな屋敷で世捨て人のように暮らす元諜報員のヒーローと、そのヒーローに夜ごと官能を目覚めさせられるヒロインというい わば大人版〝美女と野獣〟の物語は、ありきたりなロマンスにはない面白さに満ちています。前半は丹念に描かれる官能的なラブシーン、後半は次々に事故に見舞われるヒロインを巡るテンポのいいサスペンスと、飽きる暇がありません。

ヒーローであるレンはずっとフードを目深にかぶっていて、顔をあらわにするのは物語がかなり進んでからです。ネックレスの真珠をひと粒ずつ与えるという彼の言い分を受け入れ、抗おうともせずにどんな要求にも従うヒロインになぜなのかという疑問もわきますが、彼女はただ受け身なわけではなく（もしや〝M〟なのでは、と最初のうちは思ってしまいますが……）、手の感触や仕草を通してヒーローの心を感じ取り、惹かれていくのだとわかります。繰り返し出てくる〝熱い手〟という表現に、彼の手の感触に対するヒロインの思い入れの強さがうかがえるので、よかったら注目してみてください。

この作品の大きな魅力は、なんといっても個性的な登場人物たちでしょう。特にヒロインの家族は変わり者揃いで、いちばんまともに思えるのはヒーローに決闘を申し込む兄のデイド。あとは子どもたちを愛しているものの、面倒を見るといった現実的な部分ではまるで役に立たない両親を始め、家を燃やしかねない危険な実験を繰り返す弟やら、にぎやかでいたずら好きな双子の弟やら、美人でちょっぴり自己中心的な妹やら、姉が好きなあまり得体の知れない姉の夫の殺害を企む妹やら、これでもかというくらい濃いキャラクターが揃っています。実は本書はこの個性派揃いのワーシントン家の人々を主人公にしたシリーズの一作目で、二作目のヒーローは双子の弟のキャスター、三作目のヒロインは美人の妹エレクトラとなっており、現在本国では五作目まで出版されています。姉の夫を殺そうとしたエキセントリックな妹アティの物語も読んでみたい気がしますが、なんといっても末っ子。シリーズ九作目にという構想はあるようですが、物語が形作られて出版されるのはかなり先になりそうです。でもたしかに、アティがロマンスのヒロインにふさわしく成長するには、しばらく時間が必要かもしれませんね。

著者のセレステ・ブラッドリーは、自分は〝ブレイン・チョコレート〟を書いているのだとウェブサイトで言っています。読むチョコレートとでも言うべき本書を、皆さんもぜひご堪能ください。

二〇一八年十二月

ザ・ミステリ・コレクション

密《ひそ》やかな愛《あい》へのいざない

著者　セレステ・ブラッドリー
訳者　久《く》賀《が》美《み》緒《お》

発行所　株式会社 二見書房
東京都千代田区神田三崎町2-18-11
電話 03(3515)2311［営業］
03(3515)2313［編集］
振替 00170-4-2639

印刷　株式会社 堀内印刷所
製本　株式会社 村上製本所

落丁・乱丁本はお取り替えいたします。
定価は、カバーに表示してあります。

ISBN978-4-576-19005-1
https://www.futami.co.jp/

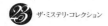

二見文庫 ロマンス・コレクション

戯れの恋は今夜だけ
ジョアンナ・リンジー
辻早苗［訳］

自分が小国ルビニアの王女であることを知らされたアラナは、父王が余命わずかと聞きルビニアに向かう。宮殿の門前でハンサムな近衛兵隊長に自分の正体を耳打ちするが…

月夜は伯爵とキスをして
ジョアンナ・リンジー
小林さゆり［訳］

ブルックの兄に決闘を挑んで三度失敗したドミニク。両家の和解のため、皇太子にブルックとの結婚を命じられる。ブルックはドミニクを自分に夢中にさせようと努力し……

真珠の涙がかわくとき
トレイシー・アン・ウォレン
久野郁子［訳］［キャベンディッシュ・スクエアシリーズ］

元夫の企てで悪女と噂されて社交界を追われ、友も財産も失ったタリア。若き貴族レオに求愛され、戸惑いながらも心を開くが…？ ヒストリカル新シリーズ第一弾！

ゆるぎなき愛に溺れる夜
トレイシー・アン・ウォレン
相野みちる［訳］［キャベンディッシュ・スクエアシリーズ］

クライボーン公爵の末の妹・あのエズメが出会ったお相手は、なんと名うての放蕩者子爵で……。心配するがゆえに兄たちが起こすさまざまな騒動にふたりは――

最後の夜に身をまかせて
トレイシー・アン・ウォレン
相野みちる［訳］［キャベンディッシュ・スクエアシリーズ］

弁護士の弟の代わりに男装で法廷に出て勝訴してしまったロザムンド。負けた側の弁護士、バイロン家のローレンスはこの新進気鋭の弁護士がどうしても気になって…

胸の鼓動が溶けあう夜に
アマンダ・クイック
安藤由紀子［訳］

新進スターの周囲で次々と起こる女性の不審死に隠された秘密。古き良き時代のハリウッドで繰り広げられる事件、網のように張り巡らされた謎に挑む男女の運命は？

くちびるを初めて重ねた夜に
アマンダ・クイック
安藤由紀子［訳］

ハリウッドから映画スターや監督らが休暇に訪れる町・バーニング・コーヴ。ここを舞台に起こる不思議な事件に巻き込まれた二人は、互いの過去に寄り添いながら……

ダークな騎士に魅せられて
ケリガン・バーン
長瀬夏実［訳］

愛を誓った初恋の少年を失ったファラ。十七年後、死んだはずの彼を知る危険な男ドリアンに誘惑されて――。情熱と官能が交錯する、傑作ヒストリカル・ロマンス!!

禁断の夜に溺れて
ケリガン・バーン
辻 早苗［訳］

冷酷無慈悲な殺し屋アージェントは人気女優ミリーの殺害を依頼されるが、彼女をひと目見た瞬間…。『ダークな騎士に魅せられて』に続く〈闇のヒーローたち〉第二弾！

ウエディングの夜は永遠に
キャンディス・キャンプ
山田香里［訳］〔永遠の花嫁・シリーズ〕

女主人として広大な土地と屋敷を守ってきたイソベルは、弟の放蕩が原因で全財産を失った。小作人を守るため、ある紳士と契約結婚をするが…。新シリーズ第一弾！

恋の魔法は永遠に
キャンディス・キャンプ
山田香里［訳］〔永遠の花嫁・シリーズ〕

習わしに従って結婚せず、自立した生活を送っていた治療師のメグが恋したのは〃悪魔〃と呼ばれる美貌の伯爵。身分も価値観も違う彼らの恋はすれ違うばかりで……

夜明けの口づけは永遠に
キャンディス・キャンプ
山田香里［訳］〔永遠の花嫁・シリーズ〕

ヴァイオレットは一人旅の途中盗賊に襲われ、助けてくれた男に突然キスをされる。彼が滞在先の土地の管理人だと知り、次第にふたりの距離は縮まるが…シリーズ完結作！

ふたりで探す愛のかたち
キャンディス・キャンプ
辻 早苗［訳］

結婚式直後、離れたままだったイギリスの伯爵とアメリカの富豪の娘。10年ぶりに再会した二人は以前と異なり惹かれあっていくが。超人気作家の傑作ヒストリカル

罪深き夜に愛されて
クリス・ケネディ
桐谷知未［訳］

イングランド女王から北アイルランドを守るよう命じられたカタリーナの前に、ある男が現れる。彼はその土地を取り戻すため、彼女に結婚を迫るのだが……

二見文庫 ロマンス・コレクション

約束のキスを花嫁に
リンゼイ・サンズ
上條ひろみ［訳］〔新ハイランドシリーズ〕

幼い頃に修道院に預けられたイングランド領主の娘アナベル。ある日、母に姉の代役でスコットランド領主と結婚しろと命じられ…。愛とユーモアたっぷりの新シリーズ開幕！

愛のささやきで眠らせて
リンゼイ・サンズ
上條ひろみ［訳］〔新ハイランドシリーズ〕

領主の長男キャムは盗賊に襲われた少年ジョーンを助けて共に旅をしていたが、ある日、水浴びする姿を見てジョーンが男装した乙女であることに気づいてしまい!?

口づけは情事のあとで
リンゼイ・サンズ
上條ひろみ［訳］〔新ハイランドシリーズ〕

夫を失ったばかりのいとこフェネラを見舞ったサイは、しばらくマクダネル城に滞在することに決めるが、湖で出会った領主グリアと情熱的に愛を交わしてしまい……!?

恋は宵闇にまぎれて
リンゼイ・サンズ
上條ひろみ［訳］〔新ハイランドシリーズ〕

ギャンブル狂の兄に身売りされそうになったミュアライン。ドゥーガルという男と偽装結婚して逃げようとするが、結婚が本物に変わるころ、新たな危険が…シリーズ第四弾

二人の秘密は夜にとけて
リンゼイ・サンズ
相野みちる［訳］〔新ハイランドシリーズ〕

妹サイに頼まれ、親友エディスの様子を見にいったブキャナン兄弟は、領主らの死は毒を盛られたと確信し犯人探しにとりかかる。その中でエディスとニルスが惹かれ合い…

誘惑のキスはひそやかに
リンゼイ・サンズ
田辺千幸［訳］

国王の命で、乱暴者と噂の領主ヘザと結婚することになったヘレン。床入りを避けようと、あらゆる抵抗を試みるが……。大人気作家のクスッと笑えるホットなラブコメ！

戯れのときを伯爵と
アナ・ブラッドリー
出雲さち［訳］

伯爵の館へ向かう途中、男女の営みを目撃したデリア。その男性が当の伯爵で…。2015年ロマンティック・タイムズ誌ファースト・ヒストリカル・ロマンス賞受賞作！